BASTEI
LÜBBE

URSULA MEIER-NOBS

DIE MUSCHE-TOCHTER DES SCHARFRICHTERS

HISTORISCHER ROMAN

BASTEI LÜBBE

Bastei Lübbe Taschenbuch
Band 14362

1. Auflage: Juni 2000

Vollständige Taschenbuchausgabe

Bastei Lübbe Taschenbücher ist ein Imprint
der Verlagsgruppe Lübbe

Lizenzausgabe: Verlagsgruppe Lübbe GmbH & Co. KG,
Bergisch Gladbach
Umschlaggestaltung: Manfred Peters, unter Verwendung eines
Gemäldes (Ausschnitt) von Tizian; Rom, Galleria Doria-Pamphili
Satz: KCS GmbH, Buchholz/Hamburg
Druck und Verarbeitung: Elsnerdruck, Berlin
Printed in Germany
ISBN: 3-404-14362-0

Sie finden uns im Internet unter
http://www.luebbe.de

Der Preis dieses Bandes versteht sich einschließlich
der gesetzlichen Mehrwertsteuer.

Dieses Buch widme ich meiner Familie

Josiane

Die Gasse war voll von Menschen. Johlend, lachend und schreiend schoben sie sich durch die obere und untere Abschrankung, vorbei an den Soldaten, die die Fuhrwerke umleiteten. Sie bewegten sich von beiden Seiten her langsam aufeinander zu, stießen sich, drängten sich, kletterten an Laubenbögen hoch und verdichteten sich an der Kreuzgasse, dort, wo der Richterstuhl stand, zu einem Wall von Leibern. Die aufgebotenen Infanteristen standen schützend um die Richtstätte und schufen in viereckiger Formation den vorgeschriebenen Freiraum.

Auf den kleinen Gerüsten, die über dem Stadtbach aufgebaut waren und die einen Ausblick verhießen, der fast so gut war wie ein Fensterplatz in einem der umliegenden Häuser, hingen Menschentrauben. Grüße und Scherzworte flogen hin und her. Viele, die von auswärts gekommen waren, hatten ihr Essen mitgebracht. Niemand mochte fehlen an diesem Tag der Rechtsprechung gegen den Steinmörder.

Von der erhöhten Stelle am Eckpfeiler des Laubenbogens aus konnte ich Richterstuhl und Rathaus sehen. Sie war gut gewählt. Schon oft hatte ich von hier aus dem Gerichtsverfahren beigewohnt, ungestört, ohne weggedrängt zu werden. Niemand hätte es gewagt, mir diesen Platz streitig zu machen. Er gehörte mir. Die meisten wußten das, und diejenigen, die es nicht wußten, vernahmen es sehr schnell von den Umstehenden. Es war für mich eine Genugtuung zu sehen, wie mir ehrbare Bürger, die mich sonst mit Verachtung straften, den Weg freigaben und wie ihre behüteten Frauen – erschrocken zurückweichend – ihre Röcke zusammenrafften, um für mich Platz zu schaffen und mich ja nicht zu berühren. Ich war wohl die einzige, die an solchen Tagen unbehelligt durch die Menge gehen konnte. Es gab mir ein Gefühl der Macht, in den mich anstarrenden Augen das mir wohlbekannte, leichte Grauen, die Neugier und Scheu zu erkennen, dieselbe Mischung, die mich schon so oft verletzt und gedemütigt hatte. Es waren die seltenen Minuten in meinem Leben, in denen ich den kleinen, aufgenähten Stoffgalgen an meinem Ärmel mochte und es genoß, die zu sein, die ich war: Josiane, die Musche.

Ein Trommelwirbel ertönte. Vom Rathaus her schritten die Gnädigen Herren von Bern, angeführt von einem Tambour, einem Offizier, zwei Wachtmeistern und zwei Korporalen. Vier Kavalleristen flankierten die Gruppe und sorgten für den nötigen Abstand.

Enttäuschung breitete sich aus. Anstelle des erwarteten Mörders erschien, vorangetrieben von einigen Landjägern, eine Gruppe von Landstreichern. Es waren Zigeuner, Spielleute und Bettler, die schon mehrmals in unserer Stadt aufgegriffen worden waren und wider besseres Wissen von ihrem schändlichen Tun nicht abgelassen hatten. Ein junges Mädchen mit wunderschönem, langem schwarzem Haar fesselte meine Aufmerksamkeit. Ich schätzte sie auf ungefähr sechzehn Jahre, also kaum älter als ich. Sie stützte eine ältere Frau, die, ganz zusammengesunken vor Gram, ihr Gesicht mit ihrem zerschlissenen Umhang verdeckte. Ein Jüngling, schlank und groß, mit ebenso schwarzen Haaren wie das Mädchen, blickte furchtlos um sich. An seiner Hand ging ein kleiner, buckliger, verängstigter Junge. Hinterher stolperten und hinkten, begleitet von den Schmährufen der Menge, noch vier weitere Gestalten, die mich weniger interessierten – schmutziges Bettelpack eben, wie man es überall antraf.

Hinter dieser erbarmungswürdigen Gruppe erschien in seinem langen, rotschwarzen Mantel mein Vater. Sein kostbares Richtschwert trug er umgegürtet und hielt es mit einer seiner schwarzbehandschuhten Hände am Knauf fest. Er sah würdig und ernst aus und für diejenigen, die ihn nicht kannten, wohl auch bedrohlich. Jedenfalls verstummten die Schmährufe und wichen einem respektvollen Murmeln. An seiner Seite ging sein Knecht, der krumme Klemens, der schon fast zu alt für dieses Amt war. Jedesmal beteuerte er, dies sei nun endgültig das letzte Mal, daß er helfend einspringe, denn eigentlich gebührte dieser Platz meinem Bruder David. Aber wie schon so oft hatte sich dieser davongemacht, war unauffindbar gewesen, hatte sich verkrochen, der Himmel weiß wo, und würde sich erst in einigen Tagen wieder zu Hause einstellen, wenn der Zorn meines Vaters verraucht war.

Die Gnädigen Herren hatten die Richtstätte erreicht und setzten sich – links der Gerichtsschreiber, rechts der Großweibel und in der Mitte der Schultheiß in seinem prächtigen, ärmelgeschlitzten, schwarzen Wams, der weißen Lockenperücke und dem glänzenden, stählernen Zepter in der Hand, dem Blutstab.

Die Delinquenten wurden in die Schranken geführt, und nach einem Trommelwirbel, der die Menge verstummen ließ, verlas der Großweibel die Anklage: Bettelei, Diebstahl, öffentliches ungebührliches Verhalten und handgreifliche Zänkereien. Nach weiteren Trommelwirbeln wurde das Urteil gesprochen: Kahlscheren der Weibspersonen, das Ausstreichen mit Ruten für die Mannsleute und – weil sie Wiederholungstäter waren – sechs Tage Gefängnis, die Frauen im Wyberchefi, die Männer im Schallenhaus. Nur der Junge erhielt seines zarten Alters wegen keine Strafe. Er sollte im Waisenhaus die Freilassung seiner Leute erwarten.

Als die schwarze Lockenpracht des Mädchens unter der Hand meines Vaters fiel, griff ich unbewußt in mein rotes Haar, das ich in dichten Flechten um den Kopf trug. Ein kleiner Schmerz zuckte irgendwo in meinem Innern auf, und es war mir, als fühlte ich die Erniedrigung, die diesem jungen Ding geschah, an mir selbst. Weniger Mitleid hatte ich mit den andern Frauen, von denen sich eine unter dem Gelächter der Zuschauer gar schrecklich anstellte, laut plärrte und sich wehrte, so daß ihr Klemens die Hände binden und den Kopf festhalten mußte.

Der bucklige Junge, dessen Kopf aus seiner Brust zu wachsen schien, stand verloren mit entsetztem Gesicht dabei. Man sah, daß er nichts begriff. Als die Männer mit den Ruten ausgepeitscht wurden, schrie er herzzerreißend auf, warf sich zu Boden und wälzte sich im Staub hin und her, hin und her, bis ihn das Mädchen in ihren Armen barg, ihn wiegte mit tröstendem Gemurmel, den kahlen Kopf über ihn geneigt. Mich schauderte! Dieses

Bild berührte mich tief, ohne daß ich wußte weshalb. Nicht oft empfand ich so gegenüber Missetätern. Daß auf Schandtaten die Bestrafung folgte – das hatte mir Mutter so erklärt – mußte so sein, gehörte zur Ordnung aller Dinge, und ich war stolz auf meinen Vater, der im Dienste der Gerechtigkeit stand. Weshalb also diese Regung?

Mit gefesselten Händen, durch einen Strick verbunden, wurden die Männer nun von den Landjägern ins Schallenhaus geführt, die Frauen in den Wyberturm. Der Junge klammerte sich mit aller Kraft an die Röcke des Mädchens, so daß es zweier Infanteristen bedurfte, um ihn von da zu lösen. In den Armen des einen heftig zappelnd verschwand er in der Menge.

Vater und Klemens hatten sich in die Reihen der Infanteristen zurückgezogen, als wiederum die Trommeln ertönten. Die Spannung wuchs, denn nun erschien, von Gefängniswärtern geführt, die Hauptperson, derjenige, dem dieser Menschenauflauf eigentlich galt, der Steinmörder vom Wallis. Gar üble Dinge hatte man von ihm vernommen: Er solle friedliche Wanderer, die über einen hohen Berg in ein heilbringendes Bad reisten, aus einem Hinterhalt mit Steinbrocken beworfen, erschlagen und ausgeraubt haben. Die Leichen habe er über eine Wand gestürzt, und wäre er nicht bei seinem verwerflichen Tun von einem Geißhirten beobachtet worden, hätten wohl noch viele unschuldige Menschen auf diese Weise den Tod gefunden.

Diesen Unhold also galt es heute zu richten. Kaum traute ich meinen Augen, als ich das Männchen erblickte, das hängenden Kopfes inmitten seiner Bewacher einherschlurfte. Enttäuscht von dieser mickrigen Erscheinung waren auch alle Umstehenden, die sich wohl, wie auch ich, ein furchterregendes, kraftstrotzendes Mannsbild vorgestellt hatten. Die leisen Antworten, die er dem Richter gab, wurden vom Gerichtsschreiber mit lauter Stimme dem Volk kundgetan: Ja, er wohne mit seiner Familie in einer Hütte in den Bergen – ja, seine Frau sei krank, schon lange, und ja, das Unwetter vom Sommer habe seinen kleinen Getreideacker verwüstet und seine einzige Kuh getötet. Seine Kinder hätten Hunger gelitten, und er habe das nicht mehr mit ansehen können. Nein, vom Almosenwesen seiner Gemeinde habe er noch nie gehört, habe nichts gewußt – ja, er gestehe, drei friedliche Wanderer aus einem Hinterhalt mit Felsbrocken beworfen, erschlagen und ausgeraubt zu haben – ja, er wisse, daß solches Tun verabscheuenswürdig und verwerflich sei, und er bitte Gott um Verzeihung dafür.

Hierauf zog sich das Gericht zur Beratung ins Rathaus zurück. Der Delinquent wurde unter Bewachung in den Schranken zurückgelassen. Durch das Stimmengewirr der Menge, die lautstark den Fall Steinmörder diskutierte, drangen plötzlich die Schreie dreier Frauen, die sich rücksichtslos bis zur Abschrankung vordrängten, den Missetäter unter Wehklagen aufs Übelste beschimpften und versuchten, ihn mit Gegenständen zu bewerfen und anzuspucken. Als ihnen dies der Wachen wegen, die sich schützend vor ihn stellten, nicht gelang, zerrissen sie ihre Kleider, zerzausten sich die Haare und gebärdeten sich wie toll, bis sie weggeführt wurden. Ich nahm an, daß dies die Witwen der drei Ermordeten waren. Sie taten mir leid, aber ihr Betragen schien mir unwürdig. Die Menge jedoch war entzückt und erheitert über dieses Schauspiel, verkürzte es ihnen doch die Wartezeit.

Das Gelächter und die oft groben Zwischenrufe verstummten erst, als sich vom Rathaus her gemessenen Schrittes die Gnädigen Herren näherten, ernst und feierlich, wie es dem Anlaß entsprach, und sich unter dem wimmernden Klang der Armesünderglocke auf ihre Plätze setzten.

Der Großweibel verlas das Urteil: Schuldig! Die Strafe, die für solche Vergehen üblich war, lautete, wie erwartet, Rädern! Die Menge stöhnte auf – entzückt und blutgierig die einen, erschreckt und mitleidig die andern. In Anbetracht der mißlichen Lage des Angeklagten und seiner Familie wurde gnädig eine Strafmilderung verfügt, nämlich der vorherige, schnelle Tod durch den Gesellenstoß. Ich atmete auf. Ich wußte, wie sehr mein Vater Räderungen am lebenden Menschen haßte. Er empfand sie als eine der grausamsten Strafen und war gewiß erleichtert, dem armen Sünder mit dem ersten Schlag des schweren Rades den Brustkasten zu zertrümmern und ihn so der weiteren Leiden entheben zu dürfen.

Der Schultheiß ergriff den hölzernen Richtstab, brach ihn entzwei und warf ihn dem Gerichteten zu Füßen. Damit war der Schuldspruch rechtsgültig und mit den Worten: »Scharfrichter, tritt hervor!« übergab er den Verurteilten meinem Vater. Dieser löste sich aus den Reihen der Eskorte und legte dem Bedauernswerten, der bis jetzt still und wie erstarrt alles hatte über sich ergehen lassen, seine Hand auf die rechte Schulter. Entsetzt blickte er nun zu meinem Vater auf und fiel in Ohnmacht.

Vater hob ihn mit Leichtigkeit hoch und legte ihn auf den Karren, den Klemens herangerollt hatte. Sie banden ihn fest, und die beiden Schinderknechte Adam und Veit, die in solchen Fällen meinem Vater zur Hand gehen mußten, zogen ihn davon, der Richtstätte im Marzili zu. Ein Geistlicher schritt neben dem Unglücklichen her, um ihn, der nun wieder bei Bewußtsein war, mit Gebeten und guten Worten zu trösten und auf das Jenseits vorzubereiten. Wie aber nun der Karren über das Kopfsteinpflaster holperte, schlug sein Kopf hart auf die Bretter, so daß er schrie, bis ein Mitleidiger ihm seinen Hut unterschob. Da war er still.

Die Gnädigen Herren begleiteten die Gruppe zu Pferd, denn es war ihre Pflicht, der Hinrichtung beizuwohnen. Die Menge schloß sich an, stieß und drängte, und die Eskorte hatte alle Mühe, den Weg freizubekommen.

Ich begleitete den Zug nicht, denn ich fühlte keine Lust, an diesem Schauspiel teilzunehmen. Ich kannte das Verfahren, kannte das Geräusch der unter den harten Stößen des schwerbeschlagenen Rades brechenden Knochen, kannte die vor Blutgier, Grauen und Schadenfreude aufgerissenen Augen und Münder der Zuschauer, und es widerte mich an. Ich wußte, ich würde heute nacht von diesem gepeinigten Leib noch genug zu sehen bekommen.

So trat ich einige Häuser weiter in die Werkstatt des Schmiedes. Meister Balthasar, ein stämmiger Mann mittleren Alters, stand in seiner Lederschürze und mit nach innen aufgekrempelten Ärmeln an der Esse und versuchte, mit dem riesengroßen Blasebalg das glimmende Feuer wieder zu entfachen. Daraus schloß ich, daß auch er der Rechtsprechung beigewohnt hatte. »Guten Tag, Meister Balthasar«, begrüßte ich ihn freundlich und war darauf bedacht, mit meinem Kleid keine Gegenstände zu streifen, denn dadurch wären sie unrein geworden. Der

Schmied wandte mir sein gutmütiges Gesicht zu und nickte: »Schau, schau, die Tochter des Henkers! Was verschafft mir die Ehre, mein gnädiges Fräulein?« Ich mußte lächeln über seine gespreizte Rede, ging aber auf seinen Ton ein und erwiderte: »Ehrenwerter Meister Balthasar« – dazu machte ich einen tiefen Knicks – »Vater schickt mich; ich solle die bestellten Geräte abholen. Ich hoffe doch sehr, daß sie bereit sind.« »Kleine Kröte«, schmunzelte der Schmied, »nimm sie dir – dort drüben, auf der Bank.« Ich nestelte das Geld aus dem Beutel, den mir Mutter ins Kleid eingenäht hatte, legte es auf den Amboß, ergriff die beiden Zangen, die Vater für die peinliche Befragung, die Folter, brauchte und verabschiedete mich. »Laß die Dinger nur nicht fallen, Josiane, sonst sind sie schon verbogen, bevor sie das erste Mal Blut gerochen haben«, witzelte er hinter mir her. Dann war ich draußen in der schattigen Laube und überquerte die Straße, auf der nun Fuhrwerke ratterten und das normale Leben langsam wieder in Gang kam.

Die Zangen wogen schwer in meiner Hand; das hielt mich aber nicht davon ab, den kleinen Umweg zum Münster zu machen, um nach Caspar, dem Chorgerichtsdiener, zu sehen. Ihm oblag es, die Saumrosse zu beaufsichtigen und zu pflegen, die des Nachts auf die Plattform, dem grasüberwachsenen, ehemaligen Friedhof, zum Weiden gebracht wurden. Nebst diesem Amt hatte er dem Chorweibel bei der Betreuung der Gefangenen im Chorgerichtsgefängnis zur Hand zu gehen, mußte bei Tagungen den Chorgerichtssaal herrichten und sauberhalten und für die Chorherren Botendienste verrichten. Caspar hatte sich an einem vorstehenden Nagel verletzt, der kleinen Wunde aber keine Beachtung geschenkt, so daß sie sich infolge der Verunreinigung durch Rossmist und anderes entzündete. Als er zu uns kam, natürlich heimlich des Nachts, war seine Hand arg geschwollen und blaurot verfärbt. Er litt so große Schmerzen, daß er das Aufschneiden der Hand durch meine Mutter als Wohltat empfand. Der Eiter quoll gelblichgrün und faulig riechend daraus hervor, was darauf deutete, daß er kurz vor einer Blutvergiftung stand. Mutter säuberte die Wunde mit einer Tinktur aus Kamille, echtem Thymian und Wurmfarn, legte eine Heilsalbe auf, und ich verband sie. Es machte mir Freude, ihr bei solchen Verrichtungen zur Hand zu gehen, um alles zu lernen, was sie wußte. Das war nicht wenig, angefangen beim Suchen und Trocknen der Kräuter über das Kindbett, der Behandlung von Wund- und Fieberkrankheiten, bis zum Zubereiten von Arzneien. Für das Schienen gebrochener Knochen sowie zur Behandlung von Viehkrankheiten war Vater zuständig. Wir besaßen einige sehr gelehrte Bücher, in denen alles darüber zu lesen war, Bücher, die schon den Großeltern und Urgroßeltern gehört hatten. »Josiane«, ermahnte sie mich immer wieder, »halte diese Bücher in Ehren und lasse sie nie aus der Hand, was immer auch geschieht; denn das ist dein Erbe.«

Mutter war es auch, die mir und David Lesen, Schreiben und etwas Rechnen beigebracht hatte. Natürlich hätten wir zum Unterricht gehen können; doch sie wollte uns nicht der Ächtung durch die Mitschüler und deren Eltern aussetzen. So verhandelte sie mit den Gnädigen Herren und verpflichtete sich, uns zu unterweisen, wie es in der Schule geschah. Dadurch wurde uns ohne Zweifel viel Leid erspart.

Ich fand Caspar, wie vermutet, auf der Plattform. Er saß an den Stamm einer der Linden gelehnt im Grase und atmete schwer. Seine Haut glänzte vor Schweiß, und seine schütteren Haare klebten um sein eingefallenes Gesicht, was ihm das Aussehen eines Totenkopfes gab. Ich erschrak. »Geht es dir nicht gut?« fragte ich und forschte in seinen stumpfblickenden Augen.

»Meine Hand, Josiane, sie hat sich wieder entzündet. Die Schmerzen sind fast unerträglich.«

»Wo hast du den Handschuh, den dir Mutter gegeben hat? Sie hat dir doch befohlen, ihn zu tragen.«

Verlegen schaute er mich an:

»Ich hab' ihn verkauft.«

»Verkauft? Wem denn?«

»Dem Fährmann unten an der Aare.«

»Und dann hast du dir wohl Branntwein dafür gekauft, wie?« Ich war ärgerlich. Konnte er denn nicht einfach tun, was man ihm sagte? Caspar stöhnte. Er mußte Schmerzen und hohes Fieber haben und schien kaum bei Sinnen zu sein.

»Komm, steh auf und stütz dich auf mich. Du mußt dich hinlegen.«

Es war für ihn kein Makel, mit mir in Berührung zu kommen. Beide gehörten wir, wie auch die Bader, Türmer, Fährmänner, Abdecker, Dirnen, Landstreicher, Spielleute und einige weitere Berufe zu den Geächteten, und seine Stellung in der Rangordnung der Verfemten war nicht über der meinen. Ich führte ihn zu seiner Hütte, die in einen Winkel der Münstermauer eingepaßt war. Sie war recht geräumig, aber unordentlich, und mit Widerwillen ließ ich ihn auf seinen zerfledderten Strohsack gleiten. Er hatte die Augen geschlossen und keuchte. Ich fand einen klebrigen Eßnapf, eilte zum Brunnen und trug ihn gesäubert und mit Wasser gefüllt zurück. Ich war froh, daß ich mir angewöhnt hatte, immer sauberes Linnen und das Nötigste zur Wundbehandlung in der Innentasche meines Kleides bei mir zu tragen. So konnte ich seine Wunde, die entzündet und von ausfließendem Eiter verkrustet war, notdürftig reinigen. Caspar stöhnte leise.

»Du gehörst ins Spital«, sagte ich bestimmt, »da kann auch meine Mutter nichts mehr tun.« Entsetzt schaute er mich an.

»Nicht, nicht dorthin; da schneiden sie mir den Arm ab, das weiß ich genau.«

»Nur, wenn man sonst nichts mehr tun kann, und das wäre allemal besser, als zu sterben.«

»Nicht für mich«, flüsterte er, »dann müßte ich ins Armenhaus, das will ich nicht, um keinen Preis. Versprich mir, daß du mich da nicht hinbringst.«

»Niemand kann dich zwingen; aber glaube mir, es wäre wirklich besser.«

»Nicht ins Spital, schwör es mir, Josiane, schwör's mir, schwör's mir!« Er hatte sich halb aufgerichtet und sah mich wild und verzweifelt an. Die Aufregung würde ihm schaden, so gab ich nach, hob die rechte Hand, hoffte, daß er den feinen Unterschied des Wortlauts nicht bemerken würde, und sagte: »Ich schwöre, daß ich dich nicht selbst ins Spital bringen werde.« Erleichtert fiel Caspar auf sein Lager zurück und schloß wiederum die Augen.

»Ich habe dir einen Krug mit Wasser und den Rest deines Mittagsbrotes hingestellt. Du kannst es erreichen, ohne aufstehen zu müssen. Morgen schaue ich wieder nach dir und bringe dir etwas zu essen mit.«

Behutsam hüllte ich ihn in eine Pferdedecke, der fiebrigen Hitze seines Körpers würde die eisige Kälte der Schüttelfröste folgen. – »Josiane, ich habe nicht Branntwein gekauft, ich habe das Geld einem Wanderprediger gegeben, damit er für meine Genesung betet.« Ungläubig schaute ich ihn an. Eher hätte ich für den Branntwein Verständnis gehabt, wußte doch jedes Kind, daß sich hinter solchen Predigern oft Spitzbuben und Betrüger versteckten, die sich kaum die Mühe nehmen würden, Gottes Beistand für den armen Caspar zu erflehen.

»Dafür hast du den Handschuh verkauft, der dich vor Verschmutzungen und weiterem Schaden bewahren sollte?«

»Ja, du sollst nicht glauben, daß ich ein Säufer bin!«

Ich hatte eine heftige Antwort auf der Zunge, denn sein Handeln schien mir bar jeden gesunden Menschenverstandes. Ich unterdrückte diese jedoch und wandte mich zum Gehen. Ich wußte, ich hatte keine Zeit zu verlieren.

Auf dem Münsterplatz tratschten Mägde am Wagen eines Messerschleifers, spritzten sich Kinder am Brunnen mit Wasser voll, flanierten edle Damen mit ihren Kavalieren und meißelten einige Steinmetze unter der Leitung ihres Meisters an einem kunstvollen Ornament. Geschickt wich ich den beiden Pferden der Stadtwache aus, trat durch das Münsterportal und dann links durch die Turmtür. So schnell ich es vermochte, erklomm ich die gewundene Treppe, bis ich keuchend und schwitzend oben auf der Galerie vor der Wohnung des Turmwärters stand. Die Frau des Turmwärters war die Schwester meiner Mutter, und obschon dies dem Turmwart nicht sonderlich gefiel, waren wir recht vertraut miteinander. Ihre lebhafte, rundliche Tochter Elisabeth mochte mich ebenso wie ich sie, so daß ich mich nicht scheute, dort für meinen Schützling um Hilfe zu bitten. Mitleidig anerboten sich Mutter und Tochter, alles Nötige in die Wege zu leiten. Nur der Türmer murrte etwas von »sich nicht in fremde Angelegenheiten mischen«. Doch als ich ihm erklärte, daß, wenn nichts geschähe, die Stadt binnen kurzem einen neuen Chordiener wählen müsse, schien er der Dringlichkeit meiner Sache Glauben zu schenken und ließ die Frauen gewähren. Nachdem ich versprochen hatte, bald auf einen ausgiebigen Schwatz zu kommen, stieg ich die vielen Stufen wieder hinunter.

Ich war sehr zufrieden mit mir. Caspar würde in gute Pflege kommen, ohne daß ich meinen Schwur gebrochen hatte, denn es war ja nicht ich, die ihn zu den barmherzigen Frauen bringen würde.

Der Nachmittag neigte sich dem Ende zu. Ich mußte mich beeilen, denn ich hatte meiner Mutter, die sich heute morgen nicht wohl fühlte, versprochen, das Mus fürs Abendessen zu kochen. Als ich das Zeitglockentor durchschritt, schlug Hans Thann die fünfte Stunde, und wie ein Echo folgte die Glocke des Münsters. Ich hastete über den Weibermarkt durch das Tor des Käfigturms und überlegte einen Augenblick, ob ich den kürzeren Weg durch die Neuengasse nehmen sollte, folgte aber dann doch der Spitalgasse, Richtung Murtentor. So konnte ich noch einen Blick auf die mächtige Statue des heiligen Christophorus werfen, der als Stadtwächter und Beschützer der Reisenden in der Nische seines Turmes stand. Allerdings hatte man ihn vor Jahren als

Goliath umgerüstet, ihn des Hirtenstabs, des Heiligenscheines und des Jesuskindes entledigt und ihm stattdessen eine Keule beigegeben. Doch in den Köpfen der einfachen Leute, wie wir es waren, lebte er als Stadtheiliger weiter, und ich verehrte ihn ganz besonders, hieß es doch, daß man an jenem Tag nicht sterbe, an dem man in sein Gesicht blicke. Da Mutter und ich in dieser Nacht noch einiges vorhatten, schien es mir geraten, dies zu tun.

Bei der Spital-Kirche bog ich rechts ab, ging der Stadtmauer entlang bis zum Turm am Ende der Neuengasse, in dem Vater seine Folterwerkzeuge aufbewahrte. Dort hinterlegte ich, wie mir befohlen, die neuen Zangen.

Das Scharfrichterhaus stand an der Ecke Neuengasse-Henkersgäßchen, angebaut an das Frauenhaus, das auch meinem Vater unterstand. Meistens kümmerte sich Mutter um die Bedürfnisse der freien Töchter, und Vater griff nur bei schweren Streitigkeiten ein. Das geschah aber selten, am ehesten dann, wenn von auswärts Verstärkung in die Stadt kam, um bei einem hohen Besuch die Gefolgsleute des jeweiligen Königs oder Herzogs zu bedienen. Dann wimmelte die Stadt von hübschen Mädchen, die untereinander um die Gunst der ranghöchsten und schönsten Männer wetteiferten, was oft Mißgunst auslöste und zu Zänkereien führte. Diese verliefen oft recht grob, denn die Dirnen zausten sich an den Haaren, spien sich ins Gesicht, zerrissen sich gegenseitig die Kleider und zerrten einander am Boden herum, angefeuert durch die beiderseitigen Freundinnen und unter großem Gekreisch und Gezeter, daß einem beinahe die Ohren taub wurden. Von diesen Schauspielen war ich gleichermaßen angewidert wie gefesselt, ohne daß ich mir die Anziehungskraft, die diese auf mich ausübten, erklären konnte.

Ich stieß die Tür zu unserem Haus auf und schlüpfte in den schmalen Flur mit dem dunklen Treppenaufgang, der immer etwas feucht roch, und betrat zur Rechten die Küche, die recht geräumig war und in der wir einen großen Teil unserer Zeit verbrachten. In der Kochstelle glommen nur noch schwach einige Kohlenstücke. Schnell legte ich vorbereitetes Reisig darauf und versuchte mit vorsichtigem Blasen das Feuer anzufachen. Bald züngelten gelborange Spitzchen hoch, nagten an den trockenen Zweigen und vereinten sich zu größeren Flammen, so daß ich gröberes Holz nachlegen konnte. Dann rief ich nach meiner Mutter und lief, als von oben Antwort kam, die Treppe hinauf.

Im oberen Stock befanden sich die Schlafräume. Ein großer für meine Eltern und zwei engere für mich und meinen Bruder. Daneben befand sich noch ein weiterer Raum, in dem wir die Wäsche bügelten, nähten und flickten. Er diente ebenfalls zum Aufbewahren von gedörrtem Gemüse, Früchten und Getreide, denn er war auch in der kühlen Jahreszeit, jedenfalls bei schönem Wetter, behaglich warm. Durch die beiden Fenster schien während Dreiviertel des Tages die Sonne, und im Winter sorgte ein Torffeuer dafür, daß man sich wohl fühlte. Mutter und ich hielten uns gerne da auf, und so vermutete ich sie auch jetzt dort, fand sie aber nicht. Ein würgendes Geräusch aus der Schlafstube wies mich dorthin. Meine Mutter beugte sich aus ihrem Bett über einen Eimer und erbrach sich. Erschrocken hielt ich ihr den Kopf, fühlte die schweißnassen Haare, die rot wie die meinen waren, und atmete die abgestandene, nach Krankheit riechende Luft.

»Was ist Euch, Mutter?« fragte ich besorgt und wischte mit einem feuchten Tuch ihre Stirn.

»Nichts Schlimmes, Josiane, mir ist nur so schwindlig, daß ich kaum stehen kann. Sei so lieb und brühe mir einen Krug Kamillentee an. Gib ein wenig Melisse und drei Nelkenköpfchen hinzu und reibe noch etwas Muskatnuß hinein. Das bringt mich schnell wieder auf die Beine.«

Ich tat, was sie mir aufgetragen hatte, brachte den Krug zusammen mit einer Henkeltasse zu ihr hinauf und stützte sie beim Trinken. Dann bettete ich sie zurecht, öffnete das Fenster und eilte mit dem Eimer nach unten, um ihn zu säubern. Das Erbrochene leerte ich in den Abort, schwenkte den Kessel mit sauberem Wasser aus dem Gätzi aus und brachte ihn wieder zurück.

»Kann ich noch etwas für Euch tun?« fragte ich beklommen, denn meine Mutter war selten unpäßlich und es beunruhigte mich sehr.

»Nein, Josiane, mach nur schnell das Abendessen. Vater und Klemens werden hungrig sein nach der schweren Arbeit; hast du David gesehen?«

»Nein, Mutter«, sagte ich wahrheitsgemäß, »er wird schon wieder erscheinen.«

Mutter seufzte und legte sich matt zurück. – »Dann geh und beeile dich, Kind!«

Ich holte den Topf mit Mus aus der Speisekammer neben der Küche und stellte ihn aufs nun gleichmäßig brennende Feuer. Wir kochten uns immer einen Musvorrat für zwei bis drei Tage und gaben nur die Zutaten frisch hinzu. So schmeckte das Essen immer anders. Heute schnitt ich Zwiebeln hinein, bereicherte es mit einigen Scheiben Speck und eilte zur Hintertür hinaus, um eine Handvoll Kräuter zum Würzen zu holen.

Der Garten, ein von angrenzenden Häusern und Mauern umgebenes Viereck, lag im Abendsonnenschein. Jedes Fleckchen Erde war bepflanzt, und jeder der Anlieger besaß seinen Teil Boden. Der unsere war durch eine halbhohe Mauer von den anderen abgeteilt. Obschon wir ein recht gutes Verhältnis zu den Nachbarn hatten, mochten sich diese doch nicht so offensichtlich mit uns gemein machen. Mir war es recht, konnten wir doch so die Ernte des Apfelbaumes sowie der beiden Birnbäume beim Frauenhaus ohne zu teilen für unsere Bedürfnisse nutzen.

Ich kauerte mich hin und zupfte sorgfältig, um die Wurzeln nicht zu zerstören, die aromatischen Blättchen ab. Der Klang einer Laute drang aus einem der offenen Fenster des Frauenhauses und vermischte sich mit dem Jubilieren einer Amsel. Ich horchte auf, denn ich kannte diese Melodie, kannte die Art, wie sie gespielt wurde. Dieses meisterhafte Zupfen der Saiten, die perlende Vollendung der Töne, die sich mit der Leichtigkeit eines Vogels emporschwangen, jeden in ihren Bann ziehend, waren unverkennbar: Hier also hatte sich mein Bruder David verkrochen, unter den Röcken der Dirnen. Unwille erfaßte mich. Mußte er denn immer Schwierigkeiten machen? Er wußte doch, daß er mit Vater Ärger haben würde; warum nur drückte er sich ständig vor seiner Pflicht?

Dann mußte ich lächeln. Es sah ihm ähnlich, sich sozusagen unter unseren Augen verborgen zu halten. Ich jedenfalls würde ihn nicht verraten, dafür liebte ich ihn zu sehr.

David war achtzehn. Schon früh erzählte er mir spannende Geschichten, vorgebend, sie selbst erlebt zu haben. Als ich größer wurde, glaubte ich ihm natürlich nicht mehr alles, hütete mich aber, ihn dies merken zu lassen. Zu gerne lauschte ich den Abenteuern seiner Helden, die er für mich entstehen ließ.

Er war zehn Jahre alt, als er seine Laute erhielt. Das heißt, eigentlich erhielt er sie nicht, er nahm sie sich. Es war im Spätsommer. Wir waren damit beschäftigt, die am Vortag abgelesenen, überbrühten Bohnen auf Bindfäden aufzuziehen, um sie dann, aufgehängt, in der Hitze unter dem Dach zu trocknen. Während dieser Arbeit erzählte er mir eine schauerliche Gespenstergeschichte, die auf unserem Dachboden spielte, so daß am Ende keine zehn Pferde mich dort hinauf gebracht hätten. Mutter zeigte aber an diesem Tag kein Verständnis für meine Ängste, bestand auf der genauen Ausführung unserer Arbeit, so daß mir nichts anderes übrig blieb, als die Bohnenketten zusammen mit David dort hinaufzutragen und sie an den dafür bestimmten Haken zu befestigen. Plötzlich war David verschwunden, dafür vernahm ich aus dem alten Kasten im hintersten Winkel beängstigende Geräusche, die mich aufschreiend die Treppe hinunterstürzen ließen, als wäre der Leibhaftige hinter mir her. Ich verkroch mich in den Röcken meiner Mutter, die streng nach ihrem Sohn rief, um dem Schabernack ein Ende zu setzen. David kam aber noch eine ganze Weile nicht, und als er dann erschien, trug er die Laute vor sich her, vorsichtig, als könnte sie ihm jeden Augenblick in den Händen zerrinnen. Ich fühlte, wie Mutter erstarrte. Ihre Hände umklammerten meinen Arm, und das tat mir weh, aber sie merkte es nicht. Beinahe tonlos befahl sie: »Leg sofort die Laute zurück, dorthin, wo du sie gefunden hast, und berühre sie nie wieder!« David tat es, aber immer, wenn wir alleine im Haus waren, schlich er sich auf den Dachboden und holte die Laute aus seinem Versteck. Am Anfang spielte er nur so darauf herum, aber mit der Zeit ergaben sich daraus hübsche Melodien. Er spielte schon ganz gut, als Mutter ihn überraschte, ihm das Instrument wegnahm und es in ihrem Zimmer wegschloß. David bettelte, flehte, aber Mutter blieb unerbittlich. Auch Vater, der offensichtlich von der Existenz des Instrumentes nichts gewußt hatte, war der Meinung, daß Musizieren kaum die geziemende Beschäftigung für einen Tammer sei. Erst als David krank wurde, krank vor Sehnsucht nach seiner Laute, ließen sie sich erweichen. »Wenn es denn unbedingt sein soll, so muß es wohl sein«, sagte Mutter, als sie sie ihm widerstrebend zurückgab.

Es erwies sich dann, daß David ein außerordentliches Geschick besaß, konnte er doch jedes Lied nach zweidreimaligem Hören nachspielen. Seine Geschichten verfaßte er nun in Versform und erfand eine Melodie dazu, so daß er uns oft an langen Winterabenden, wenn Vater nicht zu Hause war, damit erfreute. Mutter verlor nie ein Wort über sein Spiel, doch manchmal ertappte ich sie dabei, daß sie ihm mit beinahe entrücktem Gesichtsausdruck lauschte.

Vater wollte von der, wie er sagte, »seltsamen und abartigen Fähigkeit« seines Sohnes nichts wissen. Lieber wäre es ihm gewesen, dieser hätte dieselbe Fertigkeit in den Belangen seines späteren Berufes an den Tag gelegt. Daran schien es zu mangeln. Zwar verrichtete David alle ihm aufgetragenen Arbeiten gewissenhaft, doch als

Vater ihn zum ersten Mal mit in den Folterturm nahm, kehrte er blaß von da zurück und sprach den Rest des Tages kein Wort mehr.

»Du wirst dich schon daran gewöhnen, am Anfang ist es immer hart«, tröstete Vater, doch einige Monate später hörte ich, wie er bitter zu Mutter sagte: »Ich fürchte, der Junge taugt nichts; das hat man nun von der verdammten Musik. Er ist durch und durch verweichlicht. Er hat geweint, als er die Zange ansetzen sollte, ich mußte es Klemens tun lassen. Ich weiß nicht, wie das kommen soll.«

»Laß ihm noch etwas Zeit«, sagte Mutter, »vielleicht ist er zu jung; manche ertragen es früher, manche später.« Allerdings schien es mir, als würde sie selbst nicht daran glauben, denn sie wandte sich mit bekümmertem Gesicht ab und seufzte tief.

Der Klang der Laute war verstummt. Ich erhob mich und ging zurück in die Küche. Die Kräuter gaben der Mahlzeit die Würze, wie Vater sie liebte, und als ich den Tisch gedeckt, den Wein aufgetragen und ein Holzbrett mit Brot und Käse dazugelegt hatte, füllte ich eine kleine Schüssel für Mutter und brachte sie ihr hinauf. Sie mochte aber nicht essen, bat nur noch einmal um einige Schlucke Tee und hieß mich dann, neben ihr Platz zu nehmen.

»Hör mir gut zu, Josiane«, begann sie eindringlich, »du weißt, welche Pflichten heute nacht noch auf uns warten. Ich fühle mich aber so schwach, daß ich dich nicht begleiten kann. Es tut mir leid, Mädchen, du mußt alleine gehn!«

Entsetzt schaute ich sie an. »Nein, Mutter, das kann ich nicht, bitte.«

»Es muß sein, das weißt du genau, wir brauchen die Ware. Einiges ist schon seit langem bestellt, und die Kunden werden ungeduldig. Ich habe dir alles aufgeschrieben, damit du nichts vergißt. Hier, lies es mir vor, damit ich sehe, ob du es verstehst.«

Damit reichte sie mir eine Liste, in der in ihrer klaren Handschrift die Dinge, die ich besorgen sollte, aufgeführt waren.

»Mutter, könnte nicht David, oder Vater?«

»David ist nicht hier. Vater und Veit müssen morgen sehr früh zu einer Hinrichtung nach Freiburg; da können sie sich nicht die halbe Nacht um die Ohren schlagen. Nein, Josiane, es tut mir leid, aber da hilft nichts!«

»Ich fürchte mich so sehr, Mutter – ich kann das nicht allein.«

»Höchste Zeit, daß du es lernst; du bist bald sechzehn. In diesem Alter war ich schon lange auf mich selbst angewiesen. Zudem bist du nicht allein: Adam ist dort, er wird die gröberen Dinge machen. Also tu, was ich dir sage, und ärgere mich nicht.«

Ich wußte, es war sinnlos, noch länger zu bitten. Auch hörte ich Vater und Klemens nach Hause kommen und eilte, ihnen aufzuwarten. Die beiden waren guter Laune, war doch die Hinrichtung aufs Beste gelungen. Auf die Frage meines Vaters an die Gnädigen Herren, ob er »die Todesstrafe an dem Verbrecher vollzogen habe, wie das Urteil laute und ihm anbefohlen sei«, habe ihm der Schultheiß geantwortet: »Ja, Ihr habt recht gerichtet, tut weiter Eure Schuldigkeit!« So war es begreiflich, daß die Männer guter Dinge waren und das Nachtmahl mit Lust verzehrten.

Sicher war Vater ein Meister seines Faches. Doch Fehler konnten immer geschehen. Davor schützte ihn auch der Bannspruch seiner Vorfahren nicht vollständig, den er, auf Pergament geschrieben, unter seinem Hemd auf der Brust trug.

War auch die Stellung eines Scharfrichters in der Gesellschaft – wenigstens was das Gehalt betraf – gleichzusetzen mit der eines Geistlichen, Stadtphysikusses oder anderer erster Beamten, so hing doch das Wohl und Wehe seiner Daseinsberechtigung alleine von seinem Können ab. Die Verurteilten mußten so schnell wie möglich und ohne weitere unnötige Leiden vom Leben zum Tode gebracht werden – natürlich je nach Härte des Strafmaßes – genau nach den vorgeschriebenen Regeln. War der Strick schlecht geknüpft, so daß beim Fall nicht sofort die Wirbelsäule zerbrach, liefen die Rosse beim Vierteilen an ungleich langen Stricken oder glomm der Holzstoß nur und bescherte dem armen Sünder ein mehr als qualvolles Ende, so drohte ihm die sofortige Entlassung.

Am schlimmsten und dementsprechend gefürchtetsten war das Fehlhauen bei Enthauptungen. Wehe dem Henker, der die schmale Lücke zwischen den Halswirbeln verfehlte und ein zweites Mal zuschlagen mußte. Er zog unweigerlich den Volkszorn auf sich, denn dadurch war er nun kein »rechtens Tötender« mehr, sondern gleichzustellen mit einem Mörder. Vater hatte uns oft von solchem »Butzen« berichtet. Einmal, vor vielen Jahrzehnten, war dies auch einem seiner Vorfahren geschehen. Er wurde von der wütenden Menge samt seinen drei ältesten Söhnen und Knechten gesteinigt.

Während sich Klemens in seine Kammer unter dem Dach verzog, schnitt Vater eine Scheibe Brot, belegte sie mit Käse, goß etwas Wein in einen Becher und trug alles hinauf zu meiner Mutter. Ich säuberte den Tisch, wusch die Teller und Löffel aus und hörte die beiden oben leise miteinander sprechen.

Es war dunkel, als ich auf die Gasse hinaus trat, der Himmel teilweise bedeckt. Aus den Fenstern des Frauenhauses drang Licht, Lachen und Musik, aber die Laute hörte ich nicht mehr. Einige Gestalten kamen mir entgegen, klopften kurz an und verschwanden hinter der Türe. Ich bog wiederum in die Spitalgasse ein, warf noch einmal einen Blick auf den heiligen Christoffel und eilte über den Rossmarkt, am Bärengraben vorbei, dem unteren Marzilitor zu. Das trübe Licht meiner Laterne schwankte auf dem Kopfsteinpflaster hin und her, der Platz und die Gassen waren menschenleer. Nur das Rauschen und Glucksen des Stadtbaches und das Plätschern der Brunnen begleiteten meine Schritte. Aus einem Verschlag drang das Quieken eines Schweines, irgendwo raschelte Stroh, und etwas huschte vor mir über den Weg und entschwand hinter einigen aufgestapelten Fässern. Ich hielt die Laterne hoch, um möglichst einen großen Lichtkreis um mich zu bilden und zu sehen, wohin ich meine Füße setzte. Meinen Korb fest an mich gedrückt, erreichte ich das untere Marzilitor, das um diese Stunde natürlich geschlossen war. Doch der Torwart, der eine fallsüchtige Frau hatte, öffnete für mich das Mannstor und ließ mich durch. Dafür erhielt er nach jeder Enthauptung einen Becher schäumenden Blutes – die Medizin, die seiner Frau vorübergehend Erleichterung brachte – von uns um Gottes Lohn. Es war ein Abkommen, das sich bestens bewährte. So fragte er nichts und untersuchte auch nie unseren Korb. Darüber war ich froh, denn es wäre mir unangenehm gewesen, ihm den Nutzen der Werkzeuge zu erklären, die ich nebst Brot, Wein und Käse für den Maschores sonst noch bei mir trug. Am Streckiturm vorbei, wo mein Vater die Folter durchzuführen hatte, bis zur nächsten Biegung wußte ich mich von ihm beobachtet. Dann rannte ich los, nervös und ohne jeden Grund, rannte, bis ich das Wasser der Aare rauschen hörte und die Umrisse der Richtstätte erkennen konnte, die sich noch schwärzer als die Nacht aus dem Feld emporreckten. Da blieb ich stehen und schaute mich um.

»Adam, wo bist du?« rief ich leise, rief wieder und wieder, während ich suchend mit der Laterne in alle Richtungen zündete. Das Feuer, das er sich zum Wärmen angemacht hatte, glomm noch ganz schwach, sonst regte sich nichts, kein Adam weit und breit. Das war nicht ungewöhnlich, denn oft fürchteten sich die Knechte, die die Galgenwache hielten, so sehr vor der unheilvollen Stätte, daß sie nach Einbruch der Dunkelheit Fersengeld gaben und erst nach Sonnenaufgang ihren Platz wieder einnahmen, so vortäuschend, ihre Pflicht erfüllt zu haben.

Ich seufzte. Auch ein ängstlicher Adam wäre mir lieber gewesen als gar keiner. So trat ich denn ans Blutgerüst, stieg die Stufen hinauf und stellte das Licht neben den Gerichteten, dessen Glieder in seltsamen Verrenkungen zwischen die Speichen des Rades geflochten waren. Aus dem zertrümmerten Brustkasten stachen blutiggelbe Knochensplitter, vermischt mit der breiigen Masse dessen, was einst warm und lebendig geatmet und gepocht hatte. Die Gesichtszüge jedoch waren nicht verzerrt, sondern waren ruhig, fast hingebungsvoll wie die eines Menschen, der sich mit Gott in sein Schicksal gefügt hatte. Ich war froh darüber, zeigte dies doch an, daß er nicht gelitten hatte.

Nun kam der schwerste Teil meiner Aufgabe, und heftiger denn je wünschte ich mir jemanden zur Seite. Ein unangenehmes Gefühl, beobachtet zu werden, überkam mich; das Grauen vor dem, was ich tun mußte, ließ mir meine Haut zusammenziehen und mich schaudern. Dieser verdammte Adam; ich würde Vater veranlassen, ihn so zu bestrafen, daß ihm Sehen und Hören verging. Und ich würde ihn anschreien und ihm lebenslanges Unglück an den Hals wünschen. Büßen sollte er dafür, mich so im Stich gelassen zu haben. Wütend warf ich die Werkzeuge aus dem Korb auf die Bretter, daß es weitherum klirrte, und nahm noch einmal die Liste meiner Mutter zur Hand. Dann griff ich zur Zange.

Der Nagel, der ein ganzes Stück aus der Stirne ragte, war nicht schwer auszuziehen, weil Vater ihn schon etwas gelockert hatte, wie er das immer tat. Ich wickelte ihn in die Fetzen des Hemdes, das ich von dem toten Körper schnitt, legte auch den Strick, mit dem er gebunden war, hinzu und schabte mit dem Stechbeutel eine Handvoll Späne vom Rad. All diese Dinge enthielten Zauberkräfte, schützten vor den bösen Zufälligkeiten des Lebens, behüteten vor Schaden, waren glückbringend und von Menschen aller Schichten sehr begehrt. Mit dem Finger eines Gerichteten zum Beispiel, den man in einem Beutel mit sich trug, ging jeder Wunsch in Erfüllung, und mit der abgeschnittenen Diebeshand konnte man unbemerkt stehlen. Es war ein einträgliches Geschäft, und die Hälfte des Erlöses daraus konnte meine Mutter behalten und nach Gutdünken verwalten. Seit ich ihr zur Hand ging, fiel regelmäßig auch etwas für mich ab. Diese, meine Ersparnisse hatte ich unter einem losen Dielenbrett meiner Kammer versteckt. Das verschaffte mir eine große Genugtuung, wußte ich doch, daß nicht einmal die Töchter der Hohen Herren über eigenes Geld verfügten.

Leider standen auf der Liste auch abzutrennende Finger und Hände, und das wäre nun Adams Aufgabe gewesen. Unentschlossen wog ich das Hackbeil in meiner Hand, entschied mich dann aber, erst unter dem Gerüst nach Schädelmoos zu suchen, das zur Bekämpfung von Fieber und Schmerzen sehr gefragt war und auch immer einen guten Batzen einbrachte. Trotz meines heimlichen Grauens konnte ich es nicht lassen, noch etwas in der Erde herumzugraben, um vielleicht die Spuren einer Alraune, auch Galgenwurz oder Erdmännchen genannt, aufzustöbern. Die Alraune war wohl das begehrenswerteste aller Amulette und ihr Besitz mein größter Wunsch, denn sie schützte nicht nur gegen alle Unbill des Lebens, sondern auch gegen Viehseuchen, Unfruchtbarkeit der Weiber und schwere Schwangerschaften. Kostbar waren sie, fast mit Gold aufzuwiegen, sprossen sie doch aus den Tränen und dem im Augenblick des Todes abgehenden Urin und Sperma der Gerichteten. Aber ich hatte kein Glück, kroch unter dem Gerüst hervor und schickte mich an, mutig mit dem Hackbeil meine Aufgabe zu beenden, als ich ein Geräusch am Rande des Feldes vernahm. Schnell blies ich die Lampe aus, um mich in der Dunkelheit besser verbergen zu können, und lauschte mit klopfendem Herzen. Da – wieder das Geräusch von eilenden Schritten und ein Schrei, hoch und schrill, wie in größter Todesangst. Entsetzt erinnerte ich mich an all die Geschichten von armen, herumirrenden Seelen und ewig büßenden Sündern, als eine Bewegung in der Nachtschwärze mich erstarren ließ. Irgend etwas kam auf mich zu, eine gewaltige Masse, in der ich mit zunehmender Gewöhnung der Augen an die Dunkelheit eine Gestalt erkannte, die zwar aufrecht ging, aber zwei Köpfe hatte, von denen sich der kleinere ruckartig hin- und herbewegte und ein seltsames Winseln ausstieß, wie man es von jungen Hunden hören konnte.

»Teufelsbraten, verdammter, wirst du wohl ruhig sein!« vernahm ich eine mir bekannte Stimme.

»Adam«, rief ich ängstlich und bemühte mich, mit noch etwas zitternden Finger, die Lampe wieder zu entzünden. – »Adam, bist du es?«

»Ja, Josiane. Tut mir leid, daß ich nicht da war, aber der kleine Kerl hat mich ganz schön auf Trab gehalten. Schlich die ganze Zeit um mein Feuer herum wie eine arme Seele ums Himmelstor. Laufen kann der Junge wie ein Reh; beinahe wäre er mir entwischt. Halt die Lampe etwas höher, damit man ihn sehen kann!«

Ich tat, wie mir befohlen, und Adam ließ den zappelnden Jungen zu Boden gleiten und hielt ihn fest. Ich sah, wie klein er noch war, keine fünf Jahre alt, bemerkte seine dichten, schwarzen Haare, seinen ausgestoßenen, krummen Rücken – und da erkannte ich ihn. »Adam, das ist doch der Junge der Landstreichergruppe, die heute morgen verurteilt wurde! Weshalb ist er denn nicht im Waisenhaus?«

»Das möchte ich auch gerne wissen. Wie heißt du denn, Kleiner?« Anstelle einer Antwort strebte der Junge mit aller Macht von Adam fort, und als ihm das nicht gelang, stieß er mit den Füßen nach ihm. »Teufelskerl«, fluchte Adam und versuchte, seine Hand vor den zuschnappenden Zähnen zu retten. Da griff ich in den Korb, holte eine Schnitte Brot hervor und hielt sie ihm unter die Nase.

»Hast du Hunger?« Ein wilder Blick schien das Gegenteil anzudeuten, doch seine Abwehr wurde schwächer. »Du kannst auch Käse haben und Wein, wenn du schön artig bist«, lockte ich weiter. Da wurde er still, beäugte uns aber mißtrauisch.

»Wenn du versprichst, nicht wegzulaufen, lasse ich dich los«, doppelte Adam nach. Da nickte er kurz, ohne die Augen von den Köstlichkeiten zu nehmen, die ich nun aus dem Korb holte. Gierig schlang er alles, was ihm geboten wurde, in sich hinein, ohne sich von dem ungewöhnlichen, grauslichen Ort beeindrucken zu lassen. Ich nahm an, daß er den gepeinigten Leichnam hinter sich noch gar nicht wahrgenommen oder dann so großen Hunger hatte, daß alles andere für ihn nebensächlich war.

»Was tun wir nun mit ihm?« fragte Adam, als auch er gegessen hatte, »bringst du ihn ins Waisenhaus zurück?« Bei dem Wort Waisenhaus machte der Junge wieder Anstalten, wegzulaufen, und Adam mußte blitzschnell zugreifen. Ich sah die Verzweiflung in dem kleinen Gesicht und schlang schützend die Arme um ihn.

»Nicht ins Waisenhaus; er kann mit zu uns kommen. Wir finden schon eine Liegestatt für ihn. Morgen sehen wir dann weiter.«

»Wird wohl das beste sein«, murmelte Adam, ergriff das Beil und verschaffte mir schnell und geschickt, was auf meiner Liste noch gefehlt hatte. Meine Erleichterung war groß.

»Ich habe häßliche Dinge von dir gedacht und dir Böses gewünscht, als du nicht da warst, es tut mir leid«, sagte ich abbittend. Adam lachte.

»Das kann ich mir gut vorstellen; ist ja auch keine Arbeit für ein hübsches Mädchen! Lauft nun, damit ihr heute nacht noch zu etwas Schlaf kommt.«

Ich ergriff die Hand des Jungen, nickte Adam, der mir Korb und Laterne reichte, freundlich zu und machte mich auf den Heimweg. Der Wärter am Marzilitor ließ uns nach kurzem Anklopfen ein. Er hatte getrunken, aber nicht so sehr, daß er meinen Begleiter nicht bemerkt hätte, und es bedurfte einiger Erklärungen, bis wir passieren konnten. Wir gingen über den Theaterplatz, als Hans von Thann von seinem Turm die erste Stunde des neuen Tages schlug. Ich strebte der Hauptgasse zu – auch dies wiederum ein Umweg –, weil dort – in großem Abstand zwar –, einige Kohlefeuer etwas Helligkeit verbreiteten. Noch hatten wir diese nicht erreicht, als aus einer Seitengasse Gelächter, Gesang und Gegröhle drang. Schnell blies ich mein Licht aus und drückte mich mit meinem Schützling in den Schatten eines Laubenbogens. Ich hatte keine Lust, einer Horde Nachtbuben in die Hände zu fallen, die verbotenerweise in einem geheimen Weinkeller gezecht hatte. Mein kleiner Begleiter kroch beinahe in die Falten meines Kleides, und ich fühlte, wie er zitterte. Beruhigend strich ich ihm über den Kopf. Die Schar, die sich meistens aus Studenten, ledigen Patrizier- und Handwerkerssöhnen zusammensetzte, zog lärmend in der Mitte der Gasse vorbei. Ausgelassen hüpften sie über den Stadtbach und vollführten sonstige Albernheiten, so daß in einigen Häusern das Licht anging und erboste Bürger Drohungen zu ihnen hinunterriefen, die mit Gelächter und zotigen Sprüchen zurückgegeben wurden. Von der Stadtwache, die sich solcher Vergehen anzunehmen hatte, war weit und breit nichts zu sehen. Unbemerkt setzten wir unseren Weg fort, und ich atmete auf, als sich die Türe unseres Hauses hinter uns schloß.

»Josiane, bist du es?« Mutter hatte auf mich gewartet. Das freute mich, und ich fühlte, daß sie erleichtert war, mich wohlbehalten zu sehen.

»Geht es Euch besser?« fragte ich, und als sie nickte, erzählte ich ihr von dem Jungen, den ich auf der Treppe hatte warten heißen.

»Du kannst ihn in dein Bett bringen, und da Vater schon auf dem Weg nach Freiburg ist, schläfst du bei mir. Morgen sehen wir dann weiter.«

»Josiane, Mutter, schaut, was ich gefangen habe!« Davids Stimme weckte mich. Es war noch früh am Morgen. Schnell verließ ich den warmen Platz neben meiner Mutter, hüllte mich in mein Tuch und lief zur Treppe. Das lachende Gesicht Davids tauchte aus der Biegung auf. In seinen Armen hielt er den zappelnden Jungen, der mit beiden Fäusten in Davids blonde, bis auf die Schultern reichende Locken verkrallt war. »Ich habe einen Dieb erwischt in unserer Speisekammer; kann mir jemand sagen, woher der kommt?« Sorgfältig ließ er den Kleinen zu Boden gleiten und löste dessen Hände, schmerzhaft den Mund verziehend, aus seinen Haaren. Gesicht und Wams unseres jungen Gastes waren arg mit Mus bekleckert, und das ärgerte mich.

»Kannst du nicht warten, bis es Morgenessen gibt, was sind denn das für Sitten«, herrschte ich ihn an.

»Nun, er wird wohl Hunger gehabt haben«, meinte David versöhnlich, »wie heißt du denn?« Der Junge blickte zu Boden und preßte die Lippen aufeinander.

»Er gehört zur Landstreichergruppe, die gestern verurteilt wurde, und ist wohl aus dem Waisenhaus ausgerissen. Wir müssen das heute in Ordnung bringen«, erklärte ich.

»Du meinst zu dem Mädchen mit den schwarzen Haaren? Sie ist sehr schön!«

»Und du meinst wohl: die, die schwarze Haare hatte«, meinte ich bissig und wunderte mich über den feinen Stachel in meinem Herzen. »Warst du denn da?«

»Ja.« Er strich dem Jungen mit dem Zeigefinger über die Wange und lächelte ihn an. »Weißt du was, Josiane? Schlafen kann jetzt doch niemand mehr. Machst du Morgenessen, wenn ich mich um das Feuer kümmere?«

»Wird wohl das beste sein«, seufzte ich und ging zurück in die Schlafkammer, um mir in der Waschschüssel Gesicht und Hände zu waschen, meine Haare zu richten und mich anzuziehen. »Wie geht es Euch, Mutter?« fragte ich, als ich sah, daß auch sie sich erhoben hatte.

»Heute fühle ich mich besser«, meinte sie tapfer, aber sie war sehr blaß und griff gleich darauf haltsuchend nach dem Bettpfosten. Ich hatte gerade noch Zeit, ihr den Kessel zu reichen, als sie sich schon wieder würgend darüberbeugte.

»Bleibt noch etwas liegen, ich werde Euch eine Tasse Kräutertee kochen«, meinte ich besorgt und eilte die Treppe hinunter in die Küche, wo David schon ein Feuer in Gang gebracht hatte. Klemens kam gerade mit dem Eimer vom Brunnen. Er war es, der täglich unseren Wasservorrat auffüllte – einerseits aus dem Stadtbach zum

Putzen und Waschen, andrerseits zum Kochen und Trinken aus dem Stockbrunnen in der gegenüberliegenden Querstraße, welcher von einer Zisterne gespiesen wurde. Des weiteren war er auch für das Brennholz zuständig, das wir – nebst den Torfbriketts – zum Anfeuern brauchten.

Schnell erwärmte ich den Rest des Muses, deckte den Tisch, stellte Milch und das übriggebliebene Brot hinzu, setzte Wasser auf, um neues Mus zuzubereiten, schöpfte davon, als es kochte, eine Kelle voll und goß sie über die vorbereitete Kräutermischung. Dann holte ich in der Vorratskammer die Schüssel mit den vier Pfund Dinkel, den ich am Vorabend in Wasser eingelegt hatte, und schüttete ihn in das brodelnde Wasser. Salz würde ich erst vor dem Anrichten beigeben, so hatte mich Mutter gelehrt. Mit dem Feuerhaken zog ich die Glut etwas auseinander, damit die Speise langsam bis abends gar werden konnte. Die Männer saßen schon am Tisch, den Jungen, der bis dahin noch kein Wort gesprochen hatte, zwischen sich. – »Ich bringe Mutter noch schnell den Tee, sie fühlt sich nicht gut. Fangt schon mit Essen an«, befahl ich und sah, wie Klemens und David einen verständnisinnigen Blick tauschten, machte mir aber darüber keine weiteren Gedanken.

Dankbar trank Mutter den lauwarmen Tee, halb angezogen auf der Kante ihres Lagers sitzend.

»Wir haben heute allerlei zu erledigen, Josiane. Nach dem Morgenessen mußt du den Jungen ins Waisenhaus zurückbringen, damit wir seinetwegen nicht Schwierigkeiten bekommen. Sag Klemens, er soll sich bereithalten; er wird uns später mit dem Karren auf den Markt begleiten. Wir brauchen Honig, Gewürze, Harz, Salz, Schweineschmalz und Branntwein. Auch möchte ich für Vater etwas Fleisch kaufen. Es wird ihm guttun, wenn er morgen abend von Freiburg zurückkommt. Sag David, er müsse sich beim Abdecker wegen der angefallenen Häute erkundigen und sie zum Gerben bringen – aber nein, ruf ihn mir her, ich will es ihm selbst sagen. Die bestellten Handschuhe sind auch noch abzuholen.«

Ich tat, wie mir befohlen, und während mein Bruder von Mutter seine Aufgaben entgegennahm, setzte ich mich zu Tisch, um mein mittlerweile ausgekühltes Mus zu essen. Es war für uns nicht ungewöhnlich, von Mutter Befehle anzunehmen, denn, wenn Vater nicht da war, war sie für Abdeckerei und Frauenhaus zuständig. Nur mit den Gefangenen im Folterturm wollte sie nichts zu tun haben, und ich habe nie erlebt, daß sie diesen betrat.

Klemens streute etwas von dem neumodischen Kraut auf seinen Handrücken, schniefte es nacheinander in beide Nasenlöcher und nieste lautstark. Der Junge, offensichtlich satt und zufrieden, sah ihm gebannt zu. Er hatte die Arme eng um seinen verkrümmten Körper geschlungen und sah seltsam aufgequollen aus. Fragend sah ich Klemens an. Der schmunzelte. »Der Kleine hat nach und nach das ganze Brot unter sein Wams gestopft, als Vorrat für später, denke ich.« Wieder stieg dieser seltsame Ärger in mir hoch, machte aber sogleich heftigem Mitleid Platz. Wie schlecht mußte es ihm in seinem kurzen Leben schon ergangen sein!

»Hat er gesprochen?«

»Nein, nichts zu machen, vielleicht ist er stumm. David hat es auf alle Arten versucht, aber er bringt die Lippen offenbar nur zum Essen auseinander.«

Als ich den Tisch abgeräumt und aufgewischt hatte,

holte ich eine Schüssel voll Wasser und sauberes Linnen, um unserem Gast die verklebten Finger und das verschmierte Gesicht zu waschen. Widerstrebend ließ er es geschehen. Als ich ihm auch sein bekleckertes Wams abwischen wollte, wehrte er sich heftig. Offenbar fürchtete er um seinen Brotvorrat. Da holte ich aus der Speisekammer eines der Stoffsäcklein, in denen wir Grütze, Erbsen und Linsen aufbewahrten, legte vor seinen Augen ein Stück Käse hinein und bedeutete ihm, es mir mit seinen Brotstücken gleichzutun. Er begriff erstaunlich schnell, und als wir dann zusammen das Haus verließen, hielt er das Säcklein fest in seiner kleinen Hand.

Bereits beschäftigten sich die Wäscherinnen an den Brunnen mit den Bottichen, schleppten Wasserträger schlurfend die nasse Last in die Küchen der vornehmen Familien, öffneten die Krämer in den Lauben ihre Falladen und breiteten auf dem ausgeklappten Sims ihre Waren aus. In flottem Schritt zog eine Formation Soldaten in Ausübung ihrer jährlichen, zwanzigtägigen Dienstpflicht der Schützenmatte entgegen, und einige Fuhrwerke ratterten gemächlich über das holprige Pflaster.

Ich strebte mit meinem Schützling dem Predigerkloster zu, in dessen einem Flügel das Waisenhaus untergebracht war. Doch je näher wir dem Ort kamen, desto schleppender wurden seine Schritte, er machte gar Anstalten, sich loszureißen, so daß ich genötigt war, seinen dünnen Arm fest zu umklammern. Begütigend redete ich auf ihn ein, sagte, daß ihn seine Leute schon in fünf Tagen wieder abholen würden, daß er sich nicht zu sorgen brauche und er es gar nicht so schlecht haben würde unter der Obhut der Lehrer. Die Leute blickten uns neugierig nach, und ich war froh, als ich das Mauertor mit dem schweren Klopfer erreichte, den ich einige Male kräftig gegen das Holz fallen ließ. Der Hausmeister, der uns öffnete, fragte nach unserem Begehr und forderte mich dann auf, in den das Kloster umschließenden Hof zu treten. Doch ich wußte, was sich gehörte, wies auf den Galgen an meinem Ärmel, schob ihm den widerstrebenden Jungen zu und eilte, wie von einer Last befreit, davon. Das Kind tat mir leid – doch was kümmerte es mich? Es war nur der Abkömmling elender Landstreicher, wie es viele, zu viele gab, und schließlich hatte ich für ihn getan, was ich konnte.

Klemens stand schon mit dem Handwagen bereit. Eben trat Mutter aus der Haustüre und reichte mir mein grünes, mit roten Fäden durchwirktes Schultertuch. Rot und grün waren die Erkennungsfarben des Scharfrichters, und wenn auch nur unsere Festtagskleidung ganz in grün und rot gehalten war, hatten wir doch oft eine Schleife oder ein Band in diesen Farben an uns. Mutter trug ein braunes Kleid aus feinem Wollstoff, und die Schürze über ihren weitausladenden Röcken war makellos sauber, ihr rotgoldenes Haar war unter der Haube verborgen, und ihre Hände steckten in Halbhandschuhen. Ihr Tuch trug sie so um die Schultern gelegt, daß auf dem einen Ärmel der aufgenähte Galgen noch gut zu sehen war. Sie schien sich besser zu fühlen, denn ihre Augen glänzten, und ihre Wangen hatten wieder etwas Farbe angenommen. Ich bewunderte sie sehr, denn weiß Gott, sie war ohne Zweifel mit ihren siebenunddreißig Jahren noch immer eine schöne, stattliche Frau.

Zusammen schritten wir durch das Verbindungsgässchen hinüber in die Spitalgasse. Dort war der Markt, der sich stadtabwärts über drei Gassenzüge ausbreitete, schon in vollem Gange. Die Zweiräderkarren der Marktfahrer standen schön ausgerichtet über dem Stadtbach, die Räder im Wasser, die Deichseln schräg gegen den Himmel weisend. So behinderten sie niemanden. Die Bauersleute hatten auf der Schattseite der Gassen ihre Waren ausgebreitet, in Krügen, Bottichen, Körben, auf Tüchern oder in Käfigen, je nach Art der Dinge, die sie anzubieten hatten. Da gab es Rüben, Sellerie, Petersilie, Rotrettich und Sonnenwirbel, Eier, verschiedene Sorten Käse, goldgelbe Butter, schäumende Milch, süßen Rahm, dann die duftenden, frischen und getrockneten Kräuter wie Majoran, Rosmarin, Basilikum, Salbei, die Gewürze aus den heißen Ländern wie Kardamom, Zimt, Macis, Pfeffer, Nelken, Ingwer, Kapern, Zitronen, Muskatnuß und den kostbaren Safran, Krüge mit Honig, Körbe voller Weinbeeren, gedörrten Apfel- und Birnenschnitzen, Mandeln und Nüssen, dann in Bottichen voller Wasser schwimmende Krebse und frisch gefangene Fische wie Balchen, Forellen und Hechte, lebendes Geflügel wie Enten, Gänse, Tauben, Truthähne, dann in ihre Trüllen eingesperrte, gemästete Eichhörnchen und noch vieles mehr. Die meisten dieser Köstlichkeiten waren allerdings den vornehmen Haushalten zugedacht, und man sah deren Köchinnen, um die die Händlerinnen buhlten, mit hochmütigen Gebärden von Stand zu Stand gehen, um das Beste für ihre Herrschaft aufzustöbern. Die gemeinen Bürger, zu denen auch wir gehörten, leisteten sich vieles nur an Festtagen, und die Armen konnten davon nur träumen. Es war aber nicht so, daß wir schlecht aßen. Mutter verstand es, mit Hilfe unseres Gartens Abwechslung auf den Tisch zu bringen. Sie war auch nicht zu knausrig, um hin und wieder, ohne besonderen Anlaß, etwas Außergewöhnliches zuzubereiten.

Wir entschlossen uns, für Vater einige Krebse zu kaufen. In wenigen Schritten Entfernung vom Bottich blieben wir stehen, und Mutter rief der Bäuerin ihr Begehr zu. Hastig und, wie mir schien, recht ungern kam diese der Bitte nach, fischte drei Tiere aus dem Wasser und legte sie einfach vor ihre Auslage auf den Boden. Klemens oblag es, die die Freiheit witternden und fortstrebenden Tiere einzufangen und in einen Sack zu stecken. Das Geld wurde auf gleiche Weise, nur umgekehrt, übergeben. Ich sah, wie die Frau mit gekreuztem Zeige- und Mittelfinger das Zeichen gegen den bösen Blick machte, bevor sie das Geld aufnahm, hernach auf den Boden spuckte und den Speichel zertrat. Das war nicht ungewöhnlich, war vielmehr so üblich, denn dieses Zeremoniell beschützte die Leute vor dem Bösen, dem Unreinen, das uns anhaftete. Niemand hätte sonst mehr bei ihr gekauft. Sie wäre verstoßen und als Marktfrau kaum mehr zugelassen worden.

Anderseits hätte es auch niemand gewagt, unseren Wünschen nicht entgegenzukommen, jedenfalls nicht in Mutters Gegenwart. Zu sehr fürchtete man die Aura des Unheimlichen und der Macht, die uns umgab.

So kauften wir unseren Schweineschmalz, den Honig, den Branntwein, kauften Safran, Kardamom und Pfeffer, luden ein Säcklein Salz auf unseren Karren und den Krug mit Harz und sonst noch einiges, was Mutter als nötig erachtete, und machten uns auf den Rückweg. Da blieb Mutter stehen.

»Josiane, Klemens, geht schon vor. Ich möchte noch schnell meine Schwester aufsuchen; ich habe mit ihr etwas zu bereden. Erinnere David daran, daß er beim Lederer die Handschuhe abholen muß; Vater hat nur noch drei Paar.«

Sie ging davon, und wir schauten ihr nach – eine aufrechte Gestalt, sauber und ordentlich, nicht achtend der scheuen und neugierigen Blicke und dem Getuschel hinter ihrem Rücken. Sie hielt sehr viel von Reinlichkeit und war der Meinung, daß, auch wenn wir geächtet waren, wir noch lange nicht schmutzig und zerlumpt herumzulaufen hatten, wie das manchmal in Henkersfamilien der Brauch war.

Klemens half mir, die Vorräte abzuladen und zu versorgen. Danach setzte er sich in den Garten an die Sonne, um sich auszuruhen. Das war sein gutes Recht, denn in seinem Alter konnte er nicht mehr den ganzen Tag auf den Beinen stehen. Ich schürte die Glut im Herd und sah nach dem Mus, das leise kochte, wie es richtig war, legte einen frischen Laib Brot, Käse und Wein auf den Tisch, damit alle, die es wollten, sich erlaben konnten, und nahm mir selbst etwas davon. Richtig essen würden wir erst am Abend wieder.

Der Tag war schön und warm, deshalb beschloß ich, außerhalb der Stadtmauern nach Tüpfeljohanniskraut zu suchen, aus dem wir ein Öl für die Wundbehandlung, insbesondere Verbrennungen, bereiteten. Zudem kannte ich ein Plätzchen, wo der bei uns nicht so häufige Attich wuchs. Vater schätzte diesen sehr, um nach der peinlichen Befragung die Verstauchungen und Quetschungen der Delinquenten zu pflegen, damit diese zu ihrer Hinrichtung in der bestmöglichen Verfassung antreten konnten. Wie kein Zweiter verstand er es, Knochenbrüche zu schienen und verschobene Glieder wieder einzurenken.

Eben als ich das Haus mit meinem Korb am Arm verlassen wollte, kam David zurück. Adam war bei ihm, und da fiel mir ein, daß die beiden das Rad hatten aufrichten müssen, damit der Geräderte noch einige Tage weithin sichtbar der Menschheit als abschreckendes Beispiel dienen konnte. Danach würde er an Ort und Stelle, auf dem dort eigens dafür eingerichteten Friedhof ohne Gottes Segen verscharrt werden. Adam sah übernächtigt aus, was kein Wunder war. Nun, die Galgenwache war beendet, kein Unbefugter würde sich jetzt noch am Gerichteten zu schaffen machen, um die zauberkräftigen Dinge, die allein uns zustanden, zu stehlen. Er konnte in der kommenden Nacht beruhigt seinen dringend benötigten Schlaf nachholen.

David hatte den Packen schwarzer Handschuhe schon dabei, von denen wir eine Unmenge brauchten und den er nun auf den Tisch legte. Sie waren aus Hundshaut gefertigt, sehr weich und geschmeidig und waren in anderen Farben auch von den Gnädigen Herren von Bern recht begehrt. So traf man in unserer Stadt kaum streunende Hunde an, und der Hundefänger mußte die benötigten Tiere oft außerhalb, in der weiteren Umgebung der Stadt, zusammensuchen. Vater benötigte für jede Hinrichtung ein neues Paar. Sogar jeder Delinquent hatte das Recht auf Schutz vor der direkten Berührung und damit vor der magischen Ausstrahlung des Henkers. Anderseits aber konnten die bösen Kräfte des armen Sünders auch nicht auf meinen Vater zurückfallen und durch diesen weitergegeben werden.

David sah bedrückt aus, und ich wußte auch warum. Ihm stand noch die Auseinandersetzung mit Vater bevor. Einmal mehr würde er sich rechtfertigen müssen für sein Verschwinden, für die Vernachlässigung seiner Pflicht. Ich haßte diese Streitereien, fühlte mich hin- und hergerissen zwischen den beiden, die ich liebte, verstand aber den Zorn meines Vaters, der in seinem Sohn seinen Nachfolger sah. Schon immer war es so gewesen, daß sich das Scharfrichteramt vom Vater auf den Sohn vererbt hatte, warum also wehrte sich David so dagegen? Weshalb achtete er eine gesicherte Lebensstellung so gering? Er wußte doch genau, daß er keine Aussichten auf einen besseren Beruf hatte. Ihm blieben nur die schlechtesten Arbeiten wie Abdecker, Schinder und Kloakenreiniger oder – und da beschlich mich ein ahnungsvolles, wehes Gefühl – Spielmann. Ich dachte an seine Laute, die er so liebte, an sein Spiel, das niemanden ungerührt ließ, an sein herzliches, offenes Wesen und sein frohes Lachen. Es würde Mutter das Herz brechen, sollte er sich zu einer dieser Tätigkeiten entschließen – und mir auch!

Unter solchen Gedanken durchquerte ich das Golatenmatt-Tor und schritt dem äußeren Aarbergertor zu. Dabei mußte ich am Schallenhaus vorübergehen, wo diejenigen Delinquenten inhaftiert waren, denen man nicht ans Leben konnte. Eben wurden fünf von ihnen an eines der schweren, vierrädrigen Fuhrwerke gespannt, welche man zur Stadtreinigung benutzte. Drei weitere – die Auflader mit ihren großen Schaufeln – standen daneben, bereit, an die Seitenwände gekettet zu werden. Alle waren sie braun gekleidet und trugen um den Hals den Eisenring, den Gätzistiel. An dessen im Nacken hochgebogenen, sogenannten Schnabel hing die Schelle, nach der das Zuchthaus benannt war. Ich wußte, daß noch zweiundzwanzig Wischerinnen aus den Türmen dazukamen, und fragte mich, ob das Mädchen mit den schwarzen Haaren auch dabeisein würde. Begleitet waren diese Fuhrwerke, deren sechs, von Polizisten und in der trockenen Jahreszeit von einem weiteren Gefangenen, der die Straße mit Wasser aus einer Brente bespritzte, damit es weniger stob.

Ich wandte mich ab. Durch das äußere Aarbergertor rannte eben eine Horde Kinder, lärmend und schreiend, nicht achtend der mahnenden Zurufe der beiden die Aufsicht führenden Unterlehrer, die mit eher lauem Eifer hinterherliefen. Es waren die Pfleglinge aus dem Waisenhaus, und ich sah, daß sie etwas in ihrer Mitte einhertrieben, knuffend, tretend und stoßend. Näherkommend konnte ich aus ihrem Geschrei die Worte: »Buckel, Buckel, Satansbrut!« heraushören und wußte sofort, wen sie damit meinten. Schnell ließ ich den Korb fallen, rannte zu dem nun stillstehenden, im Wechselchor auf und ab hüpfenden Knäuel und versuchte, mir einen Weg in ihren Kreis zu bahnen. Doch einer der Häftlinge war schneller. Mit hinterherschleppender Kette fuhr er zwischen die Knaben, die erschrocken zurückwichen und dann neugierig zusahen, wie er das auf dem Boden liegende Häufchen Elend aufhob und in seine Arme nahm. Ohne zu überlegen kniete ich mich daneben und tupfte das blasse, blutende Gesicht des Kleinen mit einem Zipfel meines Unterrocks ab. Er weinte nicht, doch schaute er ernst seinen Retter an, der ihn ebenso ernst anschaute, beide mit Augen schwarz wie Kohle. Derselbe Blick, in einem Einverständnis, einem Begreifen, von dem ich ausgeschlossen war, dieselben schwarzen, dichten Haare, dieselben hohen Wangenknochen, derselbe Schwung der Lippen, des Kinns und der leicht gebogenen Nase – ausgeprägt beim Jüngling, andeutungsvoll im Kindergesicht. Ich verspürte eine unbändige Lust, in den Bann, der die beiden umfing, einzudringen, dazuzugehören, bemerkt zu werden und fragte:

»Ist das dein Bruder?«

»Ja, mein Bruder!« Er sah mich noch immer nicht an.

»Sie werden ihn weiter quälen!«

»Ich weiß.«

»Vielleicht könnte er zu uns kommen. Er war schon eine Nacht bei uns. Wenn ich mit Vater spreche. Vielleicht!«

Nun sah er auf. Sein Blick glitt über mein Gesicht, über meine Kleidung. Ich war sicher, daß er den aufgenähten Galgen bemerkt hatte, doch nichts in seiner Miene verriet dies.

»Das wäre gut«, meinte er, stand auf und legte mir den Jungen in die Arme, wobei er mich streifte. – »Haare wie rotes Gold«, murmelte er und lächelte.

Überrascht von der plötzlichen Nähe eines jungen Mannes, der nicht mein Bruder war, stand ich da, sah verwirrt den beiden Polizisten zu, die ihn, unsanft vor sich herschiebend, ins Schallenhaus zurückbrachten, und begriff, daß er Hiebe bekommen würde. Es war keinem Häftling erlaubt, außerhalb der Gefängnismauern auch nur einen Schritt ohne die Erlaubnis seiner Wärter zu tun.

»Wie heißt er?« rief ich hinterher.

»Mathieu!«

»Kann er sprechen?«

»Ja. Aber nur, wenn er will!« Damit verschwand er zwischen seinen Peinigern im Haus.

Nun stand ich da, mit dem Kind im Arm und einem Beinahe-Versprechen, das ich vielleicht nicht würde halten können. Einer der Unterlehrer trieb die Knaben vor sich her in die Stadt zurück, der andere kam mit wichtigen Gebärden, beinahe drohend auf mich zu. Ich stellte den Jungen ab, der seine Hand in die meine schob und wartete.

»Du bist die Musche, nicht wahr?« Ich nickte.

»Der Pedell hat mir berichtet, daß der Kleine in eurem Haus genächtigt hat. Eigentlich hättest du ihn gar nicht mehr zu uns bringen dürfen, das weißt du doch, oder?« Er sah mich herablassend und unbarmherzig an, und etwas wie Trotz stieg in mir hoch.

»Gewiß weiß ich das, doch wird es auch dir nicht unbekannt sein, daß gerichtliche Verfügungen nur von unseren Hohen Gnädigen Herren abgeändert werden können. Solches steht weder in eurem noch in unserem Ermessen. Ich bitte dich deshalb, mit deinen Vorgesetzten die Sache zu besprechen.«

Ich sah, daß der junge Mann sich ärgerte über meine kühne und keineswegs unterwürfige Sprache. Obschon ich fürchtete, daß ich der Sache meines Schützlings mehr Schaden als Nutzen zufügte, bemerkte ich entschlossen:

»Der Junge kann bei uns bleiben, bis wir etwas anderes hören. Ich hoffe, daß so auch der Schicklichkeit Genüge getan wird.« Halb erwartete ich, er würde dies nicht zulassen, doch er sah mich nur weiterhin starr an. Ich hatte seinem Blick standgehalten und ebenso viel Verachtung hineingelegt, wie ich in seinem bemerkt hatte, denn er war nur wenig älter als ich, und es war somit kein Grund vorhanden, mich ehrerbietig zu benehmen. Dann wandte ich mich um und eilte mit dem Kind davon, wieder zurück zu unserem Haus.

Mittlerweile war Mutter heimgekehrt, und ich erzählte ihr, was es mit dem Jungen auf sich hatte. Nur das mit den »Haaren wie rotes Gold« erwähnte ich nicht; darüber wollte ich erst noch nachdenken.

»Wie es scheint, werden wir den Kleinen nicht mehr los«, meinte Mutter lächelnd und schob ihm freundlich einige gedörrte Apfelschnitze zu. – »Bereite ihm sein Lager in Klemens' Kammer, er kann dort schlafen, bis ihn seine Leute abholen.«

Gerade als ich mich umwandte, hörte ich, wie sie scharf die Luft einzog. Ich schaute zurück. Sie stand mit geschlossenen Augen am Küchentisch und hielt sich mit beiden Händen daran fest.

»Mutter, was habt Ihr?« Ich umfing sie mit beiden Armen und ließ sie vorsichtig auf den danebenstehenden Hocker gleiten. »Wenn ich Euch nur helfen könnte, wenn ich nur wüßte, was Euch fehlt!«

»Josiane!« Halb mißbilligend, halb belustigt sah sie mich an und schüttelte leicht den Kopf. »Ich muß mich allen Ernstes fragen, was du bei mir in all den Jahren gelernt hast. War ich dir wirklich eine so schlechte Lehrerin? Denk doch mal nach, denk an Susanna im Frauenhaus, denk an die Frau des Abdeckers? Na, was ist?«

Susanna? Was war mit Susanna? Nun ja, sie stand kurz vor der Niederkunft, was hatte das mit meiner Mutter zu tun? Und die Frau des Abdeckers? Die hatte sich kürzlich eine Teemischung gegen ihr allmorgendliches Erbrechen von uns geholt, sie war wieder mal schwanger – schwanger?

Nun war ich es, die nach Luft schnappte: »Mutter, um Gottes willen, aber doch nicht Ihr. Ich meine – Ihr könnt doch jetzt nicht mehr – ich meine – Ihr und Vater!«

Mutter lachte hellauf: »Du kleine Närrin, und weshalb nicht? Wie, glaubst du denn, sind du und dein Bruder geworden? Kinder kann man nur auf eine Art kriegen. Wir Frauen sind nicht wie die Jungfrau Maria und – glaube mir – keine, die ich kenne, würde so empfangen wollen wie sie.«

Doch, ich kannte eine, nämlich mich! Seit ich vor einigen Jahren auf dem Münsterkirchhof zufällig miterlebt hatte, wie die Saumrosse sich paarten – also wirklich! Das lange, dicke Ding, das dem Hengst zwischen den Hinterbeinen hing, sein schrilles Gewieher, als er die eher teilnahmslose Stute bestieg, der Schaum vor seinem Maul und die aufgerissenen, blutunterlaufenen Augen erschienen mir zwar bemerkenswert, doch umgesetzt auf uns Menschen eher verabscheuungswürdig. Die Kopulation zweier Katzen in unserem Garten hatte mich in diesem Empfinden noch bestärkt, und seither bedauerte ich die Mädchen im Frauenhaus auf das Tiefste.

Es war ja nicht so, daß ich gänzlich unwissend war. Die Nachbarschaft des Frauenhauses hätte dies auch unglaubhaft erscheinen lassen. Ich wußte sehr wohl, was da vor sich ging; aber die Vorstellung, daß meine Eltern dasselbe taten, entsetzte mich. Nie hatte ich sie mit solchen Augen gesehen. Ich konnte mir nicht helfen, aber ich fand es ganz einfach beschämend, daß Mutter in ihrem Alter noch ein Kind bekommen sollte. Meine Verwirrung überdeckend befahl ich Mathieu, mir zu folgen, rannte die Treppe hoch, entnahm dem Kasten in unserem Arbeitsraum ein frisches Linnen und eine Decke und stieg weiter hinauf in die Dachkammer. Dort schüttelte ich einen der vorrätigen Strohsäcke auf, bezog ihn mit dem Tuch und legte die Decke darüber. Mathieu, der mir tatsächlich gefolgt war, schaute sich neugierig um.

»Hier wirst du schlafen, das ist dein Bett«, sagte ich, und er nickte kurz. Sein Gesicht aber blieb ausdruckslos, ich erkannte nicht, ob er sich darüber freute, und das ärgerte mich. Aber da setzte sich Mathieu auf seine Liegestatt, zog eine kurze, einfache Flöte aus seinem Wams und begann, eine kleine, hübsche Melodie zu spielen. Wie eine Gestalt aus der Dämonenwelt kam er mir auf einmal vor mit seinem verkrümmten Leib, dem halslosen, geneigten Kopf, von dem ich bloß die schwarzen Haare sehen konnte, und den dünnen, untergeschlagenen Beinen. Plötzlich fühlte ich Abneigung gegen dieses verwachsene Geschöpf, und ich fragte mich, ob ich denn verrückt gewesen war, ihn in unser Haus zu holen. Als hätte er es gefühlt, setzte er die Flöte ab, drehte seinen Kopf seitwärts und blickte mich von unten herauf ernst an. Und dann lächelte er – lächelte mich an, und mir war, als würde ein Sonnenstrahl durch die Kammer hüpfen. Dann ließ er sich hintenüber auf die Decken fallen und lachte ein kullerndes, ansteckendes Lachen, so daß auch ich lachen mußte. Meine Abneigung war wie weggeblasen, und als er mir seine Hände entgegenstreckte, ergriff ich sie und zog ihn hoch. »Gefällt es dir bei uns?« fragte ich, immer noch lachend, und als er nickte, nahm ich ihn auf und wirbelte mit ihm im Kreis herum, bis wir ganz atemlos waren.

Vater und Veit kamen am nächsten Abend nach Hause, als es schon lange dunkel war. Mutter hatte die Krebse geputzt und sie danach in einen Hafen mit kochendem Wasser geworfen. An den weiteren Zutaten erkannte ich, daß sie dazu Vaters Lieblingssauce kochen würde: Rahm, Honig und Butter standen bereit, Rosmarin, Majoran, Salbei und Petersilie waren feingehackt, Wein und Essig schon gemischt. Nur die Ingwerwurzel mußte noch geraffelt werden. Wir, des Wartens müde, hatten ohne die beiden gegessen, und Klemens und Mathieu schliefen bereits in ihrer Kammer. David war draußen im Garten, und wir störten ihn nicht. Als es von der Spital-Kirche die zehnte Stunde schlug, bedeutete mir Mutter, ebenfalls zu Bett zu gehen. Das tat ich nur zu gerne, denn noch immer steckte mir die anstrengende, vorgestrige Nacht in den Knochen.

Als ich erwachte, schien der Mond hell in meine Kammer, vom Frauenhaus tönte Musik und Gelächter herüber, und im Garten hörte ich die Stimmen von Vater und David.

»Ich warne dich zum letzten Mal«, sagte Vater eben, »du wirst das nicht noch einmal tun. Du bist mein Nachfolger, und ich wünsche, daß du dieses Handwerk, das uns seit Generationen ernährt, weiterführst. Wenn es gut genug für unsere Väter war, wird es wohl auch gut genug sein für dich.«

»Vater, ich kann nicht!«

»Möchtest du denn, daß wir sagen müssen, unser Sohn reinige die Abflußgräben? Glaubst du vielleicht, das sei eine sauberere Arbeit?«

»Allemal besser als die Eure«, rief David erregt, »ich habe Euch schon oft gesagt, daß ich es nicht ertrage, Blut zu sehen!«

»Dann wirst du es lernen!« Vater schrie nun. »Morgen nehme ich die peinliche Befragung an der Kindsmörderin vor, und du wirst dabeisein.«

»Vater, bitte nicht!«

»Meine Geduld mit dir ist zu Ende. Bei der nächsten Hinrichtung wirst du mir zur Hand gehen, sonst werde ich dich dem Rat persönlich als Kloakenreiniger vorschlagen und dafür besorgt sein, daß du diese Arbeit auch erhältst. Laß dir also ja nicht einfallen, wieder zu verschwinden – und überlege es dir gut. Es ist deine letzte Gelegenheit!«

Vater mußte sich erhoben haben, denn ich hörte das Knirschen von Steinen, das Einschnappen eines Schlosses und dann seine schweren Schritte auf der Treppe. Als er die Schlafkammertür schloß, stieg ich aus dem Bett und eilte zum Fenster. Der Garten war in bläulichweißes, scharfe Schatten bildendes Licht getaucht. Ich wußte, daß David noch da war, sah ihn aber nirgends, und so nahm ich mein Tuch über die Schultern und schlich mich hinunter.

Er stand mit mutlos hängenden Armen eng an der Hausmauer und hatte die Stirn an den rauhen Stein gelegt. Ich wußte nicht, ob er mich gehört hatte, und wartete auf ein Zeichen, aber er bewegte sich nicht, und mein Herz schmerzte vor Mitleid mit ihm. Nach einer Weile trat ich auf Zehenspitzen näher und berührte ihn an der Schulter.

»David?«

»Was willst du?«

»Ich habe alles gehört. David, bitte, versuch es noch einmal!«

»Nicht du auch noch, Josiane, nicht du auch noch!«

Seine Stimme klang dumpf, und als er mir nun sein Gesicht zuwandte, sah ich, wie verzweifelt er war.

»Aber die Aborte – das stinkt doch so!« Ich schwieg. David hatte sich an der Mauer hinabgleiten lassen und seinen Kopf auf die angezogenen Knie gelegt. Ich setzte mich daneben und faßte nach seiner Hand. Sie war eiskalt.

So saßen wir stumm nebeneinander. Der Mond wanderte über den Himmel, und die Schatten im Garten veränderten sich, wurden schräger, spitzer und schließlich dünner. Ich wärmte abwechselnd meines Bruders Hände, indem ich sie rieb und anhauchte, immer wieder, immer wieder und er ließ es geschehen. Mir war entsetzlich kalt, aber er schien nichts zu fühlen, starrte nur vor sich hin, und ich getraute mich nicht, ihn zu stören. Endlich, die Schatten der Nacht wichen bereits, schaute er mich an und begann zu sprechen:

»Du hast es ja noch nie hören müssen, aber glaube mir, es ist entsetzlich. Sie schreien und schreien, wenn sie am Seil aufgezogen werden, an den auf dem Rücken zusammengebundenen Armen, mit Steinen an den Füßen, deren Gewicht mithilft, ihnen die Gelenke auszudrehen, schreien, wenn sie mit glühenden Zangen am ganzen Körper gezwickt, mit den spanischen Stiefeln ihre Beine zerquetscht und mit den Ruten ihre Körper geschlagen werden, bis das Blut hervorspritzt – und dann all das andere.«

Seine Stimme sank zu einem Flüstern, als wollte er den neuen Tag nicht an dem Schrecklichen teilhaben lassen, das nun aus ihm herausbrach, stoßweise, von Schluchzen unterbrochen. So vernahm ich von Dingen, von denen ich nichts geahnt hatte und die mich auf das Tiefste entsetzten. Vernahm von seiner ständigen Angst, die Nachfolge seiner Väter antreten zu müssen, von seiner unüberwindbaren Abneigung gegen diesen Beruf und der Seelenqual seines Gewissens, als pflichtvergessener Sohn zu gelten.

Schon längst hatte ich meine Arme um ihn gelegt, wiegte ihn sanft hin und her und weinte mit ihm, denn es fiel mir nichts anderes ein, um ihn zu trösten und zu zeigen, daß ich ihn verstand. Als er schwieg, blieben wir so noch einige Zeit, und ich fühlte die Bürde seines Bekenntnisses schwer auf meiner Seele. Ich wußte, daß eine Lösung gefunden werden mußte, aber Müdigkeit und Trauer verwischten in meinem Kopf alle Gedanken. Nicht jetzt, dachte ich, nicht jetzt – später, später!

David begleitete Vater nicht zur peinlichen Befragung; er war verschwunden. An seine Stelle traten die beiden Folterknechte Adam und Veit. Vater sprach kein Wort. Die Stimmung am Morgentisch war bedrückt, und ich war froh, daß Mathieu noch schlief. An Mutters rotumränderten Augen sah ich, daß sie geweint hatte. Die Folterknechte, die beide außerhalb wohnten, aber alle Mahlzeiten mit uns aßen, schwiegen. Doch während sich Adam still mit seinem Mus beschäftigte, ließ Veit den Blick seiner Schweinsäuglein boshaft von einem zum andern gleiten und stocherte hin und wieder in seinen gelben Zähnen herum, was er, wie ich vermute, nur tat, um sein schadenfrohes Grinsen zu verbergen. Es war kein Wunder, daß ich ihn nicht mochte.

Als die Männer das Haus verlassen hatten und sich Klemens mit seinem Wassereimer auf den Weg machte, setzte sich Mutter auf die Bank, wischte sich über die Augen und seufzte schwer. Besorgt sahen wir uns an.

»Hast du den Streit heute nacht gehört?« Ich nickte.

»Glaubt Ihr, Ihr könnt Vater noch umstimmen?«

»Wegen der Abwassergräben? – Ich weiß nicht, er ist sehr aufgebracht.«

»Was soll denn nun werden, Mutter?«

»Ich weiß es wirklich nicht. Es ist ein Jammer, daß ich diese Fehlgeburten hatte. Es waren Knaben – alle drei. Einer davon wäre bestimmt ein guter Scharfrichter geworden. Aber David – er taugt nicht dazu. Ich habe es bereits befürchtet, als er noch ein Kind war und bevor ich ihn zum ersten Mal mit der Laute sah. Er ist zu weich!«

Müde stand Mutter auf.

»Deine Großmutter hat immer gesagt: ›Die Sünden der Eltern rächen sich an den Kindern‹, und das wird wohl so sein.«

Sie nahm den Feuerhaken und begann, die Glut zu schüren. Ehe ich sie fragen konnte, was sie damit meinte, schob sich Mathieu in die Küche und blieb schüchtern in der Tür stehen. Ich nahm mich seiner an und kam nicht mehr dazu, mit Mutter zu sprechen, denn der Junge hielt mich ganz schön in Atem. Mutter, die sich um so viele Dinge kümmern mußte, überließ mir stillschweigend seine Betreuung. Es zeigte sich, daß er keine Lebensart besaß, zumindest nicht eine, die wir kannten. So wußte er sich bei Tisch nicht zu benehmen, schmatzte und schlürfte laut, griff vor allen andern in die Schüsseln, benutzte dazu keinen Löffel, bekleckerte sich dauernd mit den Speisen, und wenn er trank, rann ihm die Hälfte übers Kinn. Da ich es war, die ihn in unser Haus gebracht hatte, fühlte ich mich für ihn verantwortlich und tat in der Folge mein Bestes.

Ich versuchte also, ihm die richtige Handhabung eines Löffels beizubringen, und dabei fiel mir ein, daß Vater von Mathieus Anwesenheit noch gar nichts wußte. Beklommen überlegte ich mir, wie ich ihm, zur Rechenschaft gezogen, mein doch sehr eigenmächtiges Handeln erklären sollte, und so gesellte sich zu der Sorge um David noch diese weitere. Mutter war keine große Hilfe. Darauf angesprochen bemerkte sie bloß:

»Sag ihm einfach, wie es dazu gekommen ist, so wie du es mir erzählt hast. Vater ist schließlich kein Unmensch!«

Das stimmte. Vater war kein Unmensch, auch wenn die meisten in der Stadt ihn seines Berufes wegen dafür hielten. Wortkarg und in sich verschlossen, war er gewiß ein strenger Mann, dessen Heben der Augenbrauen genügte, uns zur Ordnung zu rufen. Wir kannten ihn aber auch als besorgten Vater, dem es nicht zu viel war, uns in kranken Tagen pflegen zu helfen, uns nach einem besonders heftigen Hustenanfall liebevoll im Arm zu halten, die Stirne zu trocknen und geduldig den Kräutertee einzuflößen. Manchmal ließ er uns auf seinen Knien reiten oder auf seinem breiten Rücken herumkrabbeln. Hin und wieder brachte er uns von auswärts kleine Geschenke mit, und einmal erhielt ich eine Puppe und David einen kleinen Schubkarren, beides Dinge, die er selbst aus einem Stück Holz gefertigt hatte. Vater war sehr geschickt in handwerklichen Belangen, und es gab nicht viel, das er nicht konnte. Anders als viele Männer in der Nachbarschaft, die ihre Kinder und sogar ihre Frauen zu schlagen pflegten, tat er das nie. Er war freundlich zu uns, und ohne Zweifel liebte er unsere Mutter, denn ich hörte ihn nie respektlos zu ihr sprechen.

So waren denn meine Befürchtungen mehr dem Umstand zuzuschreiben, nicht um Erlaubnis gebeten, also übereilt und deshalb nicht richtig gehandelt zu haben, als der Angst vor Bestrafung. Ich sah dem Abend bedrückt entgegen und war froh, als Mutter mich hieß, einen Krug voll Eingemachtes und einen frisch gebackenen Laib Brot zu meiner Tante auf den Münsterturm zu bringen. Dieser Gang würde mich ablenken, denn ich hoffte, Neuigkeiten über Caspar zu erhalten. Zudem war ich gespannt auf den neuen Chorgerichtsdiener, der, wie Adam mir erzählte, zur Aushilfe bereits gestern eingesetzt worden war.

So ging ich denn recht wohlgemut, mit Mathieu an der Hand, stadtabwärts, blieb kurz am Bärengraben stehen, um dem Jungen die Tiere zu zeigen, und beschloß, um meine Neugier zu befriedigen, zuerst nach dem Chordiener zu schauen. Als Grund würde ich angeben, nach Caspars persönlichen Sachen sehen zu wollen, ohne allerdings zu wissen, ob er außer seiner spärlichen Kleidung welche besaß. So hieß ich Mathieu beim Münsterportal warten, betrat den alten Kirchhof, und als ich dort keine Menschenseele erblickte, schritt ich entschlossen auf die Hütte zu. Die Tür war nur angelehnt, und davor stand ein gefüllter Wassereimer, dessen Rand stark verbogen war. Eben als ich anklopfen wollte, vernahm ich von innen Geräusche, die ich nur zu gut kannte. Zu oft hatte ich dieses Seufzen und Stöhnen aus den Fenstern des Frauenhauses gehört, um nicht zu wissen, was es bedeutete. Es war mir sehr peinlich, und ich schlich davon wie eine ertappte Sünderin, bemüht, keinen Lärm zu machen.

Meine Tante Agnes empfing uns freundlich, und auch das griesgrämige Gesicht ihres Mannes hellte sich etwas auf, als er sah, was ich mitgebracht hatte. Mutter schickte mich oft mit solchen Geschenken zu ihrer Schwester, denn dem Turmwart stand keine Pflanzung zu, so daß sie alles auf dem Markt kaufen mußten. Elisabeth sah ich nirgends, und als ich nach ihr fragte, hieß es, sie würde wohl gleich kommen. Über Caspar hörte ich nur, daß die Inselfrauen ihn aufgenommen hätten, trotzdem er sie in seinem Fieber mit unflätigen Ausdrücken beschimpft hatte. Eben wollte ich mich verabschieden, als Elisabeth erschien. Sie atmete heftig, ihre Haare waren etwas unordentlich, und sie schien sehr erhitzt. Das war wohl den vielen Stufen und dem schweren Wassereimer zuzuschreiben, den sie heraufgeschleppt hatte. Doch dann fiel mein Blick auf den verbogenen Rand des Eimers – und ich wußte! Schnell verabschiedete ich mich und stieg, Mathieu vorsorglich an der Hand haltend, die vielen Stufen wieder hinunter. Ich fühlte mich aufgewühlt von der Entdeckung, die ich gemacht hatte. Wohl war Elisabeth schon achtzehn und durchaus im heiratsfähigen Alter. Trotzdem war ihr Verhalten recht unklug und unvorsichtig. Wie schnell war ein anständiges Mädchen in aller Leute Mund und als Hure verschrien, und wie übel erging es ihm, falls es Pech hatte und der Kindsvater nichts mehr von ihm wissen wollte. Meistens blieb ihm dann – von den Eltern verstoßen – nichts anderes übrig, als ins Frauenhaus einzutreten oder mit seinem Bastard – als Bettlerin – außer Landes zu gehen. Oft – viel zu oft – geschah es, daß solche Unglückliche in ihrer Verzweiflung ihr Neugeborenes umbrachten und so in die Hände der Justiz und endlich meines Vaters gelangten, denn auf dieses Vergehen stand Tod durch Feuer oder Schwert. Beim Münsterportal zögerte ich einen Augenblick und betrat dann entschlossen die Plattform zum zweiten Mal. Ich wollte den Mann sehen, der meiner Base in so kurzer Zeit den Kopf verdreht hatte.

Er stand bei einem der Säumer, der offensichtlich soeben sein Pferd zurückgebracht hatte. Das stämmige, gedrungene Tier war an einem der Mauerringe festgebunden, tänzelte unruhig, warf immer wieder schnaubend seinen Kopf auf und schüttelte ihn. Der Säumer fluchte heftig und spie einen Strahl braunen Saftes in hohem Bogen über die Mauer.

»Ich glaube, das verdammte Vieh ist vom Teufel besessen. Seit ich Schloß Bremgarten verlassen habe, benimmt es sich so.«

»Vielleicht hat sich ihm Euer seliger Hans-Franz Nägeli gezeigt«, spottete der Chordiener und klopfte dem Tier beruhigend den Hals. Der junge Mann war mittelgroß, von kräftiger Gestalt. Sein etwas breites, von dichtem, krausem Haar umrahmtes Gesicht wurde von braunen, tiefliegenden Augen beherrscht, die ihm ein strenges Aussehen verliehen, doch milderte der Mund mit den vollen Lippen diesen Eindruck. Die Hände, mit denen er den Kopf des Pferdes zu sich heranzog, waren groß und rissig, aber nicht unangenehm, und ich war erstaunt, wie behutsam er nun dessen Ohr untersuchte.

»Da haben wir es«, meinte er befriedigt, »da steckt eine Zecke drin. He, Mädchen!« – das galt mir – »lauf in meine Hütte und hol mir vom Tisch das kleine Fläschchen mit Öl.«

Zu meinem Erstaunen zögerte ich keinen Moment, rannte zur Hütte, fand das Fläschchen, bemerkte mit einem schnellen Blick eine ungewohnte Sauberkeit und Ordnung, eilte zurück und überreichte ihm etwas atemlos das Gewünschte. Er lächelte mich an, und ich sah, daß auch seine Augen mitlächelten. Doch schon wandte er sich wieder dem Pferd zu und träufelte das Öl auf die sich festgebissene Zecke, sanfte, beruhigende Worte murmelnd. Das Tier stand ganz still, zuckte mit keinem Muskel, und als er es nun losband, trottete es davon und begann leise mahlend Gras auszurupfen.

»Donnerwetter, du verstehst was von Pferden«, sagte der Säumer bewundernd und spie wieder in hohem Bogen aus, »wo hast du das gelernt?«

»Nun, ich war mal Pferdeknecht.«

»Wo denn? Hier in der Gegend?«

»Nein, nicht hier«, sagte er knapp und, wie mir schien, etwas barsch, »wann brauchst du das Pferd wieder?«

»In zwei Tagen, da muß ich mit einer Ladung Salz ins Oberland.«

»Gut, wenn du willst, kannst du ja morgen abend schnell vorbeischauen, ich hoffe, daß ich bis dahin die Zecke entfernen kann.«

»Wird gemacht.« Der Säumer tippte mit zwei Fingern an seine Mütze, spie nochmals seinen Saft aus und trollte sich.

Ich schaute mich nach Mathieu um und sah, daß er an den Baumreihen entlangging. Vor jeder Linde blieb er stehen und prüfte sie aufmerksam. Das belustigte mich, fand ich doch, daß sie sich alle mehr oder weniger ähnlich waren. Was mochte ihn daran so fesseln?

Der Chordiener lehnte untätig an der Mauer und musterte mich.

»Vielen Dank, daß du mir geholfen hast«, meinte er, und erst jetzt bemerkte ich den fremden Tonfall seiner Sprechweise.

»Oh, das ist nicht der Rede wert«, meinte ich bescheiden, doch zu meinem Schrecken fühlte ich, daß ich errötete. Er tippte auf den Galgen an meinem Ärmel.

»Du mußt Josiane sein. Elisabeth hat mir schon von dir erzählt.«

»Ach, ja«, sagte ich spöttisch.

Er achtete sich dessen nicht und musterte mich immer noch nachdenklich. – »Dann ist David also dein Bruder, und« – er wies auf Mathieu – »wer ist das dort?«

»Da du in unserer Familie so ausgezeichnet Bescheid weißt, wird dies kaum lange ein Rätsel für dich bleiben. Frag doch Elisabeth!«

Er lachte. »Sei nicht dumm, Mädchen. Ich habe hier noch nicht so viele Bekannte und freue mich über jedes neue Gesicht, das ich kennenlerne. Deshalb frage ich eben.«

»Wo kommst du denn her?«

»Aus Basel, bin erst vor einem Monat auf Umwegen mit den Flößern hier angekommen. Eigentlich bin ich Steinmetz, aber Arbeit habe ich keine gefunden. Kein Meister scheint einen Gesellen zu brauchen.«

»Und deshalb arbeitest du nun als Pferdeknecht und Chordiener?« fragte ich zweifelnd. – »Weshalb denn nicht«, meinte er gleichmütig, »es ist ja nur vorübergehend, fürs erste genügt es mir.«

Das erstaunte mich sehr, denn Steinmetze waren angesehen. Noch nie war ich einem Menschen begegnet, der freiwillig niedrigere Arbeit verrichtete.

»Es wird dich bestimmt kein Meister aufnehmen, wenn jemand sieht, daß du mit mir sprichst.«

»Weißt du nicht, daß vor Gott alle Menschen gleich sind«, sagte er neckend, doch seine Augen blieben diesmal ernst. »Weshalb also sollte ich mich nicht mit der Tochter des Scharfrichters unterhalten, besonders wenn sie so hübsch ist?«

Unwillig runzelte ich die Stirn. Es schien mir recht unschicklich von ihm, mit mir so zu sprechen, nachdem er vor kurzer Zeit noch mit Elisabeth in seiner Hütte war.

»Das mußt du selber wissen«, meinte ich daher abweisend, rief Mathieu zu mir her und verließ die Plattform, ohne nach Caspars Sachen gefragt zu haben.

»Nichts für ein hübsches Mädchen«, »Haare wie rotes Gold«, »Besonders, wenn sie so hübsch ist!« Nachdenklich schritt ich stadtaufwärts. In kurzer Zeit hatten mir nun drei Männer zu verstehen gegeben, daß ich hübsch sei. War ich das wirklich? Ich hatte mich noch nie als hübsch empfunden. Dafür, so glaubte ich, brauchte es glänzendes, langes, gelocktes Haar, wie es des Schultheißens Tochter besaß, brauchte es eine kleine, feine Nase und einen zierlichen Körperbau. Das alles hatte ich nicht. Mein rotes Haar war straff um meinen Kopf geflochten, meine Nase schien mir zu groß, und ich war von eher kräftiger Gestalt. Meine Augen waren grün, und mein Gesicht zierten einige Sommersprossen, über die ich mich ärgerte. Meine Glieder jedoch waren wohlgeformt, und mein Busen nicht zu groß und nicht zu klein. Das und meine ebenmäßigen, gesunden Zähne waren das einzige, das ich an mir guthieß, wenn ich – so wie jetzt – über mich nachdachte. Ich konnte nicht leugnen, daß mir die zuteil gewordenen Aufmerksamkeiten gefielen. Im Vorbeigehen schaute ich verstohlen in das

Becken des Brunnens am Rossmarkt, konnte aber außer einem seltsamen Zerrbild meiner selbst nichts erkennen, da der Wasserspiegel von dem herabplätschernden Naß zu sehr bewegt wurde.

Ich hörte Vater in der Küche sprechen. Schwer fiel mir die Last meines Versäumnisses auf die Seele. Mathieu hinter mich schiebend betrat ich den Raum und sah, daß außer meiner Mutter auch Adam und Veit anwesend waren. Das war mir recht unangenehm, um so mehr als die Gespräche verstummten und alle mich anschauten. Lieber hätte ich mit Vater alleine gesprochen, doch war die Sache nicht aufzuschieben, und so zerrte ich den Jungen hinter meinen Röcken hervor.

»Vater, ich muß Euch etwas erklären, was dieses Kind betrifft«, begann ich mutig und schaute hilfesuchend zu Mutter hin. Doch diese putzte ungerührt Rüben für das Abendessen und schaute nicht auf. Ich holte tief Atem:

»Es ist der Junge der Landstreichergruppe. Er blieb nicht im Waisenhaus. Adam hat ihn gefunden, und ich dachte, er könnte solange bei uns wohnen.«

Unsicher brach ich ab. Vaters Augenbrauen hoben sich, aber er sah nicht böse aus, und als er nun seine Hand ausstreckte, klang seine Stimme freundlich:

»Nun, Bub, dann komm mal her, damit ich dich anschauen kann!« Daraus ersah ich, daß er nicht unvorbereitet war und Mutter, die nun leise lächelte, wohl doch mit ihm gesprochen hatte. Erleichtert stieß ich Mathieu noch etwas weiter vor, der auf einmal stocksteif und wie vom Blitz gerührt stehenblieb und sich dann, kreidebleich, nach mir umwandte, seinen Kopf in mein Kleid grub und entsetzlich zu schreien begann. Erschrocken kniete ich mich hin, umschlang ihn und rief:

»Aber Mathieu, was hast du denn, das ist doch nur mein Vater!« Auch die andern, ebenso erschrocken wie ich, schauten verständnislos auf dieses Bild des Jammers, bis sich Vater erhob.

»Es sollte uns nicht überraschen, daß er sich vor mir fürchtet. Schließlich hat er aus nächster Nähe miterlebt, was ich mit seinen Leuten tun mußte. Beruhige ihn, Josiane, er wird sich schon an mich gewöhnen.« Damit ging er hinaus, und Mutter folgte ihm.

Es dauerte noch eine ganze Weile, bis ich ihn mit der Hilfe Adams, der ihm gut zusprach, von mir lösen konnte. Veit aber kicherte böse und unkte:

»Schrei nur, Kleiner, du sollst dich früh genug fürchten. Solches Gesindel wie deinesgleichen endet doch allemal beim Scharfrichter!«

»Schwatz nicht so dumm«, herrschte ihn Adam an, »rück besser zur Seite, damit wir ihn hinsetzen können.« Da erhob sich Veit, und noch immer heimtückisch kichernd verließ er die Küche.

Am nächsten Tag wurde Vater ins Rathaus beordert und kam mit der Erlaubnis nach Hause, Mathieu bei uns aufzunehmen. Offenbar waren die Hohen Gnädigen Herren erleichtert gewesen, daß sich diese heikle Angelegenheit auf diese Weise aus der Welt schaffen ließ, und mir war es auch recht, hatte ich doch bei meiner Kräutersuche einen Begleiter.

Schon am nächsten Morgen wollte ich den versäumten Tag nachholen, denn unser Vorrat an Attich und Tüpfeljohanniskraut ging zur Neige. Auch war es an der Zeit, nach dem Wurzelstock des Salomonssiegels zu graben, mit dessen Hilfe Beulen, Blutergüsse und Narben schnell verheilten. Zudem war er eine wichtige Zutat bei der Herstellung eines Schönheitswassers, mit dem wir großen Erfolg hatten. Dieser Wurzelstock mußte beim Höchststand des Vollmondes gewonnen werden. So würden wir die Nacht in der Waldhütte verbringen, die Vater und David für mich gebaut hatten. In meinem Korb lagen Käse, Brot und Trockenfleisch sowie eine Handvoll Linsen und etwas gedörrtes Obst. Leinensäcke für die Pflanzen hatte ich darüber gebreitet und mir zwei warme Decken um die Hüften gewickelt. Mathieu trug in dem kleinen Ranzen, der einmal David gehört hatte, das Werkzeug, das ich benötigte. Wir waren gut versorgt. So schritten wir hinaus aus der Stadt. Mathieu freute sich und hüpfte vor mir her, und auch ich war guter Dinge, denn ich liebte diese Streifzüge. Anders als bei den nächtlichen Galgenbesuchen empfand ich im Wald bei Nacht keine Angst. Ich genoß die zauberhafte Stimmung des durch die Bäume fallenden Mondlichtes und fühlte mich auf eine Weise geborgen und aufgehoben, wie ich sie sonst nur selten empfand. Es war mir, als strömte mir durch die Fülle der mich umgebenden Natur Wohlwollen zu, als billigte der Wald mein Eindringen und schenkte mir seine heilkräftigen Schätze gerne.

Vorerst aber war es noch heller Tag, und wir ernteten das goldgelb blühende Tüpfeljohanniskraut, das an den schattigen Böschungen reichlich wuchs und banden es zu großen Büscheln. So waren wir recht beladen, als wir zur Hütte kamen und die Pflanzen davor auf der Holzbank aufhäuften. Der Schlüssel lag auf dem Türbalken, an dem wir zum Schutz vor Dieben unser Zeichen, den Galgen, eingeritzt hatten. Ich öffnete das einzige Fenster, damit frische Luft durchwehen konnte, und griff zum Feuerhaken, um die Asche beiseite zu schieben. Doch dieser war nicht an seinem Platz, und als ich mich nun suchend umsah, bemerkte ich noch andere Veränderungen, von denen ich sicher war, sie nicht selbst vorgenommen zu haben. Es bestand kein Zweifel, jemand hatte während meiner Abwesenheit die Hütte bewohnt. Sogleich dachte ich an David und war froh zu wissen, daß er hier vorübergehend eine Zuflucht gefunden hatte.

Auf mein Geheiß sammelte Mathieu dürres Laub und kleine Zweige zum Anfeuern, während ich beim nahegelegenen Glasbrunnen Wasser für unsere Bedürfnisse holte. Auch kannte ich eine Stelle, an der Barbarakraut wuchs, das ich als Beilage zu unserer Linsensuppe verwenden wollte. Die Blätter schmeckten angenehm säuerlich und waren, in frischem Zustand genossen, sehr gesund. Überrascht stellte ich beim Zurückkommen fest, daß Mathieu das Feuer schon angefacht hatte und eben dabei war, einen der groben Holzklötze nachzulegen. Anerkennend nickte ich ihm zu, und er lächelte erfreut.

Es zeigte sich, daß der Junge sich auch sonst überaus geschickt anstellte, so daß ich ihm die Überwachung unseres Essens anvertraute, das nun leise und einen appetitlichen Duft verströmend im Kessel über der Glut garte. So konnte ich mich mit den Laubsäcken, auf denen wir schlafen würden, befassen, die ich mit sauberem, trockenem Laub und Rainfarn – gegen das Ungeziefer – füllte und zuletzt noch einige Zweiglein Feldthymian hinzufügte, die so himmlisch rochen. Nach kurzem Zögern bereitete ich noch eine dritte Liegestätte, für David. Wenn er sich schon hier verbergen mußte, sollte er wenigstens ein weiches und sauberes Lager haben.

Der Nachmittag war die richtige Zeit, um den Attich zu ernten. Die Stelle, an der ich ihn wußte, war eine gute Stunde von der Hütte entfernt. Die kräftigen Stauden standen dicht beieinander und waren mit ihren weißen, doldenartigen Blüten über und über bedeckt. Ich mähte sie mit Hilfe meiner Sichel ab, und der widerliche Duft der zerschnittenen Blätter ließ uns den Atem anhalten. Wir packten alles in einen der mitgebrachten Säcke und hängten diesen später etwas von der Hütte entfernt an einem Ast auf, damit uns der Geruch nicht stören konnte. Die Pflanze war giftig, bei Mißbrauch also nicht ungefährlich, und so achtete ich darauf, daß sich Mathieu unter meiner Anleitung die Hände zuerst mit Asche einrieb und sie dann gehörig abschrubbte und abwusch.

Nun konnten wir uns ausruhen, denn bis zum Aufgang des Mondes war unsere Arbeit getan. Genüßlich aßen wir den Rest der Linsensuppe vom Mittag, kauten das Trockenfleisch, belegten die Brotscheiben mit Käse und tranken dazu das erfrischende Wasser des Glasbrunnens. Danach sammelte ich für Mathieu einige Tannenzapfen und machte daraus kleine Männchen, indem ich ihnen Hütchen aus Blättern aufsetzte, Zweiglein als Arme unter die Schuppen klemmte und als Tabakpfeifchen einen langstieligen Fruchtbecher der Eichel ins Gesicht steckte. Der Kleine freute sich und spielte damit, bis es zu dämmern begann.

Er schlief tief und fest, als ich die Hütte verließ. Leise schloß ich die Türe und wandte mich in Richtung der lichten Stelle nahe beim Glasbrunnen, wo das Salomonssiegel üppig wuchs. Licht brauchte ich keines, der Mond schien so hell, daß ich meinen Weg gut erkennen konnte.

Die Walderde war locker und weich, und ich kam gut voran mit meiner Arbeit. Die Geräusche der Umgebung waren mir vertraut und schreckten mich nicht und doch war mir hin und wieder, als befände ich mich nicht alleine.

Ich grub nicht alle Wurzeln aus, nahm nur so viel, daß der Bestand nicht geschädigt wurde, denn ich wollte ja auch weiterhin hier ernten können. Sorgfältig wickelte ich meine Ausbeute in den mitgebrachten Beutel. Trotz der Nachtkühle fühlte ich mich erhitzt und ging die kurze Strecke zum Brunnen, um mich zu erfrischen. Das klare Wasser schimmerte und sprühte und zerbrach das Silberlicht in lauter tanzende Stücke. Gebannt beugte ich mich über das Becken und tauchte meine Hände mitten hinein. Da lösten sich meine Haarflechten, die ich nach der kurzen Ruhe in der Hütte nur flüchtig aufgesteckt hatte und rutschten, sich öffnend, über meine Schultern. Im selben Augenblick ertönte ein Schrei. Ich erschrak so sehr, daß ich in den Schatten eines großen Busches zurücksprang. Weibliche Stimmen riefen mir in flehendem Ton etwas nach, was ich nicht richtig verstand, so daß ich schnell meinen Beutel ergriff und davonrannte. Erst als die Hütte in Sicht kam, hielt ich an und setzte mich auf einen Wurzelstock, um das Geschehene zu überdenken: Was hatten die Frauen, die mich so erschreckten, von mir gewollt? Was suchten sie mitten in der Nacht im Wald? Schade, daß ich so kopflos davonrannte, sonst würde ich es vielleicht herausgefunden haben. Ich erhob mich und betrat leise die Hütte. Halb hoffte ich, David vorzufinden, aber er war nicht da. So legte ich mich neben den schlummernden Jungen und fiel bald selbst in tiefen Schlaf.

Gegen Mittag des nächsten Tages traten wir mit unserer Ernte durchs Stadttor. Ich war sehr zufrieden mit der Ausbeute. Mutter war nicht da, und so machte ich mich gleich an das Verarbeiten der Pflanzen. Drüben im Frauenhaus herrschte eine zu dieser Zeit ungewöhnliche Unruhe, und auch auf der Straße hatten wir Frauengrüppchen angetroffen, die sich angeregt unterhielten. Ich achtete mich aber nicht weiter und tat meine Arbeit.

Mutter kam erst gegen Abend zurück und berichtete, daß Susanna niedergekommen sei und einem Jungen das Leben geschenkt habe. Die Geburt sei einfach und ohne Schwierigkeiten gewesen, was mich nicht erstaunte, denn, wie ich wußte, war die junge Mutter noch keine zwanzig Jahre alt, also in ihrer besten Zeit zum Gebären.

»Ach, deshalb diese Unruhe im Frauenhaus! Ich habe mich schon darüber gewundert.«

»Nicht nur deshalb«, meinte Mutter und schaute mich, wie mir schien, prüfend an. »Die halbe Stadt spricht darüber.«

»Über Susannas Kind?«

»Natürlich nicht! Was sollte ein Bankert schon die Gemüter erregen; nein, es ist etwas ganz anderes. Es heißt, man habe die selige Jumpfer Nägeli gesehen, gestern Nacht am Glasbrunnen. Anna, die junge Frau des Baders, sei mit ihrer Base dort gewesen. Sie wollten die edle Frau um Kindersegen bitten, da beide schon einige Jahre verheiratet seien und sich noch immer nichts täte – scheint in der Familie zu liegen. Die Frau des Abdeckers habe sie begleitet, um für sich eine gute Schwangerschaft und Niederkunft zu erflehen. So hätten sie sich denn zum Glasbrunnen begeben und sich hinter den Büschen versteckt und gewartet. Als der Mond am höchsten gestanden sei, hätten sie sich angeschickt zu rufen: ›Jumpfer Nägeli, gute Jumpfer Nägeli, zeige dich!‹ Aber das wäre gar nicht nötig gewesen, denn plötzlich sei sie aus dem Schatten auf die Lichtung getreten, hätte sich über den Brunnen gebeugt und die drei sagenhaften, kristallenen Becher ausgespült und gewaschen. Ihr rotes Haar sei ihr über die Schultern geflossen, und ihr Gewand habe wie Silber geglänzt. Sie sei wunderschön gewesen, und Anna habe vor Überraschung aufgeschrien. Da sei sie wie ein scheues Reh aufgeschreckt, habe die Becher an sich genommen und sei im Walde verschwunden. Sie hätten ihr noch ihre Bitten nachgerufen und noch einige Zeit gewartet, aber sie sei nicht wiedergekommen. Nun erzählen sie es in der ganzen Stadt und es würde mich nicht wundern, wenn in nächster Zeit ganze Prozessionen von Frauen zum Glasbrunnen pilgern würden.«

Ich schüttelte den Kopf. »Ach, Mutter, das ist doch nicht wahr, ich hätte sie bestimmt gesehen, ich war ja auch dort!«

»Ja, genau so habe ich es mir vorgestellt«, sagte sie lächelnd und schaute mich verschmitzt an. Da fiel es mir wie Schuppen von den Augen.

»Meinst du, sie haben mich für die Jumpfer Nägeli gehalten, nur weil ich am Brunnen meine Hände gewaschen habe? Es stimmt, da hat wirklich jemand geschrien und ich bin davongerannt« – nun mußte ich lachen – »aber Becher hatte ich bestimmt keine bei mir!«

Nun war ich also, wenn auch indirekt, das Stadtgespräch, und es kam, wie Mutter es vorausgesagt hatte: In der nächsten Zeit war der Glasbrunnen die meistbesuchte Stätte der Umgebung, obschon die fruchtbare

Tochter des sagenhaften Ritters Hans-Franz Nägeli, die mit zwei von ihren drei Ehemännern eine große Nachkommenschaft zeugte, nie wieder gesehen wurde. Die Frauen taten mir leid, die so viel Vertrauen in die Geistererscheinung setzten, doch Mutter meinte, daß oft der Glaube mehr bewirken könne als alle Tränklein. Damit hatte sie wohl recht, denn schon nach einigen Wochen gingen die beiden Frauen schwanger, und der Ruhm der Jumpfer Nägeli verbreitete sich weit über die Stadt hinaus.

Der geistlichen Obrigkeit allerdings gefiel diese Entwicklung nicht. Schon am darauffolgenden Sonntag wurde der Menge ihr Mißfallen kundgetan. Ich saß mit meinen Eltern und Klemens, Mathieu neben mir, in unserer Bank, ganz zuhinterst, halb verdeckt durch einen Pfeiler. Die Gunst eines festen Sitzplatzes wurde uns nur deshalb zuteil, damit sich niemand von uns belästigt fühlen mußte und Gefahr lief, ungeahnt mit uns in Berührung zu kommen. So waren wir selbst in der Kirche ausgegrenzt und abgesondert von den andern.

Wir trugen unsere rotgrüne Kleidung, die uns, wie ich fand, sehr gut stand. Der rote, weitschwingende Rock mit dem enganliegenden Mieder war aus feiner Wolle, das weiße Hemd mit den halblangen Ärmeln aus feinem Leinen. Unser grünes, seidenes Schultertuch war neu. Darauf war ich ganz besonders stolz. Es sah edel und vornehm aus und bildete einen guten Gegensatz zu unserem Haar. Vater trug über den roten Beinkleidern und dem grünen Wams seinen schwarzroten Mantel mit dem Wappen der Stadt. In meinen Augen konnte er es an Stattlichkeit selbst mit den Ratsherren aufnehmen. Hinter uns standen Veit und Adam, und kurz bevor der Pfarrer die Kanzel bestieg, erschien zu meiner Freude David und schob sich auf den leeren Platz neben Vater. Erleichtert seufzte Mutter auf, und auch Vater entspannte sich etwas, denn der Besuch der Predigt war Vorschrift. Jedes Fernbleiben wurde von den Heimlichern, die im Namen der Obrigkeit über die Moral der Bürger wachten, beinahe sicher bemerkt, dem Chorgericht gemeldet und mit Buße geahndet.

Die eindringlichen Ermahnungen des Pfarrers, Aberglauben und Unvernunft abzuschwören und dafür den gesunden Menschenverstand walten zu lassen, berührten mich nicht sonderlich; im Gegenteil: Mutter und ich wechselten belustigte Blicke, wußten wir doch als Einzige, was hinter der ganzen Geschichte steckte.

Weiter vorn, im Mittelschiff, in der Menge des Volkes, standen Elisabeth und ihre Eltern, und es fiel mir auf, daß sie immer wieder zurückschaute, in unsere Richtung. Verstohlen winkte ich ihr zu, bemerkte dann aber, daß ihre Aufmerksamkeit nicht mir, sondern Adam galt. Aus den Augenwinkeln sah ich, wie dieser sie mit dem Neigen seines Kopfes grüßte. Das erstaunte mich sehr, konnte ich mich doch entsinnen, wie sie erst vor kurzem mit dem Chorgerichtsdiener in dessen Hütte war.

Später, nach dem Abendmahl, wichen die Gläubigen zu beiden Seiten zurück, bis hin zu den wappengeschmückten Bänken der Hohen Herren und ihrer herausgeputzten Damen. Durch die so gebildete Gasse schoben sich nun, aneinandergekettet, die Insassen der Frauengefängnisse und des Schallenhauses, denn auch sie mußten zum Abendmahl zugelassen werden. Vorschriftsgemäß hatte die Familie des Scharfrichters diesen Zug anzuführen. So standen wir auf und stellten uns an dessen Spitze, um zusammen mit den Gefangenen Gottes Gnade zu empfangen. Nichts hätte unsere Stellung in der Rangordnung der Stadt, die Stellung zwischen Bürger und Delinquent, zwischen Ehrbarkeit und Verworfenheit, besser aufzeigen können als das.

Die Gefangenen brachten den abgestandenen, durchdringenden Geruch ihrer Aufenthaltsorte mit sich, und manch vornehme Dame griff zum Riechfläschchen und fächelte sich mit dem zum Kleid passenden Spitzentüchlein Luft zu.

Mathieus Bruder entdeckte ich nirgends, seine schöne Schwester aber sogleich. Sie war die einzige, die ihr Kopftuch auf die Schultern hatte gleiten lassen und trotzig ihr kahlgeschorenes Haupt zur Schau stellte. Klein wie er war, konnte Mathieu sie nicht sehen, und ich war froh darum. Wer weiß, wie er sich sonst angestellt hätte.

Aber David hatte sie gesehen. Er stand wie gebannt, ließ kein Auge von ihr und folgte dem traurigen Zug nach, hinaus aus der Kirche. Wir holten ihn auf dem Münsterplatz ein, wo er mit dem neuen Chorgerichtsdiener sprach, sich dann hastig verabschiedete und sich zu uns gesellte.

»Seit wann kennst du ihn?« fragte ich neugierig.

»Wen, Martin?«

»Wenn das sein Name ist, dann ja!«

»Ach, noch nicht so lange; er ist erst vor drei Monaten in die Stadt gekommen.«

»Wer ist er?«

»Wird wohl ein Mensch sein, wie du und ich«, meinte er ausweichend, faßte Mathieu um den Leib, hob ihn auf seine Schultern und galoppierte mit ihm davon. Mutter sah ihm lächelnd nach. Sie freute sich sichtlich, daß er unter uns war. Vater jedoch ging mit finsterem Gesicht an ihrer Seite und sprach kein Wort.

An diesem Tag hatten David und Vater noch einmal ein ernsthaftes Gespräch unter Männern. Wir hatten sie allein gelassen, spielten mit Mathieu unten an der Aare, und als wir zurückkamen, war David weg. Vater aber saß in der Küche bei einem Krug Wein und trank und trank, bis er mit seinem Oberkörper über den Tisch fiel. Wir halfen ihm die Treppe hinauf in die Schlafkammer, wo sich Mutter weiter um ihn kümmerte. Sein Verhalten erschreckte mich sehr, denn es war das erste Mal in meinem Leben, daß ich ihn in diesem Zustand sah.

Verängstigt und bekümmert schloß ich mich in meiner Kammer ein und ließ mich auf mein Bett fallen. Was war mit Vater? Wo war David? Ich fühlte mich einsam und hilflos, und schutzsuchend grub ich meine Hände in die Tücher. Es dauerte eine Weile, bis ich den festen Gegenstand wahrnahm, den meine Finger erfühlten. Es war ein Pergament, aus einem Buch herausgerissen und mit Davids Schriftzügen bedeckt: »Komm mit Mutter morgen früh in die Waldhütte.« Sonst stand nichts weiter darauf, aber diese wenigen Worte erfüllten mich mit neuem Mut. Sogleich begann ich, von Davids Habseligkeiten das Notwendigste auszuwählen, schnürte alles zu einem Bündel und brachte es in meine Kammer. Dann hob ich das lose Dielenbrett und legte die drei Silbermünzen, die ich mir erspart hatte, dazu. Falls er Vater einige Zeit nicht unter die Augen treten wollte, würde er diese Dinge brauchen.

In dieser Nacht schlief ich kaum, und so hörte ich Fetzen des Gesprächs, das meine Eltern gegen Morgen führten. Vater sprach laut, und ich vernahm Worte wie: »Bankert«, »verdammtes Bettelpack«, »scheinheilige Täuferhorde«, auf die ich mir keinen Reim machen konnte, und dann ging er weg, heftig die Türen schlagend, hinaus in den anbrechenden Tag.

Wir verließen die Stadt, kaum nachdem die Tore geöffnet waren, und eilten dem angegebenen Treffpunkt zu. Die Kleider aus meinem Bündel hatte Mutter mit noch anderen nützlichen Dingen in ein Felleisen umgepackt und Trockenfleisch, Käse, Brot und Dörrfrüchte hinzugefügt.

David saß auf der Bank vor der Hütte. Er war blaß, schien aber sehr gefaßt. Ruhig erzählte er uns von seiner gestrigen Auseinandersetzung mit Vater und fügte bei, daß er sich, da er nicht zum Scharfrichter tauge, entschlossen habe, fortan dies zu tun, was er am besten verstünde, nämlich Laute zu spielen. Mutter schien das erwartet zu haben; sie sagte kein Wort, doch ich konnte nicht schweigen:

»Dann willst du also als Landstreicher umherziehen, ganz allein?«

»Ich werde nicht allein sein, Josiane, ich ziehe mit der Gruppe, zu der Mathieu gehört. Sie werden morgen entlassen.«

»Oh, mein Gott«, entfuhr es mir, »dann tust du das nur wegen des Mädchens, ich habe es schon in der Kirche geahnt, sie hat dich verhext!«

»Nicht nur wegen des Mädchens, ich wäre auch sonst fortgegangen.«

»Wenn du wenigstens als Spielmann in die Dienste der Stadt eintreten würdest; da wärst du vor behördlichen Nachstellungen geschützt, aber so, so bist du ein

Niemand, der Willkür eines jeden ausgeliefert. Willst du das denn?«

Ich wußte genau, daß es unsinnig war, so zu sprechen, denn niemals hätte die Stadt den Sohn eines Scharfrichters als ständigen Spielmann eingestellt. Deshalb ging mein Bruder in seiner Antwort gar nicht darauf ein.

»Josiane, kleine Schwester« – seine Stimme war sanft und ruhig – »es kommt nicht drauf an, was man zu sein scheint, sondern was man ist. Nie, niemals will ich einer werden, der schuld ist an den Schmerzen oder dem Tod von Mitmenschen, noch möchte ich solches mitansehen. Viel lieber verbreite ich Freude und Glückseligkeit mit meinem Spiel, und wenn mir das gelingt, ist mir Gottes Segen gewiß. So fühle ich in meinem Innern, und deshalb kann ich nicht anders. Bitte, versuch mich zu verstehen, bitte!«

Ich schwieg, aber ich war voller Zorn, und in meiner Brust war ein Schmerz, der mir die Kehle zuschnürte. Ich wußte nur das eine, nämlich daß diese schwarzhaarige Hure, mit der ich Mitleid gehabt hatte, mir meinen Bruder wegnahm. Viel zu milde war ihre Strafe gewesen, sie hätte ausgepeitscht gehört und dann in die Trülle gesteckt. Oh, wie hätte ich sie angespuckt und herumgewirbelt, bis ihr wind und weh geworden wäre und so übel, daß sie sich mit ihrem eigenen Erbrochenen besudelt hätte. Diese Vorstellung war Balsam auf meine Wunden, bereitete mir große Genugtuung, bis mir bewußt wurde, daß in Wirklichkeit nichts von all dem geschehen war, und mein Zorn von neuem wuchs.

So mit mir selbst beschäftigt, hörte ich nur mit halbem Ohr, was Mutter und David besprachen. »Nicht gegen Zürich«, sagte Mutter eben, »dort verfahren sie schlimm mit Landstreichern und Andersgläubigen! Haltet euch zuerst im westlichen Teil des Landes auf. Dann zieht gegen Basel und über die Grenze, dort haben wir Familie, weißt du? Der Scharfrichter von Freiburg ist ein Bruder deines Vaters, ein gutmütiger Mensch; er wird dir weiterhelfen. Eine Base von mir wohnt in Memmlingen. Sie ist mir zu Dank verpflichtet und wird dich deshalb nicht vor der Tür stehen lassen. Ihr Mann ist Weber. Such sie also in dem Teil der Stadt. In diesem Brief steht ihr Name und sonst noch einiges. Bewahr ihn gut, vielleicht bist du froh darum.«

»Ich danke Euch, Mutter. Ich bleibe noch kurze Zeit hier in der Gegend und stoße erst später, an der Grenze, zu den andern.«

»Ach, David, es ist so gefährlich!«

»Wir sind in Gottes Hand.«

»Laß mir Nachricht zukommen, ich bitte dich; versprich es mir!«

»Ich verspreche es, seid unbesorgt!«

David umarmte sie, und Mutter klammerte sich an ihn, aber nur kurz. Dann machte sie sich los, strich ihm zärtlich eine blonde Haarsträhne aus der Stirn und sagte: »Geh mit meinem Segen, mein liebes Kind.«

David trat auf mich zu. Da überwältigte mich der Schmerz. Aufweinend warf ich mich an seine Brust und schluchzend bat ich ihn, immer wieder, immer wieder, doch bei uns zu bleiben. Tröstend wiegte er mich in seinen Armen und flüsterte mir Worte ins Ohr, die ich in meinem Elend kaum wahrnahm, stieß mich aber plötzlich zurück, packte seinen Reisesack und verschwand schnellen Schrittes zwischen den Bäumen.

Vater verlor kein Wort über den Wegzug seines Sohnes. Er trank auch nicht wieder, doch sein Wesen verschloß sich noch mehr, nicht nur vor Außenstehenden, sondern auch vor mir und meiner Mutter. Sie umgab ihn mit großer Fürsorge und Liebe, und auch ich tat mein Bestes, ihn aufzuheitern, was aber seinen Unmut und seine Reizbarkeit nur zu steigern schien. So war denn die Stimmung in unserem Hause, jedenfalls wenn er anwesend war, alles andere als angenehm. Zudem fehlte mir David ganz schrecklich und – ich hätte es nicht gedacht – auch Mathieu.

Es war sein Bruder, der ihn bei uns abholte. Mit einem Bündel in der Hand, in das wir Kleidungsstücke und Wegzehrung gepackt hatten, verließen sie die Stadt Richtung Aarbergertor. Als sie verschwunden waren, fühlte ich mich auf einmal so allein, daß ich mich in meiner Kammer auf den Strohsack warf und eine ganze Weile weinte.

Ehrlicherweise mußte ich mir eingestehen, daß es nicht nur Mathieus Weggang war, der mich unglücklich machte, sondern noch vielmehr die bohrende Eifersucht. Der Gedanke, daß dieses Bettelpack von nun an tagtäglich in Davids Nähe sein würde und daß dieser ihre Gegenwart der unseren vorzog, war mir unerträglich. Mein Zorn auf die schwarze Hexe, die ihn meiner Meinung nach zu solchem Tun veranlaßt hatte, war unermeßlich, und ich wünschte ihr die Pest an den Hals.

Aber das Leben ging weiter. Langsam gewöhnten wir uns an die veränderten Verhältnisse. Vater hatte sehr viel zu tun, denn nebst den gewohnten Vergehen kamen nun noch die Aburteilungen der zahlreichen täuferisch

Gesinnten hinzu. Es waren ihrer viele, die, an ihren geheimen Versammlungsorten aufgestöbert, mit Namen aufgezeichnet und angehalten wurden, binnen Monatsfrist ihre Güter zu verkaufen und das Land zu verlassen. Taten sie dies nicht, fiel ihr Hab und Gut an die Stadt, und sie selbst wurden an die Grenze geführt, wo sie Urfehd schwören und versprechen mußten, niemals wieder heimatlichen Boden zu betreten. Eine große Anzahl dieser Ausgewiesenen hielt es aber in der Fremde nicht lange aus. Von Heimweh getrieben, betraten sie, trotz aller auf sie wartenden Gefahren, ihr Land von neuem. Das waren diejenigen, die meinem Vater übergeben wurden. Sie wurden ausgepeitscht und, mit einem Brandmal versehen, wieder über die Grenze abgeschoben. Am schlimmsten aber erging es denen, die nochmals aufgegriffen und an Hand ihres Brandmales als Wiederholungstäter erkannt wurden. Diese wurden an Leib und Leben bestraft oder auf die Galeeren geschickt, von wo sie meistens nicht mehr zurückkamen.

Kurzen Prozeß machte man mit ihren Lehrern: Die Galeerenstrafe drohte ihnen schon beim ersten Mal, und da auf ihre Ergreifung hundert Taler ausgesetzt war, lebten sie ganz besonders gefährlich. So waren denn das Chorgefängnis und das Schallenhaus bald mit den Mitgliedern dieser Sekte überfüllt, so daß man auch einen Teil des Knabenwaisenhauses für diesen Zweck zur Verfügung stellen mußte.

Unverständlich war es, daß bei solchen Strafen die Zahl der Anhänger nicht abnahm, sondern immer noch anwuchs. Beeindruckt von ihrer Standhaftigkeit bei den Verhören, von ihrem ruhigen und heiteren Wesen, schlugen sich manche Hausfrau oder Tochter, mancher Hausvater oder Sohn auf ihre Seite, zum Entsetzen und zur Schande der übrigen Familie.

Auch die geistliche Obrigkeit war beunruhigt. Von der Kanzel herab wurde das Volk vor den verabscheuungswürdigen Irrlehren der Täufer gewarnt und angehalten, solches, so man davon vernehmen sollte, anzuzeigen. Doch gab es auch Pfarrherren, die vor zu großem Jagdeifer warnten, ja sogar die Schuld des wachsenden Täufertums der bestehenden Kirche zuschrieben, liege da doch vieles gar im Argen: Man schwöre, fluche, entheilige den Sonntag, indem Wein getrunken und übermäßig der Völlerei gefrönt werde. Gewissenloses Lügen und Betrügen beim Kauf und Verkauf nehme allerorts überhand, ebenfalls die Eitelkeit und Putzsucht. Besonders der Sonntagsstaat, der beim Kirchenbesuch zur Schau gestellt werde, entbehre jeder Demut, und was die Hurerei und den Ehebruch betreffe, sei man von Sodom und Gomorrha nicht mehr weit entfernt. Das müsse ja all die Menschen, die solches nicht tun wollen, der Kirche entfremden und sie geradewegs in die Arme der Wiedertäufer treiben. Deshalb sei es vonnöten, diese Übel mit aller Strenge anzugehen und so erst vor der eigenen Türe zu kehren!

Diese Worte verhallten, vor allem in einem Punkt, nicht ungehört. Das Chorgericht entschied, daß zum Kirchgang in Zukunft nur noch einfache Garderobe getragen werden dürfe. So verschwanden unsere grünseidenen Schultertücher mit den glänzenden Fransen zu meinem Bedauern in der Truhe und machten wiederum unseren alten Platz. Ich empfand das als ungerecht, da die Damen der Hohen Gnädigen Herren sich nur kurze Zeit an diesen Erlaß hielten und anschließend in noch größerem Glanz erschienen. Vater aber wollte, trotz meiner Bitten, nichts mehr von grüner Seide hören:

»Wir sind vom Wohlwollen der Ratsherren abhängig und können es uns nicht leisten, aufzufallen«, sagte er, und dabei blieb es.

Es war an dem Tag, an dem Vater den konfiszierten Tabak an der Kreuzgasse öffentlich verbrennen mußte, als ich Martin wiedersah. Ich stand mit Elisabeth an meinem erhöhten Platz am Eckpfeiler, und zusammen beobachteten wir das Geschehen. Viele Menschen, darunter gar Pfarrherren und Ratsleute, hatten die schlechte Gewohnheit des Rauchens angenommen, doch das war verboten. Das große Mandat, das von jeder Kanzel im Bernerlande am Sonntag verlesen worden war, bezeichnete die Mäuler der Raucher gar als Kamine der Hölle und ihr Tun als verwerflich, schädige es doch Leib und Leben.

Es war ein ansehnlicher Haufen, den Vater zu beseitigen hatte. Wir sahen zu, wie der Rauch des verbotenen Krautes, von manch wehmütigem Blick begleitet, in den Himmel stieg, und verfolgten anschließend mit großem Interesse die Aburteilung zweier fremder Händler, bei denen eine große Menge Tabak gefunden worden war. Sie wurden, zum Entzücken der Zuschauer, erst zum Pranger und danach zu einigen Tagen Schallenhaus verurteilt.

Während sich mein Vater und die Ratsherren ins Rathaus zurückzogen, beschäftigten sich die Leute mit den beiden Unglücklichen, die nun am Pranger ausgestellt wurden. Der eine im Halseisen, der andere festgekettet an der Säule. Über ihren Köpfen, am Schnabelgalgen, hing eine Schrift, weithin lesbar, mit dem Tatbestand des

Urteils, so daß auch die später Hinzugekommenen wußten, um was es ging. Da wir dem Geschehen gerade gegenüber standen, brauchten wir unseren Platz nicht zu verlassen und schauten zu, wie die Delinquenten angespuckt, mit Schmähworten und Verwünschungen bedacht und von ihren johlenden Peinigern mit übelriechenden Eiern und faulem Gemüse beworfen wurden.

»Pfui Deibel«, sagte Elisabeth und verzog angewidert das Gesicht, »wie sollen die sich nur wieder sauber bringen, im Schallenhaus können sie sich ja nicht waschen!«

»Nein, sie werden die ganze Zeit über stinken, aber dort wird es kaum jemandem auffallen, dort stinkt alles! – Gehen wir?«

Doch da hob Elisabeth beide Arme, winkte in die Menge und rief: »Martin, Martin!« Ich folgte ihrem Blick und sah den Chordiener auf uns zukommen, sich lachend einen Weg durch die Menge bahnend. Elisabeth sprang vom Sockel in seine Arme. Doch er ließ sie sogleich los, wandte sich mir zu, und bevor ich mich versah, hatte er mich um die Hüften gefaßt und heruntergehoben. Ich erschrak so sehr, daß ich ihn böse anfuhr:

»Ja, bist du denn des Teufels, weißt du vielleicht nicht mehr, wer ich bin, daß du mich anfaßt?«

»Wie könnte ich das vergessen, kleine Musche, du bist ja deutlich genug gekennzeichnet.«

Verwirrt blickte ich auf. Wir standen eng beisammen, denn um uns drängten sich die Menschen. Seine Hände lagen immer noch auf meinen Hüften, und seine Augen lächelten mich an, und plötzlich, so wie ein Vorhang sich öffnet, fielen mir die Worte wieder ein, die David mir beim Abschied zugeflüstert hatte:

»Wenn du einmal Hilfe brauchst, halte dich an Martin, ihm kannst du vertrauen!«

Das verwirrte mich noch viel mehr. Unmutig machte ich mich los und ging geistesabwesend neben den beiden her, die sich angeregt unterhielten, lauschte seiner angenehmen Stimme, ohne jedoch die Worte richtig aufzunehmen, und sann darüber nach, weshalb mein Bruder wohl so große Stücke auf ihn hielt. Zugegeben, er gefiel mir; wenn ich ehrlich sein wollte, sogar sehr. Doch da kam mir wieder in den Sinn, was er mit Elisabeth in seiner Hütte getrieben hatte, und es war mir unbegreiflich, wie sie nach all dem so unbefangen miteinander sprechen konnten.

Da ich bei meiner Tante noch etwas abholen sollte, stieg ich mit der übermütig vor sich hinträllernden Elisabeth die Turmtreppe hinauf.

»Du magst ihn sehr, nicht wahr?« fragte ich, als wir eine kleine Rast machten.

»Martin? Oh, er ist ganz nett!«

»Nur ganz nett? Ist das nicht etwas zu wenig?«

»Wieso, wie meinst du das?«

»Nun, wenn ich mit einem Burschen in seiner Hütte gewesen wäre, würde ich ihn wohl lieben!«

Elisabeth starrte mich an: »Meine Güte, Josiane, von was sprichst du?«

»Von dir und deinem Liebsten an dem Tag vor einigen Wochen, an dem du Wasser geholt hast. Ich habe euch gehört.«

Heftig wandte sich meine Base um und stieg hastig, nun nicht mehr trällernd, die Treppe weiter hinauf. Doch bei der ersten Glockenstube packte sie mich am Ärmel und zog mich dort hinein.

»Versprich mir, daß du es niemandem erzählst. Meine Eltern wissen nichts davon. Aber wir werden heiraten, so bald als möglich.«

Mein Herz krampfte sich zusammen.

»Von was wollt ihr denn leben, er verdient doch fast nichts.«

»Nun, wir hoffen eben, daß ihn dein Vater als Geselle einstellt, anstelle von David. Als Tammer würde er genug erhalten für uns beide, wir brauchen nicht viel.«

»Aber er versteht doch nichts davon. Der Beruf des Scharfrichters ist anspruchsvoll, da ist es nicht getan mit Pferdestriegeln und Besorgungen machen für die Chorherren; ich bezweifle sehr, daß Vater ihn nehmen wird.«

Elisabeth schaute mich einen Augenblick lang verständnislos an, dann lachte sie los. Das ärgerte mich.

»Ich finde das nicht lustig, ich kann mir Martin einfach nicht in diesem Handwerk vorstellen.«

»Ach, Josiane, wie komisch« – sie kicherte noch immer –, »ich meine ja auch nicht Martin, ich meine Adam. Er ist es, den ich liebe.«

»Ja – aber – du warst in seiner Hütte?«

»Ach, das hat sich so ergeben. Adam und ich, wir hatten uns schon so lange nicht mehr gesehen, und Martin war drüben im Chorgericht, da haben wir uns das zunutze gemacht. Ich glaube, er hat es auch gar nicht bemerkt, wir waren vorsichtig.«

Wir setzten unseren Weg fort, und ich mußte ihr noch einmal versprechen, niemandem etwas zu verraten und vielleicht, wenn es möglich wäre, bei meinem Vater ein gutes Wort für ihren Liebsten einzulegen. Ich fühlte eine große Fröhlichkeit in mir und dachte nur das eine: »Nicht Martin, es war nicht Martin!«

Einige Zeit später, anfangs Herbst, erschien ein hell leuchtender Komet am Himmel und erschreckte die Menschen auf das Tiefste. Kometen galten als Unglücksbringer, und obschon unsere Stadt in dieser Zeit mit keiner fremden Macht verfehdet war, befürchteten viele einen bevorstehenden Krieg. Andere sprachen von Pest und Hungersnot. Diejenigen, die es sich leisten konnten, begannen, entweder Vorräte an Essen und Wein anzuhäufen oder machten den Spitälern große Geldgeschenke, um sich bei Bedarf einen Platz zu sichern. Von den Kanzeln wurde zur Mäßigung aufgerufen, zum Vertrauen auf Gott und seine Barmherzigkeit. Ein Bettag verordnet, um die verängstigten Gemüter zu beruhigen.

»Es wird wohl eher eine Seuche geben«, meinte Mutter und überprüfte zufrieden unseren Kräuterbestand, der nun im Herbst mit allem Nötigen versehen war. Dank meinem Fleiß besaßen wir genügend Wegerich, Schafgarbe und Melissenkraut, welche unter anderem zur Bekämpfung einer möglichen Seuche nötig waren. Selbst vom seltenen Benzoestein, der, zerrieben und mit Flüssigkeit eingenommen, vor der Pest schützte und den Vater zusammen mit den Ammonshörnern aus Italien kommen ließ, besaßen wir einen kleinen Vorrat. Die wundersam geformten Ammonshörner waren begehrte Amulette, die – im Stall und in den Häusern aufgehängt – gegen todbringende Krankheiten halfen.

Wie erwartet, wurden wir nun oft des Nachts aufgesucht, von Armen wie von Reichen. Von den Armen nahm Mutter in ihrer Güte für die begehrten Heilpflanzen nichts oder nur, was sie von sich aus gaben, von den Reichen aber, deren Knechte und Mägde bei uns anklopften, das Doppelte. So wuchsen denn meine Ersparnisse unter dem losen Dielenbrett in meiner Kammer wieder an, und ich freute mich an jedem Kreuzer.

Den Stadtärzten jedoch waren wir ein Dorn im Auge. Neidisch verfaßten sie Berichte, in denen sie Quacksalberei von unstudierten Scharlatanen – damit waren unter anderen wir gemeint – anprangerten und die Behörden dazu aufriefen, etwas dagegen zu unternehmen. Diese jedoch, teilweise selbst Kunden bei uns, rieten den Ärzten, nur immer fleißig ihren Beruf zu vervollkommnen, damit die Leute mehr Vertrauen in ihre Kunst als in die des Scharfrichters, des Baders und des herumziehenden Steinschneiders bekämen. So würde dieses Übel von selbst und ohne Verbot aufhören.

Darüber freuten wir uns!

Dieser Herbstmonat brachte milde Tage, und es war ein Vergnügen, die Wurzeln und Früchte der letzten heilkräftigen Pflanzen einzusammeln. Manchmal begleitete mich Mutter, deren Schwangerschaft nun sichtbar war, und zusammen genossen wir das goldene Licht und die prächtigen Farben des Herbstes.

Von der Stadt erhielten wir zwei Fässer Wein, einen Doppelzentner Torf und zwei Buchenstämme, was ein Teil von Vaters Lohn war. Klemens, Veit und Adam hieben die gefällten Bäume in handliche Stücke, karrten sie in die Stadt und schichteten sie hinter unserem Haus neben dem Torf auf. Es roch gut, dieses frisch gespaltene Holz, erinnerte an Frost und Schnee und vermittelte ein sicheres Gefühl der Geborgenheit. Reisig zum Anfeuern hatten wir im Laufe der Monate genügend gesammelt und konnten also getrost der kalten Jahreszeit entgegensehen.

An den Aarehängen begann die Weinlese. Wir ernteten unseren Garten ab, gruben die letzten Kohlköpfe mitsamt den Wurzeln aus und steckten sie zusammen mit den Rüben in einen Behälter mit Sand, pflückten Birnen und Äpfel, von denen auch das Frauenhaus einen Anteil erhielt, und schichteten die würzigen Sellerieknollen im Keller auf Hurden. Viele Abende verbrachten wir damit, die Früchte in Schnitze zu schneiden und sie auf feinmaschigen Gittern auf dem warmen Herd zu trocknen. Wie wir, bereiteten sich auch alle andern Menschen in der Stadt auf den Winter vor, und über all diesen Tätigkeiten trat die Angst vor dem kommenden, angezeigten Unheil etwas in den Hintergrund.

Eines Nachmittags schickte mich Mutter mit einem Korb voller Eßwaren zu Caspar in den Teil der unteren Stadt, den man die Matte nennt. Seit seiner Entlassung aus dem Spital wohnte er dort bei einer ledigen Schwester. Trotzdem wir ihn bei den Inselfrauen unseres Makels wegen nie hatten besuchen können, hatten wir ihm hin und wieder etwas Eßbares zukommen lassen. Es ging ihm nicht so gut, denn seine frühere Arbeit konnte er des fehlenden Armes wegen nicht wieder aufnehmen, und es war fraglich, ob er überhaupt noch welche finden würde. Er tat uns leid, denn er war im Grunde genommen ein guter Kerl.

Matte heißt man den schmalen Streifen Land, der zwischen der Aare und dem Fuß der Münstermauer liegt und sich bis zur Untertorbrücke hinzieht, der Wohnort der Flößer, Fischer, Schiffer, der Gewerbetreibenden wie Müller, Bader, Walker, Holzsager, Eisen- und Kupferschmiede, Färber und Bierbrauer. Vor allem aber war sie der wichtigste Warenumschlagplatz von Bern. Dort ländeten die Schiffe vom Oberland und von Brugg und Solothurn, beladen mit allem Notwendigen, das wir zum Leben brauchten, aber oftmals auch mit seltsam ausschauenden Menschen aus aller Herren Länder. So hörte man da denn ein Sprachengemisch wie beim Turmbau zu Babel. Vielleicht aus diesem Grunde redete man in der Matte so sonderbar, wie man es sonst nirgends hören konnte. Nicht nur, daß sie ihre eigenen Ausdrücke besaßen, sie verständigten sich dazu auch noch in einer Geheimsprache, die nur jene verstanden, die von Kindsbeinen an damit aufgewachsen waren. Darauf waren sie sehr stolz, und obschon sie ihren Lebensunterhalt mit schweren, groben und oft niedrigen Arbeiten verdienen mußten, schauten sie mit demselben Hochmut auf die Patrizierfamilien der oberen Stadt, wie diese auf sie hinuntersahen. Wehe dem Patriziersohn, der, nur von reiner Neugier getrieben, hoheitsvoll sein brokatenes Wams und seine seidenen Beinkleider dort spazieren führen wollte. Er kam ohne Zweifel derangiert und voller Beulen zu seiner besorgten Mama zurück.

Ich liebte diese Gänge in die Matte, denn die Betriebsamkeit dort war fesselnd, war voller Leben, voller Farbigkeit. Die Treppe neben der Münsterplattform war einer der Abgänge, die hinunterführten, und ich wählte diesen, um verstohlen nach Martin Ausschau halten zu können. Ich sah ihn nirgends, und nach ihm zu suchen, verbot mir mein Stolz. Meine Empfindungen für ihn verwirrten mich. Einerseits wußte ich nicht, was ich von ihm zu halten hatte. Er schien mir voller Widersprüche in seinem Handeln, und das gab mir ein unbehagliches

Gefühl. Anderseits konnte ich nicht leugnen, daß ich ihn anziehend fand und mehr an ihn dachte, als nötig war. Noch nie hatte ein Mann mein Sinnen so sehr in Anspruch genommen wie er.

Eben landeten zwei Kähne an der oberen Landungsstelle. Der eine führte Schlachtvieh aus dem Oberland, und das Gebrüll der verängstigten Tiere übertönte das Rauschen der Schwelle, die hier seit Menschengedenken die Aare unterteilt und so in einem künstlichen Kanal den verschiedenen Gewerben das nötige Wasser zuleitet.

Dem andern Schiff entstiegen sechs aneinandergekettete, bärtige Männer, von Landjägern bewacht. Sie wurden vom Chorweibel empfangen, neben dem ich Martin entdeckte, der in seiner Eigenschaft als Chordiener den Gefangenen einen Weg durch die gaffende Menge bahnte. Es mußten Täufer sein, der Tracht nach zu schließen, und ihre gemessene, ruhige Art verfehlte ihre Wirkung auf die Umstehenden nicht. Sie wurden weder verlacht noch geschmäht, und als sie dicht an mir vorbeizogen, hörte ich ihre leise gemurmelten Gebete. Einen davon, einen gebrechlichen Greis, führte Martin sorgsam die Stufen der Mattentreppe hinauf. Vergebens versuchte ich, seinen Blick einzufangen. Er sah starr geradeaus, und mir fiel die Blässe seines Gesichts und der harte Ausdruck der Augen auf, und wiederum erschien mir dieses Verhalten widersprüchlich. Einerseits die Hilfsbereitschaft, anderseits der versteinerte, abwehrende Gesichtsausdruck! Nein, ich wurde nicht klug aus ihm.

Nachdem der traurige Zug verschwunden war, zerstreute sich die Menge. Ich ging an den Wäscherinnen am Mattebach vorbei, die mich neugierig musterten und hinter mir flüsternd die Köpfe zusammensteckten, und wandte mich der Schifflaube zu, wo Caspar wohnte. Die Laubenbogen waren niedrig, die Treppenaufgänge der Häuser dunkel und muffig.

Ich sah mich um und entdeckte einige Kinder, die ihr Spiel unterbrochen hatten und mich aus großen Augen anstarrten.

»He, du«, wandte ich mich an einen Jungen, »lauf schnell zu Caspar dem Einarmigen, er wohnt in diesem Haus im ersten Stock. Sag ihm, er solle runterkommen.« Der Junge wischte mit dem Ärmel seinen Rotz weg und starrte mich weiter an.

»Kennst du Caspar nicht?« Keine Regung. Da ging ich drohend auf ihn zu und schaute ihn böse an: »Weißt du nicht, wer ich bin?« Heftiges Kopfnicken. »Dann weißt du auch, daß es besser ist, wenn du mir gehorchst. Lauf also und hole ihn.«

Der Junge rannte los und polterte die Treppe hoch. Auch in seine Spielgefährten kam Bewegung:

»Imetche Ifege, ibe-ichlete«, schrie einer von ihnen in ihrer unverständlichen Sprache. Die ganze Bande stob davon, schaute aber gleich darauf hinter einer Hausecke wieder hervor und rief im Chor: »Äääh, d'Ischeme, äääh, d'Ischeme!«

»Ischeme« war das einzige Wort, das ich kannte; es bedeutete »Musche«. Ich kümmerte mich nicht mehr weiter um die Kinder, denn jetzt trat Caspar aus der finsteren Höhle der Haustüre. Er sah abgezehrt und blaß aus, doch sein Gesicht hellte sich etwas auf, als ich ihn grüßte. Ich stellte den Korb auf den Randstein.

»Wie geht es dir, Caspar?«

»Kannst es ja sehen«, sagte er und schwenkte seinen leeren Hemdsärmel.

»Hast du schon Bescheid erhalten vom Fährmann?«

»Nein, aber er wird mich kaum haben wollen. Auch dazu braucht man beide Arme.«

»Und der Bader?«

»Hat genug Leute. Ach Josiane – wer will denn schon jemanden wie mich? Du hättest mich besser sterben lassen. Da wäre mir wohler, und die Welt hätte einen Krüppel weniger!«

»Sprich nicht so«, wies ich ihn barsch zurecht, doch sein verzweifeltes Gesicht rührte mich.

»Es wird sich etwas finden, Caspar, ganz sicher; du mußt nur selbst daran glauben!«

Er schüttelte den Kopf und lachte ein freudloses Lachen.

»Hat deine Schwester Arbeit?«

»Ja, Gott sei Dank, sie arbeitet in der Färberei; aber du weißt ja, viel bringt es halt nicht, erst noch, wenn zwei davon leben müssen.«

»Verlier nicht den Mut, Caspar, ich werde mich auch umhören«, sagte ich und packte die Lebensmittel aus dem Korb auf den Boden. Da wurden hinter uns schnelle Schritte laut, und eine hagere Frau mit etwas groben Gesichtszügen, die vom Laufen gerötet waren, eilte uns entgegen. Ihr dünnes Haar war sorgfältig zurückgekämmt in einen lächerlich kleinen Knoten, und ihre Hände und Arme waren beinahe bis zu den Ellenbogen blau verfärbt. Ihr folgte ein junges Mädchen, in dem ich eine der Wäscherinnen erkannte.

»Da kommt meine Schwester«, sagte Caspar und lehnte sich müde an den Laubenpfeiler.

Die Hände in die Hüften gestemmt, musterte mich die Frau, überflog mit einem Blick die ausgebreiteten

Leckerbissen und drehte sich dann zu dem hinter ihr stehenden Mädchen um, das mit neugierigem Gesichtsausdruck über ihre Schulter sah:

»Du hast recht gehabt, Hanna, es ist tatsächlich die Musche.« Sie maß mich mit feindseligen Augen und fuhr dann auf Caspar los:

»So weit ist es also schon mit uns, daß ich von der Arbeit weglaufen muß, um hier zum Rechten zu sehen«, keifte sie, »was hast du dir bloß dabei gedacht, vom Henker Wohltaten anzunehmen, glaubst du, ich will ins Gerede kommen? Nicht genug, daß ich dich am Hals habe, mußt du nun auch noch unseren Namen in den Schmutz ziehen? Lieber verhungere ich, als daß ich einen Bissen davon esse. Pack das Zeug zusammen, Mädchen, aber schnell und verschwinde. Ich will nichts mit euresgleichen zu tun haben.«

Mittlerweile hatten sich die andern Wäscherinnen genähert, umstanden uns neugierig, und auch die Kinder trauten sich in ihrem Schutz aus den Nischen hervor. Caspar zuckte nur ergeben die Schultern und schwieg. Er war mir keine Hilfe.

»Mutter hat es nur gut gemeint«, sagte ich ruhig, doch in mir kochte es. Als ich mit dem vollen Korb davonging und die Wäscherinnen mit schadenfrohen Gesichtern unmißverständlich vor mir zurückwichen und hämisch lachten, wandte ich mich noch einmal um und sagte mit meinem hochmütigsten Gesichtsausdruck:

»Ich hoffe für euch, daß ihr nie etwas Schlimmeres als Lebensmittel aus der Hand des Henkers annehmen müßt.«

Das betretene Schweigen tat meiner verwundeten Seele wohl.

Der Oktober war regnerisch und immer noch mild, zu mild. Als die ersten Fälle von Schweinepest auftraten, dachte noch niemand etwas Böses, wenigstens nicht in der Stadt. Doch die Krankheit breitete sich aus, erfaßte Stall um Stall, und die Abdecker der jeweiligen Dörfer hatten alle Hände voll zu tun. Die Viehärzte waren Tag und Nacht unterwegs und konnten doch nicht viel ausrichten. Über die betroffenen Gebiete wurde eine Sperre verhängt, und jeder, der die Stadt betreten wollte, mußte sich ausweisen. Die Wochenmärkte wurden nicht mehr abgehalten, und man mußte, so man solche hatte, seine Vorräte angreifen. Zu allem Unglück brach im Luzernergebiet die Pferderäude aus. Um sich vor dem Übergreifen dieser Seuche zu schützen, hätte man wiederum der Viehärzte bedurft. Doch diese konnte man, um die Schweinepest nicht weiter zu verschleppen, nicht in einen anderen Ort senden, und die Hohen Gnädigen Herren kamen in Schwierigkeiten. Was war zu tun? In ihrer Not gelangten sie an Vater und baten ihn, sein viehkundiges Wissen zum Wohle der Allgemeinheit einzusetzen. So fuhr er denn eines Tages mit der neuen Postkutsche ab, zusammen mit Veit, Adam und einer großen Menge Kräuter, Salben und Elixieren. Durch den obrigkeitlichen Segen, unter dem dieses Unternehmen stand, war der Makel vorübergehend von ihm genommen und damit auch von all seinen Handlungen. So konnte er sich frei bewegen und auch auf die Mithilfe der Bevölkerung zählen. Mutter und ich blieben mit Klemens zu Hause, in einer Stadt, in der sich die Angst vor dem Kometen und seinem Unheil erneut ausbreitete.

Doch vorderhand geschah nichts Böses mehr. Als es Ende Monat zu schneien anfing und so die Luft gereinigt wurde, begann die Schweinepest zu erlöschen. Auch Vater kam wohlverrichteter Dinge wieder nach Hause zurück und erhielt von unseren Hohen Gnädigen Herren Lob und Anerkennung für sein umsichtiges und erfolgreiches Handeln. Es war ihm nämlich gelungen, die Pferderäude nicht auf bernisches Gebiet übergreifen zu lassen. Das erfüllte uns mit großer Genugtuung, und Vater wurde wieder etwas froher und aufgeschlossener. Es schien, als begänne er die Enttäuschung um David langsam zu überwinden. Er war immer noch viel außer Haus, denn in seiner Abwesenheit hatten sich die Straftaten, die in seine Zuständigkeit fielen, angehäuft. Adam war ihm eine große Hilfe. Vater schätzte ihn immer mehr, und es überraschte mich nicht, als er eines Abends davon sprach, ihn an Davids Platz zu stellen. Veit aber wurde immer mürrischer und schaute mißgünstig auf die Entwicklung der Dinge, die ihm gar nicht zu behagen schien. So brauchte Adam meine Fürsprache gar nicht. Ich freute mich für Elisabeth, die mir glückstrahlend mitteilte, sie würden gleich nach Weihnachten heiraten.

»Warum denn in der kalten Jahreszeit«, wunderte ich mich, »wollt ihr nicht warten bis im Frühjahr, wenn es warm wird und die Sonne scheint? Da ist es zum Heiraten doch viel schöner!«

Elisabeth lachte. »Wir können nicht warten, Josiane, da ist nämlich schon was Kleines unterwegs, und ich möchte nicht mit einem dicken Bauch zur Kirche gehen.«

»Also doch! Da siehst du, was dabei herauskommt, wenn man sich verstohlen in Hütten trifft. Hast du Angst?«

»Angst, wieso denn? Adam läßt mich nicht im Stich, wir freuen uns. Er wird deinen Vater bitten, uns im alten

Stockerhäuschen wohnen zu lassen. Ich glaube, das wird er uns nicht abschlagen. Heute Nachmittag geh' ich es mir ansehen. Kommst du mit?«

Natürlich ging ich mit!

Das alte Stockerhäuschen lag auf dem Wasen an der Engehalde. Dieses Gebiet war meinem Vater zur Nutzung unterstellt. Als Wasenmeister mußte er dafür besorgt sein, daß jegliche Tierkadaver, von der Katze bis zum Pferd, vorschriftsgemäß vergraben, also unter den Wasen gebracht wurden. Auch das Abhäuten der Tiere geschah dort, was rundherum schrecklichen Gestank verbreitete. Für diese Arbeiten hatte Vater einen Mann aus der Matte Namens Johann eingestellt. In strengen Zeiten mußten auch er und unsere beiden Henkersknechte dort Hand anlegen. Vater hatte auch dafür zu sorgen, daß die Vorschriften genau eingehalten wurden und die Einnahmen stimmten.

Johann hatte mit seiner Familie nicht in das ihm zustehende Häuschen einziehen wollen und darum stand dieses leer. So war es kein Wunder, daß alles vernachlässigt war und schmutzig aussah. Es schien, als wären darin zeitweilig abgezogene Häute gelagert worden, denn es stank ganz fürchterlich und mich ekelte. Elisabeth aber ging mit verklärten Augen darin herum und schien weder die verkrusteten Fensterscheiben noch den Gestank, weder Spinnweben noch Unrat zu bemerken.

»Ist es nicht herrlich, Josiane? Schau, hier werden wir unsere Schlafkammer einrichten, und eine Wiege wird auch noch Platz finden. Die Küche ist geräumig, viel größer als unsere im Turm, und einen Rauchfang, um

Speckseiten zu räuchern, hat es auch. Und dann der Garten!«

Sie trat vor die Tür und schaute entzückt über das eingezäunte Stück Land, auf dem verdorrte Unkräuter aus dem frisch gefallenen Schnee stachen.

»Wollt ihr wirklich hier wohnen?« fragte ich zweifelnd, denn ich konnte beim besten Willen nichts Herrliches entdecken.

»Aber sicher, wenn dein Vater uns darin wohnen läßt! Gefällt es dir nicht?«

»Ich finde, es sieht alles ziemlich heruntergekommen aus; und dann dieser widerliche Geruch! Stört dich das denn nicht?«

»Ach, daran werden wir uns schon gewöhnen. Wenn hier erst alles so ist, wie ich es mir vorstelle. Schau, hier werde ich Erbsen ziehen und Bohnen. Dort in dieser Ecke will ich Mais anpflanzen und hier Rüben und Kohl – und Blumen! Ich will auch einige Blumen haben.«

Flink eilte sie von einer Ecke des Gartens zur andern, um mir die jeweiligen Stellen zu zeigen, und ihre Wangen waren vor Eifer gerötet.

»Sobald wir sicher sind, daß wir hier wohnen dürfen, werde ich mit Putzen und Aufräumen beginnen. Wirst du mir dabei helfen?«

Ich versprach es ihr.

Am ersten Mittwoch nach dem 11. November, dem Martinstag, begann der Martinimarkt. Diese wichtigste Messe des Jahres wurde sehnsüchtig erwartet, denn wegen der vorangegangenen marktlosen Zeit fehlte es an allem. Ausgerufen wurde dieser Anlaß immer eine Woche zuvor beim Rathaus und danach bei allen Brunnen der Stadt und zwar durch den zu Pferd sitzenden Weibel, der in seinem schwarzroten Amtsmantel prächtig aussah. Das war schon ein kleines Fest für sich, eine Vorfreude für die Jugend, die an diesem Tag schulfrei hatte und dementsprechend übermütig war. In dichtem Knäuel umlagerten sie den Ausrufer und warteten auf die Nüsse, die nach erfolgter Ankündigung unter sie geworfen wurden. Ich stand etwas abseits, schaute dem munteren Treiben zu und erinnerte mich, wie die Kinder aufschreiend vor mir zurückgewichen waren und die Erwachsenen mich mit bösen Worten geschmäht hatten, als ich mich als kleines Mädchen an dem Gerangel hatte beteiligen wollen. Damals begann ich zu begreifen, was es heißt, nicht so zu sein wie die andern.

Am Vorabend von Martini zogen wie immer die Ratsherren, angeführt von Spielleuten, in einem langen Umzug durch die von allem Unrat gesäuberte Stadt. Der Trunk neuen Weines, der ihnen unterwegs nach altem Brauch vom Großweibel und vom Gerichtsschreiber angeboten wurde, fiel diesmal nicht so großzügig aus. Im vorigen Jahr hatten sich nämlich einige der Gnädigen Herren daran etwas übernommen. Der belustigten Bevölkerung wurde so ein wenig würdiges Bild geboten, was nachträglich von den Kanzeln herab äußerst scharf gerügt worden war. Von selber Stelle aus wurde auch gemahnt, das nachträgliche Mahl im Rathaus nicht so üppig zu gestalten, damit die zahlreichen Neugierigen nicht neidisch würden. Diese drängten nämlich uneingeladen zu den reich gedeckten Tischen, um wenigstens einen Blick auf die für sie unerschwinglichen Köstlichkeiten zu erhaschen. So waren denn erstmals zwei stämmige Ratsherren ernannt worden, die beim Eingang zum

Rathaus die Zulaufenden abzuwehren hatten. Trotzdem fanden sich viele Menschen dort ein, um wenigstens die herrlichen Düfte der gebratenen Hasen, Truthähne und Kapaunen zu schnuppern, die aus dem Innern drangen, und der Musik der Spielleute zu lauschen.

Aber nicht nur im Rathaus und in den Zunftstuben wurde gefeiert. Kaum ein Haushalt, der nicht seine Martinsgans oder sonst etwas Leckeres hatte, kaum ein Bürger, der in dieser Zeit nicht ausgiebig gegessen und getrunken hätte. Selbst im St. Jakobsspital, wo die ganz Armen ihre Mahlzeiten abholen konnten, wurde etwas Fleisch im alltäglichen Mus mitgekocht. Mit gutem Grund, denn nach altem Glauben blieb einem so der Hunger den ganzen Winter hindurch fern.

In den folgenden Tagen fand sich eine Menge Fremder in der Stadt ein. Da kamen Krämer und Händler, Spielleute, Schausteller und Leierkastenmänner, Dirnen und Bettler, aber auch reiche Kaufleute und viel neugieriges Volk aus der nahen und weiten Umgebung. Die Herbergen waren voll besetzt, und wer von den Bürgern eine Stube zu vermieten hatte, tat es und verdiente gutes Geld.

Dann endlich – um ihre Erzeugnisse frisch anbieten zu können – erschienen in den frühen Morgenstunden des festgesetzten Datums als letzte die Fischer und Bauern und stellten ihre Stände auf den für sie vorgesehenen Plätzen auf. Nun konnte der Markt beginnen.

An solchen Tagen trugen wir immer unsere Amtstracht, die kennzeichnende, rot-grüne Kleidung – jetzt aus warmem Wollstoff mit dick abgefüttertem Umhang, um von den in Festlaune Schwelgenden nicht übersehen zu werden. Obschon sich meistens ganz von selbst ein kleiner Freiraum um uns bildete, wagten wir uns doch nicht in das dichtere Gedränge, denn wir hatten ja den Bürger vor Berührung mit uns zu beschützen. Das war nicht immer ganz einfach, besonders wenn Betrunkene dahergewankt kamen. In diesem Jahr wollte ich mir aber eines der wunderschönen Tüchlein aus feinen Spitzen kaufen, die ich in der Kirche schon so oft an den Hohen Damen bewundert hatte. Wie erwartet, war der Stand des Spitzenhändlers dicht umlagert von Frauen und Mädchen, viele davon in ihrer schönen Tracht, und unschlüssig erwog ich, mein Vorhaben aufzugeben. Doch etwas in mir lehnte sich dagegen auf. Alle kauften sich doch in diesen Tagen etwas Hübsches, weshalb also nicht auch ich? So trat ich denn mit einem Warnruf näher heran und schritt durch die sich bildende Gasse bis vor die ausgelegte Ware. Überrascht blickten mich der Händler und seine Frau an, und hinter mir hörte ich kicherndes Geflüster. Unbeirrt, denn ich war mir solches ja gewohnt, musterte ich die Auslage. Meine Wahl fiel auf ein Tüchlein, das über und über aus duftigen Spitzen bestand, und erwartungsvoll zeigte ich darauf.

»Ach, die Jungfer will sich wohl den Blutgeruch aus der Nase schneuzen«, witzelte der Händler, und rings um mich brandete Gelächter auf. Seine Frau ergriff die Messelle und streckte mir darauf ein einfaches, mit keinerlei Spitzen verziertes und aus grobem Stoff gefertigtes Tüchlein hin.

»Da, nimm das, leg das Geld auf den Tisch und verschwinde.«

»Ich möchte aber dieses hier haben«, sagte ich ruhig.

»Schau, schau, sollte man in der Henkershütte besseres

gewohnt sein? Das würde mich aber wundern«, spottete der Händler weiter, und die Leute lachten wieder.

»Hast du überhaupt Geld? Oder glaubst du, man bekommt so was um Gottes Lohn?« herrschte mich seine Frau an.

»Ich habe genügend Geld und bitte Euch um nichts anderes, als mir dieses Tüchlein dafür zu überlassen.«

Ich zwang mich zur Ruhe. Mit einem schnellen Blick hinter mich hatte ich gesehen, daß sich die Gasse geschlossen und die Menschenmauer noch dichter geworden war. Offensichtlich erhofften sich alle ein erheiterndes Schauspiel, und der Händler, der ein gutes Geschäft witterte, schien diesen Umstand für seine Zwecke ausnützen zu wollen.

»Oje, oje, welche Verschwendung«, rief er übertrieben »es zerreißt mir das Herz vor Jammer, in solch blutrünstige Umgebung so viel Glanz verkaufen zu müssen, oje, oje!«

Die Leute brüllten vor Lachen, und plötzlich fühlte ich mich unendlich einsam. Doch da war auf einmal jemand neben mir, dann vor mir, nahm das Spitzengebilde auf, warf eine Münze hin, faßte mich an der Hand und zog mich aus dem Kreis der Spötter, die schleunigst zurückwichen, über den Platz hinweg in den Schatten einer schützenden Laube. Martin! Ungläubig schaute ich ihn an, denn ich war es nicht gewohnt, daß sich jemand außer meiner Familie für mich einsetzte. Eine unendliche Erleichterung erfüllte mich, und dann begann ich zu weinen. Fest hielt er mich in seinen Armen. Mein Kopf lag an seiner Schulter, und ich schluchzte laut, wie ich es als Kind getan hatte. Er roch frisch und sauber und ein wenig nach Pferd. Ich fühlte mich geborgen wie schon seit langer Zeit nicht mehr. Die eben erlittenen Demütigungen zerrannen wie meine Tränen auf seinem winterdicken Wams, wurden weggeschwemmt und unwichtig. Ich war glücklich!

Doch dieses wundervolle Gefühl dauerte nur kurz. Jäh wurde ich mir der neugierigen Blicke und der Ungehörigkeit meines Tuns bewußt. Hastig machte ich mich frei und wischte mit dem Ärmel über mein Gesicht. Da reichte mir Martin das Spitzentüchlein.

»Möchtest du es gleich ausprobieren?« fragte er lächelnd. Ich schüttelte den Kopf.

»Nein, dafür ist es viel zu schade, aber bezahlen will ich es dir noch.«

»Ich würde mich freuen, wenn ich es dir schenken dürfte.«

»Ich weiß nicht. Glaubst du, das wäre richtig?«

»Magst du mich, Josiane?«

»Ja.«

»Dann ist es richtig!«

Er sagte dies mit so ruhiger Bestimmtheit, daß alle meine Zweifel verflogen, und als er wieder meine Hand nahm, schien es mir die natürlichste Sache der Welt, neben ihm herzugehen und mich seinen Schritten anzupassen. So schlenderten wir durch die festfröhliche Stadt, lauschten dem Drehleiermann, lachten über die drolligen Sprünge seines abgerichteten Affen, ergötzten uns an den Kunststücken der dressierten Katzen und bestaunten den größten Mann der Welt, der in einer schmucken Kavallerieuniform vor dem Käfigturm auf und ab paradierte. Es war mir egal, daß wir uns des großen Gedränges wegen nicht in die Menagerie oder ins Marionettentheater wagen konnten, noch störten mich

Getuschel, Ächtung oder spitze Zurufe. Die ganze Zeit über gingen wir Hand in Hand, und ich genoß diese Berührung mit meinem ganzen Bewußtsein. Noch nie in meinem Leben hatte ich mich so gut unterhalten, hatte so unbeschwert genossen wie an diesem wundervollen Tag an der Seite Martins. Es wurde dunkel, doch mir war weder kalt noch fühlte ich Hunger, und als mir Martin irgendein warmes Gebäck in den Mund schob, schluckte ich nur ihm zuliebe.

Später standen wir an der Brüstung der Plattform und schauten hinunter in die Matte, lauschten der herauftönenden Musik und beobachteten die schattenhaften Gestalten, die sich im zuckenden Licht einiger Teerfeuer bewegten. Dann begann es zu schneien, in dichten Flocken, und auf einmal schimmerte die bewaldete Anhöhe gegenüber in verschwommenem Weiß, trat hervor aus der Finsternis und ließ den Fluß mit seinem plötzlich gedämpften Rauschen als nachtschwarzen Graben erscheinen. Ich hob das Gesicht den heranwirbelnden Flocken entgegen, fühlte ihre leichte, kalte Berührung auf meiner Stirn und den Wangen und versuchte, sie mit meinem Mund aufzufangen. Dann wurde die Kälte von seinen Lippen verdrängt, von einer wundervollen weichen und zarten Wärme. Und es war nicht erschreckend und auch nicht widerlich, wie ich geglaubt hatte, sondern lautere, reine Seligkeit, in die ich mich vorbehaltlos fallen ließ. Mein erster Kuß!

Ich fürchte, es war nicht mein Verdienst, daß diese Nacht nicht in Martins Hütte endete, denn ich war berauscht von der Gewalt meiner Gefühle. Kaum bemerkte ich, wohin ich meine Füße setzte, noch wie wir durch die nun ruhiger gewordenen Gassen gingen. Erst vor unserem Haus kam die Ernüchterung. Mit einem Schlag erkannte ich, daß nun alles zu Ende war, zu Ende sein mußte. Ich war die Musche, die Tochter des Henkers! Niemals würde mich ein junger Mann, der nicht unserem Stand angehörte, heiraten wollen! Wie hatte ich das nur vergessen können?

Steif und verlegen entzog ich mich seinem Arm.

»Ich danke dir für den wunderschönen Tag«, sagte ich und versuchte, möglichst kühl und unbeteiligt zu sprechen, »und für das Tüchlein; ich werde es als Andenken an dich in Ehren halten.« Dann schlüpfte ich schnell ins Haus und schloß die Tür, lehnte mich dagegen und hätte am liebsten wieder geweint.

»Josiane?« Mutter hatte auf mich gewartet. Sie trat aus der Küche und musterte mich besorgt im spärlichen Schein der Kerze, die sie hoch über ihren Kopf hielt.

»Du kommst spät; wo warst du denn so lange?«

»Am Jahrmarkt.«

»Allein?«

»Nein, ich war mit Elisabeth und hab' mir was Schönes gekauft; schaut mal!«

Damit hielt ich ihr das Spitzentüchlein vors Gesicht, doch sie beachtete es nicht.

»Ach, mit Elisabeth? Dann habt ihr euch doch getroffen. Sie war nämlich hier und hat nach dir gefragt.«

Ich erschrak. Noch nie hatte ich meine Mutter angelogen, weshalb tat ich es dann jetzt? Ich erkannte, daß sie mir nicht glaubte und schämte mich.

»Ich habe Elisabeth nicht angetroffen«, sagte ich kleinlaut und fühlte schon wieder die aufsteigenden Tränen.

»Komm in die Küche und setz dich, ich mach' dir eine Tasse heißen Tee.«

Und dann, als das Getränk meinen Körper wohltuend erwärmte, erzählte ich ihr alles, zerknüllte dabei Martins Geschenk und bemerkte es nicht einmal. Mutter nahm es mir aus den Fingern und glättete es wieder, sah auch gar nicht verärgert aus, und als ich zuletzt doch noch zu weinen begann, fuhr sie mir mit der Hand übers Haar.

»Nun, mein Kleines, so traurig ist das Ganze ja nun auch wieder nicht. Aber es ist schon gut, wenn du daran denkst, daß er nicht von unserem Stand ist. Je eher du dich damit abfindest, desto weniger Scherereien wirst du haben. Vater rechnet damit, daß du innerhalb unseres Handwerks heiratest, damit er deinen Mann an Davids Stelle nachziehen kann. Es sei denn, dieser Martin würde …?«

»Nein, Mutter, das kann ich mir nicht vorstellen.«

»Dann wird wohl kaum was daraus; schlag ihn dir aus dem Kopf, Mädchen, und reiß ihn dir aus dem Herzen, so schnell wie möglich, sonst hast du nichts als Kummer.«

Ich wußte, daß Mutter recht hatte, mit dem was sie sagte. In dieser Nacht weinte ich mein Laken naß, haderte mit meinem Geschick und tat infolgedessen kein Auge zu. So begegnete ich dem sonnenglitzernden, frischverschneiten Morgen in größter Niedergeschlagenheit. Kaum hörte ich hin, als Klemens vom Wasserholen zurückkam und berichtete, daß jemand vor der Tür stände und Mutter zu sprechen wünsche. Diese befand sich aber auf ihrem wöchentlichen Rundgang im Frauenhaus und so hieß ich Klemens etwas unwirsch, den Besuch hereinzubitten. Es war mir gar nicht nach Gesellschaft zumute, denn mein Gesicht war verquollen vom Weinen, und ich schämte mich deswegen. So beachtete ich den Eintretenden nicht sogleich, stocherte im Feuer und tat so, als hätte ich Rauch in die Augen bekommen. Heftig rieb ich mit dem Schürzenzipfel darin herum, während ich mich umdrehte – und stand dem Drehleiermann von gestern abend gegenüber. Das Äffchen guckte mit flinken Äuglein aus der Wärme seines Wamses hervor und neben ihm stand ebenfalls ein Äffchen, eines, das ich kannte, mit schwarzem Haar, einer halb ängstlichen, halb erwartungsvollen Miene und magerer denn je – Mathieu!

Mein Herz machte einige schnelle Schläge vor freudiger Überraschung, denn wo Mathieu war, würde wohl auch David sein. Bestimmt war er zu uns zurückgekehrt, um den Winter hier zu verbringen. Glücklich schloß ich den Jungen in die Arme, schaute aber über seinen Kopf hinweg zum Drehleiermann und dann zur Tür:

»Wo ist mein Bruder?« Er schüttelte den Kopf.

»David ist nicht mitgekommen. Ich habe nur den Jungen hergebracht.«

»Wie – nicht mitgekommen! Heißt das, daß er nicht bei uns Unterkunft nehmen will?«

»Wo ist deine Mutter, Mädchen; ich muß mit deiner Mutter sprechen.«

»Sie ist drüben im Frauenhaus, wird aber wohl bald kommen. Wenn Ihr warten wollt?«

Ich wies auf die Bank, und er setzte sich, schälte das Äffchen aus seinen Umhüllungen und ließ es auf seine Schulter springen.

Ich war unruhig und besorgt. Bedrückt hantierte ich in der Küche herum und dachte an die erste Nachricht von David, die mit der Fischerschen Post ungefähr neun Wochen nach seinem Wegzug bei uns eingetroffen war. Da hatte er uns mitgeteilt, daß es ihm gut gehe und er bei seinem Oheim in Freiburg freundlich aufgenommen worden sei. Seither hatten wir nichts mehr von ihm vernommen. Erleichtert atmete ich auf, als ich Mutter kommen hörte. Zu meiner Enttäuschung bat der Mann um ein Gespräch unter vier Augen, und so nahm ich Mathieu mit mir und ging hinaus in den Garten.

Nach einer Weile hörte ich, wie sich der Leierkastenmann verabschiedete. Begierig, endlich Neuigkeiten über David zu vernehmen, stürzte ich in die Küche.

Mutter saß starr und blaß auf der Bank, und ich wußte, es war etwas Entsetzliches geschehen.

David, mein schöner, sanfter, fröhlicher Bruder, war nicht mehr. Wie betäubt stand ich am Herd und hielt meine Hand über das hochzüngelnde Feuer, um die Qualen seines Todes an mir selbst zu erleben. Ich hielt es nicht aus, nicht einmal so lange, wie es braucht, um bis zehn zu zählen. Er aber hatte die Flammen am ganzen Körper fühlen müssen, und der Gedanke daran bereitete mir Übelkeit. Verzweiflung, Auflehnung und tiefe Trauer erfüllten meine Seele – und Haß! Haß auf die Menschen, die ihn auf so grausame Weise umgebracht hatten. O David, warum nur hast du nicht widerrufen? Warum bedeutete dir dieser Glaube mehr als dein Leben? Was ist so viel besser an der Täuferlehre, daß es sich lohnte, dich dafür umbringen zu lassen? – Mutter hatte es gewußt, schon damals, als du bei der Waldhütte von uns

Abschied nahmst. Aber ich? Nicht einmal geahnt hatte ich es – und wenn, was hätte ich tun können?

Nach dem, was der Drehleiermann Mutter berichtet hatte, war David immer mehr diesem neuen Glauben verfallen, hatte sich von der Gruppe getrennt und war mit Magda, seiner Frau, und Mathieu als Prediger durch die Gegend gezogen. Aufgegriffen hatte man ihn, als er auf dem Münsterplatz von Ulm nach seiner Art Gottes Wort verkündet hatte. Durch seinen unbeugsamen Willen, an dieser Irrlehre festzuhalten, war sein Schicksal besiegelt. Seine Frau und Mathieu mußten schleunigst aus der Stadt flüchten, um nicht selbst im Gefängnis zu landen. Er habe, so berichtete er weiter, die beiden in ziemlich schlechter Verfassung auf der Landstraße angetroffen. Als die junge Frau vernommen habe, daß er beabsichtigte, zum Martinimarkt nach Bern zu kommen, habe sie ihn gebeten, Mathieu zu uns zu bringen. Sie selbst wollte versuchen, ihre Gruppe wiederzufinden, und war Richtung Elsaß weitergezogen.

So vernahmen wir, daß David das schwarzhaarige Mädchen geheiratet hatte und Mathieu dadurch zu unserem Verwandten geworden war. Unter diesen Umständen war es selbstverständlich, daß wir ihn bei uns aufnahmen, und ich stieg die Treppe hinauf in Klemens Kammer, um seine alte Liegestatt wieder herzurichten.

Seit zwei Tagen hatte Mutter die Schlafkammer nicht mehr verlassen. Ich hatte ihr Essen gebracht, aber sie hatte nichts angerührt. Vater, selbst elend, kümmerte sich um sie, saß, so oft er konnte, bei ihr und hielt ihre Hand. Am dritten Morgen betrat er die Küche, blaß und mit rotgeränderten Augen und legte mir eine Silbermünze auf den Tisch:

»Josiane, Mutter muß essen, unbedingt. Sonst wird sie ernsthaft krank und schadet sich und dem Kind. Geh und kaufe alles ein, was es zu einer kräftigen Fleischbrühe braucht, spare an nichts. Nimm aber nur das Beste und koche sie so, wie sie es dich gelehrt hat. Dann warte, bis ich zurückkomme. Ich will sie ihr selbst bringen.«

Ich tat, wie er befohlen hatte, kaufte auch noch einige Schnecken, die eine Fleischbrühe ganz besonders leicht verdaulich machen, und versorgte zwischendurch die Knechte und Mathieu mit Mus und Brot. Am Nachmittag kamen meine Tante Agnes und Elisabeth vorbei, um Mutter aufzumuntern. Sie weinten aber beide so heftig, daß sie uns kein Trost, sondern eher noch eine Belastung waren. Und ich, die ich geglaubt hatte, mich ausgeweint zu haben und keine Tränen mehr zu besitzen, weinte von neuem mit ihnen. Mathieu schlich bedrückt im Hause herum, und ich war froh, als sich die beiden Frauen anerboten, ihn über diese schwere Zeit bei sich auf dem Turm wohnen zu lassen.

Vater blieb an diesem Abend lange bei Mutter, und als er zurückkam, war die Schale leer, und wir schauten uns hoffnungsvoll an.

»Es wird schon wieder, Josiane«, tröstete Vater, »du wirst sehen, wenn sie den ganzen Topf leer gegessen hat, wird sie wieder kräftig genug sein, um aufzustehen.«

Leider bewahrheitete sich diese Weissagung nicht in dem Maße, wie wir es erhofft hatten. Um ihr Gemüt aufzuheitern, hatte ich ihr Tee aus Johanniskraut angebrüht, doch meistens wies sie ihn stumm zurück. Noch zweimal kochte ich Fleischbrühe, ehe sie ihre Arbeit halbwegs wieder aufnahm. Lustlos und abgezehrt ging sie herum, und das Kind in ihrem Leib hing an ihr wie ein Sack. Sie war nun im siebten Monat, und weil die Gefahr einer Frühgeburt in dieser Zeit der Schwangerschaft am größten ist, fürchtete ich um sie. Auch war Mathieu wieder im Haus und brauchte einige Zuwendung. So begrub ich meinen Kummer um David unter emsiger Geschäftigkeit und ließ ihn nur zu, wenn ich mich bei Martin ausweinen konnte. Wider besseres Wissen hatten wir uns seither mehrmals getroffen, heimlich des Nachts, aber niemals in seiner Hütte. Ich liebte ihn mehr denn je, denn ich fühlte, daß auch er ehrlich um meinen Bruder trauerte. Die Worte, die er mir gab, taten meiner Seele wohl. Eng an ihn geschmiegt, von seinen Armen gehalten, lauschte ich seiner schönen Stimme. Er erzählte mir unter anderem vom Ende aller Tage und der Auferstehung der Menschen, und daß David, da er ja für seinen Glauben gestorben war, ganz bestimmt zur Rechten Gottes sitzen würde. Es war bezeichnend für meinen Gemütszustand, daß ich mich nie fragte, weshalb seine Bibelkenntnisse so umfassend waren, sondern den Trost, den er mir so vermittelte, einsog wie ausgetrockneter Boden den erlösenden Regen.

Doch auch dieser Trost sollte mir genommen werden und zwar durch meine Schuld, einzig meiner unüberlegten Handlungsweise wegen.

Ich hatte für Martin bei einem der französischen Seidenweber ein dunkelblaues, mit feinen, weißen Mustern durchzogenes Halstuch erstanden, das ich ihm anläßlich der Christmette zuzustecken gedachte. Leider hielt ich im Münster vergebens nach ihm Ausschau und sah ihn auch nirgends auf dem Vorplatz, was mich begreiflicherweise sehr enttäuschte. Ich hatte mir aber in den Kopf gesetzt, ihm mein Geschenk am Weihnachtsabend zu geben und so tat ich, als hätte ich meine Eltern im Gewühl verloren und eilte flink hinter die Kirche auf die Plattform. In seiner Hütte brannte Licht und gerade, als ich anklopfen wollte, öffnete sich die Tür, und er trat hinaus. Voller Freude umarmte und küßte ich ihn, fühlte, wie er erstarrte und bemerkte erst jetzt die beiden Männer, die hinter ihm im Türrahmen standen. Es waren der Chorweibel und einer der jungen Prädikanten, die zuerst erstaunt, dann, als sie mich erkannten, peinlich berührt erschienen. Ich wußte sofort, daß mir ein nicht wieder gutzumachender Fehler unterlaufen war und trat erschrocken einige Schritte zurück. Der Chorweibel musterte mich von oben bis unten, machte: »Hmm, hmm« und »Soso« und »Also doch«, musterte dann Martin, schüttelte den Kopf und wandte sich zum Gehen, der junge Hilfsgeistliche hinterher. »Oh, Martin«, flüsterte ich, »ich liebe dich so sehr.« Dann hielten wir uns umschlungen, lange Zeit, ohne zu sprechen.

»Ich liebe dich auch, Josiane, mehr als alles auf der Welt; es mag nun kommen, was will, unsere Liebe wird uns Kraft und Mut geben. Geh nun nach Hause, mein Mädchen, und vertraue auf Gott; ich will es auch tun.«

Ich war schon einige Schritte von ihm weg, als mir das Seidentuch einfiel. Schnell machte ich kehrt und stopfte es ihm in die Tasche, eilte dann davon und mischte mich wieder unter die Leute, so tuend, als suchte ich meine Eltern. In meinem Herzen aber trug ich die Angst kommenden Unheils.

Am nächsten Tag wurde Vater aufs Rathaus gerufen.

Von da kam er mit finsterer Miene zurück, und was er mir sagte, zerstörte das bißchen Hoffnung, das ich noch gehegt hatte, vollständig. Er verbot mir, Martin noch einmal zu sehen, und zum ersten Mal in meinem Leben erhielt ich Hausarrest. Tiefunglücklich irrte ich im Haus herum, zu keiner Arbeit fähig, und Mutter, die über meinem Leid das ihre etwas zu vergessen schien, sprach tröstende Worte zu mir. Als gegen Abend Elisabeth überraschend bei uns auftauchte und mir zuflüsterte, Martin sei entlassen worden und müsse die Stadt verlassen, erreichte meine Verzweiflung den Höhepunkt. Ich schrie und weinte hemmungslos, worauf Vater mich in meine Kammer schleppte und kurzerhand einschloß. Nachdem ich mich etwas beruhigt hatte, erwog ich, aus dem Fenster zu steigen, mußte diesen Plan aber aufgeben, da Vater – wohl so etwas ahnend – Veit als Wache im Garten postiert hatte. Wie ich diesen grinsenden Veit haßte! Seine Aufgabe schien ihm Spaß zu machen, denn er winkte mir, seine gelben Zähne bleckend, hämisch zu. So blieb mir nichts anderes übrig, als zu weinen, was ich ausgiebig tat, bis ich vor Erschöpfung einschlief.

»Josiane, wach auf, Josiane.« Eine Stimme, die ich nicht kannte; rauh und heiser. Etwas berührte meine Wange, strich über meine Stirn, glitt über meinen Arm. Langsam hob mich die Besinnung aus dem Schacht eines bleischweren Schlafes empor, zurück ins Erwachen. Verschwommen sah ich das abgeschirmte Licht einer Kerze und in deren Schein eine kleine, gekrümmte Gestalt, die sich eben anschickte, an meiner Schulter zu rütteln. Auf einmal war ich hellwach.

»Mathieu?« Ich konnte es kaum glauben. War er es, der gesprochen hatte?

»Josiane, nicht mehr weinen.« Wieder die rauhe, heisere, so unkindliche Stimme.

»Hab' dir was mitgebracht, schau!«

Er streckte mir einen Zettel entgegen und in dem kümmerlichen Zwielicht faltete ich ihn auseinander. Obschon ich diese Schrift zum ersten Mal sah, wußte ich sofort, von wem sie stammte. Eine Welle der Freude durchfuhr mich, und begierig begann ich zu lesen:

Josiane, mein Mädchen!
Man hat mich entlassen, und ich muß die Stadt verlassen. Mach Dir um mich keine Sorgen, ich bin in Deiner Nähe. Komm am nächsten Vollmond in die Waldhütte. Ich werde dort auf Dich warten. Ich liebe Dich. M.

Mir war, als fiele mir ein ganzes Gebirge von der Seele. Aufspringend umfaßte ich Mathieu, schwenkte ihn im Kreis herum, und gedämpft ertönte sein kullerndes, kehliges Lachen.

»Mathieu, o Mathieu, du sprichst ja! Sag mir schnell, wo ist Martin, war er hier?«

Der Junge legte seinen Finger an die Lippen, um mich zur Vorsicht zu mahnen, und schüttelte den Kopf.

»Nein, ich war dort«, flüsterte er und fügte beschwörend hinzu: »Nicht mehr weinen, Josiane!« Die Anteilnahme des Kindes rührte mich und war Balsam auf meine wunde Seele. Dankbar umarmte ich ihn noch einmal und schob ihn dann zur Tür hinaus. Ich hörte, wie er vorsichtig den Schlüssel im Schloß drehte und mich wiederum einsperrte. Doch jetzt machte es mir nichts mehr aus. Das Gefühl, in Mathieu einen Verbündeten meiner Liebe zu haben, war so überraschend, so erleichternd, daß mich neue Hoffnung erfüllte.

Erst viel später, im Laufe des neuen Tages, fragte ich mich, woher wohl Martin von der Waldhütte wußte, brachte das dann aber mit ihm und David in Zusammenhang.

Bis zum nächsten Vollmond waren es noch zwei Wochen, und so hatte ich alle Zeit, um Elisabeth bei ihren Hochzeitsvorbereitungen zu helfen. Ich tat es sogar mit Vergnügen, verkürzten mir diese Arbeiten doch die Wartezeit bis zum heißersehnten Wiedersehen mit meinem Liebsten. Wir putzten und schrubbten das Stockerhäuschen bis in die hintersten Winkel, daß sogar der widerliche Geruch, der mich so gestört hatte, reißaus nahm und alles vor Sauberkeit glänzte. Ein wenig beneidete ich meine Base, denn ab und zu ertappte ich mich bei dem Gedanken, wie es wohl wäre, wenn Martin und ich hier einziehen würden. Seit ich selbst liebte, verstand ich so vieles besser, und die Freude auf den kommenden Vollmond machte mich nachgiebiger und duldsamer, ja, beinahe wieder fröhlich. Vater beobachtete mich zwar noch einige Zeit aufmerksam, als traute er meiner heiteren Gemütsverfassung nicht so recht, ging dann aber zur Tagesordnung über.

Das Paar wurde am Sonntag eingesegnet, und da Adam weder Eltern noch sonstige Verwandte besaß, waren wir an deren Stelle eingeladen. Zum Festessen hatten wir zwei Gänse beigesteuert, die knusprig-braun und fettglänzend uns alle Ehre machten und selbst meinem griesgrämigen Onkel Türmer ein Lächeln abrangen. Sogar Mutter, die in letzter Zeit den Johannistee regelmäßig getrunken hatte, war heiterer und gelöster und beinahe wie früher. Als wir dann die Neuvermählten in ihrem Glück zurückließen, kreisten meine Gedanken auf dem Heimweg unablässig um das Geschehen in der Brautkammer und voller süßer Sehnsüchte schlüpfte ich unter meine Decke. Was hätte ich doch darum gegeben, solches mit Martin erleben zu dürfen!

Kopfzerbrechen bereitete mir die Ausrede, die ich brauchen würde, um in besagter Nacht außer Hause sein zu können, denn eines war mir klar, ich würde die Verabredung einhalten, koste es, was es wolle. Es fiel mir aber nichts ein, was für die Ohren meines Vaters glaubwürdig geklungen hätte, und ich sah mich im Geiste schon aus dem Fenster steigen. Zu diesem Zwecke hatte ich bereits Tücher zusammengeknüpft, um mich daran in den Garten hinunterzulassen. Von da aus würde es leicht sein, durch das Frauenhaus auf die Gasse zu kommen. Danach würde ich den Umweg über das Marzilitor nehmen müssen, was mich erheblich mehr Zeit kosten würde als durch das Golattenmatt- und Aarbergertor, doch das mußte ich in Kauf nehmen. So hatte ich in meinem Kopf meinen Plan schon in allen Teilen festgelegt und durchdacht, als ein Glücksfall eintrat, den ich nicht hatte voraussehen können: Vater, Veit und Adam mußten wiederum zu einer Aburteilung nach Freiburg und zwar genau zur Zeit des Vollmondes! Für mich war das ein Fingerzeig des Schicksals, und als dann noch Elisabeth erschien, um mich zu bitten, doch bei ihr zu übernachten, da sie sich alleine im abgelegenen Stockerhäuschen fürchte, mußte ich mir Mühe geben, mir meine Erleichterung nicht allzu sehr anmerken zu lassen. So packte ich denn warmes Unterzeug und was ich sonst noch als wichtig erachtete in ein

Bündel und machte mich frohgemut auf den Weg. Wie erwartet, zeigte sich Elisabeth entsetzt über mein Vorhaben. Doch als sie sah, wie entschlossen ich war, gab sie nach und beschränkte sich darauf, mich mit guten Ratschlägen zu überhäufen. Die Nacht war klar und bitterkalt. Der Schnee knirschte unter meinen Schuhen, und mein Atem setzte sich als Reif am Rand meiner Kapuze fest. Dort, wo ich vom Weg ab und in den Wald eintrat, sank ich bei jedem Schritt bis über die Knöchel ein und mußte langsamer gehen. Ich trug eine Laterne bei mir, benutzte sie aber nicht, da ich mich ohne Licht im milchigen Dunkel geborgener fühlte und der volle Mond den Boden mit gleißenden Lichtinseln übersäte. Scharf hoben sich die Sträucher und Bäume von diesen ab und ließen meinen Schatten dazwischen wie einen Irrwisch erscheinen und verschwinden. Atemlos erreichte ich die Hütte. Seit Anfang Dezember war ich nicht mehr dagewesen und war deshalb überrascht, verkohltes Holz in der Feuerstelle zu finden. Ich wußte, daß ich alles gründlich ausgefegt hatte, wie ich es vor Wintereinbruch immer tat, und plötzlich beschlich mich ein seltsames Gefühl. Schnell trat ich wiederum vor die Tür, gerade rechtzeitig, um die Gestalt zu erblicken, die eben auf der Lichtung erschien. Sie war dick vermummt, doch ich hätte Martin an der Art, wie er sich bewegte, unter Hunderten erkannt. Welche Glückseligkeit, von seinen Armen gehalten zu werden, seine Liebkosungen zu fühlen und selbst zu verschenken. Aneinandergeschmiegt saßen wir dann auf der Bank in der Hütte, eingehüllt in eine Decke, und ich wünschte, daß diese Nacht nie enden möge. Doch Martin schob mich plötzlich zurück und sagte:

»Ich muß mit dir sprechen, Josiane.«

»Wozu denn, Liebster? Laß uns doch einfach glücklich sein.«

Er erhob sich.

»Es muß sein. Ich fürchte mich schon genug davor, deshalb will ich es hinter mich bringen. Bitte hör mir zu!«

Ich vernahm den Ernst in seiner Stimme und begriff, daß er mir etwas Schwerwiegendes mitteilen wollte. So rückte ich ganz von ihm weg, faltete meine Hände um die hochgezogenen Knie und wartete.

»Ich weiß nicht, ob du geahnt hast, daß David und ich uns sehr gut kannten, schon seit längerer Zeit, seit ungefähr zwei Jahren. Er war für mich wie ein Bruder, und wenn wir uns so nannten, war es nicht nur der Form halber, sondern wir fühlten auch so. Sein Tod hat mich mehr betrübt, als ich mir anmerken ließ. Er hat mir vor Augen geführt, wie gefährlich wir leben, aber er hat mich auch bestärkt in meinem Willen, ihm nachzueifern und den Weg weiterzugehen, den er so frühzeitig verlassen mußte. Als er mich vor seiner Abreise bat, auf dich aufzupassen, ahnte ich noch nicht, daß ich mich in dich verlieben würde, ja, daß ich dich nun liebe von meinem ganzen Herzen. Das macht für mich, für uns, die Sache nicht einfacher, denn in der Regel heiraten auch wir nur untereinander.«

Scharf zog ich die Luft ein. »Martin, willst du damit sagen, daß auch du zu diesen – diesen Ketzern gehörst?«

»Ja, Josiane!« Er faßte nach meiner Hand.

Mein Herz machte einige heftige Schläge und schien dann stillzustehen. Bruchstückhaft erinnerte ich mich an die Bibelworte, mit denen er mich getröstet hatte, an sein Gottvertrauen, seine Geduld und Güte. War ich denn blind gewesen, daß ich die Zeichen nicht erkannt hatte?

Hätte es mich nicht mißtrauisch machen sollen, daß er nie in der Kirche, sondern immer erst außerhalb derselben zu finden war?

Heftig schluckte ich an den aufsteigenden Tränen, Tränen des Zorns, auf Martin, auf mich, auf alles. Ich fühlte mich hintergangen, dumm und einfältig, entzog ihm meine Hand und wandte mich ab.

»Josiane!« Seine Stimme, bittend, flehend. Sanft drehte er meinen Kopf zu sich herum, und ich sah seine dunklen Augen, fühlte den warmen Druck seiner Hände auf meinen Wangen, und mein Zorn wuchs, denn ich wußte, daß ich keine Wahl mehr hatte, daß es zu spät war, daß ich ihn immer lieben würde, solange ich lebe!

Als wir gegen Morgen die Hütte verließen und in entgegengesetzten Richtungen davongingen, kannte ich Martins Geschichte, wußte von seinem Leben auf dem Hof seines Vaters, der Pferde züchtete, und wußte von seinem Onkel, dem Steinmetz, dem er schon früh zur Hand ging. Als vierter von fünf Söhnen und drei Töchtern hatte er keine Aussichten, den Hof je übernehmen zu können, und so entschlossen sich seine Eltern, ihn, der offensichtlich zum Steinhauen Talent besaß, dem Onkel in die Lehre zu geben.

Die Familie war schon seit Jahren dem Täufertum verhaftet, und mit der Zeit überließ ihm der Onkel immer mehr Arbeit, um sich selbst vermehrt der Verbreitung dieses Glaubens zu widmen. Als bekannter Prediger scharte er schließlich eine wachsende Gemeinde um sich und genoß hohes Ansehen. Doch das blieb nicht ohne Folgen. Im Zuge der Täuferverfolgungen geriet er in Gefangenschaft und wurde zu sieben Jahren Galeere verurteilt. Martins Familie, samt den bereits verheirateten Geschwistern und deren Anhang, wurde erbarmungslos, ohne jedes Mitleid außer Landes verwiesen und all ihr Hab und Gut eingezogen.

Zuerst hatten sie sich in Deutschland aufgehalten, aber weil dort auch nicht gerne gesehen, waren sie weitergezogen nach Holland, dessen Volk den leidenden, schweizerischen Täufern wohlgesonnen war. Einzig Martin hatte sich dort nicht heimisch gefühlt und war auf eigene Gefahr zurückgekehrt, um in die Fußstapfen seines Onkels zu treten. Allerdings fehlte ihm dessen Sprachgewalt, und da er sich schon lange um das Schicksal seiner inhaftierten Brüder und Schwestern gesorgt hatte, erschien es ihm als ein Fingerzeig Gottes, als er die Stelle als Chorgerichtsdiener erhielt.

Obschon die Gefahr des Entdecktwerdens groß war, hatte er in aller Heimlichkeit versucht, mit fast allem, was er verdiente, und mit Spenden der ihn unterstützenden Gemeinde den Gefangenen mit Nahrung und geistigem Zuspruch das Leben erträglicher zu machen.

Als ich ihm so zuhörte, fielen mir auf einmal die kleinen Veränderungen ein, die ich bei meinen Aufenthalten in der Hütte verschiedentlich bemerkt hatte, und es fiel mir wie Schuppen von den Augen.

»Martin, habt ihr auch schon in dieser Hütte eure Versammlungen abgehalten?«

»Ja, schon einige Male. Wir sind ständig auf der Suche nach geeigneten Plätzen, dürfen aber nie zweimal hintereinander dieselben benützen, damit wir nicht entdeckt werden. So wechseln wir ab. Unsere Versammlungsorte liegen weit verstreut in Tälern und auf Höhen ringsumher im Land, und wir gehen oft stundenlang, um diese zu erreichen. Frag mich nicht danach – und auch nicht, wo ich wohne. Es ist besser für dich, wenn du es nicht weißt.«

»Wie kann ich dir denn Nachricht zukommen lassen?«

»Halte dich immer am ersten Markttag in der Woche bereit und frag Mathieu. Er wird dir den Ort zeigen, wo wir unsere Briefe austauschen können.«

Über all das dachte ich nach, als ich durch die Kälte zum Stockerhaus zurückstapfte, und als mich Elisabeth aufgeregt und neugierig befragte und ich ihr – mich hingerissen gebend – das erzählte, was sie erwartete und erhoffte, begriff ich, daß mein Leben durch diese Liebe voller Heimlichkeiten werden würde.

Von da an lebte ich nur noch von einem Markttag zum anderen. Mathieu hatte mir auf der Münsterplattform eine Linde gezeigt, deren Stamm nahe der Wurzeln gespalten war. In diese Öffnung schob ich meinen Brief und nahm den von Martin entgegen, der schon immer dort steckte, wenn ich kam. Natürlich war ich neugierig auf den Boten und versuchte den Jungen auszufragen, der nur den Kopf schüttelte. Zu meiner Freude sprach er jetzt öfter mit mir in ganzen, wenn auch unbeholfenen Sätzen, mit den andern in einzelnen, hingeworfenen Worten. Mutter und ich hätten gerne mehr über Davids Schicksal von ihm vernommen, aber er preßte nur die Lippen aufeinander und schwieg beharrlich. So drangen wir nicht weiter in ihn, und auch was den Briefboten anbetraf, fragte ich nichts mehr, denn es war wohl ohnehin besser für mich, nicht zu viel zu wissen. Zudem wurde es höchste Zeit, sich um Mutters Niederkunft zu kümmern. Sie war jetzt hochschwanger und durch die

Körperfülle in ihren Bewegungen sehr eingeschränkt. Sie hatte mir nochmals den ganzen Vorgang erklärt und mit mir alle zu verrichtenden Handgriffe geübt. Auch hatte ich im Herbst eine Geburt im Frauenhaus miterlebt, so daß ich mich gut gerüstet fühlte, um meinem Geschwisterchen auf die Welt zu helfen. Das war sehr wichtig, denn niemals würde sich eine Hebamme dazu hergeben, eine Henkersfrau zu entbinden. Tante Agnes, die kein Blut sehen konnte, fiel von vorneherein aus, und auf Vater, der sich wohl auskannte, war kein Verlaß, da man ja nie wußte, ob er verfügbar wäre.

So waren denn die Laken und Tücher bereit, ebenso die Wiege und was wir sonst noch benötigen würden, und als Mutter eines Abends Ende Januar mit einem Seufzer die Pfanne, die sie eben aus dem Herd gehoben hatte, zurückfallen ließ und sagte: »Josiane, ich glaube, es ist soweit«, war ich gefaßt. Ich geleitete Mutter nach oben, schickte Klemens zum Wasserholen und legte Feuerholz nach. Mathieu sandte ich zu Elisabeth mit der Bitte, ihn über Nacht zu behalten, und dann schrubbte ich meine Hände bis zu den Ellenbogen lange und sorgfältig und zog mir eine saubere Schürze an, die mich ganz einhüllte. Seit die Gnädigen Herren die berühmte Hebamme Sara Kullin aus Deutschland hatten kommen lassen, um dem zu häufig auftretenden Kindbettfieber und der Säuglingssterblichkeit abzuhelfen, wußte man, daß Reinlichkeit das oberste Gebot war.

Obschon ich auf das, was nun kam, vorbereitet war, zitterte mein Herz vor Mitleid mit Mutter, und ich fragte mich, weshalb das Werden neuen Lebens mit solch grausamen Schmerzen verbunden sein müsse. Als dann aber gegen Morgen die Preßwehen einsetzten und der Kopf des Kindes austrat, den bereits ein rötlicher Flaum zierte, tat ich geschickt und ohne Angst, was zu tun war, gefesselt von dem wunderbaren Geschehen. Das Glück meiner Mutter, als ich ihr ihren kleinen Sohn in die Arme legte, ließ mich in meiner Meinung wankend werden, nie ein Kind in die Welt setzen zu wollen. Selbst der alte Klemens, der die ganze Nacht am Herd mitgewacht hatte, schneuzte sich mit feuchten Augen.

Der Junge war schon zwei Tage alt, als Vater ihn zum ersten Mal sah. Gerührt und beinahe ehrfürchtig hielt er ihn in seinen Armen und schaute ihn lange aufmerksam an. Dann nahm er Mutters Hand in die seine und sagte: »Ich danke dir, Marie!« Die Innigkeit, die die beiden in diesem Augenblick verband, ließ mich die Kammer behutsam verlassen und eine leise Bitterkeit in mir hochsteigen. Würde mir je einmal solche Zweisamkeit vergönnt sein?

Mein Bruder wurde im Münster nach dem Abendmahl der Sträflinge auf den Namen Simon getauft. Er gedieh prächtig, und Mutter lebte auf, wurde zu unserer Freude wieder, wie sie vor Davids Tod gewesen war. Der Kleine hielt uns ganz schön in Atem, bestimmte unseren Tagesablauf, wobei Mathieu uns eine große Hilfe war. Er schien einen Narren an dem Kind gefressen zu haben, und als Simon dann zu krabbeln begann, verrichtete er zuverlässigen Hütedienst, was ihm mit dessen uneingeschränkter Zuneigung gelohnt wurde. Oftmals vernahmen wir, wie er dem kleinen Schreihals auf seiner Flöte Melodien vorspielte, unbekannte und fremdländische, die selbst auf uns Erwachsene eine außergewöhnlich beruhigende Wirkung ausübten. Überhaupt entwickelte Mathieu Fähigkeiten, die uns in Erstaunen versetzten. Nicht nur beschwichtigte er bellende, geifernde Hunde mit einigen sanften Worten in einer seltsamen Sprache, er kam mit jeglichem Getier, insbesonders Pferden, aufs Beste zurecht. Auch übernahm er je länger, je mehr die Hausarbeiten von Klemens, der von der Gicht geplagt, immer unbeweglicher wurde, und leistete so zu aller Zufriedenheit einen Beitrag an seinen Unterhalt.

Es war eines Abends im April. Ein kalter Wind peitschte Schneeregen durch die Gassen, und ich mühte mich mit unserer Abendsuppe. Simon schrie auf Klemens Knien, weil Mathieu ihn zu langsam fütterte, und so hatten wir wohl das Klopfen überhört. Auf einmal stand ein junger Bursche in der Küche und wünschte uns die Zeit.

»Was willst du?« fragte ich etwas barsch, denn ich mochte Leute nicht besonders, die ungebeten unser Haus betraten.

»Dreimal darfst du raten, schönes Kind!« Er grinste.

»Das ist das Haus des Scharfrichters, falls du es nicht wissen solltest. Willst du Medizin?«

»Ich brauch' nicht Medizin, ich brauch' was ganz anderes.« Er lüftete seinen Umhang, deutete auf den grünen Galgen an seinem roten Wams und wies sich damit als arbeitsuchender Scharfrichtersknecht aus.

»Nun, wie steht's denn bei euch, rollt der Roller?«

»Vater kommt erst morgen zurück. Kannst ja dann noch mal nachfragen.«

»Es ist kalt draußen!« Er trat hinter mich und schaute in den Kochtopf.

»Riecht gut, deine Abendsuppe. Kochen scheinst du zu können.«

Ich fand ihn unverschämt. Um Zeit zu gewinnen, tauchte ich den Wischlappen in den Wassertrog und reinigte ganz unnötigerweise den Topfrand.

»In unserer Stadt gibt es die Elendenherberge, dort wirst du für wenig Geld Unterkunft und Nachtmahl finden.«

»Würdest mich gerne los sein, was? Aber so schnell wird das kaum gehen, außer es sei hier üblich, seine Verwandtschaft auf der Straße stehen zu lassen. Was sagst du nun, schöne Base?« Damit legte er seinen Arm um meine Hüfte und zog mich an sich.

Es war die Eingebung eines Augenblicks: Mein Arm fuhr hoch, und der nasse Wischlappen in meiner Hand klatschte ihm mitten ins Gesicht. Er zuckte zurück, lachte schallend und wischte sich mit dem Ärmel die Tropfen weg.

»So lob ich mir die Weiber, je kratzbürstiger, desto geiler. Du gefällst mir, Base, wir werden bestimmt ein gutes Gespann!«

Mathieu hatte das Geschehen ernst, mit unbewegter Miene verfolgt, aber Klemens öffnete seinen zahnlosen Mund und lachte ebenfalls. Sie lachten auch noch, als Mutter eintrat und sich verwundert umsah.

Ihr gegenüber benahm er sich wie es die Sitte erforderte. Höflich bat er meine Mutter um Aufnahme und überreichte ihr einen Brief seines Vaters, unseres deutschen Onkels aus Freiburg. Es war selbstverständlich, daß er nicht in der Elendenherberge nächtigen mußte, und als ich sein Lager in Davids Kammer herrichtete, wußte ich, daß ich ihn nicht mochte.

Jost blieb bei uns. Seit einigen Wochen war die Stadt Solothurn samt den dazugehörenden Orten ohne Scharfrichter, und Vater, der nun auch dieses Gebiet zu betreuen hatte, war froh um eine Hilfe mehr. Mein Vetter zeigte sich sehr geschickt, was unser Handwerk betraf, und Vater hielt bald große Stücke auf ihn. Oft sandte er ihn mit Adam alleine los, wenn nur kleinere Vergehen, die nicht an Leib und Leben gingen, zu vollstrecken waren. Veit, der nun wieder vermehrt Johann in der Abdeckerei helfen mußte, benahm sich gekränkt und war ständig mürrisch. Auch Adam veränderte sich. Er wirkte sorgenvoll und bedrückt. Jedesmal, wenn er von einem Einsatz mit Jost zurückkam, war er richtig niedergeschlagen. Eines Tages, als ich Elisabeth besuchte, sprach ich sie darauf an. Etwas schwerfällig – sie war jetzt im achten Monat – erhob sie sich und trat ans Fenster.

»Schau mal, Josiane!« Ich trat neben sie und sah, daß sie ihren Garten schon hübsch bestellt hatte. Kein Unkraut war mehr zu sehen, die ordentlich abgesteckten Beete angepflanzt.

Ich nickte. »Schön sieht es aus.«

»Ja, es ist schön. Es täte uns leid, dies alles verlassen zu müssen.«

»Aber was sprichst du denn? Ihr müßt hier doch nicht weg!«

»Glaubst du?« Sie wandte sich ab und seufzte.

»Elisabeth, ich will jetzt endlich wissen, was los ist.«

»Ach, Josiane, es ist wegen Jost.«

»Was ist mit Jost?«

»Er ist schlecht!«

Sie sagte es ruhig und bestimmt, und ich schaute meine Base, die selten jemandem etwas Übles nachsagte, aufmerksam an.

»Erzähle!«

»Wenn er mit Adam unterwegs ist, benimmt er sich großmäulig und flegelhaft. Er gebärdet sich, als wäre er der Meister, putzt ihn herunter wie einen Lehrling, macht ihn lächerlich vor den Leuten. – Und ...« Sie schwieg, aber ich ließ nicht locker.

»Und?«

»Er ist unmenschlich!«

Das war die schwerste Anschuldigung, die es für einen Scharfrichter gab. Wohl war das Vollstrecken der verschiedenen Urteile oft grausam, niemals aber durfte ein Henker die Leiden seiner Delinquenten unnötig verschärfen oder verlängern. Untauglich für diesen Beruf, wer nicht ein gewisses Maß an Mitleid und ein Gefühl für Menschenwürde besaß.

»Bist du ganz sicher?«

»Adam ist es.«

»Ich werde mit Vater sprechen.«

»Da ist noch etwas, und ich muß es dir sagen: Er prahlt überall herum, daß er dich heiraten und einst die Scharfrichterei übernehmen will.«

»Was tut er?« Ungläubig schaute ich sie an.

»Ja, es ist so, du kannst es mir glauben. Er hat ohne Zweifel im Sinn, sich hier einzunisten – auf deine Kosten.«

Ich war außer mir. Wie konnte es dieser hergelaufene Kerl wagen! Kaum bedankte ich mich bei Elisabeth für die Warnung und stürmte davon.

Ich fand Mutter jätend im Garten. Atemlos berichtete ich ihr, was meine Base mir anvertraut hatte, und machte keinen Hehl aus meiner Empörung. Mutter schwieg. Dann stand sie auf und wischte sich, ohne mich anzusehen, ihre erdigen Hände an der Schürze ab.

»Es ist meine Schuld, ich hätte dich darauf vorbereiten sollen.« Ich erschrak.

»Wollt Ihr damit sagen, daß Ihr und Vater damit einverstanden seid? Das kann doch nicht Euer Ernst sein. Er ist grob und unflätig, und ich mag ihn nicht.«

»Du triffst dich immer noch mit diesem Martin, nicht wahr?« Nun war ich es, die schwieg. Mutter nickte.

»Wenn du es nicht tätest, hättest du schon lange bemerkt, was es geschlagen hat. Du weißt so gut wie ich, daß es so üblich ist. Wozu, glaubst du denn, ist er hergekommen? Wozu wohl, meine Tochter?«

»Aber ich liebe ihn doch nicht!«

»Das ergibt sich mit der Zeit von selbst, wie bei Vater und mir. Schließlich ist er ein hübscher Bursche und jung dazu. Da hast du weiß Gott mehr Glück als andere Henkerstöchter. Die meisten müssen verwitwete Scharfrichter heiraten, die ihre Großväter sein könnten, um standesgemäß versorgt zu sein.«

»Mutter, bitte, versucht mich zu verstehen; ich kann ihn nicht heiraten!«

»Du hast gar keine andere Möglichkeit, wenn du nicht in der Gosse landen willst. Hab' ich dir nicht geraten, dir diesen Martin aus dem Herzen zu reißen?« Sie wandte sich um und ging dem Hause zu. Bevor sie darin verschwand, wandte sie sich nochmals um und sagte:

»Und wie ich dich verstehe, Kind. Wie ich dich verstehe!«

Hatte ich bis dahin die Anbiederungen Josts nur als lästig empfunden, so erschreckten sie mich nun auf das Heftigste. Jetzt wußte ich, was dahintersteckte, und der Gedanke daran war mir unerträglich. Meine einzigen

Lichtblicke waren die heimlichen Treffen mit Martin, die wir aufgenommen hatten, sobald der Schnee geschmolzen war. Wir ahnten beide, daß unsere Zukunft im dunkeln lag, daß wir womöglich gar keine hatten, konnten aber nicht voneinander lassen. Die Waldhütte bedeutete unsere Zuflucht, unser Schutz, unser Trost. Ich glaube, wir hofften auf ein Wunder, denn wir sprachen immer so, als hätten wir ein Leben voller Zweisamkeit und Glück vor uns. Wir liebten uns, und wenn Martin das Letzte von mir gefordert hätte, ich hätte es ihm ohne zu zögern gewährt. Aber das tat er nicht, denn das wäre gegen die Grundsätze seines Glaubens gewesen. So waren wir ständig in einer Art süßem Leid gefangen, die ich als gegeben hinnahm. Deshalb wohl blieb unser Blick für das Naheliegendste vernebelt, und es bedurfte eines unangenehmen Anstoßes von außen, um uns aufzurütteln.

An einem Nachmittag im Juli – die Sonne schien warm von einem wolkenlosen Himmel – hatte ich unsere Vorratskammer gründlich gereinigt und auch wieder ordentlich eingeräumt. Ich war alleine zu Hause, denn Vater saß mit den Knechten im Wirtshaus, und Mutter wußte ich mit Simon zu Besuch bei Tante Agnes. Mathieu war irgendwo, und Klemens döste auf der Bank im Garten. Nach getaner Arbeit fühlte ich mich erhitzt und schmutzig. Da noch warmes Wasser übriggeblieben war, wollte ich die Abwesenheit der Männer dazu benutzen, mich zu waschen. Ich entledigte mich also des Rockes, löste meine Flechten und ließ mein Haar, das bis zu meinen Hüften reichte, frei über den Rücken fallen. Eben tauchte ich den Lappen ins Wasser, als mir schien, die

Tür klappe. Ich raffte mein Hemd über der Brust wieder zusammen und fragte:

»Seid Ihr es, Mutter?« Ich bekam keine Antwort, glaubte mich getäuscht zu haben und begann, mich abzuschrubben. Doch das Gefühl, nicht mehr ungestört zu sein, verstärkte sich zunehmend, und ich rief noch einmal:

»Mutter, seid Ihr es?«

Da trat Jost in die Küche und lehnte sich an den Türpfosten, die Daumen in den Hosenbund gesteckt.

»Was tust du hier? Verschwinde!« schrie ich ihn an und raffte mein um die Füße hingeworfenes Hemd hastig und voller Scham zusammen.

»Wenn es sich schon so glücklich trifft, wird man sich ja wohl seine Zukünftige anschauen dürfen«, sagte er grinsend und machte einige Schritte auf mich zu. Sein Grinsen verschwand, und seine Augen wurden zu schmalen Schlitzen, als er die Hand ausstreckte und meine nackte Schulter berührte. Ich fuhr zurück, doch der Tisch verhinderte dies, und ich sah mich zwischen ihm und Jost gefangen.

»Mein Gott, wie schön du bist, Josiane«, keuchte er und umfing mich heftig, preßte mich an sich, packte mich an den Haaren und bog mir den Kopf zurück. Ich fühlte seinen Atem, der nach Wein roch, und seine heißen, feuchten Lippen auf meinem Gesicht, den Schultern und den Brüsten. Ich wehrte mich verzweifelt, doch das schien ihm zu gefallen. Dicht an meinem Ohr hörte ich sein heiseres Lachen, während er mich mit einem Arm wie in einem Schraubstock festhielt und mit der andern Hand sein Beinkleid aufknöpfte. Heiß fühlte ich sein hartes Geschlecht an meinem Schenkel. Mit seinem ganzen Gewicht drückte er mich auf den Tisch nieder, und mich erfaßte lähmendes Entsetzen. Ich schrie; schrie wohl unbewußt Martins Namen. Mit aller Kraft stemmte ich mich gegen den Körper über mir, fühlte auf einmal, wie dieser erschlaffte und zusammensackte, wand mich darunter hervor und sah wie durch einen Nebel eine kleine, verkrümmte Gestalt aus der Küche huschen. Auf dem Boden lag die Eisenpfanne, und die Haare auf Josts Hinterkopf färbten sich blutig. Ich zitterte am ganzen Leib, und es war mir kaum möglich, mein Kleid überzustreifen. Dann taumelte ich hinaus zum Abort und übergab mich.

Jost kam bald wieder zu sich, verlor aber kein Wort über seine Wunde. Von Vater darauf angesprochen, murmelte er etwas von »ausgerutscht« und »hingefallen«, doch seine Augen wanderten mißtrauisch zwischen mir, Klemens und Mathieu hin und her. Offenbar versuchte er herauszufinden, wer von uns wohl fähig gewesen war, einen solch heftigen Schlag zu führen. Ich sah, daß er dies weder Klemens mit seinen gichtigen Händen noch dem schmächtigen Mathieu zutraute, was für beide wohl besser war, und als er mich später im Hausflur grob am Handgelenk packte und flüsterte: »Warst du das, mit der Pfanne?« war es mir eine Genugtuung, ihm spöttisch ins Gesicht zu sehen und zu sagen: »Ja, und wenn du das nochmals tust, bekommst du noch mehr!«

Ich ging davon aus, daß er in seinem Wahn kaum darauf geachtet hatte, wo die Pfanne stand. Sollte er ruhig glauben, ich hätte diese auf dem Küchentisch zu fassen bekommen und ihm damit eins übergebraten. Er ließ mich los, versperrte mir aber weiterhin den Weg, brachte sein Gesicht nahe an das meine und zischte:

»Warte nur, du verdammte Katze, dich krieg' ich doch noch und dann zahl' ich's dir heim!«

Mich schauderte, aber ich gab mir alle Mühe, es ihn nicht merken zu lassen. Mit dem ganzen mir zur Verfügung stehenden Hochmut wandte ich mich ab und stieg die Treppe hinauf. In meiner Kammer aber warf ich mich aufs Bett und kämpfte gegen das Schreien an, das ich in mir hochsteigen fühlte.

»Heirate mich, Josiane!« Martin sah mich nicht an. Er hatte sich von mir abgewandt, und erst als ich vor Überraschung nicht gleich antwortete, drehte er sich zu mir um. Ich hatte ihm eben von dem Vorgefallenen und den Heiratsplänen meiner Eltern erzählt. Blaß und angespannt stand er vor mir und forschte unsicher in meinem Gesicht. Wie wundervoll wäre es nun gewesen, einfach ja sagen zu können, alle Ängste abzuschütteln und mich fallen zu lassen in die Glückseligkeit dieses Augenblicks. Aber das konnte, das durfte ich nicht, denn ich war die Musche und er ein Täufer, und niemals konnten wir zusammenkommen.

»Ach, Martin, quäl uns doch nicht so!« Ich umschlang ihn und legte meinen Kopf an seine Schulter; er aber stieß mich zurück.

»Nein, Josiane, im Ernst. Ich hab mir alles genau überlegt, schon viele Male. Du kommst mit mir nach Holland, zu meiner Familie. Dort sind wir sicher, und dort weiß niemand, wer du bist. Ich werde dich in unserem Glauben unterrichten, und alles wird gut.«

Ich schüttelte den Kopf:

»Sie werden mich niemals gehen lassen.«

Er faßte behutsam nach meinen Händen, und geduldig, wie man zu einem Kind spricht, setzte er mir seinen Plan auseinander.

Jost hatte gleich am nächsten Tag bei meinem Vater ordnungsgemäß um meine Hand angehalten. Mutter, die mit einem Blick auf die blauen Flecken an meinen Oberarmen nur kurz gefragt hatte: »War er das?« stand diesmal nicht auf meiner Seite. Wohl billigte sie Josts gewaltsames Vorgehen nicht, aber trotzdem schien es, als sähe sie allen Ernstes in einer Heirat mit ihm mein Bestes. Mit Vater war nicht darüber zu sprechen, da er an seinem Neffen ohnehin einen Narren gefressen hatte und die von Elisabeth durch mich hinterbrachten Anschuldigungen kurzerhand unter den Tisch wischte. So war ich auf mich alleine gestellt; doch je mehr man mir zusetzte, desto größer wurde mein Widerstand. Um mich gefügig zu machen, hatte mir Vater erneut Hausarrest befohlen, und Mutter achtete genau auf dessen Einhaltung. Auch Jost beobachtete mich mit mißtrauischen Blicken, und seine Gegenwart wurde mir unerträglich. Nur Mathieu, mein kleiner Beschützer, dem ich seit jenem Abend in großer Dankbarkeit zugetan war, brachte etwas Licht in die Düsternis meines Daseins. Ihm hatte ich meinen Brief an Martin anvertraut, in dem ich ihm meine Lage kurz schilderte, und wartete ungeduldig auf dessen Antwort. Zu meiner grenzenlosen Enttäuschung kam der Junge aber mit leeren Händen zurück, und auch am übernächsten Markttag erhielt ich keine Nachricht von ihm. Das beunruhigte mich auf das Tiefste, und ich war der Verzweiflung nahe.

Mit Schrecken sah ich die Vorbereitungen zu meiner Hochzeit Gestalt annehmen, und die spöttische Überlegenheit wich nicht mehr aus Josts Gesicht. Auch Veit, der sich mittlerweile mit Jost angefreundet hatte, beobachtete mich mit hämischem Grinsen. Da war aber noch etwas anderes in ihren Mienen, etwas Lauerndes und Boshaftes, das ich nicht deuten konnte und das mich ängstigte.

Der Tag unseres nächsten Stelldicheins war gekommen, und ich war noch immer ohne Nachricht von Martin. Um meine Unruhe zu bezähmen, beschäftigte ich mich mit dem Unkraut, das hochaufgeschossen an der Mauer unseres Gartens wucherte. Beinahe war ich froh, daß die zähen Pflanzen so fest im Boden verankert waren und ich meine ganze Kraft brauchte, um sie herauszuzerren. Die Anstrengung tat mir gut und besänftigte meine Angst auf ein erträgliches Maß. Ich verstand einfach nicht, weshalb Martin nichts von sich hören ließ, hätte er doch mittlerweile unsere Flucht vorbereiten und Maßnahmen für ihre Durchführung treffen sollen. Seufzend streckte ich meinen schmerzenden Rücken und trocknete mir mit dem Ärmel die schweißnasse Stirn. Da flog die Hintertür auf. Mutter stürzte auf mich zu und packte mich heftig an der Schulter.

»Lauf, Josiane«, keuchte sie, »lauf zur Waldhütte. Jost und Veit haben seine Briefe abgefangen – sie lauern ihm dort auf und wollen ihn festnehmen! Lauf und warne ihn!«

Ich warf die Hacke weg und rannte los – rannte hinaus zum Stadttor über die Rossschwemme, der Anhöhe zu und durch die Glasbachgasse dem Bremgartenwald entgegen. Der mir vertraute Weg schien mir unendlich lang, obschon ich rannte wie noch nie in meinem Leben. Quälende Angst peitschte mich vorwärts, und meine

Lungen brannten wie Feuer. Ich erreichte den Wald, hetzte durch Dornen und Gestrüpp und mäßigte meinen Lauf erst, als ich schon nahe der Hütte war. Mir wohl bewußt, daß Veit und Jost hier irgendwo sein mußten, schlich ich geduckt und vorsichtig weiter, doch als die Hütte in mein Blickfeld kam, sah ich, daß schon alles vorbei, daß ich zu spät gekommen war.

Martin lag gebunden auf dem Boden. Sein Gesicht war blutverschmiert und kreideweiß. Unter dem schadenfrohen Gelächter Veits trat ihn Jost unsanft in die Rippen, und ich sah, wie mein Liebster sich unter der Wucht des Schmerzes zusammenkrümmte. Alles in mir war in Aufruhr. Ich wollte hinstürzen, ihn in die Arme nehmen, sein zerschundenes Gesicht abwischen – doch ich tat nichts dergleichen. Ich wußte, daß ich ihm damit nicht helfen konnte, daß ich alles nur noch schlimmer machen würde. Weder hätte ich Jost den Triumph meiner Verzweiflung gegönnt noch gewagt, Martin noch mehr dem Spott und Hohn seiner Peiniger auszusetzen. Ohnmächtig sah ich zu, wie sie ihn auf den Schinderkarren banden und fortführten.

Der neu aufgeflammten Täuferverfolgung wegen waren die Gefängnisse der Stadt überfüllt. Martin wurde im Dittlingerturm festgehalten. Zufrieden hatten sich Jost und Veit den Verräterlohn geteilt, und das überhebliche Gebaren meines Zukünftigen machte ihn mir nur noch verhaßter. Ich brauchte meine ganze Kraft, ihn nicht merken zu lassen, wie düster es in meiner Seele aussah, denn die Angst um Martin machte mich beinahe verrückt. Ich hatte Mutter unter Tränen beschworen, für ihn bei Vater zu bitten, vor allem darum, daß er nicht Jost mit der Durchführung eines möglichen peinlichen Verhörs betraute. Obschon man – was die Folter betraf – diese der geringen Erfolge wegen nicht mehr oft oder nur in sehr abgeschwächter Weise auf Täufer anwandte, hätte ich Jost eigenmächtiges Verhalten sehr wohl zugetraut. Vater stellte sich zwar so, als wüßte er von nichts, doch ich muß ihm zugute halten, daß er tat, was er konnte: Es war immer Adam, der ihn in den Turm begleitete.

Das Chorgericht tagte an einem schwülen Morgen im August. Es war derselbe Tag, an dem Elisabeth niederkam. Mutter und ich entbanden sie von einem Mädchen, das so klein und zart war, daß wir um sein Überleben bangten. Tante Agnes lief jammernd im Haus herum, bis Mutter sie hinausschickte. Zusammen bemühten wir uns dann, das Kind, das sich ungewöhnlich ungeschickt anstellte, Elisabeth anzusetzen. Erst als es schmatzend zu trinken begann, überfiel mich wieder die Schwere dieses Tages, und sobald ich mich davonmachen konnte, eilte ich hinunter zum Chorhaus, um dort das Ende des Prozesses abzuwarten.

Ich schien nicht die einzige zu sein, die sich voller Sorgen dort eingefunden hatte. Mit uns wartete noch eine ganze Anzahl Neugieriger, die sich einen Nervenkitzel erhofften. Endlich verließen die Chorherren, zu zweien geordnet, in ihren Talaren und schwarzen Baretts das Gericht und verschwanden in einem langen Zug im Münster. Anschließend wurden die abgeurteilten Täufer von den Gefängniswärtern hinausgeführt. Ich zählte deren zwölf, und in ihrer Mitte ging mein Martin. Zu meiner Erleichterung entdeckte ich keinerlei Folterspuren an ihm. Ich hatte mich auf die Treppenstufen des nächsten Hauses gestellt und hoffte, so seine Aufmerksamkeit auf mich zu lenken. Schau her, Martin, bitte schau her, flehte ich in meinem Herzen, doch er blickte starr geradeaus, wie ich es schon einmal an ihm bemerkt hatte, und ging an mir vorbei, ohne den Kopf zu wenden, eingesponnen in eine Welt, an der ich keinen Anteil hatte.

Martin war mit fünf seiner Mitbrüder zu lebenslanger Galeerenstrafe verurteilt worden. Voller Boshaftigkeit erzählte Jost uns Frauen am Abendtisch, in Einzelheiten schwelgend, diesen Beschluß des Chorgerichts, und ich haßte ihn aus ganzer Seele. Ich glaube, es war dieser Haß, der mir die Kraft gab, gleichmütig und uninteressiert zu scheinen. Mutter allerdings konnte ich nicht täuschen. Sie wußte, wie es in mir aussah, und ihre besorgten Blicke verbanden uns mehr, als Worte es gekonnt hätten. Sie war es auch, die später in meine Kammer kam, um mich zu trösten.

»Manchmal gibt es Gnadenerlasse, Josiane, diese Möglichkeit besteht immer. Er ist jung und kräftig, und sein Glaube macht ihn stark.«

Verzweifelt schluchzte ich in mich hinein. All meine Zuversicht war geschwunden. Meine Zukunft schien mir trostlos und ohne Sinn, denn vor einem Leben an der Seite Josts, das nun unvermeidlich war, graute mir mehr denn je. So empfand ich es geradezu als Erlösung, daß er mit Vater und den andern wiederum auswärts zu tun hatte und mir so sein Anblick für einige Tage erspart blieb.

Aus meinem Fenster konnte ich die Spitze des Turms sehen, in dem mein Liebster lag, und das Wissen um seine nahe, jedoch unerreichbare Gegenwart war mir die größte Qual. Alles wäre etwas leichter geworden, wenn ich noch einmal mit ihm hätte sprechen, noch einmal seine lieben Augen sehen und seine Arme um mich hätte fühlen können. – Und warum eigentlich sollte das nicht möglich sein? Hatte ich nicht meine Ersparnisse unter meinem Dielenbrett? Wozu sonst hatte ich sie denn aufgespart, als dazu, mir in Notlagen zu helfen? Ich kramte die Münzen aus ihrem Versteck und zählte sie. Es waren vierzehn Batzen und einige Kreuzer, die ich mein Eigen nannte; sie würden wohl ausreichen für mein Vorhaben, wußte ich doch, daß Gefängniswärter einen kargen Lohn erhielten.

Gleich am nächsten Morgen setzte ich meinen Plan in die Tat um, denn die Zeit war knapp. Nach reiflichem Überlegen hatte ich mir für mein Vorhaben Jakob ausgesucht, der kürzlich seine Frau verloren hatte und mir seiner acht Kinder wegen am Bestechlichsten erschien. Also suchte ich ihn in seinem Haus am Ende unserer Straße auf. Ich wußte, daß die Wärter regelmäßig alle zwölf Stunden Dienst taten, und zwar immer von Mittag bis Mitternacht und wiederum bis Mittag. Ich wußte aber auch, daß die Torwachen, welche dem Militär- und nicht dem Gefängniswesen unterstanden, kürzere Arbeitszeiten hatten und alle acht Stunden abgelöst wurden. Das wollte ich mir zunutze machen.

Jakob saß inmitten seines lärmenden Nachwuchses mürrisch am Tisch mit einer Schale dünner Suppe vor sich, während sich seine elfjährige Tochter am Herd abmühte. Ich war froh, daß er in den späten Dienst eingeteilt war, erleichterte mir dies doch die ganze Sache um einiges.

»Guten Morgen, Jakob«, sagte ich in die plötzlich eingetretene Stille und übersah die aufgerissenen Augen und rotzigen Nasen der glotzenden Kinder.

»Ich habe dir etwas Wichtiges zu sagen, kann ich mit dir alleine sprechen?«

Mit einer scheuchenden Handbewegung bedeutete er seiner ältesten Tochter, die Kleinen hinauszubringen, und löffelte ruhig weiter. Unaufgefordert setzte ich mich auf einen Hocker und legte ein Paar schwarzlederne Handschuhe meines Vaters auf den Tisch.

»Hör zu, Jakob, es ist wichtig – für dich wie für mich. Heute, im Laufe deines Dienstes, wirst du der Torwache beiläufig erzählen, daß mein Vater ein Paar Handschuhe im Turm vergessen habe. Kurz bevor sie abgelöst wird, werde ich kommen, um diese abzuholen. Wenn du es geschickt angestellt hast – und ich hoffe, daß du das tust –, wird sie mich hineinlassen, ohne viele Fragen zu stellen.«

»Ach, und weshalb sollte ich das tun?« fragte er mit mißtrauisch zusammengekniffenen Augen.

Geduldig setzte ich ihm meinen Plan auseinander. Anfangs war er mürrisch und weigerte sich, auf mein Ansinnen einzugehen. Doch als ich dann die Münzen hervorzog und langsam eine neben die andere auf den Tisch zählte, hellte sich seine Miene auf. Mit einer schnellen Bewegung wischte er sie in seine Hand, und der Handel war besiegelt. Nochmals versicherten wir uns gegenseitig absolute Geheimhaltung, dann ging ich zufrieden meinen Weg zurück.

Am späteren Nachmittag – ich legte eben Brot, Käse und Wein in meinen Henkelkorb – trat Mutter zu mir. Stillschweigend beobachtete sie kurze Zeit mein Tun. »Was hast du vor, Josiane?« Ihre Stimme klang besorgt, und ich antwortete nicht sofort. Draußen hörte ich Mathieu mit Simon herumalbern, auf der Straße fuhr holpernd ein Karren vorbei, und auf einmal war mir, als würde die Zeit stillstehen, als hätte ich das alles schon einmal erlebt: Mutter, der Korb, die Kinder, das Geräusch des Karrens und ich mittendrin, mit dem festen Willen, eine Entscheidung zu treffen, die nie wieder rückgängig gemacht werden konnte und mich prägen würde für mein ganzes Leben. Ruhig schaute ich sie an:

»Ich will ihn noch einmal sehen, Mutter.« Sie war weder überrascht noch entsetzt, doch ihre Augen füllten sich mit Tränen.

»Ich sollte es dir verbieten.«

»Das würde nichts nützen.«

»Ja, ich weiß! Aber es macht die Sache für dich nicht einfacher, glaub mir.«

»Das ist mir gleichgültig. Ich will einmal, nur einmal in meinem Leben glücklich sein. Ist das zuviel verlangt, Mutter?«

»Nein«, sagte sie nur, wandte sich ab und rief die Kinder zu sich. Kurze Zeit später verließ sie mit ihnen das Haus, vorgebend, nach Elisabeths kleinem Mädchen sehen zu wollen. Ihr Einverständnis rührte mich. Dankbar dachte ich an sie, während ich mir im Holzzuber ein Bad bereitete und – nachdem ich die Küchentür verriegelt hatte – hineinstieg. Wohlig dehnte ich mich im Wasser, das nach dem Rosenöl duftete, das ich hineingegossen hatte, löste mein Haar, wusch es mit einem Efeuabsud und spülte es mit der Essenz der großen Klette, die es ganz besonders weich und glänzend werden ließ.

Der Abend war schön und warm und noch hell, als ich das Haus verließ. Gerne hätte ich mich mit meinem Sonntagsstaat geschmückt, denn ich wollte nur eines: schön sein! So schön, wie es nur möglich war, denn diese Nacht würde die Nacht meines Lebens werden. Doch das wäre zu auffällig gewesen, und so wählte ich einfache Alltagskleidung. Mein Haar hatte ich nicht wieder geflochten, es nur lose aufgesteckt, und so verriet nur das weiße Spitzentuch meines Liebsten, das in meinem Gürtel steckte, das Besondere meines Ausgangs.

Der Dittlingerturm war nur über den Wehrgang der inneren Ringmauer zu erreichen, der seinen Anfang im Christoffelturm hatte. Der Stadtwächter lehnte an der schattigen Mauer, den Langspieß neben sich, und beobachtete träge die Durchziehenden. Als ich vor ihm stehenblieb, schaute er mich unwillig an und brummte:

»Geh schon weiter oder willst du hier Wurzeln schlagen?«

»Nein, aber in den Turm will ich!«

»Da bist du ja wohl die einzige, die hinein will, die meisten müssen.« Er grinste und deutete auf meinen Korb.

»Was hast du da?«

»Hab' noch einige Einkäufe gemacht.«

»So, Einkäufe«, er schickte sich an, das Tuch hochzuheben.

»Laß das! Du bist wohl neu hier?«

»Was kümmert's dich?«

»Mich nicht besonders; aber dich wird es kümmern, wenn du mir noch näher kommst. Ich bin die Tochter des Scharfrichters.« Er wich zurück.

»Schau an, die Musche. Und was willst du?«

»Hab ich doch schon gesagt: In den Turm.«

»Warum?«

»Mutter schickt mich. Vater hat beim letzten peinlichen Verhör seine Handschuhe liegengelassen. Ich soll sie holen.«

»Ah ja, davon hat Jakob was erzählt – aber das kann jeder sagen. Bist du wirklich die Musche?«

Langsam wurde ich ungeduldig. Die Zeit der Ablösung war nahe, und ich mußte unbedingt vorher im Turm sein.

»Hast du keine Augen im Kopf oder weißt du nicht, was das Zeichen an meinem Ärmel bedeutet?«

»Doch, weiß ich schon. Ich kann dich trotzdem nicht einlassen.«

»Und warum nicht?«

»Ist verboten.«

Heiße Angst stieg in mir hoch, und verzweifelt spielte ich meine letzte Karte aus:

»Ich bin nicht hier, um mir dein unsinniges Geplauder anzuhören. Laß mich endlich ein oder hol mir die Handschuhe selbst.«

Ich wußte wohl, daß er sich scheuen würde, diese zu berühren. Niemand würde das tun, denn daran klebten Blut und Schweiß der Verworfenen und der Hauch des Bösen. Ich hatte richtig geraten:

»Ist ja gut, ist ja gut«, brummte er, »dann hol sie dir eben, bin schließlich nicht dein Laufbursche.«

Ein mit Weinfässern hochbeladener Karren holperte durch das Tor, die Wache trat zum Kutscher, verwickelte ihn in ein Gespräch über das Woher und Wohin, und ich schlüpfte behende und erleichtert in den Aufgang zum Wehrturm. Draußen hörte ich die Kommandorufe der antretenden Ablösung, und mit etwas Glück würde diese nicht wissen, daß ich mich im Turm aufhielt.

Jakob wartete schon auf mich. Ich schenkte ihm den Wein und bat ihn, das übrige Essen für Martin aufzuheben. Er nickte, und ohne große Worte führte er mich die Wendeltreppe hinab und erschloß mir eine kleine Tür. Ich mußte mich bücken, um einzutreten, und hörte, wie er hinter mir die Türe wieder verriegelte. Es roch nach feuchtem Stroh und nach menschlichen Ausscheidungen. Ein fahles Licht schien durch eine Mauerluke, und als sich meine Augen an das Dämmerlicht gewöhnt hatten, sah ich auch Martin, sah sein blasses Gesicht mit der verkrusteten Wunde über der Wange und sah das Aufleuchten seiner Augen, als er mir die Arme entgegenstreckte. Wir umarmten uns mit einer Innigkeit, wie wir sie noch nie empfunden hatten. Martin vergrub sein Gesicht in der Fülle meiner Haare und flüsterte:

»Es ist, als würde ich träumen. Ich hab' mir so gewünscht, dich noch einmal sehen zu können! Und nun bist du da, in meinen Armen.«

Wir weinten beide, mein ganzer Körper schmerzte vor Mitleid mit ihm – und auch vor Mitleid mit mir, denn bedauernswertere Liebende als uns konnte es wohl kaum mehr geben.

Lange Zeit hielten wir uns umschlungen, und auf einmal beschlich mich Furcht. Was, wenn Martin nicht so dachte wie ich, wenn ihm seine Lehre teurer war als unsere Liebe? Ich wußte, ich würde es nicht ertragen, und mein Herz verkrampfte sich vor Angst. Ich verbarg mein Gesicht an seiner Schulter und sagte:

»Bitte Martin, liebe mich!« Meine Stimme schien mir fremd und viel zu laut für solch gewichtige Worte, und

Martin hielt mich nur fest, liebkoste mein Haar und wischte mir die Tränen von den Wangen.

»Ich werde nie für dich sorgen können, Josiane!«

»Martin, bitte!«

»Willst du es wirklich – hier, in diesem stinkenden Loch?«

»Ja, ich will es.«

»Ach, Josiane!«

Wir küßten uns und ich – nein, wir beide überließen uns der Macht der Liebe, die uns davontrug in Höhen, die wir nicht gekannt hatten, und die das Gefühl, für immer zusammenzugehören, zur Gewißheit werden ließ.

Eng aneinandergeschmiegt lagen wir dann auf dem schütteren Stroh, in dem Kerker, der mir fremd war und doch vertrauter als meine Kammer zu Hause, allein durch das, was mir – was uns geschehen war. Behutsam trocknete er das Blut an der Innenseite meiner Schenkel und sagte:

»Ich danke dir, Josiane. Diese Nacht, die Erinnerung an dich, wird die Sonne sein in meinem Leben. Nun sind wir Mann und Frau, und vor Gott kann uns niemand mehr trennen.«

Ich dachte an Jost und meine Eltern, doch ich schwieg, kuschelte mich nur noch enger an ihn und berührte mit meinen Lippen sanft seine Augen. Nichts Häßliches sollte sich in unsere Nacht einschleichen, denn wir hatten nur diese eine. Sie würde für mich die strahlende Perle sein in der Reihe aller Nächte, die mir bevorstanden, und ich wollte dieses Glück auskosten bis zum Letzten.

»Ja, Martin, nun bin ich deine Frau, und ich werde es

immer bleiben, mein Leben lang, was immer auch kommen mag. Ich werde nie aufhören, dich zu lieben.«

»Vielleicht komm' ich zurück. Wenn wir es nur wollen und fest daran glauben, dann komm' ich zurück, dann wird unser Leben gemeinsam weitergehen und alles wird gut, du wirst schon sehen.«

Seine Zuversicht rührte mich, doch konnte ich sie nicht teilen. Für mich sah die Zukunft schwarz und düster aus, und ich schauderte zusammen. Martin nahm mich noch fester in die Arme, und wir liebten uns noch einmal, voller Zärtlichkeit und Hingabe. Dann mußten wir wohl eingeschlafen sein, denn das Klopfen des Wärters schreckte uns auf. Es war kurz vor Mitternacht und die Stunde der Trennung war gekommen.

Wir halfen uns gegenseitig beim Anziehen, darauf bedacht, einander so lange wie möglich zu berühren. Liebevoll band ich ihm das blauseidene, weißgemusterte Tuch um, das ich ihm geschenkt hatte, und er steckte mir das Spitzengebilde in den Gürtel. – Das würden die Sinnbilder unserer Sehnsucht sein, die Tröster unserer Herzen, ein Liebespfand mit der Erinnerung an einige Stunden höchsten Glücks.

Und dann kam Jakob, trennte mich von meinem Liebsten, dessen Zukunft noch ungewisser war als die meine, und der Schmerz in meinem Innern war so groß, daß ich glaubte, sterben zu müssen. Erst nach einer geraumen Weile fand ich die Kraft, den Turm zu verlassen. Im Wehrgang begegnete ich keinem Menschen. Das Stadttor war geschlossen, und der Wächter döste in seinem Schilderhäuschen und achtete sich meiner nicht. Dafür war ich ihm dankbar, und als ich unser Haus erreichte, war Mutter noch wach, hatte auf mich gewartet, fragte aber nichts, tat so, als wäre nichts gewesen; erleichtert über ihr Schweigen, flüchtete ich mit meinen aufgewühlten Gefühlen in meine Kammer.

Martin und seine Mitbrüder, die zur Galeere verurteilt waren, wurden am übernächsten Morgen zu Schiff Richtung Brugg fortgebracht. Dort würden sie mit ihren Leidensgenossen aus den anderen Schweizer Städten zusammentreffen, auf dem Wasserweg die Reuss aufwärts weitergebracht werden, um nach der Durchfahrt des Sees den mühevollen Weg über die Berge bis Venedig anzutreten. Im Halseisen aneinandergekettet, würden sie dazu Monate benötigen, und viele starben nur schon auf diesem Transport.

Ich stand mit Elisabeth auf der Untertorbrücke, und wir weinten beide. Sie hatte die Arme um mich geschlungen und flüsterte mir Trostworte ins Ohr. Wir waren nicht die einzigen, die da warteten, denn die Deportation von Sträflingen lockte immer einiges Volk an. Wie gewohnt hatte sich um uns ein kleiner Freiraum gebildet. Trotzdem vernahm ich bruchstückhaft die Bemerkungen der Umstehenden, die beileibe nicht dazu angetan waren, mich aufzurichten. »Verdammt weit weg, dieses Venedig«, »Grausam harte Behandlung«, »Kommt kaum mehr einer von dort zurück«, »Ja, das Predigen wird ihnen vergehen, diesen sauberen Brüdern«.

Elisabeth barg meinen Kopf an ihrem üppigen Busen und flüsterte: »Hör nicht hin, Josiane, glaub ihnen nicht, es sind schon viele wiedergekommen!«

Ein Raunen ging durch die Menge. Das Boot hatte abgelegt und näherte sich uns schnell. Ich beugte mich über die Brüstung. Martin sah mich, und in dem Augenblick, da er unter mir wegglitt, lächelte er zu mir hoch und griff an das blauseidene Tuch an seinem Hals. Ich verstand, was er mir damit sagen wollte, rannte zur anderen Seite und winkte mit meinem weißen Spitzentuch, bis die Biegung ihn meinen Blicken entzog.

So entwich auf den Wellen des Flusses, den ich immer so geliebt hatte, das Glück aus meinem Leben, und nie wieder würde ich seine grünglänzenden Wasser sehen können, ohne ihm in der Tiefe meines Herzens leise zu grollen.

Jost und ich heirateten im Oktober. Da wußte ich schon, daß ich schwanger war, daß ich Martins Kind in mir trug.

Jost

Schon als ich meinen Vetter David zum ersten Mal sah, wußte ich, daß er ein Weichling war. Ihm fehlte alles, was zu einem guten Scharfrichter gehört, und ich wunderte mich, daß aus unserer Sippe ein für unser Handwerk so untauglicher Sproß hervorgehen konnte. Seine Art zu sprechen, zu essen und sich zu bewegen, war der unseren so unähnlich, daß er sich in unserer Mitte ausnahm wie eine Taube unter Raben. Sein Lautenspiel beeindruckte zwar meine jüngeren Geschwister, ich aber empfand es als absolut lächerlich und ohne Nutzen und fühlte für ihn eher Verachtung als Zuneigung. Er kannte kein einziges zotiges Lied, und sein Spiel langweilte mich beinahe zu Tode. Vielleicht hätte ich einige Achtung für ihn empfinden können, hätte er sich mal betrunken, wäre er mit mir durch die Wirtshäuser der Stadt gezogen; doch mied er diese wie der Teufel das Weihwasser. Auch seine Angewohnheit, sich jede Woche zu waschen, schien mir widersinnig, ja, beleidigend, lebten wir doch auch nicht gerade wie die Schweine. Sicher, Mutter war nicht die ordentlichste Frau, war eher laut und derb und Klatsch nicht abgeneigt, doch eine Schlampe war sie nicht. So durften wir während des Essens nicht durch die Finger schneuzen, sondern mußten den Ärmel zu Hilfe nehmen, und die Löffel mußten blitzblank abgeleckt werden, bevor sie wieder in den Halter am Tischrand gesteckt wurden. Natürlich hoffte Vater, in ihm eine Hilfe zu haben, doch auch das erwies sich als Einbildung, denn weder betrat er jemals ein Gefängnis noch bestieg er ein Blutgerüst; so war seine Anwesenheit für uns eher eine Belastung.

Und dann – er war vielleicht zwei Wochen bei uns – traf ich ihn auf dem Marktplatz. Eine Gruppe von Schaustellern gab ihre Künste zum besten. Aus einem dichten Ring von Zuschauern ertönte der Klang eines Tamburins, und als ich näher trat, sah ich auch die Tänzerin. Es war ein schönes, glutäugiges Geschöpf, dessen nackte Füße den Boden im Tanz kaum zu berühren schienen. Sie mußte vor noch nicht allzu langer Zeit kahlgeschoren worden sein, denn ihr Haar war kurz und lag in Kringel um ihr Gesicht. Im Gegensatz zu den meisten ihrer Sippe war ihr Kleid hochgeschlossen. Das tat ihrer Schönheit aber keinen Abbruch und ließ sie mir nur noch begehrenswerter erscheinen. Ich fühlte das mir vertraute Ziehen in den Lenden, und als der bucklige Junge mit der Almosenschale herumging, packte ich ihn am Ärmel und flüsterte: »Sag ihr, ich will sie sehen.« Dabei ließ ich ein Silberstück in die Schale fallen. Der Junge schaute mich stumm an, und ich bezweifelte kurz, ob er meine Worte überhaupt verstanden hatte. Doch das hatte er wohl, denn er zupfte das Mädchen am Kleid und wies in meine Richtung. Ihre Blicke trafen mich, kühl und abschätzend, und dann schüttelte sie den Kopf, wandte sich ab und trat aus dem Kreis zurück in die Menge.

Und da war David. Ich sah, wie er ihr ein Tuch um die Schultern legte, und wie sie zu ihm aufschaute und lachte. Dann gingen sie davon, und David hatte den Arm nicht von der Schulter des Mädchens genommen. Ich kam mir albern vor und fragte mich wütend, was dieses Vollblutweib wohl an meinem verweichlichten Vetter sehen mochte. Dann ging ich ins Frauenhaus, um mich dort schadlos zu halten, doch vermochten mir die Dirnen meiner gereizten Stimmung wegen nicht die Befriedigung zu verschaffen, die ich gewohnt war. So war ich denn gezwungen, ein ganz bestimmtes Haus etwas außerhalb der Stadt aufzusuchen, wo auch auf die ausgefallendsten Wünsche eingegangen wurde. Aber nicht einmal die Schmerzensschreie der Huren brachten mir Erleichterung, und außer der alten Vettel, die das Haus führte und der ich ein schönes Stück Geld geben mußte, hatte niemand einen Nutzen davon.

Von da an belauerte ich David eifersüchtig, denn der Gedanke an das schöne Mädchen und die Vorstellung, was sie zusammen treiben mochten, ließen mir keine Ruhe mehr. So war ich denn oftmals dort anzutreffen, wo die Schausteller auftraten und kannte bald die Mitglieder der Truppe. Außer dem buckligen Jungen und Magda, deren Namen ich zufällig erfuhr, waren da noch ihr Bruder, ein hübscher, schwarzhaariger Kerl, der zugegebenermaßen meisterhaft mit Bällen und brennenden Keulen herumwerfen konnte, ohne dieselben fallen zu lassen, eine alte Frau, die aus der Hand las, und ein Bärenführer, der die Pfeife blies und sein Tier danach tanzen ließ. Jedesmal, wenn David in die Saiten seiner Laute griff und seine faden, religiös angehauchten Lieder sang, sah ich mit Mißfallen, wie die Weiber ihn anschmachteten. Es war aber offensichtlich, daß er nur Augen für Magda hatte, und ich fühlte, daß die beiden eine Einheit bildeten, der nicht beizukommen war. Das war mir wie ein Stachel in meinem Fleisch, der mich Tag und Nacht quälte und mir keine Ruhe ließ, und ich begann, meinen stets gutgelaunten Vetter zu hassen. Diesen Haß übertrug ich auf die Gefangenen im Folterturm, denen ich, wenn Vater nicht dabei war, mit mir eigenen Methoden Geständnisse entlockte, die wir sonst kaum erhalten hätten. Vater warnte mich zwar einige Male, doch der Erfolg unserer Sache ließ ihn mich gewähren. Ich merkte, daß diese Art des peinlichen Verhörs mir großen Genuß verschaffte und ich mir das Geld für die geheimen Besuche außerhalb der Stadt sparen konnte. Das war für mich das einzig Gute an der Anwesenheit meines Vetters, und als er dann mit der ganzen Truppe weiterzog, weinte ich ihm keine Träne nach.

Einige Wochen später wurden Vater und ich vom Chorgericht unserer Stadt vorgeladen. Man stellte uns seltsame Fragen betreffend unseres sittlichen Lebenswandels, obschon allgemein bekannt war, daß wir die Gottesdienste ordnungsgemäß und fleißig nach Vorschrift besuchten. Wir wurden verdächtigt, verkappte Wiedertäufer zu sein, und als wir das entschieden von uns wiesen, vernahmen wir, daß unser Vetter David in Ulm dieses Vergehens wegen hingerichtet worden war. Es war mir ein leichtes, ihm nun nach Kräften zu fluchen und so die Gnädigen Herren von unserer Unschuld zu überzeugen. Wir wurden in Gnade entlassen, doch wir wußten, daß das Auge der Obrigkeit noch einige Zeit über uns wachen würde. So enthielt ich mich in der Folge vorübergehend meiner strengen Verhörmethoden, was sicher geraten war, mußte aber zu meinem Schrecken bemerken, daß ich anders zu keinem Höhepunkt mehr gelangen konnte. So nahm ich die Gänge in das Haus außerhalb der Stadt wieder auf.

Anfang Februar – wir bereiteten den Scheiterhaufen für die Verbrennung eines Ketzers – begann Vater erstmals von Bern zu sprechen. Wir hatten vergebens versucht, den Pfahl, an dem der Delinquent angebunden werden sollte, in die gefrorene Erde zu schlagen, und machten eine Verschnaufpause. Vater wischte sich den Schweiß vom Gesicht und sagte:

»Hast du schon mal darüber nachgedacht, daß sie nun in Bern keinen Nachfolger mehr haben, nun, da David tot ist?«

Ich schüttelte den Kopf, denn an meinen Vetter, diesen Narren, der sich eines abartigen Glaubens wegen verbrennen ließ, hatte ich keinen Gedanken mehr verschwendet.

»Das solltest du aber, mein Sohn. Wie ich hörte, soll es eine einträgliche Scharfrichterei sein, und deine Base Josiane, gut gewachsen und hübsch, eben in dem rechten Alter, unter die Haube gebracht zu werden. Mutter und ich sind der Meinung, du solltest dich auf den Weg machen und dort zum Rechten sehen, eh' dir ein anderer zuvorkommt. Laß es dir durch den Kopf gehen!«

Das tat ich und fand bald großen Gefallen an dem Gedanken. Die Aussicht, mich in eine gutgehende Scharfrichterei einzuheiraten, mißfiel mir keineswegs, um so mehr, als mein Bruder ohnehin in einigen Jahren Anspruch auf die unsere erheben würde. Dazu kam noch, daß ich kürzlich eine der Dirnen ziemlich übel zugerichtet hatte und mir die alte Vettel mit Klage drohte. So kam mir das alles sehr gelegen, und als das Wetter etwas milder wurde, nahm ich Abschied von meiner Familie und machte mich auf den Weg.

Ich erreichte Bern an einem unfreundlichen Tag im April. Ich hatte meinen Umhang fest um mich gezogen, wollte mich nicht gleich als Tammer zu erkennen geben, denn ich beabsichtigte, mir die Stadt meines zukünftigen Wirkens erst einmal in Ruhe anzusehen. Die aneinander gebauten Häuser, vor allem aber das Münster, das zwar bloß einen stumpfen Turm hatte und an Schönheit dem unseren nicht gleichkam, erinnerten mich an meine Vaterstadt Freiburg und bewirkten, daß ich mich sofort heimisch fühlte. Allerdings waren die Gassenzüge anders angeordnet, mehr in die Länge gezogen, wohl wegen der Aarehänge, die ein seitliches Ausdehnen verhinderten. Ich sah auch, daß es den Menschen hier gutging, waren sie doch nicht von Kriegen gebeutelt worden wie wir: Sie gingen ordentlich gekleidet, und die sauberen Straßenzüge mit ihren Lauben vermittelten einen wohlhabenden Eindruck.

Ich war ziemlich durchfroren, als ich mich endlich, gegen Abend, im Scharfrichterhaus einfand. Auf mein Klopfen hatte sich nichts geregt; so trat ich in die von einer Funzel und dem Herdfeuer spärlich erleuchtete Küche, wo ein trotteliger Alter ein sich sträubendes und schreiendes Balg zu beruhigen versuchte, während ein buckliger Idiot in ein Schüsselchen mit Brei blies, um diesen abzukühlen. Meine Aufmerksamkeit wurde jedoch sofort von dem Mädchen gefangengenommen, das sich am Herd zu schaffen machte. Ihre Gestalt, die sich gegen den Schein des Feuers abhob, schien mir makellos, und das in Zöpfen geflochtene, hochgesteckte Haar leuchtete hell auf. Als sie sich mir etwas überrascht zuwandte und sich ungehalten nach meinem Begehr erkundigte, fesselte mich der hochmütige Blick ihrer Augen, deren grüne Farbe ich mehr ahnte als sah. Ich fühlte, daß dieses Mädchen, das ja wohl meine Base war, aus anderem Holz geschnitzt war als ihr närrischer Bruder. Das freute mich, und ich trat hinter sie und legte den Arm um ihre Mitte. Die Wirkung dieser Berührung bestätigte mich in der Gewißheit auf einen anregenden Aufenthalt: Mit einer schnellen Bewegung schmiß sie mir den nassen Wischlappen ins Gesicht. Sofort fühlte ich das Ziehen und Prickeln in meinen Lenden. In meinem Gehirn formte sich das Bild ihres nackten Körpers, der sich zitternd vor Lust unter mir wand, während ich sie ritt wie der Teufel. Mein Geschlecht schwoll an, und nun kam mir das Dämmerlicht im Raum gelegen. Als meine Tante die Küche betrat, war ich froh über die Ablenkung, mußte ich doch meine Gedanken nun darauf verwenden, mich in aller Form vorzustellen und um Aufnahme zu bitten, so wie es sich gehörte.

Mein Aufenthalt in Bern ließ sich gut an. Mein Onkel war ein ruhiger, schweigsamer Mann und – anders als mein Vater – überhaupt nicht jähzornig. Arbeit hatten wir zur Genüge, und den beiden Gesellen zeigte ich schon bald, wer in Zukunft hier das Sagen haben würde. Adam, der sich wohl Hoffnungen auf die Scharfrichterei gemacht hatte, setzte mir einigen Widerstand entgegen, der sich aber bald auflöste und einer Niedergeschlagenheit wich, die mir nur recht sein konnte. Mit Veit hatte ich leichte Hand. Von Natur aus ein widerlicher Speichellecker, war er mir unterwürfig zu Diensten und überaus nützlich. Auch Klemens mußte ich nicht fürchten; er vertrottelte von Tag zu Tag mehr, und um den kleinen Schreihals, der als einziger das Recht gehabt hätte, mir meinen Platz streitig zu machen, brauchte ich mich vorläufig auch nicht zu kümmern. Nur der kleine Bucklige störte mich. Ich brauchte fast eine Woche, bis mir einfiel, von wo ich ihn kannte, und seine wissenden Augen im unbewegten Gesicht waren mir unangenehm. Ich sprach nie mit ihm darüber, und er schwieg ebenfalls, so daß ich nicht wußte, ob er sich noch an unsere Begegnung erinnerte.

Meine Tante behandelte mich nicht unfreundlich, aber doch eher zurückhaltend, und was Josiane betraf, so wurde ich nicht recht klug aus ihr. Daß sie sich am Anfang abweisend verhielt, war nicht ungewöhnlich und gehörte allerorts mehr oder weniger zum Betragen junger Mädchen. Doch änderte weder die Zeit noch die gute Meinung, die ihr Vater von mir hatte, etwas daran, und ich war ratlos. Sie ging mir aus dem Weg, schien mich zeitweise überhaupt nicht zu bemerken, und die Nettigkeiten, die ich ihr sagte, hinterließen keine Wirkung. Dabei gab ich mir wirklich Mühe, ihr gefällig zu sein. Ich hielt mich reinlicher als jemals zuvor, paßte mich auch ihren Tischmanieren an und enthielt mich nach Möglichkeit der groben Worte. Auch ging ich nur selten ins Frauenhaus, und wenn, versuchte ich, meine gewalttätige Neigung unter Kontrolle zu halten. Dies gelang mir recht gut, da sich dort eine Dirne befand, die meiner Art ähnlich war und wohl wußte, was ich brauchte.

So war ich recht ratlos, und das machte mich wütend.

Je länger, je mehr verbrachte ich meine Abende, wenn keiner der Gäste etwas dagegen einzuwenden hatte, im Wirtshaus. Dort saß ich dann auf einem Dreibeinstuhl am Henkerstisch in der Ecke, mit verkehrt aufgelegtem Gedeck, und ließ mir vom Wirt den Wein über die Hand einschenken. So wollte es die Sitte, und wenn auch niemand mit mir sprach, so war es allemal besser, als in meiner Kammer über Josiane nachzugrübeln. Oft leistete mir Veit Gesellschaft, und es war an einem solchen Abend, daß er anfing, seltsame Bemerkungen zu machen. Ich hatte eben den Wirt herbeigerufen, um meine Zeche zu bezahlen, als er mit schmierigem Lächeln feixte:

»Na, zieht es dich nach Hause zu deiner kühlen Liebsten?«

»Was geht's dich an«, gab ich mich gleichmütig und erhob mich.

»Mir kann's ja gleichgültig sein, aber wenn ich an deiner Stelle wäre, würde ich ein Auge auf sie haben.«

»Wieso, wie meinst du das?«

»Man munkelt so allerlei. Könnte sein, daß der Chordiener immer noch in ihrem Kopf herumspukt.«

»Welcher Chordiener?« Ich setzte mich wieder, bestellte nochmals Wein, und während ich Veit fleißig einschenkte, erzählte er mir genüßlich von Josianes unpassender Liebschaft. Da fiel es mir wie Schuppen von den Augen. Nun konnte ich mir ihr sprödes Verhalten erklären, und eine große Wut packte mich. Da alle Welt außer mir davon zu wissen schien, kam ich mir hintergangen und närrisch vor, warf eine Münze auf den Tisch und stürmte davon. Ich wollte sie zur Rede stellen, wollte endlich wissen, woran ich war. Als ich das Haus betrat, hörte ich ihre Stimme aus der Küche und stieß die

Tür auf. Da traf es mich wie einen Schlag. Sie stand nackt vor dem Herd, im Begriff, sich zu waschen. Ihre Haare fielen lose bis zu ihren Hüften, und die weiße Haut ihres Leibes schimmerte wie Seide. Sie war schön. Ich sah ihr Erschrecken, und das reizte mich, so daß ich auf sie zutrat. Ich wollte ihr nichts tun, wollte ihr nur zeigen, daß ich sie begehrte, doch dann raubte mir die Wärme ihrer runden Schulter die Besinnung. Ich riß sie an mich, ihr Körper wand sich in meinen Armen, und plötzlich war der Wunsch, ihr weh zu tun, übermächtig. Sie sollte büßen dafür, daß sie mich so lange hingehalten, zum Narren gemacht hatte. Ich wollte sie haben, hier und jetzt, und wähnte mich schon am Ziel meiner Wünsche, als mich ein heftiger Schlag auf den Kopf traf und ich die Besinnung verlor. Ich weiß nicht, was geschah, aber ich schwor mir: Für diesen Schlag, wer immer ihn auch geführt hat, wird sie mir bezahlen.

Es war klar, daß ich am nächsten Tag um ihre Hand anhielt, und ich war sicher, daß ihre Eltern darüber erleichtert waren. Josiane allerdings war alles andere als erfreut und gebärdete sich so widerspenstig, daß sie von ihrem Vater Hausarrest erhielt. Das bestätigte Veits Geschichte vom Chordiener und kränkte mich aufs Tiefste.

Nun begann ich, sie zu überwachen.

Schon bald hatte ich herausgefunden, daß der Mittler zwischen ihr und ihrem Liebsten der kleine Bucklige war. Mit der Hilfe Veits, dem die ganze Angelegenheit Spaß zu machen schien, überwachte ich den Krüppel, und so fanden wir bald den hohlen Baum auf der Münsterplattform, wo sie ihre Botschaften austauschten. So vernahmen wir von ihrer geplanten Flucht, und angestachelt durch das Lesen der zärtlichen Worte, die sich tief und schmerzhaft in meine Seele gruben, beschloß ich, mich zu rächen. So lauerten wir diesem Hund von einem Täufer in der Hütte auf, nahmen ihn gefangen, nicht ohne ihm vorher für alles, was er mir angetan hatte, einige kräftige Hiebe zu verpassen.

Die Billigung des Chorgerichts war uns sicher, und es war mir eine Genugtuung, ihn im Turm zu wissen. Es freute mich auch, zu sehen wie Josiane litt, und ich vergrößerte ihre Seelenqual noch dadurch, daß ich in harmloser Weise das Geschehen um die Aburteilung ihres Liebsten am Abendtisch zum besten gab.

Wir waren viel auswärts in jener Zeit, aber die Abfahrt der Galeerensträflinge erlebte ich mit. Als ich sah, wie Josiane ihrem Liebsten zuwinkte und sich dann weinend in die Arme ihrer Base warf, quälte mich das so sehr, daß ich wütend ins Frauenhaus stürmte und meine Favoritin so heftig nahm, daß sie sich anschließend zum ersten Mal bei der Äbtissin lauthals beklagte.

Gescheit wäre es nun gewesen, meine Base fahren zu lassen. Aber damit – das wußte ich – würde ich auch die Scharfrichterei verlieren, und das wollte ich nicht. Gute Scharfrichtereien sind dünn gesät, und ich hatte keine Lust, als Abdecker oder Kloakenreiniger mein Leben zu fristen. So heirateten wir denn im Oktober und nach einer ziemlich gewalttätigen Hochzeitsnacht, wo meine frisch Angetraute die ganze Zeit wie leblos unter mir lag, berührte ich sie vorerst nicht wieder, sondern hielt mich im Frauenhaus schadlos. Deshalb war ich sehr erstaunt, als ich durch meine Schwiegermutter darauf aufmerksam gemacht wurde, daß uns Nachwuchs bevorstand. Obschon es mich wurmte, daß Josiane mich nicht selbst davon unterrichtet hatte, war ich doch stolz darauf, allen meine Männlichkeit bewiesen zu haben – und das in einer einzigen Nacht.

Es war klar, daß wir nun nicht mehr bei ihren Eltern wohnen konnten. Wie vorausgesehen, mußten Adam und Elisabeth das Stockerhäuschen räumen, und wir zogen dort ein. Mein Weib war, wie sich herausstellte, eine gute Hausfrau. Sie hielt alles reinlich und kochte recht schmackhaft. Einige Male hatte ich ihr noch beigewohnt, aber sie verhielt sich so gleichgültig, daß es mir keine Freude machte und ich es bleiben ließ, zumal mich ihr wachsender Körperumfang abstieß.

Sie kam Ende Mai nieder und gebar ein dunkelhaariges Mädchen, das trotz seiner zu frühen Geburt recht kräftig schrie und auch sonst nicht besonders schwächlich schien. Trotzdem war ich enttäuscht, denn ich hatte mit einem Sohn gerechnet. Ich führte dieses Mißlingen auf ihre ergebene Haltung beim Beischlaf zurück, war ich doch überzeugt, daß mit etwas mehr Feuer ihrerseits mit Gewißheit ein Junge geworden wäre.

Von nun an widmete sich Josiane mit großer Hingabe der Pflege unserer Tochter, die wir in einer schlichten Feier im Münster auf den Namen Barbara Marie tauften. So waren beide Großmütter namentlich in ihr vereint, wie es seine Richtigkeit hatte. Alle waren zufrieden, und mein Schwiegervater übertrug mir je länger, desto mehr schwierige Aufgaben, die meine Stellung als Nachfolger festigten.

Nur Adam störte mich. Vom Gesellen und möglichen Nachfolger auf den Platz eines Knechtes zurückverwiesen, bot er mir, wenn wir ohne den Meister unterwegs waren, des öftern Widerstand. Besonders was die Folter anging, befolgte er meine Befehle nicht und behandelte die Delinquenten viel zu sanft, so daß die Geständnisse, die ich zu meinem Erfolg brauchte, ausblieben. Weil ich wohl wußte, daß ich sehr oft härtere Maßnahmen ergriff, als vorgegeben war, konnte ich mich nicht über ihn bei meinem Schwiegervater beklagen. Deshalb kam es mir sehr gelegen, daß dieser Adam die Vorbereitung zu einer Hinrichtung mit dem Strang übertrug, die auf der Richtstatt »Obenaus« stattfinden sollte.

Der Galgen dieser Richtstatt war schon seit einiger Zeit etwas baufällig. Ein Antrag zur Erneuerung hatte mein Schwiegervater gestellt, doch wie überall hatte man es auch in Bern mit solchen Dingen nicht sonderlich eilig. Es war mir deshalb ein leichtes, Adam in Mißkredit zu bringen: In der Nacht vor der Hinrichtung schlich ich mich heimlich auf die Richtstätte und lockerte die Hängevorrichtung so, daß sie das Gewicht eines fallenden, zappelnden Menschen nicht würde aushalten können. Es kam, wie es kommen mußte: Das Galgenkreuz brach, der Delinquent fiel mit dem Strick um den Hals hart auf die Bretter, und die Zuschauer schrien empört auf. Die anwesenden Gnädigen Herren machten strenge Gesichter, und das Volk schmähte uns mit unmutigen Zurufen. Solche Fehler des Scharfrichters waren schwerwiegend, ja unentschuldbar. Adam stand denn auch wie zur Salzsäule erstarrt, selbst dann noch, als die ersten Steine angeflogen kamen und ihn am Kopf verletzten. Da bekam ich es mit der Angst zu tun, zerrte ihn vom Podest und in die Reihe der Infanteristen, die sich schützend um uns scharten und weggeleiteten, wie es in solchen Fällen ihre Pflicht war. Der Glücklichste in dieser Sache war der Delinquent. Er wurde nach altem Brauch begnadigt und konnte, nachdem er sich etwas erholt hatte, seiner Wege gehen.

Auch ich war mit dem Ausgang meines Streiches recht zufrieden. Noch nie hatte ich meinen Schwiegervater so ungehalten erlebt. Adam war zerknirscht und elend und durfte in der Folge nur noch untergeordnete Arbeiten verrichten. So hatte ich mein Ziel erreicht und fühlte mich sicherer denn je.

Der Umstand, daß mein Schwiegervater bereits auf die Baufälligkeit des Galgens aufmerksam gemacht hatte, erwies sich nun als großes Glück, denn der Tadel der Obrigkeit fiel entsprechend milde aus. Der Rat beschloß, die Reparaturarbeiten unverzüglich in Angriff zu nehmen. Das Datum wurde festgelegt und die Handwerker benachrichtigt.

Arbeiten am Hochgericht machten, wie jede Berührung mit uns, ehrlos. Niemals hätte sich ein Meister dazu hergegeben, allein einen Galgen zu erstellen oder zu erneuern. Er wäre verfemt, aus der Zunft ausgeschlossen und damit brotlos geworden. Deshalb war es erforderlich, daß alle Handwerker daran beteiligt waren, nach dem Leitspruch: Die Ehrlosigkeit aller ist die Ehrlosigkeit keines! So versammelten sich also am festgesetzten Tag Zimmerleute, Steinmetze, Maurer, Schlosser, Schmiede und Büchsenmacher mit ihren Gesellen und Lehrlingen vor dem Rathaus, zusammen mit den Musikanten der Stadt. Mit klingendem Spiel, begleitet von einigen Abgeordneten des Großen Rates, bewegte sich dann der Zug hinaus zum Hochgericht »Obenaus«.

Nach den vorgeschriebenen, symbolischen Hammerschlägen der Ratsherren, die damit das Tabu der Richtstatt aufhoben, machten sich die Zimmerleute an die

Arbeit. Alle, die nicht an den Reparaturen beteiligt waren, taten unter den gestrengen Augen unserer Gnädigen Herren ihre verbindlichen Hammerschläge, damit zum Schluß nach altem Brauch jeder mit dem Galgen in Berührung gekommen war.

Da die Musikanten immer weiter spielten und sich viele Schaulustige eingefunden hatten, glich das Ganze einem großen Fest. Dieser Eindruck verstärkte sich noch, als sich nach geleisteter Pflicht der Zug in die Stadt zurückbewegte, wo auf dem Rathausplatz ein Nachtessen ausgerichtet war. Bevor man sich aber zu Tisch setzte, wurden alle Handwerksleute durch einige Worte des Großweibels im Namen der Gnädigen Herren wiederum redlich gemacht. So erwuchs keinem ein Schaden davon. Die Erleichterung darüber war groß und äußerte sich in einer recht ausgelassenen Zecherei.

Wir Henkersleute saßen an einem etwas abgegrenzten Tisch, der durch das abwärts aufgelegte Besteck gekennzeichnet war. Eine alte, triefäugige Magd füllte uns den Wein über die Hand in unsere Becher und schenkte immer wieder nach, während wir uns an der Suppe, der Pastete und dem Braten gütlich taten. Es herrschte eine ausgelassene Stimmung; nachdem sich der Meister und Adam verabschiedet hatten, rückten Veit und ich näher zusammen und ergingen uns in zotigen Sprüchen über die hübschen, jungen Dinger, die an den Tischen der Ratsherren bedienten. Diese waren mit vom Wein geröteten Gesichtern in hitzige Gespräche verwickelt. Ihre Fäuste fuhren immer öfter in die Luft, fielen krachend auf den Tisch zurück, daß das Besteck hüpfte, und ihre dabei kämpferisch gespreizten Schnurrbärte reizten uns zum Lachen.

»Der Großweibel sieht aus wie ein Vollmond mit Ohren«, kicherte Veit.

»Und der Säckelmeister mit seinem langen Gesicht wie ein Pferd, fehlen ihm nur noch deine gelben Zähne«, stichelte ich.

»Was stören dich meine Zähne? Kümmere dich eher um deine Nase – krumm wie der Schnabel eines Habichts!«

Wohl als Folge des Saufens waren wir plötzlich wütend, fuhren auf und packten uns an den Wämsern.

»Lieber eine Habichtsnase als das verfaulende Gebiß eines Pferdes, das zehn Meter gegen den Wind die Luft verpestet«, schrie ich und schüttelte ihn wie einen Beutel hin und her.

»Und lieber ein verfaulendes Gebiß als ein Weib, das mir den Bankert eines Täufers unterschiebt«, schrie Veit ebenso laut, und plötzlich wurde es an den umliegenden Tischen still. Ich stand wie erstarrt. Unbewußt nahm ich die schadenfroh glotzenden Gesichter um mich herum wahr – dann schlug ich zu.

Ich kam erst wieder zu mir, als jemand einen Eimer Wasser über uns ausgoß. Beide waren wir in einem erbärmlichen Zustand. Während Veit auf dem Boden hocken blieb und sich keuchend die Rippen hielt, rappelte ich mich auf, um mich nochmals auf ihn zu stürzen. Da traf mich ein neuerlicher Wasserschwall. Ich wandte mich ab, und Veit schrie:

»Frag Jakob, frag doch Jakob, wenn du mir nicht glaubst!« Sein Hohngelächter folgte mir nach durch die Gassen, dröhnte auch noch in meinem Kopf, als ich unser Haus erreichte. Rücksichtslos hob ich die Kleine aus ihren Tüchern und hielt die Lampe nahe an ihr Gesicht.

Sie weinte nicht, schaute mich nur an aus ihren tiefliegenden, dunklen Augen mit demselben ruhigen, ernsten Blick, den ich schon einmal gesehen hatte, damals bei der Waldhütte – und der häßliche Verdacht wurde zur bitteren Gewißheit.

Josiane

Die Nacht nach dem Galgenbau, in der Jost betrunken nach Hause kam, veränderte unser ganzes Leben. Schon als ich ihn kommen hörte, ahnte ich, daß etwas Schreckliches geschehen war; und als ich ihn dann mit dem aus dem Schlaf gerissenen Kind in der Kammer sah, war mir klar, daß er es wußte.

In den eisigen Schreck, der mich durchfuhr, mischte sich fast ebenso schnell eine ungeheure Erleichterung. Schon seit dem ersten Blick in das Gesicht meiner Tochter hatte ich mich bangen Herzens vor diesem Zeitpunkt gefürchtet und war froh, daß die belastende Warterei endlich zu Ende war. Der Wunsch, daß mein Kind nach mir kommen möchte, hatte sich nämlich nicht erfüllt. Barbara war ganz offensichtlich die Tochter Martins, und es war mir unverständlich, daß Jost so lange gebraucht hatte, um dies zu bemerken. Möglicherweise lag es an der Gleichgültigkeit, mit der er sie bedachte, denn er hatte sich einen Sohn gewünscht und wußte wohl mit einem Mädchen nichts anzufangen.

Die grenzenlose Wut, die seine Züge entstellte, hatte ich erwartet, nicht aber den Schmerz in seinen Augen, den ich wahrnahm, kurz bevor mir seine flache Hand ins Gesicht klatschte. Wie von Sinnen drosch er auf mich ein, und ich krümmte mich zusammen und versuchte, so gut es ging, meinen Kopf mit den Armen zu schützen. Ich schrie nicht, auch dann nicht, als er mir mit einem Griff das Hemd zerriß und mit einer solchen Rohheit in mich eindrang, daß ich glaubte, sterben zu müssen. Dann drehte er sich von mir weg und war im nächsten Augenblick eingeschlafen.

Mein ganzer Körper schmerzte, und mein Schoß brannte wie Feuer. Trotzdem raffte ich mich auf, ging in die Küche, entfachte die noch glimmende Glut und setzte frisches Wasser auf. Aus dem Versteck hinter den Krügen mit Eingemachtem holte ich die geheimen Kräuter hervor, aus denen ich mir seit der Geburt Barbaras jeden Tag eine Tasse Tee anbrühte. Das war meine Art Rache – an meinem Mann und an meinen Eltern. Denn lieber wollte ich sterben, als ein Kind von Jost zu empfangen.

Der Tee schmeckte bitter, so bitter wie meine Gedanken. Barbara wimmerte leise, und ich hob sie hoch und setzte mich mit ihr an den Herd. Ihr warmer, kleiner Körper in meinen Armen war mir Trost. Ich herzte und küßte sie, und sie lächelte und sah mich an mit den Augen meines Geliebten. Da brach das Leid über mir zusammen, und nun weinte ich doch.

Von da an war mein Leben Angst. Jost schlug mich nicht wieder, denn mein verschwollenes Gesicht hatte ihm eine Rüge meiner Eltern eingebracht. Aber jedesmal, wenn er betrunken nach Hause kam – und das geschah immer öfter –, mußte ich ihm zu Willen sein. Dabei quälte er mich, indem er die zarte Haut an der Innenseite meiner Oberschenkel so heftig kniff, daß ich dort bald grün und blau verfärbt war. Ich hatte schnell herausgefunden, daß es nichts nützte, ihm Widerstand entgegenzusetzen, denn das stachelte ihn nur noch mehr an. So begann ich, ihm jeden Abend einen Krug mit Wein bereitzuhalten, den ich mit wenig Mohnsaft vermischt hatte. Wenn er davon trank – was er leider nicht jedesmal tat –, schlief er ein, bevor er sich an mir vergreifen konnte, und ich hatte bis zum nächsten Abend Ruhe. Es war mir wohlbekannt, daß der Saft des Mohnes, den ich auch seiner hübschen Blüten wegen gerne in unserem Garten zog, hauptsächlich zur Schmerzbekämpfung diente und in hohen Dosen nicht ungefährlich war, wußte mir aber nicht anders zu helfen. Ich betrachtete alles, was mir geschah, als eine Art Sühne für den Betrug an Jost, dachte auch immer daran, daß Martin noch viel schlimmer leiden mußte, und fühlte mich ihm dadurch nahe. Gleichzeitig grollte ich meinen Eltern, daß sie mich nicht vor dieser Heirat bewahrt hatten, und gab ihnen die Mitschuld an meiner mißlichen Lage.

Meine einzige Freude war meine Tochter. Sie war ein ruhiges, geduldiges Kind, das selten weinte. Und wenn Jost nicht da war, spielte ich mit ihr, ließ sie auf meinen Knien reiten und erzählte ihr allerlei lustige Dinge. Ich sang ihr hübsche Melodien vor und freute mich an ihrem fröhlichen Lachen, wenn sie mit den Händchen nach der von mir verfertigten Rassel griff. Manchmal kam Elisabeth mit der kleinen Anna zu uns oder Mutter mit Simon, und die Kinder krabbelten und tollten auf der Wiese herum, daß es eine Freude war. Mathieu erschien fast jeden Tag und brachte immer ein kleines Geschenk für Barbara mit; ein leeres Schneckenhaus, eine Blume, einen besonders schönen Stein oder einen Zweig mit Blüten.

Mathieu war längst nicht mehr der schwächliche, magere Junge. Er war gewachsen, seine Glieder waren kräftiger geworden und seine Gesichtszüge ausgeprägter. Wäre nicht sein ausgestoßener Rücken gewesen, hätte man ihn als hübsch bezeichnen können. Er liebte Barbara abgöttisch und wurde nicht müde, ihr bei ihren ersten, unsicheren Gehversuchen beizustehen. Barbara hing ebenfalls an ihm und jauchzte auf, wenn sie seinen Pfiff vernahm, mit dem er sich immer ankündigte. Ich konnte sie ruhig seiner Obhut überlassen und meiner Arbeit nachgehen. Bei ihm war sie geborgen.

Eines Abends – ich hatte eben meinen Tee aufgebrüht und mischte den Wein für Jost – betrat Mutter die Küche. Ich hatte sie nicht erwartet und erschrak, denn es war mir unangenehm, daß sie meine Vorbereitungen sah. Sie griff denn auch sofort nach dem Kräuterbündel.

»Was soll das, Josiane?«

Ich schwieg.

»Weiß Jost davon, ist es sein Wille?«

Ich schüttelte den Kopf.

»Habe ich dich nicht gewarnt vor dieser Mischung? Weißt du nicht mehr, daß du nie wieder Kinder haben kannst, wenn du den Tee zu lange Zeit trinkst?«

»Ich will auch gar keine mehr«, sagte ich trotzig, doch Mutter hatte bereits die Flasche mit dem Mohnsaft entdeckt. Sie schnupperte am Wein, steckte ihren Finger hinein, kostete und sah mich scharf an.

»Was geht hier vor, Josiane? Warum tust du das?«

Da hob ich meine Röcke und ließ sie die blutunterlaufenen, häßlich verfärbten Stellen sehen. Ungläubig starrte sie mich an.

»Hat er das getan?«

Ich nickte.

Da trat Mutter auf mich zu und nahm mich in die Arme.

»Dieser Hundsfott«, sagte sie mit vor Wut bebender Stimme, und ich begann zu weinen.

Sie wiegte mich beruhigend hin und her, wie sie es immer getan hatte, wenn ich traurig war.

»Seit wann geht das so?« fragte sie.

»Seit der Nacht nach dem Galgenbau. Veit hat es ihm gesagt.«

»Josiane, ich mache mir schwere Vorwürfe. Ich hätten diese Heirat nie zulassen dürfen. Ich werde mit Vater sprechen, Jost soll dich nicht weiter quälen.«

»Bitte nicht, Mutter, Jost wird sonst nur noch gehässiger. Ich helfe mir schon selbst«, sagte ich mit einem Blick auf den Wein.

»Versprich mir, daß du zu mir kommst, wenn es schlimmer wird«, bat sie, und ich versprach es ihr.

Die Auswirkungen seiner Trunksucht machten sich ungefähr nach einem Jahr bemerkbar. Jost wirkte zerfahren und unkonzentriert. Seine Arbeit litt darunter, und Vater mußte ihn häufig ermahnen.

Dann – bei einer Hinrichtung mit dem Schwert zu Laupen – kam es zu einem anstößigen Ereignis:

Vater hatte sich den Fuß übertreten und fiel aus, so daß Jost seinen Platz einnehmen mußte. Zu richten war ein vierzigjähriger Stallknecht, der im Allenlüftenwald einen Fuhrmann erschlagen und ihn seiner Barschaft beraubt hatte. Sei es nun des Weines oder des Mohnsaftes wegen oder beidem zusammen, jedenfalls schlug Jost fehl. Er hieb dem armen Menschen tief in die Schulter und mußte einen Nachschlag tun. Die Zuschauer waren empört. Nur das schnelle Eingreifen der Infanteristen bewahrte ihn vor Schlimmem.

Empört waren auch die Gnädigen Herren. Auf ihr Geheiß mußte Vater Jost auf der Stelle entlassen, und es nützte ihm auch nichts, daß er zu seiner Entschuldigung vorbrachte, der Geistliche habe ihm im Wege gestanden. Wir wurden arbeitslos, und nun war guter Rat teuer. Als Kloakenreiniger wollte er nicht arbeiten, und einzig die gelegentliche Mithilfe in der Abdeckerei brachte einen kargen Lohn. Ich selbst konnte auch nichts zu unserem Unterhalt beitragen, denn niemand hätte mich eingestellt, nicht einmal als Wasserträgerin. So besaßen wir denn nur das, was ich in unserem Garten gezogen hatte, und ich war froh um die Hilfe meiner Mutter, die uns mit dem Allernötigsten versorgte. Auch Elisabeth vergalt mir manches, was ich ihnen früher zugesteckt hatte, denn Adam war wieder an Josts Stelle gerückt, und es ging ihnen gut.

Der Winter in diesem Jahr war ziemlich streng. Zum Glück hatte ich vorgesorgt und im Herbst genügend Holz gesammelt, so daß wir wenigstens da nicht darben mußten. Als die Kälte einsetzte, ging Jost kaum mehr außer Haus. Er saß meistens stumm in der Küche am Feuer, den Weinkrug neben sich, und erschreckte uns mit gelegentlichen, heftigen Ausbrüchen, in denen er seinem Schicksal und uns allen fluchte. Am Anfang hatte ich einige Male versucht, ihn aufzumuntern, doch er begegnete mir mit solchem Hohn, daß ich es bleibenließ. Das Mitleid, das ich manchmal ihm gegenüber empfand, schwand, wenn ich an die mir zugefügten Schmerzen und Erniedrigungen dachte, und verhärtete mein Herz. So war unsere Ehe eine einzige Qual. Wir versanken beide in Hoffnungslosigkeit, und nur meine kleine Barbara hielt mich davor zurück, mich in die Aare zu werfen.

Gegen Frühling, als der Schnee geschmolzen war, sprach Jost zum ersten Mal davon, nach Deutschland zurückzukehren. Die länger werdenden Tage, die Sonne und die erwachende Natur schienen ihm neuen Mut und Auftrieb zu geben. Er trank weniger, achtete vermehrt auf sein Äußeres und ging wieder aus. Plötzlich besaß er Geld, kaufte sich dafür feste Schuhe und ein Felleisen, brachte auch für mich Schuhe mit, die zwar nicht neu, aber noch gut waren, und befahl mir, mich und Barbara für die Reise zu rüsten. Da fuhr mir der Schreck in die Glieder. »Barbara ist noch viel zu klein für solche Anstrengungen«, wandte ich ein.

»Sie wird wohl kaum daran zugrunde gehen – und wenn schon – ist ein Bankert weniger.«

Voller Angst unterrichtete ich Mutter über sein Vorhaben, denn ich wollte auf keinen Fall weg von Bern. Meine Eltern waren mein einziger Halt; ohne sie wäre ich den Grobheiten meines Mannes schutzlos ausgeliefert gewesen. Leider versuchten sie vergebens, Jost umzustimmen. Er beharrte stur auf seinem Einfall, und alle meine Einwände verhallten ungehört.

»Ich verstehe nicht, weshalb du uns mitnehmen willst?« sagte ich verzweifelt. »Du magst uns beide nicht, wir sind dir nur im Wege. Laß uns hier, so wird es auch für dich leichter sein.«

»Das würde dir so passen, dich unter Mutters Röcke zu verkriechen und die behütete Tochter zu spielen«, höhnte er. »Nein, meine Liebe, du sollst noch erfahren, was es heißt, mich zu hintergehen. Auch habe ich keine Lust, als gehörnter Ehemann in meinem Elternhaus zu erscheinen. Du wirst also ganz ruhig sein, damit niemand von deinem Fehltritt erfährt, sonst wirst du mich kennenlernen.«

Daran zweifelte ich keinen Augenblick. Als mein Gatte hatte er alle Macht über mich – kein Richter hätte sich meiner angenommen. Ich hatte mich seinem Willen zu beugen. So traf ich denn schweren Herzens die Vorbereitungen zum Auszug, wobei mich Mutter und Elisabeth nach Kräften unterstützten. Unserer Herkunft wegen konnten wir nicht mit der Fischerschen Postkutsche reisen. Deshalb hatte Vater einer Schauspielertruppe einen Wagen abgekauft, dessen Achse gebrochen war. Zusammen mit Adam stellte er ihn wieder her, besorgte auch ein kleines, struppiges, aber gut genährtes Pferd, was ihn alles ganz bestimmt einen schönen Teil seiner Ersparnisse kostete und mir vor Rührung die Tränen in die Augen trieb.

In meinem Kleid eingenäht hatte ich einen Zehrpfennig, von dem Jost nichts wußte, und auch die Passepartouts für Barbara und mich trug ich auf mir. Sorgfältig eingeschlagen in Leinwand hatte ich meinen größten Schatz, die Arzneibücher. Nach menschlichem Ermessen waren wir also gut ausgerüstet, als wir an einem schönen Junimorgen, nach einem mehr als schmerzlichen Abschied, durch das Aarbergertor die Stadt verließen. Barbara war zu dieser Zeit vier Jahre alt, und mit ihrem kindlichen Gemüt freute sie sich über die Fahrt und all das Neue, das sie zu sehen bekam.

Unsere Reise führte über Aarberg, Solothurn und Balsthal nach Basel. Dies war eine der beiden Hauptverkehrsadern unseres Landes, doch die Straße war in so schlechtem Zustand, daß wir nur langsam vorwärts kamen. Um uns unnötige Ausgaben und lästige Fragen zu ersparen, mieden wir die Wirtshäuser, schlugen unser Lager auf freiem Feld auf, wo auch unser Pferd sein Futter fand, und lebten von den Vorräten, die wir mitgenommen hatten, und von dem, was wir unterwegs auftrieben. Um uns vor Marodeuren und herumtreibendem Gesindel zu schützen, hatten wir unser Zeichen, den Galgen, zusammen mit den rot-grünen Bändern auf beiden Seiten des Wagens befestigt. So fühlte ich mich auch dann vor Überfällen sicher, wenn Jost uns des Nachts verließ, um sich in irgendeiner Schenke einen Rausch anzutrinken und mit Dirnen zu buhlen. Wenn der Boden trocken war, bereitete ich mein und Barbaras Lager unter dem Wagen, was allemal besser war, als mit dem nach Wein und Schweiß riechenden Mann in der drängenden Enge auszuhalten. Nur wenn es regnete, machten wir uns in einer Ecke so klein wie möglich und litten uns.

Unsere Passepartouts bewährten sich an allen Gebietsgrenzen auf das Beste, und erst an der Landesgrenze wurden wir eingehender examiniert. Jetzt trug Jost auch unsere Papiere auf sich, und als ich ihn bat, sie mir zurückzugeben, meinte er:

»Nun sind wir in meiner Heimat, da herrschen andere Gesetze, meine Liebe.«

Von da an befand ich mich in einer Art ängstlicher Spannung. Ohne die Dokumente fühlte ich mich ihm erst recht ausgeliefert. Das Tor zur Rückkehr war mir nun verschlossen. Das Gefühl, endgültig in der Fremde zu sein, ausgeliefert einem Ehemann, der mich haßte, und Schwiegereltern, die ich nicht kannte, ließ meine Niedergeschlagenheit beinahe in Schwermut abgleiten. So saß ich meistens mit Barbara hinten im Wagen und ließ mich fahren, kaum der rebenbewachsenen Hügel und des vielfachen Grüns der Wiesen und Wälder achtend. Ich sah nur, daß der blaue Bergrücken, der mich von der Heimat trennte, immer blasser wurde und schließlich verschwand.

Am Abend, bevor wir Freiburg erreichten, rasteten wir nahe bei einem Ort, der Mühlheim hieß. Jost machte sich gleich nach der Ankunft ins nahe Städtchen fort und überließ das Ausschirren und Pflegen des Pferdes wie immer mir. Ich liebte diese Arbeit, denn ich empfand eine große Dankbarkeit diesem Tiere gegenüber, das uns den ganzen Weg über gezogen hatte. Zufrieden schnaubend, ließ es sich von mir trockenreiben, während Barbara ihm eine Handvoll saftiger Kräuter unter die Nüstern hielt und hell auflachte, als die weichen Lippen des Pferdes sie in der Hand kitzelten. Wie jeden Abend ließ ich das Kind auf seinem Rücken reiten, band danach die Leine an einem Baume fest und achtete darauf, sie lang genug zu lassen, damit es auch das Gras im weiteren Umkreis erreichen konnte.

Schon bei unserer Ankunft hatte ich bemerkt, daß auf der Anhöhe ein Rasthaus stand, welches sehr hübsch und reinlich aussah. Da ich nicht schmutzig und schlampig bei meinen Schwiegereltern erscheinen mochte, wollte ich, als es dunkel war, zwei Eimer Wasser beim dazugehörigen Sodbrunnen holen, um uns beide zu waschen und herzurichten, so gut es eben ging. Dazu wählte ich nicht die Straße, sondern ging im Gebüsch hügelan, nachdem ich dem Kinde eingeschärft hatte, sich still zu verhalten, bis ich zurückkäme.

Aus dem Rasthaus drang Licht und Stimmengewirr. Eine Postkutsche stand davor, und ein Knecht führte eben die Pferde in den Stall. Obschon ich den Mann nur kurz und schemenhaft sah in der Dunkelheit, kam er mir auf eine seltsame Weise vertraut vor. Ich hatte aber keine Zeit zu verlieren und machte mich am Brunnen zu schaffen. Das leise Quietschen des Rades wurde von dem Gelächter aus dem Hause übertönt, und vorsichtig schlich ich mich mit meinen Eimern davon. Dazu duckte ich mich in den Schatten des Hauses, um von seiner Rückseite her den Abstieg zu wagen. Plötzlich öffnete sich eine Tür, und ich stand im Schein einer Laterne.

Geblendet von dem Licht, konnte ich die Gestalt dahinter nicht erkennen, vernahm aber deren überraschten Ausruf. Obschon ich nichts Böses getan hatte, erschrak ich gewaltig, ließ die Eimer stehen und rannte weg, durch Gestrüpp, dessen Zweige mir ins Gesicht schlugen, über schlüpfrige, modernde Blätter und rutschiges Gestein, alle Vorsicht, nicht gehört zu werden, außer acht lassend. Ich wußte nicht, warum ich so außer mich geriet, hätte ich früher doch einer solchen Lage trotzig die Stirne geboten. Es mußte wohl an der schweren, zurückliegenden Zeit und der Ungewißheit unserer Zukunft liegen, die mich all meines Selbstvertrauens beraubt hatten.

Erst als mein Umhang sich im Geäst verfing, bremste ich meinen Lauf und versuchte, mich mit vor Aufregung zitternden Fingern daraus zu befreien. Hinter mir vernahm ich das Brechen von Zweigen und begriff, daß ich verfolgt wurde. Aufs Geratewohl packte ich einen Steinbrocken und warf ihn in Richtung der näherkommenden Geräusche, ließ meinen Umhang fahren und eilte weiter.

Es dauerte noch eine ganze Weile, bis die Stimme meines Verfolgers in mein Bewußtsein drang und ich meinen Lauf hemmte. Mißtrauisch blieb ich stehen, packte nochmals einen Stein und schrie:

»Bleib, wo du bist – oder du wirst mich kennenlernen.«

»Das glaub' ich dir aufs Wort, du hättest mich schon vorhin beinahe erschlagen. Mein Gott, Josiane, was rennst du denn so? Ich bin doch nicht der Teufel!«

Diese Stimme, rauh und immer noch etwas unbeholfen!

»Bist du das, Mathieu?«

»Wer denn sonst?« Er lachte sein kehliges Lachen, und vor lauter Erleichterung tat ich ihm gleich, noch etwas atemlos, und dann fielen wir uns in die Arme. Jetzt konnte ich ihn nicht mehr im Kreis herumschwingen wie früher, er reichte mir bis zur Schulter, und zum ersten Mal kam mir der Gedanke, daß er vielleicht doch älter war, als wir angenommen hatten.

»Meine Wasserkessel – die stehen noch oben«, war alles, was ich sagen konnte, obschon mein Kopf voller Fragen war, und Mathieu lachte von neuem los. Wir fanden die Eimer dort, wo ich sie stehengelassen hatte, und dann stiegen wir den Hügel hinunter, auf der Straße und mit Laterne, was angenehmer war, und Mathieu erzählte mir, daß meine Eltern nach unserer Abreise vor lauter Sorge um uns keine ruhige Minute mehr gehabt und ihn deshalb als Boten hinterhergeschickt hätten.

Ich musterte seine Kleidung und sah, daß an seinem Ärmel der Galgen fehlte.

»Du trägst unser Zeichen nicht mehr. Konntest du deshalb so ohne weiteres mit der Postkutsche fahren?«

»Nein, ganz so einfach war es nicht. Bis Aarberg ging ich zu Fuß. Dort freundete ich mich mit dem Gehilfen des Postkutschers an, teilte mit ihm sogar meine Mahlzeit. Am nächsten Morgen litt der arme Kerl an so heftigem Erbrechen und Durchfall, daß er nicht imstande war, weiter mitzufahren. Aber dafür war ich zur Stelle und der Kutscher noch so froh, mich als Ersatz mitzunehmen – sogar gegen ein kleines Entgelt.« Mit schelmischem Grinsen sah er mich an, und ich fragte:

»Wie hast du das gemacht?«

»Mit der getrockneten Wurzelzwiebel des Schneeglöckchens, die ich in meinem Medizinkästchen mittrage; ich hab' ihm eine Prise in den Wein gestreut.«

»Du hättest ihn töten können!«

»Nicht, wenn man dich zur Lehrmeisterin hatte. Schließlich war ich jahrelang dein Schüler.«

»Du Schelm«, sagte ich schmunzelnd, fuhr ihm wie in alter Zeit mit allen fünf Fingern in seinen dichten Haarschopf und beutelte ihn kräftig.

Mittlerweile waren wir beim Wagen angekommen. Barbara saß zusammengekauert und mit ängstlichen Augen unter der Decke, so wie ich sie verlassen hatte. Ich sah, wie erleichtert sie war, und nahm sie in die Arme. Kaum hatte sie aber Mathieu erkannt, schrie sie erfreut auf und warf sich ihm an den Hals. Nun war er es, der sie im Kreis herumschwenkte und mit ihr im Gras herumalberte. Ich schaute ihnen zu und fühlte, wie sich die Angst in meinem Herzen langsam auflöste und einer neuen Zuversicht wich, wie ich sie schon lange nicht mehr gehabt hatte. Ich fachte das noch glimmende Feuer an und erwärmte das Wasser, und während ich meine Tochter wusch, spielte Mathieu auf der Flöte eines seiner fremdländischen Lieder. Später, als das Kind schlief, unterhielten wir uns über unser künftiges Leben, und als er sich dann verabschiedete, meinte er tröstend:

»Fürchte dich nicht, Josiane, ich werde immer in eurer Nähe sein.«

Das Feuer war hinuntergebrannt, und so wusch ich mich mit dem Rest des warmen Wassers im Schein des aufgehenden Mondes. Dann wickelte ich ein Tuch um mein feuchtes Haar und schlüpfte neben Barbara unter die Decke.

Jost kam erst gegen Morgen zurück, und er war nicht allein. Ein großer, behäbiger Mann begleitete ihn. Dieser begann sogleich, unser Pferd zu betasten, schritt um den Wagen herum, stieß mit dem Fuß prüfend gegen die Räder, stieg hinein und befingerte unsere Habseligkeiten. Dann schüttelte er den Kopf.

»Ist alles lumpige Ware«, meinte er geringschätzig und spuckte in hohem Bogen aus.

»Der Wagen ist in gutem Zustand und das Pferd kräftig und willig«, wandte Jost ein.

»Aber deine Habseligkeiten sind wertlos.«

»Ich habe nur von Pferd und Wagen gesprochen, etwas anderes verkaufe ich nicht.«

»Hmm, den Topf hier mußt du noch dazugeben«, meinte er und zeigte auf eine schön glasierte Schüssel, in der ich immer das Mus anrichtete.

»Wenn du uns bis nach Freiburg mitfahren läßt – dann gut.«

»Abgemacht«, nickte der Große, zog eine Geldkatze aus seinem Wams, und Jost strich mit zufriedenem Gesichtsausdruck die Münzen ein. Ich glaube, der

Fremde hatte mich noch gar nicht gesehen, denn als ich jetzt zu meinem Mann trat, schaute er überrascht auf und schnalzte dann mit der Zunge.

»Schau, schau, welch hübsches Täubchen; dein Weib?«

»Ist unwichtig!«

Ich faßte Josts Arm. »Was tust du da? Du kannst doch unser Pferd nicht verkaufen, und den Wagen brauchen wir zum Wohnen, es ist ja alles, was wir besitzen!«

Jost stieß mich weg. »Hör auf zu flennen, Weib, und pack unser Zeug zusammen – außer der Schüssel. Du hast gehört, daß er sie haben will.«

»Gib ihm etwas anderes, aber bitte nicht die Schüssel. Mutter hat sie mir geschenkt.«

»Gerade darum.« Boshaft sah er mich an, und ich wußte, daß alles Bitten zwecklos war. So begann ich, unsere Habe in zwei große Bündel zusammenzupacken, und fühlte, wie meine kaum gewonnene Zuversicht wieder in sich zusammensank.

Freiburg lag auf einer sanften Erhebung, umrahmt von vielen Hügeln. Auf einem davon befand sich ein mächtiges Fort. Anders als in Bern, wo die Sternschanze nur den den Aarehängen abgewandten Teil abgrenzte, umschloß die gewaltige, gezackte Mauer die Stadt auf allen Seiten, und über den Giebeln erhob sich schlank und wunderschön das rötlich schimmernde Münster. Sein Turm war nicht stumpf wie der unsere, sondern hoch und spitzzulaufend, wirkte durch seine durchbrochene Bauweise wie kostbares Klöppelwerk, leicht, beinahe schwerelos.

Die Gegend, durch die wir nun fuhren, trug die Spuren der langjährigen französischen Besetzung. Je näher wir unserem Ziel kamen, desto mehr erkannte ich deren Verwüstungen. Der Boden war aufgerissen und kaum bebaut, Unkräuter wucherten überall. Es fehlten die Reben, und ich fragte mich, wo die Leute wohl ihren täglichen Wein hernahmen. Ich sah auch keine Gehöfte, nur ab und zu eine dürftige Hütte – das Land lag brach.

Am Fluß, der an der Stadt vorbeifloß und den man die Dreisam nannte, mußten wir unser Gefährt verlassen. Jost packte das eine Bündel und ging davon, ohne sich um uns zu kümmern, und während ich mir das andere auflud, entfernte sich das Pferdegetrappel immer weiter von uns weg und verlor sich schlußendlich im Rauschen des Wassers. Barbara hielt sich an meinem Rock fest und stolperte neben mir her, und so überschritten wir die Brücke und stiegen den Weg hügelan zum Fuße der Stadtmauer. Ich sah die Palisaden, die den Wall abgrenzten, und die Wucht des Bauwerkes bedrückte mich, nahm mir den Atem. Die Stadtwache trat aus dem Schatten des Schilderhauses, und Jost zeigte ihr unsere Papiere. Obschon diese uns als Henkersleute auswiesen, scheute sich der Mann zu meinem Erstaunen nicht, unser Gepäck gründlich zu prüfen und zu durchsuchen. Erst, als er sich von unserer Harmlosigkeit überzeugt hatte, gab er uns den Weg frei, und nachdem wir unsere verstreuten Habseligkeiten wieder eingesammelt hatten, durchschritten wir schnell das Vorwerk und den Steg über den nassen Graben bis zum Hauptwall und einem vorgelagerten Tor, durch welches wir ins Freie traten. Soldaten gingen umher in österreichischen Farben; das erinnerte mich daran, daß es kaum ein Jahr her sein mußte, seit die Franzosen abgezogen waren und die

Stadt wieder unter habsburgischer Herrschaft stand. Zwischen den Kasernen und angrenzenden Häusern hindurch erblickte ich ein zweites Tor.

Wie ich später erfuhr, war es das Martinstor, und es berührte mich seltsam, daß ich den Ort, in dem ich künftig mein Leben verbringen sollte, unter dem Schutz des Namenspatrons meines Liebsten betreten hatte.

Die Gasse, welche vor uns lag, war breit und lang und voll geschäftigen Lebens. Auch hier gab es einen Stadtbach. Doch war er nicht durchgehend offen; er war stellenweise überdeckt, so daß sich Plätze bildeten, die auf der ganzen Breite für den Verkehr genutzt werden konnten. Diese Gasse schien die Stadt zu beherrschen, denn von ihr zweigten in beidseitigen regelmäßigen Abständen die Nebengassen ab, ebenfalls mit Wasserrinnen, was auf die Sauberkeit und Ordnungsliebe der Bürger hinwies. In einiger Entfernung erblickte ich einen großen Brunnen, gefolgt von einem Galgen. Es erstaunte mich, diesen in der Stadt zu finden, doch dann fiel mir ein, daß während der Besetzung die Hinrichtungen kaum außerhalb der Mauern hatten stattfinden können. Unwillkürlich lenkte ich meine Schritte dorthin, doch Jost bog gleich in die erste Nebenstraße ein, und wir folgten ihm unter den neugierigen Blicken der Umstehenden. An dieser Gasse, der Augustinergasse, bewohnten meine Schwiegereltern ein schmales Haus, welches »Zur grünen Axt« hieß. Mir war recht bange, und ich zog Barbara mit meiner freien Hand eng an mich, als wir den Vorraum betraten, der gleichzeitig als Küche diente. Meine Schwiegermutter stand bei den Töpfen, und als sie unserer ansichtig wurde, wischte sie sich mit frohem Lachen die Hände an der Schürze ab, umfaßte ihren Sohn mit beiden Armen, schaute dabei aber über seine Schulter erwartungsvoll zu uns hin. Dann trat sie auf mich zu, küßte mich auf die Wangen, hob Barbara hoch und drückte sie an sich.

»Seid mir willkommen, meine Lieben, wir erwarten euch schon seit zehn Tagen«, sagte sie herzlich mit ihrem weichklingenden Dialekt, und die Freundlichkeit dieser stattlichen Frau mit dem üppigen Busen und den roten Wangen erwärmte zutiefst meine nach Zuneigung dürstende Seele.

Ich war froh, daß Mutter unser Kommen bereits in einem Brief angekündigt hatte, denn der Gedanke daran, einfach so hereinzuplatzen, war mir die ganze Zeit über unangenehm gewesen.

Das Erdgeschoß, in dem wir standen, umfaßte zwei hintereinanderliegende Räume, von welchen der zweite als Stube diente. Dieser mündete in einen Hof, wo sich die Aborte befanden und eine Remise, in der fünf braune Hühner und ein prächtiger Gockel inmitten verschiedener Arbeitsgeräte hausten. Ich sah auch einen mit einem hölzernen Deckel abgeschlossenen Kellerhals, was auf Vorräte schließen ließ. Der Rest des Hofes war angepflanzt, der Hühner wegen eingezäunt, und alles sah recht ordentlich und friedlich aus.

Das Haus war dreistöckig. Wir wurden im obersten Geschoß in zwei enge Kammern einquartiert, wovon die eine als Stube, die andere als Schlafkammer diente. Das Ehebett war ziemlich schmal, und ich sah, daß es kaum einen Freiraum zwischen uns zulassen würde. Ich fühlte, wie mein Magen sich bei dieser Vorstellung zusammenkrampfte, und mir war plötzlich speiübel. Ein Schrank und eine wacklige Kommode mit einem Waschgeschirr vervollständigten die Einrichtung, und ich begann, unsere wenigen Kleider einzuräumen.

Die Stube war mit einem Tisch und drei Stühlen, einem Schränklein und einer Bank ausgestattet, welche an der Wand festgeschraubt war und mit einem Strohsack als Bett für Barbara diente. Das Kind zeigte keine Scheu, lief voller Begeisterung hin und her, erkundete eifrig sein neues Zuhause, und sein Geplapper mischte sich mit dem Lachen seiner entzückten Großmutter. Die beiden mochten sich vom ersten Augenblick an.

Am Abendtisch versammelten sich dann auch die andern Familienmitglieder. Mein Schwiegervater war ein ernster, etwas finster blickender Mann, aber seine Begrüßung war nicht unfreundlich, und ich fühlte mich auch von ihm willkommen, ganz im Gegensatz zu meinem Schwager Konrad, der nur flüchtig nickte, und ohne ein Wort zu sagen, sich gleichgültig gebend am Tisch hockte. Hin und wieder warf er einen mißtrauischen Blick auf Jost, was ich ihm nicht verdenken konnte, gefährdete doch der Heimkehrende seine Stellung als Nachfolger. Konrad sowie Sophie, die jüngste der Geschwister, hatten die rötlichen Haare unserer Sippe und glichen ihrem großen Bruder Jost in keiner Weise. Ich schätzte Sophies Alter auf ungefähr siebzehn Jahre. Sie musterte uns vergnügt und voller Interesse und schob Barbara, die neben ihr saß, einen Bissen nach dem anderen zu. Ihre beiden älteren Schwestern, deren Zimmer wir nun bewohnten, lernte ich nicht kennen, denn sie waren bereits verheiratet und mit ihren Männern in entfernteren Orten ansässig.

Dann war da noch ein mageres, schlaksiges Mädchen

mit strähnigem Haar, das während der ganzen Mahlzeit keinen Blick von Jost ließ. Voller Bewunderung verfolgte sie jede seiner Bewegungen und scheute sich nicht, beim Abräumen sich so über ihn zu beugen, daß eine ihrer Brüste ihn an der Schulter streifte. Sie hieß Alwine, war die Tochter des Abdeckers und als Magd angestellt, wohnte aber nicht im Haus. Ich sah, daß meine Schwiegermutter über das ungehörige Gebaren Alwines die Stirn runzelte, und fragte mich, was sie wohl sagen würde, wenn sie von meiner Gleichgültigkeit diesem Vorfall gegenüber gewußt hätte.

Das Essen war wohlschmeckend und nahrhaft, doch der Wein dünn und mit zu viel Wasser versetzt. Es erstaunte mich, daß Jost ihn ohne Bemerkung trank. Nach der Mahlzeit verschwanden die Männer in die hintere Stube. Alwine fütterte zusammen mit Barbara die Hühner, Schwiegermutter hatte sich ein Tuch umgebunden und das Haus verlassen. Sophie und ich räumten Tisch und Küche auf.

»Ihr seid genau zur richtigen Zeit gekommen«, meinte sie lebhaft. »Ohne euch hätten wir Soldateneinquartierung erhalten, und das ist meistens sehr unangenehm. Anmaßend, wie sie sind, nehmen sie alles für sich in Beschlag, und ihre Weiber sind faul und frech.«

»Schützt euch denn nicht der Henkersstand vor solchem? Ich kann mir nicht vorstellen, daß jemand in einer Wohnung mit uns Ausgestoßenen leben möchte.«

Sie lachte.

»Nun, einen Offizier hätten sie uns kaum zugeteilt, eher irgendein übles Subjekt mit seiner Hure, wie es sie eben im Gefolge eines Heeres immer gibt. Aber diese Gefahr ist ja nun gebannt. Es ist schon besser, mit der eigenen Familie zusammenzuleben. – Wenn du magst, zeig ich dir morgen die Stadt, da ist Markttag.«

Ausgelassen hüpfte Barbara vor uns her, die Stoffpuppe im Arm, die sie von Großmutter bekommen hatte. Sophie, ebenso guter Dinge, ließ im Bewußtsein unserer Unantastbarkeit ihre Röcke wehen und schaute selbstbewußt und keck in die uns umgebenden Gesichter. Hin und wieder ließ sie den Warnruf ertönen und genoß es sichtlich, die Leute zurückweichen zu sehen. Sie gefiel mir, erinnerte sie mich doch an mich selbst, so, wie ich einmal gewesen war, vor langer Zeit.

Die sogenannte »große Gass« war voller Leute und Karren. Der vielfältige, oft strenge Geruch von Mensch und Pferd, gewürzt mit einem Hauch von Lederfett und Rosenwasser, durchzogen vom scharfen Kohlenfeuerdunst der Gassenküchen, hing zwischen den Häusern und mischte sich mit dem Duft des frischen Brotes der Weiß- und Schwarzbäcker.

Auch das Warenangebot der Metzger schien mir recht dürftig, hingen doch bloß einige Kälberviertel und Schweinehälften von den Sparren. Am Fischbrunnen priesen die Fischweiber lauthals ihre Ware an, die sie lebend aus dem Wasser zogen und an Ort und Stelle töteten und ausnahmen. Ihre Hände und Gesichter waren voller Schuppen, die in allen Regenbogenfarben glänzten, und ihre Schürzen troffen vor Nässe.

Beim gotischen Brunnen bogen wir in eine Gasse ein, in der die Lugstühle der Krämer standen, bei denen wir uns eine ganze Weile aufhielten. Es gab da wunderschöne Klöppelarbeiten, das Feinste, was ich je gesehen hatte: farbige Seidenbänder, goldfädendurchwirkte Borten, Hutschnüre, Pelzwerk und feine, tief ausgeschnittene Hemden, wie sie hier die Mädchen und Frauen ohne Scheu trugen. Allerdings fanden sich für all die herrlichen Dinge nur wenig Käufer, Geld schien kaum vorhanden, was auch den zum Teil recht abgetragenen und vielfach geflickten Gewändern der Einheimischen anzusehen war. Das Volk begnügte sich mit Schauen.

Vor den Verkaufsständen auf dem Münsterplatz herrschte ein großes Gedränge. Auch da war das Warenangebot nicht so reichlich und vielfältig wie in Bern. Die Feldfrüchte und das Gemüse waren teuer, es wurde erbittert darum gefeilscht. Wein war nur in geringer Menge vorhanden, und auf meine erstaunte Frage sagte Sophie:

»Während der ganzen Belagerungszeit konnten wir keine Reben anbauen. Wir müssen den Wein von auswärts einführen. Auch unsere Landwirtschaft liegt brach, wie du vielleicht gesehen hast. Wir haben nur das, was wir in unseren kleinen Gärten in den Hinterhöfen anpflanzen. Aber jetzt wird alles besser werden. Der neue österreichische Festungskommandant ist freundlich, und wir hoffen, daß er nichts dagegen hat, daß sich die einstigen Bewohner der Vorstädte wieder vor den Toren ansiedeln – wie früher. Bereits ist ein Ballier daran, seine Steinschleife in der Wiehre neu einzurichten, und andere werden es ihm bestimmt gleichtun. Der Magistrat hat beschlossen, ein neues Armen-Spital zu errichten als Ersatz für das zerstörte in der Neuburg. Auch eine Kirche mit Pfarrhaus soll entstehen, und so ist die Grundlage für einen neuen Aufbau gegeben. Bestimmt werden auch wir bald dort hinausziehen. Vor der Besetzung wohnte der Scharfrichter in Neuburg, wo auch das Frauenhaus stand – und noch früher ganz außerhalb der Mauern.«

»Was ist ein Ballier?« fragte ich neugierig, und Sophie zog mich durch die Menge vor einen Stand ganz am Ende der Reihe, und zum ersten Mal sah ich den Stein, dessen Schönheit mich nie wieder loslassen sollte – den blutroten Karfunkel.

Obschon dieser Edelstein in vielen verschiedenen Arten vorkommt, je nach seiner Zusammmensetzung und seinem Fundort, scheint mir in meinen Augen keine andere Farbe so vollkommen wie das Rubinrot des böhmischen Granaten. Etwas später sollte ich zu meiner Freude von meiner Schwiegermutter als Einstandsgeschenk in ihre Familie einen solchen Schmuckstein erhalten. Da er von ihr kam, getraute sich Jost nicht, ihn mir wegzunehmen, obschon ihm dies sicherlich große Genugtuung bereitet hätte.

Der junge Mann, dem der Stand gehörte, war in ein Gespräch mit einem Händler vertieft, der ihm offensichtlich Rohgestein verkaufen wollte. Sophie ließ keinen Blick vom hübschen Gesicht des jungen Balliers.

»Siehst du«, sagte sie etwas atemlos, »das ist ein Ballier. Er schleift die Rohsteine zu den köstlichsten Kleinodien. Freiburg war berühmt für seine Granaten und Edelsteine.«

»Und jetzt nicht mehr?«

»Nun, die Granatschleifen wurden, wie alle Häuser der bewohnten Gebiete außerhalb der Mauern, dem Erdboden gleichgemacht. Wegen der Schußlinie der Kanonen, weißt du. Damit einer Verteidigung nichts im Wege stand. Dafür wurde dann das Bollwerk gebaut, dem nochmals viele Wohnhäuser zum Opfer fielen. Deshalb leben wir in der Stadt so gedrängt beieinander. Die obdachlos gewordenen Menschen mußten ja irgendwo unterkommen.«

Während unserer Unterhaltung hatte der junge Steinschleifer einige Male zu uns herübergeschaut, und Sophie hatte plötzlich rote Wangen und glänzende Augen. Heftig faßte sie nach meiner Hand und zog mich weg, zum gegenüberliegenden Kaufhaus, unter dessen Lauben die Händler ein- und ausgingen, um ihre eingeführten Waren verzollen zu lassen. Dies war ein prächtiges Gebäude, wie ich seinesgleichen noch nie gesehen hatte, mit Mauern aus rotem Sandstein, mit zwei schlanken Erkern und einer Balustrade vor den hohen Fenstern, unterteilt durch die Skulpturen wohl sehr berühmter Bürger.

»Komm, ich zeige dir unseren Platz im Münster«, sagte Sophie. Barbara trabte neben uns her, und so schoben wir uns durch die Menge zum Turmportal. Auch das Münster war aus rotem Sandstein. Durch das fein abgestufte Turmportal betraten wir die Vorhalle, die hier Vorzeichen genannt wurde, wo die Bettler sitzend und liegend um Almosen baten. Das umgehängte Schild mit dem Wappen der Stadt kennzeichnete ihr Bettlerrecht und wies sie als Einheimische aus. Über dem Hauptportal war, wie in Bern, mit einer Fülle von Figuren das Jüngste Gericht dargestellt. Eine wunderschöne gekrönte Madonnenstatue vor dem Mittelpfeiler des Langhausportales nahm meine Aufmerksamkeit gefangen. Ihre Gesichtszüge erinnerten mich an die Art der einheimischen Frauen, denen ich bis jetzt begegnet war, und ihre königliche Haltung wurde unterstrichen durch den Faltenwurf ihres Sternengewandes und des Zepters in ihrer zartgliedrigen Hand. Das Gesicht des Kindes auf ihrem Arm, das mit seinen Fingerchen ihren Daumen umschloß, war fein modelliert, und sein gebeugtes Köpfchen ließ die schwere Last erahnen, die es in dieser Welt zu tragen haben würde.

Die Tiefe des Bauwerks wurde begrenzt durch den Lettner, der den Chor und den Hochaltar vor den Gläubigen verbarg und dem Ort viel von seiner Großzügigkeit nahm. So wirkten die mächtigen, von gebündelten, schlanken Säulen umgebenen Pfeiler des Mittelschiffes, welche am Scheitel des Kreuzrippengewölbes durch goldene Rosetten gleichsam zusammengehalten schienen, wuchtig und etwas bedrückend. Aber die Vielfalt der Figuren, die Üppigkeit der auserlesenen Verzierungen und die wunderschönen, farbigen Fenster beeindruckten mich sehr, war ich solche Zierart in unseren Kirchen nicht gewohnt. Barbara war ganz nahe an mich herangetreten, hatte ihre Hand in die meine geschoben und schaute mit verträumten Augen in die lebenden Lichter der Kerzen, welche unter einer Heiligenstatue brannten. Das leise Murmeln der vereinzelt betenden, kauernden, in ihre Andacht versunkenen Gestalten erfüllte den Raum, und erst das Geflüster Sophies brachte uns in die Wirklichkeit zurück. Ungeduldig zerrte sie an meinem Arm und flüsterte:

»Was habt ihr denn, kommt schon endlich, ich will euch doch unseren Platz zeigen!«

Sie führte uns zu einem Portal an der südlichen Längsseite des Münsters und deutete auf zwei kurze, querstehende Bänke neben dessen Eingang. Ich nickte beifällig, denn ich sah, daß wir diesen Ort erreichen konnten, ohne lange durch die Kirche gehen zu müssen. Wir liefen so nicht Gefahr, die Bürger zu behelligen. Allerdings war er dem Zugwind ausgesetzt und der Blick ins Mittelschiff durch eine Säule versperrt. Aber damit war zu leben. Beim Hinausgehen bemerkte ich an der Außenseite des Portals einen in Mannshöhe angebrachten goldenen Ring mit Löwenkopf. Auf meine Frage meinte Sophie:

»Es ist ein alter Brauch. Jeder, der ihn berührt, erhält Kirchenasyl. Aber ich glaube nicht, daß diese Regelung noch viele kennen. Auf jeden Fall kann ich mich nicht daran erinnern, daß es jemand angefordert hätte.«

Vor dem Kornhaus, der sogenannten Metzig, hatte mittlerweile eine Schaustellergruppe ihre Bühne errichtet, und viel neugieriges Volk drängte sich um sie. Ihr Lachen schallte über den Platz, und ich hob Barbara hoch, um sie am Geschehen teilhaben zu lassen. Auch Sophie stellte sich auf die Zehenspitzen, um über die Köpfe hinweg einen Blick zu erhaschen, was ihr aber nur schlecht gelang, und sie rief die Warnung, um uns Zutritt zu verschaffen. Es bildete sich auch sogleich eine Gasse, und wir konnten ungestört der Geschichte folgen, die, wie fast immer, von einem trotteligen Ehemann, dessen schöner Frau und deren jungem Geliebten handelte. Am Schluß, bevor die Almosenschale herumgereicht wurde, kündigte der Ansager den wildesten Bären aller Zeiten an. Zur Belustigung der Umstehenden wurde ein trauriges Exemplar dieser Gattung auf die Bühne gezerrt, dessen Fell schmutzig und zerfressen aussah. Hilflos, aus der im Maulkorb gefangenen Schnauze geifernd und keuchend, ließ es die Neckereien der Truppe über sich ergehen. Der Ausrufer bot demjenigen, der das Tier dazu bringen konnte, sich auf die Hinterbeine zu stellen, einen Hälbling, und einige Burschen aus dem Publikum versuchten unter dem Gelächter der Zuschauer ihr Glück. Schreiend hieben sie auf den Bären ein, der mit verstörtem Blick um sich sah und sich trotz der Fußtritte nicht zum Aufstehen bewegen ließ. Dieses Spektakel war nichts unübliches, aber das Tier tat mir trotzdem leid, und ich wandte mich ab. Auch Barbara war betroffen.

»Warum tun sie das, Mutter?« fragte sie klagend.

»Es ist nur ein Spiel, komm, Laß uns gehen.«

»Aber sie tun ihm weh, schau nur, er weint.«

In diesem Moment sah ich Mathieu. Er drängte sich nach vorne und sprach kurz mit dem Ausrufer. Dieser hieß die Burschen zurücktreten und kündete mit übertriebenen, weitausholenden Gesten einen neuen Bewerber an, der sich zutraue, mehr zu können als nur Brot zu essen. Erwartungsvolle Stille breitete sich aus. Mathieu trat nahe an den Bären, legte ihm die Hand zwischen die Ohren und kraulte ihn. Seine Lippen bewegten sich, er flüsterte und dann zog er seine Flöte aus dem Wams. Die Melodie, die er nun spielte, hatte ich noch nie gehört, aber die Töne waren von vertrauter Art, dunkel, schwer, einschläfernd.

Die Menge stand ganz still. Und dann hob der Bär seinen Kopf, seine Nase zuckte, und die stumpfen Augen bekamen einen neuen Glanz. Leise brummend hob er seinen schweren Körper und stellte sich wie auf einen unsichtbaren Befehl mit einem Ruck auf die Hinterbeine. Mathieus Melodie veränderte sich, wurde leichter, fröhlicher, und das Tier bewegte sich im Takt hin und her und ringsherum. Begeistert applaudierten die Leute, sie waren hoch entzückt, und dementsprechend reichlich flossen die Münzen. Barbara frohlockte.

»Hast du's gesehen, Mutter? Der Bär hat ihm gehorcht, mein Mathieu hat gewonnen, er hat gewonnen!«

Sie hüpfte auf und nieder und winkte wild mit den Armen, und »ihr« Mathieu schaute zu uns her und steckte lachend den gewonnenen Hälbling ein. Mit einer Kopfbewegung bedeutete er mir, daß er mich sprechen wollte. Erst jetzt merkte ich, daß Sophie nicht mehr bei uns war. Ich entdeckte sie auch nirgends, was mir eigentlich ganz recht war. Ich hätte sonst seinetwegen zu viele Erklärungen abgeben müssen. So folgte ich Barbara durch die sich zerstreuenden Zuschauer hinter die Bühne. Mathieu stand mit dem Schausteller zusammen und horchte aufmerksam dessen eifrigem Gespräch. Dann reichten sie sich die Hände, und Mathieu kam zu uns herüber.

»Er will, daß ich seinen Bären dressiere. Ich habe ihm offenbar Eindruck gemacht«, schmunzelte er und steckte Barbara die eben gewonnene Münze zu.

»Kauf dir was Schönes, mein Mädchen«, sagte er voller Zärtlichkeit, und Barbara schlang die Arme um ihn und küßte ihn auf die Wange.

»Und – tust du es?«

»Ich habe mir Bedenkzeit erbeten. Ich weiß noch nicht – vielleicht solange er hier in der Gegend bleibt. Ich überlege es mir.«

»Was willst du sonst machen, gehst du wieder nach Bern?«

»Die Postkutsche fährt erst übermorgen zurück, bis dahin betreue ich noch die Pferde; und dann – habe ich dir nicht gesagt, daß ich in eurer Nähe bleiben werde? Jedenfalls bis ich weiß, daß es euch hier gutgeht. Deine Eltern wären sonst bestimmt unzufrieden mit mir.«

»Ich danke dir«, sagte ich erleichtert. »Wo wirst du wohnen?«

»Genau deshalb wollte ich mit dir sprechen. Ich habe mich mit einem der Bettler aus dem Vorzeichen angefreundet. Er hat mich in ihre Gilde eingeführt, welche mich nach langer Ausfragerei nach dem Woher und Wohin und auch meines Buckels wegen aufgenommen hat. So habe ich vorläufig diesbezüglich keine Sorgen. Jedenfalls nicht, solange ich jeden Tag die paar Rappen, die es kostet, bezahlen kann. Wenn du mich also sprechen willst, halte dich an den zweiten Bettler von rechts, der mit dem Holzbein, das ist Thomas, er wird mir Bescheid geben.« Er schaute über meine Schulter und meinte:

»Ich glaube, deine Schwägerin sucht dich. Es ist besser, wenn man uns nicht zusammen sieht, Jost braucht noch nicht zu wissen, daß ich hier bin. Lebt wohl und seid guten Mutes.«

Damit verschwand er in der Menge, und ich wandte mich Sophie zu, ohne zu fragen, wo sie gewesen war, denn ich hatte anderes zu bedenken.

Jost saß in der Küche vor einem Krug Bier, einem Getränk, das hier oft und gerne getrunken wurde, und Alwine saß dicht daneben und schmachtete ihn an. Sie rückte schnell etwas von ihm ab, als sie uns kommen hörte, stand dann auf und gab sich geschäftig, indem sie den Tisch abwischte, mir aber gleichzeitig einen frechen Blick zuwarf. Ihre Bewegungen waren träge und irgendwie herausfordernd, und Sophie, die es auch bemerkt hatte, wies sie barsch an, die eingekauften Lebensmittel in der Speisekammer zu versorgen.

»Laß dir von ihr nichts gefallen«, flüsterte sie mir zu; »sie benimmt sich unmöglich, wenn sie ein Mannsbild sieht.«

Jost sah mich lauernd an, und ich bemerkte, daß er betrunken war. Auch Barbara kannte diesen Zustand, machte sich so klein als möglich und schlüpfte die Treppe hinauf in unsere Kammern. Ich hatte mich schon oft gewundert über dieses Kind, das imstande war, Stimmungen zu erfühlen, und sich trotz seiner Jugend den Gegebenheiten anpaßte, ohne Fragen zu stellen. Die wenigen Male, da sie versucht hatte, sich ihrem Vater zu nähern, waren so erschreckend verlaufen, daß sie sich in der Folge davor hütete. Grob hatte er sie zurückgestoßen und gebrüllt:

»Geh mir aus den Augen, du verdammtes Balg.«

Seit dieser Zeit versuchte sie es nicht wieder, und Jost beachtete sie so wenig wie einen herrenlosen Hund. Sie entwickelte eine Fähigkeit, ihm aus dem Weg zu gehen, die mich erstaunte. Dabei schien sie sich aber nicht vor ihm zu fürchten, nahm diesen Zustand hin als gegeben und richtete sich danach. Damit leistete sie ihren Beitrag dazu, daß unser Zusammenleben halbwegs erträglich blieb. Ich hätte mich sogar in unserer neuen Heimat wohl fühlen können, hätte Jost nicht mit seiner dumpf brütenden Gegenwart bei jeder Mahlzeit eine beklemmende Stimmung geschaffen. Er achtete weder auf die aufmunternden Worte seiner Mutter noch auf die lustig erzählten, täglichen Begebenheiten Sophies, und wenn mein Schwiegervater nicht anwesend war, riß er die Rolle des

Hausherrn an sich und gebärdete sich anmaßend. Konrad beobachtete ihn mit dem größten Unbehagen, was ich wohl verstand, denn schon mehrmals war es geschehen, daß Jost ihn vor aller Leute Augen auf das Gröbste gemaßregelt hatte. Es schien ihm eine seltsame Freude zu bereiten, den jüngeren Bruder mit Worten abzuwerten, und es war nur eine Frage der Zeit, bis dieser zurückschlagen würde.

Jost ging meistens jeden Abend aus und blieb bis zum Morgengrauen weg, was eine große Erleichterung für mich war. Kam er doch einmal früher nach Hause, warf er sich angezogen auf unser gemeinsames Bett, rücksichtslos und ohne sich um mich zu kümmern. Ich hatte mir angewöhnt, aus den Tüchern zu schlüpfen, schon wenn ich seine unsicheren Schritte auf der Treppe hörte. Sobald er seinen Rausch schnarchend auszuschlafen begann, huschte ich zu Barbara hinüber, um auf einer der harten Stabellen, eingehüllt in mein Umschlagtuch, den Morgen zu erwarten.

Ich wußte, früher oder später würde sein Benehmen und unser seltsames Verhältnis meine Schwiegereltern zu Fragen veranlassen, und davor graute mir.

Noch immer trank ich den Kräutertee, der mich vor einer Schwangerschaft bewahren sollte. Am Anfang brühte ich ihn mir heimlich an, doch schon bald hatte ich herausgefunden, daß weder Sophie noch meine Schwiegermutter besonders kräuterkundig waren. Natürlich wußten sie von den Salben und Tränklein, die zur Pflege der Gefolterten benutzt wurden und die sie auch selbst zubereiteten, aber damit hatte es sich. Um aber ganz sicherzugehen, erwähnte ich verschiedentlich meinen empfindlichen Magen, so daß niemand etwas dabei fand, daß ich jeden Tag zu dessen Beruhigung meine »Medizin« trank.

Die Bemühungen meines Schwiegervaters, Jost als Tammer einzustellen, waren vom Festungskommandanten abgelehnt worden mit der Begründung, solange die Stadt von seinem Regiment beschützt werde, brauche es keinen zusätzlichen Henkersknecht. Das entsprach aber nicht den Tatsachen. Wohl hielt er seine Leute in Zucht und Ordnung, doch das Gelichter, das immer und überall im Gefolge von Militär anzutreffen war, gab es auch hier und war keinen Deut besser als anderswo. Am unflätigsten benahmen sich die aus französichen Diensten Entlassenen, die nun – brotlos geworden – durch die Gegend streiften, stahlen, vergewaltigten und zuweilen gar mordeten. Die fahrenden Händler, Quacksalber, selbsternannten Prediger und Arbeitsscheuen, die Marketenderinnen und Dirnen sorgten ebenfalls für Unruhe und Schlägereien, so daß sich kein unbescholtener Bürger nach Einbruch der Dunkelheit gerne auf der Gasse zeigte. So wäre meinem Schwiegervater ein zusätzlicher Knecht hoch willkommen gewesen, denn fast jeden Tag stand jemand am Pranger oder in der Trülle, mußte gebrandmarkt oder ausgepeitscht werden. Natürlich zog er Jost trotzdem zu Hilfe, was sich ja auch gehörte, wohnten und aßen wir doch zu dritt in seinem Haus. Doch Geld erhielt er keines, außer wenn ihm sein Vater hin und wieder aus lauter Freundlichkeit von seinem eigenen Lohn abgab – von dem ich nie auch nur einen Pfennig zu sehen bekam.

Um ebenfalls etwas zum Unterhalt der Familie beizutragen, begann ich wie in Bern, Kräuter zu sammeln, welche ich vor den Toren der Stadt reichlich fand. Auf dem unbebauten, verwahrlosten Land hatte das Unkraut, das für mich so wertvoll war, dicht und vielfältig zu wuchern begonnen und überdeckte unaufhaltsam die häßlichen Narben des Krieges. Ich genoß die Freiheit, die mir diese Arbeit ermöglichte, und bald kannten mich die Wachen, so daß ich den Passierschein, den alle Einwohner auf sich tragen mußten, kaum mehr gebraucht hätte. Durch den Schutz unseres Standes und solange ich mich in Sichtweite der Wache befand, fühlte ich mich vor Überfällen sicher genug und nahm deshalb meistens Barbara mit, die diese Gänge ebenso liebte wie ich. Noch war sie mir keine große Hilfe, doch lernte sie auf diese Weise die Namen der Heilkräuter, ihre Giftigkeit oder Harmlosigkeit und deren Verwendung kennen. Zudem ersann ich ein Spiel, das uns beiden Freude machte: Unverhofft deutete ich auf eine Pflanze, und wenn Barbara sie mit Namen nennen konnte, durfte sie sich ein Lied wünschen, wobei sie jedesmal selbst kräftig mitsang. Sie war sehr lernwillig, und deshalb suchte ich mir eines Tages nach unserer Mittagsrast einen kurzen, kräftigen Stock, mit dem ich die drei ersten Buchstaben des Alphabets in den Boden ritzte. So begann ich noch vor dem fünften Altersjahr damit, meine Tochter zu unterrichten, wohl wissend, daß es das einzige war, das ich ihr für ihren späteren Lebensunterhalt mitgeben konnte.

Bei unseren Streifzügen trafen wir gelegentlich Mathieu. Er hatte die Arbeit als Bärenbändiger angenommen und sich verpflichtet, das Tier, das – an die Menschen gewohnt – keinen Winterschlaf machte, gegen ein kleines Entgeld im Frühjahr, wenn die Truppe wiederkam, gepflegt und dressiert zurückzugeben. Das war sehr schlau von dem Besitzer, denn so mußte er den Bären nicht durchfüttern. Wie aber Mathieu das anstellen wollte, war mir nicht klar. Doch hingen Mensch und Tier in so augenscheinlicher Zuneigung aneinander, daß ich mir diesbezüglich Bemerkungen verkniff. Seit den paar Wochen, in denen sich Mathieu um sein Wohlergehen sorgte, hatte sich Abar, wie er ihn nannte, auffallend gut erholt. Er sah keineswegs mehr verwahrlost aus. Die zerlöcherten Stellen seines Pelzes waren nachgewachsen, die Wunden verheilt, und er hatte sich sogar ein kleines Ränzchen angefressen. Gutmütig brummend und zutraulich begrüßte er uns und ließ Barbara auf seinem Rücken reiten und an seinem Fell zausen.

An einem solchen Treffen händigte mir Mathieu einen Brief meiner Mutter aus, indem sie uns auf die Möglichkeit aufmerksam machte, Gnadengesuche für die auf den Galeeren gefangengehaltenen Täufer einzureichen. Es waren nun beinahe fünf Jahre her seit unserem gewaltsamen Abschied. Meine Liebe zu ihm hatte sich nicht verändert, und der Gedanke daran, endlich etwas für ihn tun zu können, gab mir neuen Auftrieb, ließ meine Hoffnung, ihn jemals wiederzusehen, neu erwachen. Voller Eifer machte ich mich daran, eine Bittschrift an unsere Gnädigen Herren in Bern zu verfassen, und da ich diese Mathieu nicht erst bei unserem nächsten Treffen übergeben wollte, begab ich mich ins Vorzeichen, um Thomas, den Einbeinigen, aufzusuchen. Es war nicht das erste Mal, daß er unsere Botschaften vermittelte, und so ahnte ich nichts Böses.

Doch es muß in der Natur des Menschen liegen, daß er immer wieder in dieselben Fehler verfällt, und – begriffsstutzig – nichts gelernt hat aus bereits erwachsenem Schaden. Es kann auch sein, daß mich das Hochgefühl, welches mich erfüllte, leichtsinnig machte, denn ich ließ meine gewohnte Vorsicht fallen und übergab Thomas das gewichtige Schreiben, ohne mich umzusehen. So war es denn wiederum ein Blatt Papier, das mein Schicksal in Bahnen lenkte, die nicht vorauszusehen waren.

Am nächsten Tag vermißte ich den Brief meiner Mutter, den ich in der Tasche meines Kleides versteckt gehalten hatte. Das beunruhigte mich sehr, und ich war froh, in dieser Woche – zusammen mit Alwine – den Hausdienst verrichten zu müssen. Diese Arbeitseinteilung, die wir Frauen unter uns getroffen hatten, war äußerst zweckmäßig, gab es uns doch ein Höchstmaß an Abwechslung. Sobald wir also alleine waren, wies ich Alwine an, in der Küche fertig zu machen und das im Hofe spielende Kind im Auge zu behalten, während ich oben mit Aufräumen beginnen wollte. Hastig durchsuchte ich unsere beiden Kammern, konnte aber nichts finden, begann nochmals von vorne, jedoch mit dem gleichen Mißerfolg. Ratlos setzte ich mich auf den Rand des noch ungemachten Bettes, als ich den Schritt meines Mannes im Treppenhaus vernahm. Von einer dunklen Ahnung erfüllt, begann ich – mich geschäftig gebend –, die Tücher zu glätten. Aus den Augenwinkeln sah ich, daß Jost an der offenen Türe stehengeblieben war und sich an den Türstock lehnte. Er schaute schweigend und mit hinterhältigem Lächeln meinem Treiben eine ganze Weile zu, was mir beinahe unerträglich wurde. Ich kannte dieses Lächeln, das nur für Außenstehende freundlich wirkte, kannte das Glitzern in seinen zusammengekniffenen Augen und die betont lockere Haltung, hinter der sich jedoch die Anspannung eines Tieres verbarg, das im Begriffe war, mit einem Sprung seine Beute niederzustrecken. Der Atem wurde mir eng.

»Hast du etwas vergessen?« fragte ich endlich, und meine Stimme hörte sich zu meinem Schrecken kraftlos und winzig an. Das schien ihn zu erheitern. Mit spitzen Fingern zog er zwei beschriebene Blätter aus seiner Tasche und schwenkte sie genüßlich vor meinen Augen hin und her. Mit Entsetzen erkannte ich Mutters Brief und die Bittschrift, die ich Thomas gegeben hatte, bezwang aber die Regung, danach zu greifen. Ich wußte genau, das wäre ein nutzloses Unterfangen gewesen und hätte bloß sein Vergnügen erhöht. So zuckte ich bloß die Schultern und wandte mich ab. Seine Stimme klang gefährlich sanft, als er nun fragte:

»Kannst du mir erklären, meine Süße, was die Frau eines Henkerknechts mit einem einbeinigen Krüppel zu tun hat?«

Ich schwieg, und er fuhr fort:

»Komm her, Alwine, und sage mir, wo sie gestern war. War sie bei Thomas, he, war sie das?«

Ich sah, daß Alwine aus dem Dunkeln des Treppenaufganges getreten war. Ihre Wangen zeigten rote Flecken, und sie barst beinahe vor Wichtigkeit.

»Das war sie, ich hab' es gesehen – mit meinen eigenen Augen hab' ich es gesehen.«

»Was hast du gesehen? Erzähl es uns, Alwine!«

»Wie sie dem Einbeinigen einen Brief gegeben hat, das hab' ich gesehen.«

»Schwörst du es, Alwine?«

»Ich schwöre es!«

»Und was hast du dann getan?«

»Ihn ihm abgekauft, wie du es mir gesagt hast.«

»Für wie viel, Alwine, für wie viel?«

»Unter einem Hälbling wollte er es nicht tun.«

Jost lachte hämisch. »Für einen Hälbling hat er dich verraten, meine Süße, was sagst du jetzt?«

Auch dazu gab es nichts zu sagen, so schwieg ich weiter.

Mit einem Schritt war er neben mir und riß mich herum. Das Lächeln war einer wutverzerrten Maske gewichen, und ehe ich zu meinem Schutz die Arme über den Kopf heben konnte, klatschte seine Hand in mein Gesicht. »Dreckige Hure!« brüllte er, und ich roch den Branntwein, »steckst du also immer noch mit deinem gottverdammten Ketzer unter einer Decke!« Unter wüsten Verwünschungen hieb er auf mich ein, begleitet von Alwines schrillem Gelächter.

Ich weiß nicht mehr, wie kurz oder wie lange es gedauert hatte, bis ich die kleine Stimme vernahm. Aus verschwollenen Augen sah ich, wie meine Barbara sich an Josts Wams gehängt hatte, mit den Füßen nach ihm stieß und versuchte, ihn von mir fortzuziehen.

»Aufhören«, schrie sie tränenüberströmt, »aufhören, du sollst Mutter nicht schlagen.«

Aber das Kind war für Jost nicht mehr als eine Fliege, und wie eine Fliege wischte er sie von sich weg. Wie in einem Nebel sah ich, wie die kleine Gestalt durch das Zimmer schlitterte und gegen den Türpfosten prallte. Mit letzter Kraft kroch ich zu ihr hinüber, und während ich ihren leblosen Körper in meine Arme nahm, hörte ich, wie sich mein Mann und Alwine auf unserem Ehebett liebten.

Der Zustand Barbaras war so schlecht, daß ich mich um nichts anderes mehr kümmerte als um ihre Pflege. Selbst arg mitgenommen und voller Schmerzen, überstieg diese Aufgabe beinahe meine Kräfte, aber ich ließ niemanden an ihr Lager. Auch die behutsamen Worte meiner Schwiegermutter und Sophies erreichten mich kaum. Ich ahnte, daß die Familie nun über Barbaras Herkunft unterrichtet und ich ihrer Verachtung sicher war. Ich bemerkte nicht, daß Jost und Alwine das Haus verlassen hatten, geschweige was ich aß oder trank. Mechanisch wechselte ich die Umschläge auf ihrer Stirn und den Verband über der häßlichen Wunde an ihrem kahlgeschorenen Hinterkopf und horchte auf die leisen Atemzüge, die mir anzeigten, daß sie lebte.

Alles andere zählte nicht mehr für mich, war ohne Bedeutung, und erst als sie nach drei mir endlos scheinenden Tagen aus ihrer Bewußtlosigkeit erwachte, ließ ich mich gehen und trat den Platz an ihrem Lager an Sophie ab. Mein geschundener Körper brach zusammen, und so fiel ich nun meinerseits in die Tiefen des Vergessens. Tauchte ich daraus hervor, fühlte ich mich so erschöpft, daß ich keinen einzigen Gedanken zu Ende denken konnte und mich erneut in diese Leere flüchtete, wo ich keinen Schmerz und kein Leid mehr empfand. Allem, was mich hätte bedrängen können, entwischte ich auf diese Weise, wiegte meine ermattete Seele in der stillen Dunkelheit meiner selbst. Kann sein, daß ich gestorben wäre, denn auch mein Wille war zusammengeschrumpft, hatte sich wie ein kleines, zerknülltes Etwas in dieser Dunkelheit verkrochen, und ihn aus seinem Winkel hervorzuzerren erschien mir nicht der Mühe wert.

Ich weiß nicht, welche Faser meines Geistes es war,

die die Verbindung aus dieser Abgeschiedenheit zur Außenwelt immer noch aufrechterhielt. Tatsache ist, daß ich die Worte klar und deutlich hörte. Sie widerhallten in mir wie in einem leeren Raum, zitternd und ungeordnet, verfestigten sich, standen auf einmal still, waren einfach da.

»Sie wird sterben, wenn sie heute von der Brühe auch wieder nichts nimmt.«

Mein Geist nahm also diese Botschaft auf, drehte sie um und um, langsam und bedächtig, als wüßte er nichts damit anzufangen, versuchte, sie abzuschieben, wegzuwischen. Doch die Botschaft ließ sich nicht wegwischen, wuchs vielmehr ins Riesenhafte, scheuchte den zerknitterten Willen aus seinem Versteck und hieß mich die warme Brühe trinken, löffelweise, immer und immer wieder, bis meine erlahmten Kräfte sich neu zu regen begannen.

Meine Genesung schritt nur langsam voran. Schwiegermutter und Sophie bemühten sich um mich, und hin und wieder steckten Schwiegervater oder Konrad den Kopf zur Tür herein, um sich nach meinem Befinden zu erkundigen. Am liebsten aber hatte ich, wenn Barbara bei mir war. Sie hatte sich schnell und gut erholt. Ihre Haare begannen nachzuwachsen und die Narbe zu überdecken. Ihr fröhliches Wesen und die kleinen Liebesdienste, die sie mir erwies, trugen viel zu meiner Stärkung bei, und es kam der Tag, an dem ich zum ersten Mal aufstehen durfte. Von da an ging es schnell aufwärts, denn ich war ja noch jung. Mein Lebensmut regte sich wieder und damit auch die Frage nach unserer Zukunft. Nur ganz dunkel erinnerte ich mich an heftige Wortwechsel, die im ganzen Haus zu hören gewesen waren, konnte mir aber kein Bild des Geschehens machen. Da Jost und Alwine verschwunden waren und auch niemand den Makel von Barbaras Geburt erwähnte, fand ich es an der Zeit, selbst die Sprache darauf zu bringen. Die Gelegenheit ergab sich eines Nachmittags. Die beiden Männer waren auswärts, und Barbara von Mathieu, der sich schon verschiedene Male nach meinem Ergehen erkundigt hatte, zu einem Spaziergang mit Abar abgeholt worden. So waren wir drei Frauen alleine zu Hause und beschäftigten uns mit dem Ausbessern unserer Kleider. Da ließ ich die Nadel sinken.

»Was ist geschehen?« fragte ich und an dem Blick, den die beiden Frauen sich zuwarfen, erkannte ich, daß sie wußten, was ich meinte.

»Es war schrecklich«, sagte Sophie lebhaft, offenbar froh über meine Frage, doch Schwiegermutter warf ihr einen neuerlichen Blick zu, worauf sie schwieg.

»Wo ist Jost?« versuchte ich es weiter, entschlossen, endlich Klarheit zu schaffen.

»Er wohnt nicht mehr hier«, meinte Schwiegermutter, »aber es ist wohl das Beste, wenn wir dir alles von Anfang an erzählen. Warte.«

Sie erhob sich, verschwand in der Küche und kam bald darauf mit drei dampfenden Bechern zurück, aus denen der angenehme Geruch der Kräutermischung strömte, die ich zusammengestellt hatte.

»Hier«, meinte sie und stellte je einen vor uns hin, indem sie unsere Näharbeiten zur Seite schob.

»Wir haben uns ohnehin eine Pause verdient.«

»Als wir an jenem Abend nach Hause kamen«, begann sie, »schien das Haus leer und ausgestorben. So riefen wir nach dir, und als keine Antwort kam, stiegen wir hinauf in eure Kammern. Da fanden wir dich mit dem bewußtlosen Kind in den Armen. Du warst kaum ansprechbar und wolltest es nicht loslassen, so daß wir Vater und Konrad zu Hilfe rufen mußten. Zusammen gelang es uns dann, Barbara in ihr Bett zu legen, von dem du dich nicht mehr fortbewegt hast, bis sie ihr Bewußtsein wieder erlangte. Dann brachst du zusammen.

Was Jost und Alwine anbelangt, welche unzweideutig, betrunken und schlafend dalagen – die wurden von Vater aufgejagt und zur Rede gestellt.«

»Sie waren beide nackt, und es war schrecklich peinlich«, kicherte Sophie, »denn Jost fand seine Kleider nicht sogleich und Alwine hopste herum wie ein aufgescheuchtes Huhn.«

»Sophie«, sagte Schwiegermutter streng, doch meine Schwägerin kicherte noch eine ganze Weile in sich hinein.

»Wie gesagt, Vater verlangte eine Erklärung und Jost erging sich in schrecklichen Verwünschungen, aus denen wir entnahmen, daß Barbara nicht sein Kind ist. Wenn damit seine Abneigung euch beiden gegenüber, die wir schon lange festgestellt hatten, zum Teil erklärt war, entschuldigte das doch nicht seine Handgreiflichkeiten. Du mußt wissen, Josiane, in unserer Familie werden die Frauen nicht geschlagen. Soweit ich zurückdenken kann, habe ich nie davon gehört, daß solches geschehen wäre, und ich bin sicher, daß auch du bei deinen Eltern nie dergleichen erfahren hast.« Ich nickte zustimmend, und sie fuhr fort:

»Vater rügte ihn also deswegen, was Jost aber noch viel mehr in Wut versetzte. Er brüllte, Vater brüllte, und als sich auch noch Konrad einmischte und ihm vorwarf, mehr als grausam mit den Verurteilten umzugehen, stieß er auch gegen uns die schlimmsten Verwünschungen aus. Da schrie Vater, ob das nun der Dank dafür sei, daß er ihn unter dem Galgen hervorgeholt und aufgezogen habe, und da wurde Jost kreidebleich. Auch Vater erschrak, denn wir hatten unserem Ältesten nie davon erzählen wollen. Aber gesagt ist gesagt, nichts war mehr rückgängig zu machen, und Vater mußte Farbe bekennen.«

Sie seufzte und wischte sich die Augen. Dann fuhr sie fort:

»Wir wohnten damals in Straßburg bei meinen Schwiegereltern, wo Vater als Zweitgeborener das Handwerk erlernte. Eines Tages brachte er mir ein in Lumpen gewickeltes Bündel Mensch mit nach Hause, das sich bei näherer Betrachtung als kleiner, kaum zehn Tage alter Junge entpuppte. Da wir schon drei Jahre verheiratet waren und immer noch keine eigenen Kinder hatten, behielten wir ihn, ohne Nachforschungen anzustellen. Als wir dann die Scharfrichterei hier in Freiburg annehmen konnten, zog er mit uns hierher, wo niemand von seiner Herkunft wußte. In kurzer Folge wurden dann seine vier Geschwister geboren, und obschon ich versuchte, sie alle gleichermaßen großzuziehen, scheint mir das bei Jost mißlungen zu sein. Schon früh erkannten wir seinen Hang zum Quälen. Im Erwachsenenalter verstärkte sich diese Untugend noch, was Vater bei den peinlichen Befragungen sehr wohl wahrnahm. Alle Ermahnungen und Vorwürfe fruchteten jedoch nichts, und als sich dann die Möglichkeit ergab, ihn nach Bern zu schicken, erhofften wir von diesem Ortswechsel, durch den Einfluß anderer Menschen, einer neuen Umgebung und natürlich durch dich, Josiane, was uns hier nicht gelungen war: eine Milderung seiner verderblichen Neigung, wenn nicht gar deren Verschwinden.«

Schuldbewußt senkte ich den Kopf. Schon oft hatte ich mich gefragt, was wohl gewesen wäre, wenn ich Martin nicht geliebt hätte. Hätte ich dann Jost lieben können? Hätte ich mich an seine grobe Art gewöhnt oder mich damit abgefunden? Schwiegermutter schien meine Gedanken zu erraten, denn sie fuhr fort:

»Es ist müßig, sich zu fragen, was gewesen wäre, wenn... Eure Ehe stand von Anfang an unter einem bösen Stern, und Fehler sind wohl beidseitig gemacht worden. Was Jost anbelangt, so glaube ich kaum, daß er jemals als Scharfrichter sein Brot verdienen kann. Das macht mir große Sorgen, denn ich sehe schwarz für seine Zukunft.«

Sie seufzte wieder, trank ihren Tee aus und fuhr fort:

»Seit diesem bösen Abend haben wir nichts mehr von ihm gehört, und es ist wohl auch besser, wenn er sich einige Zeit hier nicht mehr blicken läßt. So können sich die Gemüter beruhigen, und dann wird man weiterschauen.«

»Zudem hat er ja Alwine bei sich«, meinte Sophie spitz, »schamlos genug, wie sie sich an ihn hängte und schrie: ›Nimm mich mit, nimm mich mit!‹«

Schwiegermutter ging nicht darauf ein.

»Du und Barbara – ihr bleibt natürlich hier. Du bist unsere Schwiegertochter, und es ist so üblich. Selbst wenn nun das Kind väterlicherseits anderer Abstammung ist, hat es doch durch dich genügend Henkersblut in den Adern, um als unsereins angesehen zu werden –

und vielleicht ist es ein Glück, daß das Kind Josts Neigung nicht mitbekommen hat.«

Gedankenvoll hielt sie inne und meinte dann etwas unsicher:

»Natürlich können wir dich nicht hindern – nach allem was geschehen ist –, zurück nach Bern zu gehen. Es wäre uns aber doch recht leid, denn wir haben euch beide ins Herz geschlossen. Du siehst, wohlfeil bist du uns also nicht. Denke darüber nach, Josiane.«

Sie erhob sich, räumte die Becher in die Küche zurück, und Sophie und ich nahmen die Näharbeiten wieder auf.

Während ich einen Stich nach dem andern tat, bedachte ich alles, was ich soeben gehört hatte noch einmal. Die Rückkehr nach Bern schien mir verlockend, doch fühlte ich mich den Anforderungen einer so langen Reise noch nicht gewachsen. Auch wollte ich die Familie meines Mannes nicht vor den Kopf stoßen. Sie hatte uns gut aufgenommen und war stets freundlich zu uns gewesen. Dabei hätten sie Barbaras wegen Grund genug gehabt, mich jetzt, wo sie alles wußten, zu verstoßen. Daß ich ihnen und ihrer aufopfernden Pflege mit großer Wahrscheinlichkeit mein Leben verdankte, kam noch dazu. So fiel es mir leicht, beim Abendbrot der ganzen Familie zu danken für ihr Angebot, uns auch weiterhin beherbergen zu wollen und für alles, was sie für uns getan hatten. Schwiegervater und Konrad nickten zustimmend, Sophie küßte mich stürmisch, und Schwiegermutter wischte sich die Augen. Mehr wurde darüber nicht mehr gesprochen, und nun begann eine Zeit recht ruhiger Tage. Unsere Stunden war ausgefüllt mit dem Einsammeln von Holz für den Winter, dem Verarbeiten der getrockneten Kräuter und Wurzeln sowie dem Ernten der wildwachsenden Beeren vor den Toren der Stadt, die wir mit Honig einkochten, in Krüge abfüllten und mit einer dünnen Schicht flüssigem Schweinefett bedeckten, um sie luftdicht abzuschließen und so haltbar zu machen. Ohne die ständige Angst vor Jost, von dem wir seither nichts mehr gehört hatten, fühlte ich mich auf eine Art geborgen, wie ich es seit meiner Heirat noch nie gekannt hatte. Ich blühte auf, und als der erste Schnee fiel, war ich wieder im Vollbesitz meiner Kräfte.

An den länger werdenden Abenden unterrichtete ich Barbara weiterhin im Lesen, Rechnen und Schreiben, wobei sich oft auch die andern Familienmitglieder beteiligten. Barbara machte große Fortschritte. Sie war ein ganzes Stück größer geworden, und ihr Haar, das viel dunkler nachgewachsen war, kringelte sich noch hübscher und dichter um ihr Gesicht als vorher. Die Ähnlichkeit mit Martin, die sich je länger, je mehr auch in ihren Bewegungen, der Kopfhaltung und dem Blick zeigte, war unverkennbar, und ich freute mich darüber. So setzte ich mich eines Abends hin und schrieb den längst fälligen Bittbrief an unsere Gnädigen Herren in Bern. Ganz öffentlich und eigenhändig brachte ich ihn, zusammen mit einem Bericht an meine Eltern, zur Postkutsche und genoß das Gefühl meiner wiedergewonnenen Selbstständigkeit.

Auch mit Mathieu, der lange Zeit unseretwegen in großer Sorge gewesen war, traf ich mich nun vor aller Augen. Er hatte für Abar in einem Schuppen, der der Bettlerzunft gehörte, einen Verschlag gemietet, damit das Tier vor den schlimmsten Unbillen des Winters geschützt war. Um ihn ernähren zu können, ging er dem Totengräber als Gehilfe zur Hand oder ließ den Bären bei leidlichem Wetter für Almosen nach seinen Melodien tanzen. Dieses Leben schien ihm zu behagen, denn er war immer guter Laune.

Es wurde ein außergewöhnlich kalter Winter, was der von Entbehrungen gezeichneten Bevölkerung schwer zusetzte. Um die größte Not zu lindern, wurden Suppenküchen eingerichtet, so daß auch die Ärmsten jeden Tag wenigstens eine warme Mahlzeit erhielten. Oft schaute ich von ferne zu, wie sie in ihren dünnen Kleidern vor Kälte schlotternd geduldig anstanden, um dann die dampfenden Schüsselchen mit ihren blaugefrorenen Fingern zu umschließen und sorgfältig, wie eine unersetzbare Kostbarkeit, davonzutragen. Dann erfüllte mich eine große Dankbarkeit, daß mir ein solches Los durch die Güte meiner Schwiegerfamilie erspart blieb. Denn hätten sie mich verstoßen, wäre mir möglicherweise ein ebensolches Schicksal beschieden gewesen.

Anfang März zogen die Werber wiederum durchs Land. Söldner waren nach wie vor sehr gefragt, und unter dem Druck der Armut ließen sich viele junge Männer bewegen, in fremde Kriegsdienste zu ziehen. Das verminderte die Zahl der herumlungernden, ausgemusterten Soldaten, und mit ihnen verschwanden auch ein Großteil der Dirnen und Marketenderinnen. Das Stadtbild wurde freundlicher und sauberer, die Bewohner atmeten freier – und dann kehrte unverhofft Alwine zurück.

An einem für die Jahreszeit außergewöhnlich schönem Abend – wir saßen beim Nachtessen, die Türe zur Straße stand offen, um die laue Frühlingsluft einzulassen – stand sie plötzlich da. Sie war hochschwanger. Ihr Gesicht war aufgedunsen und gerötet, und die dünnen

Strähnen ihres Haares schweißnaß. Sie stützte sich am Türpfosten ab, und ohne zu grüßen rief sie:

»Es ist Josts Kind, Ihr müßt mich aufnehmen, es ist Eure Pflicht«, dann krümmte sie sich unter der Wucht einer Wehe zusammen.

Wir Frauen waren aufgesprungen. Jedermann konnte sehen, daß sie nicht mehr fähig war, die Treppen zur Kammer hochzusteigen, denn die Wehen mußten schon vor geraumer Zeit eingesetzt haben. So geleiteten wir sie in die hintere Stube. Von irgendwoher brachte Sophie einen Laubsack und Tücher, worauf wir sie betteten. Das Feuer im Herd wurde neu angefacht und Wasser zum Kochen gebracht. Eingedenk der Reinlichkeitsvorschriften schrubbten Schwiegermutter und ich hastig die Hände und Arme bis zu den Ellenbogen, denn das Stöhnen und Schreien Alwines trieb uns zur Eile. Doch dann zogen sich die Stunden dahin. Die wehenverstärkenden Arzneien, die dampfenden Tücher, in die wir sie hüllten, und der angewärmte Speckstein, den wir als Stütze unter ihr Kreuz schoben, trugen nicht zur Beschleunigung des Vorganges bei, denn das Kind in ihrem Körper hatte sich quergelegt, und alles Massieren und Schütteln an der Kreißenden half nichts – nicht einmal dann, als Schwiegermutter mit gut eingeölter Hand in sie hineingriff, um den Geburtskanal auszuweiten und das Kind umzudrehen. Sie befahl mir, bei jeder Wehe den von außen fühlbaren Kopf kräftig nach unten und mit der andern Hand das kleine Hinterteil nach oben zu drücken, um so eine Wende zustande zu bringen, doch unsere Bemühungen blieben erfolglos.

Außerhalb Hilfe zu holen, wäre ein vergebenes Unterfangen gewesen, das wußten wir wohl, denn kein

Mensch in der ganzen Stadt würde sich dazu hergeben, uns Verfemten beizustehen. So arbeiteten wir die ganze Nacht und den ganzen folgenden Tag und taten alles, was in unserer Macht stand, doch das Kind wollte den gequälten Leib seiner Mutter nicht verlassen. Als die Bewegungen des Ungeborenen nicht mehr fühlbar und Alwines Kraft und Lebensmut zerronnen waren, blieb uns nichts anderes mehr übrig, als in ihre angstvollen Augen zu blicken, ihre Hand zu halten, die Stirne zu kühlen, die blutigen Laken zu wechseln und beruhigende Worte zu murmeln, an die wir selber nicht mehr glaubten. Da nahm mich Schwiegermutter beiseite.

»Josiane, lauf zum Barfüßerkloster und versuche, einen Bruder herzuholen. Das sind wir Alwine schuldig, sie soll nicht ohne Trost aus dieser Welt gehen müssen.«

Ich eilte davon, vorbei an der Metzgerlaube, bog in die Nümünzgasse ein und dann in die Nienergasse, welche die Querverbindung zur Jesuitengasse und dem Rathausplatz bildete, und erreichte atemlos die Pforte des Barfüßerklosters. Mit dem schweren Klopfer hämmerte ich an das Tor, daß es weithin schallte. Entsprechend schnell erschien das Gesicht des Pförtners am Schiebefenster. Er hatte wohl einen Hohen Herrn erwartet, dem es zugestanden hätte, sich auf diese Weise anzumelden, und so verfinsterte sich seine freundliche Miene, als er meiner ansichtig wurde.

»Bist du denn von Sinnen, Frau? Die Brüder sind in der Andacht, und du vollführst einen Lärm wie eine ganze Räuberbande. Ist das vielleicht eine Art?«

»Ach, bitte«, sagte ich schnell, bevor er das Fensterchen wieder schließen konnte, »Alwine stirbt, sie braucht den Trost der Kirche. Ich bin gekommen, um einen Eurer Brüder an ihr Lager zu holen, wir bitten Euch darum.«

»Wer ist wir?« fragte er, und als ich auf den Galgen an meinem Ärmel wies, wurde seine Miene noch mürrischer.

»Ich sagte dir doch schon, daß alle in der Andacht sind; also wird es kaum möglich sein.«

»Aber sie stirbt!«

»Das tun jeden Tag viele Menschen.«

Das Fensterchen fiel zu. Da fühlte ich auf einmal eine unsägliche Wut. Ich packte den Türklopfer und mit aller Macht hieb ich an das Tor und schrie:

»Seid Ihr nun Diener Gottes, oder seid Ihr es nicht? Sind nicht vor Seinem Angesicht alle Menschen gleich? Haben nicht auch wir Ausgestoßene das Recht auf Seinen Beistand und Seine Fürbitte?«

Da packte jemand meinen Ärmel und zerrte mich vom Tor weg. Mit einer schnellen, heftigen Bewegung versuchte ich mich zu befreien, fühlte mich auch am andern Arm festgehalten, griff in die grobe Sackleinwand eines Mönchsgewandes und sah die Umrisse eines bärtigen Gesichtes unter einer tief hinuntergezogenen Kapuze. Die Augen konnte ich nicht sehen, dazu war es schon zu dunkel, aber seine Stimme klang nicht unfreundlich.

»Dies ist ein Gotteshaus, Frau, was tust du da?«

Ich war immer noch wütend. »Da täuscht Ihr Euch, Bruder, dies ist kein Gotteshaus, dies ist eher eine Stätte der Gleichgültigkeit! Wenn dem nicht so wäre, hätte man mich angehört, wie es sich geziemt, und nicht gewagt, einer Sterbenden den letzten Trost zu verweigern.«

»Erzähle«, sagte er, ließ mich los, und während ich

berichtete, ging er neben mir her, wich auch nicht vor dem Galgen an meinem Ärmel zurück, obschon er ihn wohl bemerkt hatte, hörte mir aufmerksam zu und betrat ohne zu zögern mit mir das Scharfrichterhaus. Als er die Kapuze zurückwarf, sah ich das Antlitz eines Mannes mittleren Alters. Der dunkle Haarkreis um seine Tonsur zeigte schon silberne Fäden, aber das bärtige Gesicht wirkte jugendlich. Seine Gestalt unter der Kutte schien kräftig und wohlgeformt, und in seinen Augen sah ich Verständnis und Güte. Er nahm Alwines unruhige Hände in die seinen, sprach zu ihr, und obschon ich bezweifelte, daß sie noch wußte, was um sie herum geschah, betete er mit ihr, versah sie mit der letzten Nahrung Gottes und gab ihr seinen Segen. Dann segnete er auch uns, und als ich ihn hinausbegleitete, sagte er:

»Du darfst es Bruder Hieronymus nicht nachtragen; er ist ein sehr alter Mann und schrecklich geplagt von seiner Gicht. Seine Schmerzen machen ihn manchmal böse und ungeduldig. Übrigens – falls ihr mich noch brauchen solltet, ich bin Bruder Anselm.«

»Und unser schlechter Ruf, macht er Euch nichts aus?« fragte ich.

»Ach, weißt du, ich bin ein Bettelmönch und ohnehin nicht mehr lange in der Stadt; es kümmert mich nicht!«

Damit ging er hinaus in die dunkle Gasse, und ich kehrte zurück an Alwines Lager.

Sie starb gegen Mitternacht, ohne zu wissen, welchen Geschlechts ihr Kind gewesen wäre, und ich empfand tiefes Mitleid für die Geliebte meines Mannes. Obschon ich sie nie sonderlich gemocht hatte, trug ich ihr nichts nach, höchstens den Verrat mit dem Brief; aber angesichts ihrer ausgestandenen Schmerzen erschien dieser

Vorfall belanglos und nichtig. Ich wußte wohl, daß Jost mich zum Teil ihretwegen mit seinen ehelichen Ansprüchen und Quälereien verschont hatte, und das erfüllte mich ihr gegenüber mit einer sonderbaren Art von Dankbarkeit. So fiel es mir nicht schwer, eines meiner Hemden als Totenhemd an sie abzutreten und mitzuhelfen, sie liebevoll zu waschen und schön herzurichten. Wir schmückten sie mit dem ersten Frühlingsgrün, welches Sophie und Barbara am nächsten Tag sammelten. Das Ungeborene in ihrem gewölbten Leib bekränzten wir mit Efeuranken und gelben, leuchtenden Löwenzahnblüten. Schwiegermutter hatte es abgelehnt, das tote Kind mittels eines ganz speziellen Schnittes aus ihrem Körper zu befreien, wie es in solchen Fällen üblich war.

»Alwine ist getauft und somit auch ihr Kind, solange sie es in sich trägt. Es würde sich in der ganzen Stadt kein Gottesmann finden – nicht mal dieser Bruder Anselm –, der das unglückliche Würmchen im nachhinein taufen würde, und es müßte bis zum Jüngsten Gericht mit der Schar der armen Seelen wandeln. So aber wird unser Herr Jesus sicher ein Einsehen haben und die beiden aufnehmen in sein Paradies.«

Das war eine weise Entscheidung, der auch die Männer beipflichteten, und ich bewunderte ihre Weitsicht und ihren Glauben.

»Wir müssen ihren Vater benachrichtigen – und Jost«, sagte Schwiegervater. »Seltsam genug, daß sich der Junge nicht hat blicken lassen, wo er doch wußte, daß sie niederkommt. Weiß jemand von euch, wo man ihn finden könnte?«

»Das letzte Mal habe ich ihn bei den Kasernen gesehen, wie er mit den Soldaten um Geld spielte; aber das ist bestimmt schon fast einen Monat her«, meinte Konrad, und dann machten sie sich auf, um zu tun, was bei einem Todesfall getan werden mußte.

Am Tag der Beerdigung war der Himmel bewölkt, und es blies ein kalter Wind. Einige Neugierige hielten in geziemender Entfernung Maulaffen feil. Wir umstanden in unseren besten Kleidern den geschlossenen Sarg, über den die grünrote Schärpe gebreitet war, und warteten zusammen mit Bruder Anselm, der sich anerboten hatte, die Trauerfeier zu vollziehen, auf die beiden Sargträger, die schon seit einer halben Stunde überfällig waren. Es war nicht leicht gewesen für Schwiegervater, welche zu finden. Da sich alle, die mit uns in Berührung kamen, selbst der Unehrenhaftigkeit schuldig machten, hüteten sie sich männiglich, uns beizustehen. Zu stark war noch die Erinnerung an das Schicksal jenes Schusters, der aus lauter gutem Willen bei einem Scharfrichterbegräbnis Hand angelegt hatte. Er wurde von da an gemieden, kein Mensch ließ mehr bei ihm arbeiten, und er mußte in Armut mit Frau und Kind die Stadt verlassen.

»Ich hab' es geahnt, sie werden nicht kommen. Es ist ein Kreuz, wenn in einer Scharfrichterei nicht genügend Männer vorhanden sind«, seufzte Schwiegervater und ging ungeduldig vor dem Haus auf und ab.

»Vielleicht kommen Mathieu und Jost doch noch rechtzeitig«, meinte Sophie.

Schwiegermutter schüttelte den Kopf. »Ich glaube nicht, daß Jost noch in der Stadt ist, sonst hätten wir etwas von ihm gehört; Mathieu sucht ihn bestimmt außerhalb!«

»Hat sich davongemacht, der feine Herr, einfach

davongemacht«, keifte Alwines alter, gebrechlicher Vater und spuckte auf den Küchenboden. Konrad hatte ihn in einer halb verfallenen Hütte in der Webergasse ausfindig gemacht und hergeschleppt. Er war eine traurige, erbarmungswürdige Gestalt, und ich hatte den leisen Verdacht, daß er nicht recht wußte, was er hier tat.

»Die Zeit wird knapp, man erwartet mich zur Vesper zurück im Kloster«, mahnte Bruder Anselm, »wir sollten uns auf den Weg machen!«

»Das wissen wir auch, aber für zwei Männer ist der Sarg zu schwer, und auf dem Schinderkarren wollen wir Alwine wohl kaum wegführen«, meinte Konrad gereizt und fuhr mit beiden Händen durch sein Haar. Allein diese Bewegung meines sonst kaum aus der Fassung zu bringenden Schwagers zeigte, wie ratlos er in dieser Sache war.

»Ihr braucht eine Amtsperson die euch vorübergehend ehrlich macht«, meinte Bruder Anselm. »Fragt doch den Festungskommandanten, er hat die Macht dazu.«

Schwiegervater nickte.

»Da wir Alwine ohnehin auf dem Soldatenfriedhof begraben, ist dies naheliegend. Zudem bleibt uns kaum etwas anderes übrig, sonst stehen wir noch heute abend hier. Mutter, bring mir den Mantel – und Konrad, hole mir das Schwert; du wirst mich begleiten.«

Also gürtete sich Schwiegervater wie zu einer Hinrichtung mit seinem prachtvollen Richtschwert, legte den schwarz-weißen Mantel um, zog seine schwarzledernen Handschuhe über, und so gerüstet begaben sich die beiden auf ihren hochoffiziellen Bittgang.

Diese Art der Ehrlichsprechung wurde uns nur selten

zuteil und noch seltener von uns in Anspruch genommen. Sie war keinesfalls als Begünstigung anzusehen, geschah sie doch nur dann, wenn sie der Öffentlichkeit – das heißt, den Hohen Gnädigen Herren – von Nutzen war, so wie damals, als die Viehseuche umging oder beim Galgenbau in Bern. Es war also ganz einfach: Hatten wir zu wenig Sargträger, konnten wir Alwine nicht begraben. Konnten wir aber Alwine nicht begraben, würde sie in Kürze zum Ärgernis werden und den Unwillen der Bevölkerung hervorrufen. Deshalb zweifelten wir nicht am Gelingen dieser Mission, zogen uns in die warme Küche zurück, tranken Tee und warteten, während draußen der Regen auf Alwines Sarg sprühte und die rot-grüne Schärpe schlaff und fleckig wurde.

Es mochte wohl eine Stunde vergangen sein, als wir Kommandorufe und schwere Marschtritte vernahmen. Wir atmeten auf. Eine Kompanie Soldaten bog in die Augustinergasse ein, angeführt vom Kommandanten zu Pferd, links und rechts flankiert von Schwiegervater und Konrad. Es war ein prächtiger Aufzug, und dementsprechend zahlreich waren die Schaulustigen, die hinterherliefen und die Hälse reckten, um zu sehen, was geschah. Der Kommandant war vom Pferd gestiegen, seine Soldaten in Achtungsstellung erstarrt. Mit kurzem Nicken in unsere Richtung trat er an den Sarg, legte beide Hände an das Kopfende und rief weithin hörbar:

»Mit dieser Berührung und Kraft meines Amtes als Festungskommandant der Stadt Freiburg im Breisgau spreche ich ehrlich, alle lebenden Angehörigen des Scharfrichtes von Freiburg sowie ihn selbst, ab jetzt und bis zur vollen zwölften Nachtstunde. Ich spreche frei von

Makel einen jeden, der während genannter Zeit mit diesem Sarg, mit einem Angehörigen des Scharfrichters, dem Scharfrichter selbst oder dessen Hab und Gut in Berührung kommt. Es soll ihm kein Schaden daraus erwachsen, weder jetzt noch später.«

Ein Hornsignal ertönte, und nun traten die Soldaten jeder einzeln hinzu, legten die Hand auf das nasse Holz, um sich so gleichzustellen mit ihren acht Kameraden, die nun den Sarg auf ihre Schultern hoben und sich langsam Richtung Martinstor zubewegten. Dahinter formierte sich wiederum die Kompanie, wir schlossen uns an, und die gaffende Menschenmenge drängte nach, zur Stadt hinaus, über die Dreisam bis zum Soldatenfriedhof in der Wiehre, wo Bruder Anselm in einer schlichten Feier die junge Mutter und ihr Ungeborenes der Erde übergab.

So wurde Alwine, das von der Welt verachtete Menschenkind, zu Grabe getragen, mit einem Pomp, der nur reichen Bürgern oder hochgestellten Persönlichkeiten vorbehalten war und dessen Ungereimtheit den Zwiespalt unseres Daseins wieder einmal mehr unterstrich.

Als wir nach Hause kamen, vermißten wir Sophie. Niemand konnte genau sagen, wann und wo sie sich von uns getrennt hatte, und da ihre Hilfe bei der Zubereitung des Leichenmahles nötig gewesen wäre, war Schwiegermutter ziemlich ungehalten. Zudem bemerkten wir, daß einige Bürger die Ehrlichsprechung ausgenutzt hatten: Es fehlten zwei Hühner, und wir zweifelten nicht daran, daß diese noch vor der zwölften Nachtstunde gebraten und verspeist sein würden. Das war ein empfindlicher Verlust, der unsere Stimmung keineswegs hob, zudem sich die Strapazen der drei letzten Tage bemerkbar machten. So traf uns Mathieu an, als er nach Dunkelwerden durchnäßt und müde bei uns eintraf. Er war allein, Jost begleitete ihn nicht, und auf unsere Fragen schüttelte er den Kopf.

»Ich mußte weit über Mühlheim hinausgehen, bevor ich eine Spur von ihm fand. Durch Zufall belauschte ich das Gespräch zweier Söldner, von denen der eine meinte, es müsse schlecht um den König von Frankreich bestellt sein, wenn er Henkersknechte in seine Armee aufnähme. Darauf angesprochen beteuerte er, genau darüber unterrichtet zu sein, und als er mir dann besagten Henkersknecht beschrieb, war ich sicher, daß es sich dabei nur um Jost handeln konnte. Offenbar hat er sich schon vor einiger Zeit anwerben lassen und ist bereits außer Landes.«

Auch diese Nachricht war nicht dazu angetan, unsere Laune aufzubessern. Schwiegermutter weinte, Schwiegervater und Konrad sagten, wie meistens, gar nichts. Die Gefühle, die mich heimsuchten, waren ziemlich verworren. Schwiegermutter tat mir leid, ich mochte es nicht, wenn sie litt, ganz besonders dann nicht, wenn sie um Jost litt, denn da fühlte ich mich immer auf eine Art und Weise schuldig, die mich sehr bedrückte. Andrerseits hatte ich keinerlei Verlangen, meinen Mann wiederzusehen, und das Wissen darum, daß diese Gefahr eine ganze Weile nicht mehr bestehen würde, erleichterte mich sehr. So war ich hin- und hergerissen zwischen meinen Empfindungen, von denen ich hoffte, man würde sie mir nicht anmerken, erhob mich deshalb und brachte Barbara zu Bett.

Es war gegen Mitternacht, als mich das Geräusch aufschlagender Kieselsteinchen am Fenster aus einem unruhigen Schlummer riß. Im Schein einer abgeblendeten Laterne erkannte ich unten auf der Straße meine Schwägerin Sophie. Kurz konnte ich neben ihr die Umrisse einer männlichen Gestalt ausmachen, bevor diese schemenhaft im Dunkel der Gasse verschwand.

Leise, um die andern nicht aufzuwecken, schlich ich die Treppe hinunter, darauf bedacht, die knarrenden Stufen auszulassen. Der beiden gestohlenen Hühner wegen hatten wir nämlich die Tür abgeschlossen, was wir sonst nicht für nötig hielten. Aber die Hühner waren nicht der einzige Grund. Im Vorbeihuschen sah ich, daß Schwiegermutter neben dem erloschenen Herd am Küchentisch saß und auf ihre Tochter wartete. Allerdings war sie eingenickt, so daß sie nicht hörte, wie ich diese hereinließ. Ich legte den Finger warnend an die Lippen, doch da Mütter erwiesenermaßen einen sechsten Sinn besitzen, ganz besonders dann, wenn es um Töchter in heiratsfähigem Alter geht, nützte uns alle Vorsicht nichts. Sie erwachte, und Sophie wurde in ein strenges Verhör genommen, während ich mich schleunigst in unsere Stube verzog.

Erst anderntags erfuhr ich von dessen Verlauf. Sophie hatte zwar verweinte Augen, sah aber keineswegs traurig aus, und als wir dann alleine waren und zusammen die Stube ausfegten, was nach einem Todesfall getan werden mußte, umarmte sie mich stürmisch und jubelte:

»Er liebt mich, Josiane, er liebt mich; o ich bin so glücklich!«

Ich erinnerte mich an die männliche Gestalt im Dunkeln.

»War es der – Ballier, der dich heimgebracht hat?«

»Ja. Es war wunderschön, und da ich bis Mitternacht ehrlichgesprochen war, haben wir uns auch nichts zuschulden kommen lassen. Wir gingen an der Dreisam spazieren, und dann zeigte er mir seine Hütte und die Steinschleife, die er einrichtet. Er glaubt, schon nächste Woche mit der Arbeit beginnen zu können, er braucht nur noch die Wasserzuleitung fertigzustellen. Er ist sehr geschickt, es gelingt ihm einfach alles, was er anfaßt. Oh, ich bin so stolz auf ihn.«

Sie strahlte, doch ihr Glück schnitt mir ins Herz; nur zu gut kannte ich ihr derzeitiges Hochgefühl – und ebensogut die Bitterkeit, die dahinter lauerte und die auch in ihrem Fall unvermeidlich sein würde.

»Was hat dir deine Mutter gesagt?« fragte ich vorsichtig.

»Natürlich hat sie versucht, mir Michel auszureden, aber das wird ihr kaum gelingen. Wir werden den Kommandanten bitten, mich für immer ehrlichzusprechen, und dann heiraten wir. Wenn er es für Alwine tun konnte, kann er es sicher auch für mich.«

Ihre Zuversicht war mir unverständlich. Ganz abgesehen davon, daß so etwas undenkbar war, müßte sie doch wissen, daß sie – gesetzt den Fall – nie wieder ihr Elternhaus aufsuchen, noch sich mit ihren Angehörigen treffen durfte. Vor Wut über den Kummer, der meiner Schwägerin ohne Zweifel widerfahren würde, wirbelte ich mit meinem Besen so viel Staub auf, daß wir beide zu husten begannen.

»Wie habt ihr euch das den vorgestellt? Glaubst du wirklich, daß dann jemand bei deinem Mann kaufen würde? Du weißt doch, wie die Leute sind!«

»Ach, das wird sich weisen – und sonst fällt uns bestimmt eine andere Lösung ein.«

Das bezweifelte ich, doch ich sagte nichts, und auch Sophie schwieg, denn ihre Gedanken waren ganz offensichtlich bei ihrem Liebsten, und ich mochte sie ihr nicht vergällen.

In der folgenden Zeit bemerkte ich immer wieder, daß sich Sophie mit diesem Michel traf – natürlich gegen den Willen der ganzen Familie –, und ich erblickte in ihrem Schicksal die genaue Wiederholung meines eigenen. Ich sah, daß auch Schwiegermutter um Sophies Liebe wußte, ,und eines Tages, als sie gar bedrückt schien, sprach ich sie darauf an.

»Ach, Josiane«, seufzte sie, »was dir widerfahren ist, und was nun auch Sophie bevorsteht, geschieht in unseren Familien sehr oft. Leider sind unsere Töchter häufig hübsch und meistens ordentlich erzogen. So kann es nicht ausbleiben, daß sich die Burschen – welchen Standes auch immer – für sie interessieren. Fast jede von uns Frauen hat solches erlebt.«

»Ihr auch?« fragte ich vorsichtig. Sie schüttelte den Kopf.

»Ich hatte Glück, denn ich lernte meinen Mann frühzeitig kennen und habe nie einen anderen geliebt. Aber so gut läuft es selten ab, höchsten noch ...« Sie schwieg.

Eine Ahnung stieg in mir hoch, und ich erinnerte mich an die weit zurückliegenden Worte meiner Mutter, die ich nie enträtselt hatte: »Die Sünden der Eltern rächen sich an den Kindern.«

»Höchstens noch?« bohrte ich, doch sie schwieg.

»Höchstens noch bei meiner Mutter?«

»Was fragst du mich? Es steht mir kaum zu, darüber zu sprechen.« Sie wandte sich ab, doch nun ließ ich nicht mehr locker.

»David, er war mein Halbbruder, nicht wahr?«

»Nun, da du es schon weißt!«

»Erzählt« bat ich.

»Was gibt es da groß zu erzählen«, meinte sie schroff, setzte sich aber dann doch hin und bot mir den Platz neben sich an.

»Wie du weißt«, begann sie, »sind unsere Familien verschwägert über Generationen, was davon kommt, daß wir nur untereinander heiraten können. So finden sich trotz der verschiedenen Namen immer wieder gemeinsame Wurzeln, auch wenn wir noch so weit verstreut voneinander leben.

Dein Großvater war damals Scharfrichter von Bern und deine Mutter ungefähr im Alter Sophies. Da sie keine Brüder hatte, nur noch eine jüngere Schwester – also deine Tante Türmer –, galt sie als gute Partie unter den heiratsfähigen Tammern. Sie aber hatte nur Augen für einen hübschen, fröhlichen Spielmann, der damals Stadtmusikant war und der sie heftig umwarb. Doch als sie dann schwanger wurde, verließ er die Stadt, und ihr blieb nichts als das Leid, das Kind in ihrem Schoß und eine Laute als Andenken.

Das hat sich natürlich in unseren Kreisen herumgesprochen, und die meisten, die sich um ihre Gunst beworben hatten, zogen sich zurück. Nicht aber dein Vater. Ich glaube, er hat Marie vom ersten Augenblick an, da er sie sah, geliebt. Er bot ihr die Heirat an, und sie sagte zu. Geläutert durch die erlittene Enttäuschung, erkannte sie die Werte deines Vaters, seine Zuverlässigkeit und Güte, und es ging nicht lange, so liebte sie ihn ebensosehr wie er sie. Ich glaube nicht, daß er es David je vergelten ließ, daß er nicht sein leiblicher Sohn war, und Marie wird ihm das kaum je vergessen.« Sie seufzte.

»Du siehst, dein Schicksal ist nichts Außergewöhnliches; es wiederholt sich immer wieder; immer wieder dasselbe Muster, dasselbe Lied, dasselbe Leid. Es ist wie ein Teufelskreis, aus dem nicht auszubrechen ist, nicht mal dann, wenn wir unsere Kinder einander schon im Säuglingsalter versprechen würden. Gegen die Macht der Liebe ist eben nicht anzukommen.«

Wir schwiegen beide.

Mir war nun vieles klar geworden. Meine Eltern waren mir auf einmal so nahe wie schon lange nicht mehr, und mein Herz schmerzte vor lauter Sehnsucht nach ihnen.

Ich muß nach Hause, ich muß sie wiedersehen, dachte ich, und dieses Verlangen wurde so übermächtig, daß ich aufstand, aus dem Haus trat und die Straße entlangging. Hier an der frischen Luft ordnete ich meine Gedanken und Gefühle. Ich wollte nicht überstürzt handeln, schon Barbaras wegen nicht, die sich hier heimisch fühlte; aber der Gedanke an zu Hause ließ mich nicht mehr los und begleitete mich die nächsten Tage. Noch zögerte ich, doch dann nahm mir mein Schwager Konrad die Entscheidung ab: Er bat mich um meine Hand!

Es war für mich sehr schwierig, meinem stillen, wortkargen Schwager klarzumachen, daß ich seinen Antrag nicht annehmen konnte. Obschon Josts Betragen eine Annullierung unserer Ehe in den Augen der Geistlichkeit wohl gerechtfertigt hätte, wollte ich mich nicht ein zweites Mal an einen Mann binden, den ich zwar schätzte, aber nicht liebte, nie lieben würde. Zu sehr hing mein Herz an Martin, und konnte ich ihn nicht haben, so wollte ich auch keinen andern. Deshalb drängte sich eine Heimreise nun geradezu auf, denn an ein Zusammenleben unter demselben Dach war nicht mehr zu denken. So rüsteten wir uns mit dem Einvernehmen der ganzen Familie anfangs Mai für die Rückkehr nach Bern.

Mathieu

Das Lagerfeuer war niedergebrannt. Schwach glommen noch einige Kohlenstücke, leuchteten kurz hellrot auf, wenn der Zugwind sie streifte, und versanken dann wieder in dunkelroter, fast schwärzlicher Glut. Josiane und Barbara schliefen in Decken gehüllt auf ihrem Laublager, und ich hatte mich an Abars Flanke gekuschelt. Das Tier schnaufte unruhig, seine Schnauze zuckte. Begütigend legte ich meine Hand auf seinen Nacken, tastete nach der kaum verheilten Wunde und fuhr prüfend mit dem Zeigefinger unter das Halsband. Es saß locker genug, um ihn nicht einzuengen, aber trotzdem so, daß er es nicht abstreifen konnte. Seit jener Nacht, da ihn der Hund eines Jägers angegriffen hatte, ließ ich ihn nicht mehr unbeaufsichtigt herumlaufen: Abar, an Mensch und Tier gewohnt und keineswegs bösartig, war ja keine wilde Bestie. Deshalb wußte er sich nicht zu verteidigen und stand der geifernden Meute verständnislos gegenüber. Vom Lärm alarmiert, sah ich, wie sich einer der Hunde auf ihn warf und sich in seinen Nacken verbiß. Ohne zu überlegen, sprang ich dazwischen und schrie, so laut ich konnte. Zu meinem eigenen Erstaunen ließ das Tier von Abar ab und zog sich winselnd, mit eingeklemmtem Schwanz zurück. Darüber war ich froh, denn hätte sich der Bär trotzdem plötzlich auf seine Kräfte besonnen und einen von ihnen getötet, hätte ich dem Besitzer wohl Schadenersatz leisten müssen, und das wäre mir sehr schwergefallen. Ich besaß nämlich keinen roten Rappen mehr. Meine ganzen Ersparnisse hatte ich für den Kauf Abars ausgegeben, und diese hatten nicht mal ausgereicht, so daß ich Josiane um Geld bitten mußte. Nun hatte ich zwar einen eigenen Bären, war aber bettelarm und verschuldet, doch niemals hätte ich ihn dem Schausteller zurückgegeben. Erstens liebte ich ihn, und zweitens verdiente er uns mit seinen Kunststücken das Geld für unseren täglichen Bedarf. Schon oft hatte ich ihn vor Wirtshäusern und in Dörfern tanzen lassen und etwas eingenommen. Er war sehr gelehrig. Ich hatte ihm verschiedene lustige Dinge beigebracht, welche er in so drolliger Weise zum besten gab, daß der Erfolg nicht ausblieb. Ganz im Geheimen hegte ich die Hoffnung, daß er mir über kurz oder lang wieder zu etwas Erspartem verhelfen würde.

Wir waren schon seit elf Wochen unterwegs. Wir kamen nur langsam vorwärts. Auch benutzten wir die Seitenstraßen, um die anderen Reisenden nicht zu behelligen, und nahmen deshalb des öftern Umwege in Kauf. Bis jetzt hatte uns dies aber nicht viel ausgemacht, war doch das Wetter gut und die frische Luft und die Freiheit, zu tun und zu lassen was wir wollten, köstlich. Schon seit einiger Zeit hatte ich mich nach einem solchen Leben gesehnt und fühlte mich in meinem Element.

Der Wald war voller mir vertrauter Geräusche. Es raschelte, zischte und huschte um mich herum, es rauschte im Geäst, und die Sterne blinkten zwischen den Wipfeln zu mir herunter. Alles schien friedlich, doch ich schlief nicht, wollte nicht schlafen. Immer wieder lauschte ich angestrengt in die Dunkelheit, lauschte auf das mögliche Knacken dürren Holzes, welches unter schleichenden Menschentritten brach, und auf das schleifende Geräusch, das Zweige erzeugten, die über rauhe Wämser streiften.

Vorsicht schien mir geboten, denn heute gegen Abend waren wir einer ganzen Horde übler Gesellen begegnet. Glücklicherweise hatten sie einen solchen Lärm vollführt, daß wir sie schon von weitem hörten und uns im Unterholz verbergen konnten. Sie hatten uns nicht gesehen, trotzdem versuchte ich, einen möglichst großen Abstand zu ihnen zu halten, und hatte einen geschützten Rastplatz gesucht. In einer von niederen, überwachsenen Erdwällen umgebenen Mulde schien es mir einigermaßen sicher zu sein, da wir vom Weg aus nicht gesehen werden konnten. Auch hatten wir nur ein kleines Feuer angefacht, und als nun der Mond aufging, trat ich die letzte Glut aus. Der milde Schein tropfte durch die Zweige, floß an den Stämmen herunter und bildete zwischen den Wurzeln silberne Pfützen. Die Schatten des Waldes erschlossen sich in milchigem Licht, und da ich nun meine Umgebung sehen konnte, fühlte ich mich sicherer. Meine Gedanken begannen zu wandern, führten mich den Weg zurück und holten Bilder aus meiner Erinnerung hervor, denen ich mich nicht verschloß, denn sie waren durchwegs angenehm.

Ich dachte an die friedlichen, vergangenen Wochen, während wir ohne Eile der Heimat zugeschritten waren, frei wie die Vögel am Himmel und ebenso unbeschwert, dachte an den Hauch der Blumen und Kräuter, die auf den Wiesen in verschwenderischer Fülle geblüht hatten, an das Bad in klaren Bächen, welches wir uns gegönnt, wann immer sich die Gelegenheit geboten hatte, dachte an flirrende Mücken im Sonnenstaub und an den warmen, schweren Sommerduft der Erde.

Ich erinnerte mich aber auch an das schreckliche Hagelwetter, das wir nur deshalb so gut überstanden hatten, weil wir im letzten Augenblick eine verlassene Scheuer gefunden, und an die peinliche Lage, in die uns Abar gebracht, weil er sich über die Bienenstöcke eines Bauern hergemacht hatte.

Das und noch vieles anderes ging mir durch den Sinn, und dann schmunzelte ich, denn das Bild Apollonias stieg in mir auf, Apollonia mit ihren ausladenden Hüften, dem weichen Busen, dem breiten Gesicht und dem schönen, herzlichen Lachen. Apollonia, in deren Armen ich meine Unschuld verloren hatte, obschon sie gut und gerne meine Mutter hätte sein können.

Wir begegneten Apollonia noch auf deutschem Gebiet – besser gesagt, wir fanden sie zufälligerweise, denn sie lag ohnmächtig und mit gebrochenem Bein in einem ausgetrockneten Bachbett. Wäre nicht ihr Esel gewesen, der unbeweglich und hochbepackt mit Reisigbündeln am Rande des Grabens wartete, wären wir vorübergegangen.

Es war ein hartes Stück Arbeit, die schwere Frau den Abhang hinaufzuschaffen, und wir waren froh, daß sie während dieser Zeit ihr Bewußtsein nicht wieder erlangte.

Ihre in der Nähe liegende Behausung bestand aus zwei Räumen: einer großen Küche und einer Schlafstube, in der das breiteste Bett stand, das ich jemals gesehen hatte. Die weißen Vorhänge ringsherum waren von feinem, durchsichtigem Gewebe und die vier Pfosten, die den dunkelblauen Betthimmel trugen, mit Schnitzereien verziert. Es war ein Bett für eine Königin, wie mir schien, und unser Erstaunen war groß. Später erfuhren wir, daß sie das Bett von einem Junker für geleistete Dienste geerbt hatte. Wir erfuhren auch, daß diese Dienste sich nicht auf die Dinge bezogen, die Mann und Frau zusammen im Bett auszuüben pflegten, sondern einzig mit der Geschicklichkeit ihres Handwerkes zu tun hatten. Wir waren nämlich im Heim einer Fleischbrühe-Kocherin gelandet.

Das Fleischbrühe-Einkochen war eine Tätigkeit, die oft von alleinstehenden Frauen ausgeführt wurde, die sich damit ihren Lebensunterhalt verdienten. Wie anstrengend und aufwendig diese Arbeit war, erfuhren wir an den darauffolgenden Tagen, denn Apollonia hatte für einen neuen Sud schon alle Zutaten vorbereitet, als ihr das Unglück widerfuhr. Da lagerten, fein säuberlich voneinander getrennt, Leber, Kalbsfüße, Ochsenmäuler, Rindermocken und gerupfte Hühner in irdenen Häfen. Auf dem Küchentisch lagen Rüben und Zwiebeln; und das alles wartete auf eine fachgerechte Zubereitung, die – wohlgemerkt – innerhalb der zwei folgenden Tage abgeschlossen sein mußte, sollte das Fleisch nicht verderben.

Deshalb war es nicht verwunderlich, daß sich Apollonia viel mehr über den ihr drohenden Geldverlust sorgte, als über ihre Schmerzen und das gebrochene Bein. Als wir ihr Gejammer nicht mehr ertrugen, bot ihr Josiane endlich unsere Hilfe an, und ohne Vorbehalt, als hätte sie nur darauf gewartet, schlug sie ein.

Die nächsten beiden Tage sind mir unvergeßlich.

Apollonia hatte darauf bestanden, ihr fürstliches Bett mit einem Laubsack in der Küche zu vertauschen, von wo sie uns beaufsichtigen und herumkommandieren konnte. So schichteten wir denn genau nach Vorschrift die verschiedenen Fleischstücke in den riesigen Hafen, übergossen sie mit der nötigen Menge Wasser, schnitten Rüben und Zwiebeln, überwachten das Feuer, das einmal stark, das andere Mal schwach zu brennen hatte, richteten an, gossen nach, ließen kochen oder köcheln, je nachdem, was verlangt wurde, und Schwaden von Dampf und Fleischduft, von Hitze und Glut umhüllten uns, so daß uns der Schweiß am Körper herunterlief.

Am schlimmsten war das Erlesen der kochendheißen Fleischstücke, die getrennt voneinander in den Filtersack und die Presse kamen. Erst als wir alle Schüsseln mit der so gewonnenen Brühe gefüllt hatten, konnten wir uns ausruhen. Ich schlief in dieser Nacht schlecht, denn mein ganzer Körper schmerzte, und die Aussicht, am nächsten Tag mit dieser Knochenarbeit weiterzufahren, erheiterte mich gar nicht.

Schon um sieben Uhr waren wir wieder auf den Beinen. Das Fett, das sich auf der erkalteten, eingedickten Brühe gebildet hatte, mußte abgeschöpft und eingekocht werden. Diese dicke Brühe, der sogenannte Gallerich, wurde ebenfalls aufgekocht, durch ein Sieb gestrichen, weiter gesotten, dann angerichtet und in die vorbereiteten Formen gegossen.

Dies alles dauerte wiederum einen ganzen Tag, und ich fragte mich, unsere Menschenfreundlichkeit verfluchend, weshalb wir Apollonia nicht einfach im Bachbett hatten liegen lassen.

Josiane allerdings war ganz bei der Sache. Ernsthaft befolgte sie alle Anweisungen, machte sich zwischendurch Notizen und fragte dies und jenes, so daß ich vermuten mußte, daß sie meine Abneigung gegen diese Schinderei nicht teilte.

Das Trocknen der in den Förmchen erkalteten und festgewordenen Fleischbrühe war wiederum eine langwierige Angelegenheit, da dies bei schwacher, gleichbleibender Hitze geschehen mußte, wobei allerdings meine Hilfe nicht mehr benötigt wurde. Dessen war ich froh und genoß meine wiedergewonnene Freiheit in vollen Zügen, indem ich mit Barbara Tannenzapfen sammelte und zwischendurch mit Abar herumalberte.

Dann endlich, am Abend des fünften Tages, durften wir das Werk unserer Hände zum ersten Mal kosten – und es war ein Genuß! Etwas wie Stolz erfüllte mich auf einmal, am Gelingen dieser Köstlichkeit beteiligt gewesen zu sein, und ich begriff den besagten Junker, der sie mit seinem Himmelbett aufwog.

Dieser Junker, ein weitgereister Mann, war nämlich überzeugt, daß er ohne Apollonias Fleischbrühe in einem Wintersturm in den Steppen Rußlands umgekommen wäre. Die in kochendem Schneewasser aufgelösten Tablettchen, die er immer mit sich führte, bewahrten ihn vor Schwäche und damit vor dem Erfrieren. Damals hatte er gelobt, sich erkenntlich zu zeigen, und vermachte ihr in der Folge in seinem Testament sein schönes Himmelbett. Man stelle sich Apollonias Augen vor, als nach seinem Tode der Karren mit dem fürstlichen Lager vor ihrer Behausung hielt. Lachend berichtete sie uns, wie das Riesending auseinandergenommen werden mußte, damit man es unter Dach brachte, und das erzählte sie so humorvoll, daß wir uns vor Heiterkeit ein ums andere Mal die Tränen abwischen mußten. Daß dieses Bett, über das wir uns so amüsierten, für mich in Kürze eine ganz bedeutende Rolle spielen würde, ahnte ich an diesem Abend natürlich nicht.

Einige Tage später befiel Apollonia eine gewisse Unruhe. Sie war gereizt, nörgelte an uns herum, seufzte aus unersichtlichen Gründen tief auf oder starrte Löcher in die Luft. Wir kannten sie kaum wieder, denn bis jetzt war sie trotz ihrer Schmerzen eine umgängliche Person gewesen. Auf unsere Fragen gab sie keine Antwort, schüttelte bloß den Kopf, benahm sich aber weiterhin merkwürdig, bis wir es satt hatten und Josiane mit Nachdruck forderte, sie möge sich äußern.

»Nun«, meinte sie daraufhin, »in zwei Tagen ist in Basel Jahrmarkt.«

»Ja, und?«

»Da habe ich einen Stand.«

»Ja?«

»Da verkaufe ich sonst meine Fleischbrühe.« Sie wies auf ihr Bein. »Aber jetzt wird wohl nichts daraus. Und wenn ich nicht hingehen kann, fehlt mir die Miete für den Stand und das Geld, um frisches Fleisch einzukaufen, und ich werde über kurz oder lang am Hungertuch nagen müssen. So, jetzt wißt ihr's!«

Barbara horchte auf. »Auf den Markt? Oh, Mutter, das können wir doch tun, ich würde gerne in die Stadt auf den Markt gehen. Apollonia, wir verkaufen dir deine Fleischbrühe im Handumdrehen.«

Sie hatte vor Aufregung rote Wangen, und ich sah, daß auch Josiane die sich derart bietende Abwechslung begrüßte. Doch Apollonia schnalzte mitleidig mit der Zunge und schüttelte den Kopf:

»Es tut mir ja aufrichtig leid, euch das sagen zu müssen, aber das könnt ihr nicht, ihr würdet mir schon in der ersten Minute mein Geschäft verderben, ihr mit diesem – diesem Dingsda an den Ärmeln.«

Es war das erste Mal, daß sie den Makel unseres Standes erwähnte, und einen Augenblick lang waren wir verblüfft. Verblüfft, weil uns auf einmal bewußt wurde, daß wir es selbst vergessen hatten, einfach deshalb, weil wir seit unserer Abreise unbeschwert in den Tag hineinlebten, wie es gerade kam.

Josianes Gesicht war vor Verlegenheit feuerrot geworden, wie ich es noch nie gesehen hatte. Ihre Miene widerspiegelte die unterschiedlichsten Empfindungen, und ich beobachtete den Streit ihrer Gefühle, neugierig, was sich daraus ergeben würde.

Kurz zögerte sie, griff dann entschlossen zu ihrer Schere und schnitt mit einer raschen Bewegung den aufgenähten Galgen samt dem Ärmelstoff heraus, hielt das Stück Gewebe zwischen spitzen Fingern hoch über ihren Kopf und ließ es dann ins aufglimmende Herdfeuer fallen.

»Dann eben weg damit«, meinte sie, »er hat mir bis jetzt nur Leid gebracht.«

Apollonia war die erste, die zu lachen begann. Sie hatte ein schönes, perlendes Lachen, das tief aus ihrem massigen Körper hervorkugelte und sich im Raum ausbreitete, so unwiderstehlich, daß auch wir zu lachen begannen, erleichtert und ungläubig zugleich, ahnend, daß wir an der Schwelle eines neuen Lebens standen, ohne noch zu wissen, ob wir dieses neue Leben überhaupt haben wollten.

Die Frauen brachten den ganzen Abend damit zu, die Schandzeichen aus den Kleidern zu entfernen, sorgfältig diesmal, ohne den Stoff zu verletzen, und dabei besprachen wir die Vorbereitungen für den Markttag. Wir beschlossen, daß Josiane und Barbara die Ware auf dem Zweiräderkarren in den frühen Morgenstunden nach Basel bringen sollten, um sie dort nach den Anweisungen Apollonias zur Hauptsache an ihre Stammkunden zu verkaufen. Ich aber wollte mit Abar bereits in der Nacht aufbrechen, weil ich mit ihm nur langsam vorwärts kam. Es würde ein ermüdender Tag werden, doch da es ein wichtiger Markt war, den viele Menschen besuchten und der gute Geschäfte verhieß, mochte ich die willkommene Gelegenheit, unseren Geldbeutel aufzufüllen, nicht verpassen.

Es war Neumond und stockfinster, als ich mit meinem Bären am Morgen des Markttages loszog. Abar brummte unwillig über die gestörte Nachtruhe. Er sträubte sich, und ich mußte ihn hinter mir herziehen, begriff nicht, weshalb er sich so mühsam anstellte, und schalt ihn. Erst als er sich nach ungefähr einer Stunde Wegs hinhockte und durch alles gute Zureden nicht mehr zu bewegen war, weiterzugehen, bemerkte ich, daß mit seiner Vordertatze etwas nicht in Ordnung war. Die Dunkelheit war aber noch zu dicht, um genaueres zu erkennen, und so hockte ich mich neben ihn, um die Dämmerung abzuwarten. Die Marktleute gingen mit ihren Waren an uns vorbei, Fuhrwerke rollten vorüber, und dann kamen auch Josiane und Barbara mit ihrem Handkarren. Sie wollten mit mir bei Abar warten, aber ich bat sie, weiterzugehen, sich nicht um uns zu kümmern, um keine kostbare Zeit zu vergeuden.

Als es hell genug war, sah ich mit Schrecken, daß sich das Tier einen scharfen Holzsplitter eingetreten hatte. Die Wunde sah übel aus, rot und an den Rändern aufgeschwollen. Ich versuchte, den Splitter mit meinem Messer zu lockern und herauszuziehen, doch das verursachte ihm solche Schmerzen, daß er laut aufheulte. An ein Weiterkommen war nun nicht mehr zu denken. Ich polsterte die verletzte Tatze mit Gras ab, und wir machten uns auf den Rückweg, Abar auf drei Beinen humpelnd. Die Sonne stand noch nicht sehr hoch, als ich ihn wieder in seinem Stall hatte und ihn mit Wasser und Futter versorgte. Mehr konnte ich im Moment nicht tun, denn um den Splitter zu entfernen, brauchte ich die Hilfe von Josiane. So begab ich mich ins Haus, um Apollonia zu unterrichten, und fand sie schlafend in ihrem Himmelbett. Ihre Haare hatten sich gelöst und lagen wirr über ihrem Gesicht. Das Hemd hatte sich verschoben und gab eine weiße, pralle Brust frei, die bei jedem Atemzug leise zitterte. Unter ihrem angewinkelten Arm sah ich den dunklen Flaum ihrer Achselhöhle, und ein Duft, schwer und köstlich, ein Duft nach Frau stieg mir in die Nase und raubte mir die Sinne. Ich konnte nicht anders, ich beugte mich vor und berührte diese Brust mit meinen Lippen, küßte die rotbraune Warze, erforschte sie mit meiner Zunge. Ihre Stimme, halb erschrocken, halb belustigt, erreichte mich wie aus weiter Ferne, und dann, auf einmal, sah ich das heftige Pochen einer Ader in ihrer Halsgrube. Ich küßte auch diese und fühlte, wie mich Apollonia vollends zu sich hinunterzog, hin zu der Süße ihres Leibes. Ich erkundete diese Süße mit allen mir gegebenen Fähigkeiten. Die feuchte Wärme, in die ich schließlich eindrang, traf mich wie ein Schlag und schleuderte mich in Empfindungen, die mit Worten nicht wiederzugeben sind.

So wurde ich zum Manne, worüber ich selbst erstaunt war, und ich lobte mir Abars Splitter, der mir diese Erfahrung ermöglicht hatte.

In der Folge fand ich mich des öftern in den weichen Armen meiner Geliebten wieder. Ich war sehr lernbegierig, und sie unterwies mich gerne, und so bescherten wir uns gegenseitig wundervolle Stunden. Auch verheilte ihr Bein gut, und als sie dann an einem Stock herumhumpeln konnte und auch ihre Schwester eintraf, nach der sie geschickt hatte, kam für uns die Zeit des Abschiednehmens. Ich tat das mit einem weinenden und einem lachenden Auge, fühlte mich halb festgehalten, halb weggezogen, welches schmerzende Gefühl wohl der Preis für eine Liebschaft war. Doch als Apollonia mir das Versprechen abnahm, wiederzukommen, gab ich ihr das gerne, begriff auf einmal, daß ich hier einen Hafen gefunden hatte, in den ich immer wieder zurückkehren konnte. Das stimmte mich froh, und damit war für mich die Sache erledigt, denn draußen auf der Landstraße erwarteten mich ohne Zweifel noch viele unbekannte Dinge, auf die ich neugierig war und die zu erleben mich reizten.

In der Nacht vor unserer Abreise verkündete uns Josiane, daß sie sich um Barbaras willen entschlossen habe, den Galgen nicht wieder zu tragen. Zum vermeintlichen Wohle des Kindes, dem sie eine unbelastetere Zukunft frei von Ächtung wünschte, schwor sie ihrem Stande ab, und wir mit ihr, wohl wissend, daß wir Unrecht taten.

Zuerst strebten wir zielgerichtet Bern entgegen. Doch kurz nach Solothurn bemerkte ich, daß sich Josiane in Gedanken mit etwas beschäftigte.

Wir hatten gerade Aarberg erreicht, dort, wo sich die Straße nach Bern und Fribourg teilte, als sie zu meiner Überraschung meinte:

»Laß uns noch nicht gleich heimkehren, Laß uns Richtung Murten weiterziehen. Soviel ich gehört habe, gibt es dort einen Mann, der für die Freilassung der Täufer auf den Galeeren einsteht. Ich möchte mit ihm sprechen.«

Ich verstand ihren Wunsch nur zu gut. Seit ich die Freuden der Liebe kannte, hatte ich mich schon oft gefragt, wie Josiane es ohne diese all die lange Zeit hindurch ausgehalten hatte. Zudem war es Mitte August, und die Sonne schien fast immer, so daß mir der große Umweg nichts ausmachte. Auch Barbara war munter und vergnügt, und von Abars Verletzung merkte man nichts mehr.

Murten war eine kleine, aber wunderschöne Stadt. Am See gelegen, beherrscht vom Schloß und umgeben von einer mächtigen Ringmauer, bot sie eine Mischung von Wehrhaftigkeit und Lieblichkeit. Die Häuser des Hauptgassenzuges wiesen beidseits Lauben auf wie in Bern, und auch das Kopfsteinpflaster fehlte nicht.

Während sich Josiane auf die Suche nach dem täuferfreundlichen Mann machte, ließ ich Abar tanzen, wobei mir Barbara beistand, die mit dem Klingelbeutel herumging. Sie hatte gelernt, artige Knickse zu machen, und bewegte sich mit einer selbstverständlichen Anmut, was den Leuten gar wohl gefiel. So verdienten wir uns einmal mehr Mahlzeit und Nachtlager in einer Herberge.

Ich dachte daran, wie viel Überwindung es Josiane gekostet hatte, um das erste Mal – kurz nach Basel – in einer Herberge abzusteigen, in der Gaststube zu essen und all den Fremden Rede und Antwort zu stehen, wie es an solchen Orten der Begegnung üblich ist. Wir hatten uns abgesprochen, um keine Fehler zu machen, doch das schlechte Gewissen begleitete uns überallhin. Es ging aber alles gut, und unser Selbstvertrauen festigte sich von Mal zu Mal.

Den Warnruf allerdings, der uns doch des öftern Schutz gewährt und Vorteile verschafft hatte, konnten wir nun nicht mehr benutzen. Wir gehörten jetzt zum ganz gewöhnlichen Volk. Dies war für uns eine neue Erfahrung. Obschon ich selbst das Zeichen seit meinem Weggang von Bern nicht mehr getragen hatte, war ich doch durch meinen Umgang mit Josiane zutiefst davon geprägt, und so kam es immer wieder vor, daß wir uns aus der Eingebung eines Augenblicks heraus versteckten, wenn uns Menschengruppen nahten, und daß wir Umwege machten, die nicht mehr nötig gewesen wären.

Nur Barbara fügte sich wie selbstverständlich und ohne Mühe in die neue Ordnung. Mit ihrer Natürlichkeit und ihrer Gabe, unbefangen auf Menschen zuzugehen, gewann sie sich Wohlwollen und Zuneigung, welche sich auch auf uns übertrugen.

Josiane sah glücklich und zufrieden aus, als sie wieder zu uns stieß. Der Besuch hatte sich gelohnt, der täuferfreundliche Mann hatte sich als Geistlicher entpuppt, der ihr Anliegen anhörte und sie auf einer Liste unterschreiben ließ, die lang war und schon viele Namen enthielt. Diese Unterschriften wollte er, zusammen mit einem

Bittbrief, an die Gnädigen Herren von Bern senden, um damit auf das ihm ungerecht erscheinende Schicksal der gefangenen Galeerentäufer aufmerksam zu machen.

»Nun kann ich wieder hoffen«, meinte sie, »dieses Bittgesuch wird mehr Gewicht haben, als hundert von mir abgefaßte Schriften. Sie werden ihm in Bern Aufmerksamkeit schenken müssen, ob sie wollen oder nicht! O Mathieu, wenn doch noch alles gut käme.«

»Es sind beinahe sieben Jahre.«

»Na und«, sagte sie heftig, »es sind schon viele nach zehn Jahren wieder zurückgekommen, weshalb nicht auch er?«

Ich legte behutsam den Arm um sie, und wir standen so eine lange Weile schweigend. Leise fuhr sie dann fort:

»Er hat es mir versprochen. Er hat gesagt, wenn wir beide fest daran glauben, dann komme er zurück. Und ich glaube daran, ich habe nie aufgehört, daran zu glauben. Ich bin noch jung, erst vierundzwanzig, wir könnten noch so viel zusammen erleben.«

»Und wenn er krank ist?«

»Weshalb habe ich denn mein ganzes Wissen über Heilkräuter? Ich würde ihn mit Freuden pflegen. Wenn er nur bei mir ist, wenn wir nur zusammensein können! Ach, Mathieu!«

Sie weinte. Es war das erste Mal seit unserem Aufbruch von Freiburg, daß sie weinte, und es griff mir ans Herz.

Wir verließen Murten am nächsten Tag Richtung Bern. Am späteren Nachmittag begegneten wir den üblen Gesellen, und da weit und breit kein Rasthaus zu sehen war, lagerten wir an eben dieser Stelle im Wald.

Als nun der Morgen graute, erhob ich mich, um die Umgebung zu prüfen, trat aus dem Gehölz und sah, daß ich mich auf einer Anhöhe befand, sah weit hinaus bis hinüber zu den blauen Höhenzügen, die das Land abschlossen, als befände sich dahinter das Ende der Welt. Die Ebene zwischen mir und den Bergen war fruchtbar, das Getreide bereits abgeerntet. Die kahlen Stoppelfelder stachen gelb aus dem grünen Laub der Rüben, Zwiebeln und dem in langen Reihen bläulich schimmernden Kohl. Aus den Wipfeln einer üppigen Hofstatt guckte das strohgedeckte Dach eines Bauernhauses. Ich sah auch die Kühe, vier braungefleckte Tupfer auf saftigen Matten, sah die beiden Pferde daneben in der Umzäunung und – als kleine Punkte – zwei Menschen, die sich in Eile vom Hofe fortbewegten in meiner Richtung. Ich setzte mich wartend in den Schatten der Bäume und sah den beiden entgegen. Es dauerte einige Zeit, bis ich mit Sicherheit eine Frau und einen Mann erkennen konnte. Sie zogen einen Handkarren, der mit Bündeln und einer Truhe beladen war, und gestikulierten heftig. Ich sah, daß sie auf dem Weg unter mir durchkommen mußten, und zog mich etwas weiter ins Gebüsch zurück. Meine Neugierde war geweckt. Ich hörte sie bereits durch die Büsche, bevor ich sie sah. Mißtönend war die keifende Stimme der Frau, und die Flüche des Mannes zerbrachen den Frieden der frühen Stunde.

Er stieß wilde Verwünschungen aus und erhob ein ums andere Mal seine Faust gegen den Hof, unterstützt von der Frau, deren schrilles Gelächter jede seiner Drohungen begleitete. Doch ihr Sinn stand nach anderem. Genau unter meinem Versteck warf sie ihre Arme um den Mann und bettelte: »Küß mich, Küß mich!«, und das tat er, griff ihr dabei in ihr Hemd und knetete ihre Brüste, bis sie aufstöhnte und ihre Beine um ihn schlang. Zusammen sanken sie in das Gestrüpp am Wegesrand, nicht achtend der Wurzeln und Sträucher, und begannen sich zu lieben mit einer Heftigkeit, die es mir erlaubte, mich ungehört zurückzuziehen. In Gedanken reimte ich mir ihr Schicksal zusammen: Ein Knecht und eine Magd, die zu Unzeiten – wohl wegen groben Vergehens – vom Hof gewiesen und nun Rache schwörend ins Ungewisse zogen.

Josiane und Barbara kochten am Feuer Tee. In einer Erdmulde garte der in Lehm verpackte und auf Glut gelegte Igel, den ich am Vortag gefangen hatte. Obwohl noch früher Morgen, war es schon schwül. Ich erzählte ihr, was ich gesehen hatte, und sie wurde still und nachdenklich.

»Glaubst du, sie brauchen dort nun eine Magd?« meinte sie, und ich schaute sie entsetzt an:

»Du willst doch nicht etwa ...«

»Doch. Wenn sich mir die Gelegenheit auf solche Weise bietet. Nur so kann ich weiterführen, was ich angefangen habe, als ich den Galgen ablegte. Es wäre das Beste – um Barbaras willen. Hier könnte sie ein zwar einfaches, aber ehrliches Leben leben, frei von allen Vorurteilen, so wie ich es mir für sie wünsche.«

»Und ich – was wird aus mir?« fragte ich gespielt verzweifelt. Nicht, weil mir meine Zukunft ernsthaft Sorgen gemacht hätte, sondern weil ich hoffte, sie von ihrem, mir unsinnig erscheinenden Vorhaben abzubringen.

»Nun, du kannst ja die Stelle des Knechts einnehmen.«

Ich verzog den Mund, und sie lachte, wurde aber sogleich wieder ernst, beinahe traurig.

»Jemand muß es meinen Eltern berichten, und wer anders als du käme dafür in Frage? Es wird sie hart genug ankommen, aber ich glaube, sie werden es verstehen. Sei du also mein Bote, dir vertraue ich.«

Sie umarmte mich, und ich fühlte, wie sehr ich mit dieser Familie verbunden war auf alle Zeit.

Josiane

Unsere Wege trennten sich noch am selben Tage. Zur Vorsicht hatte mir Mathieu angeboten, während einiger Stunden im benachbarten Wald auf uns zu warten, denn wir waren ja nicht sicher, ob ich die Stelle wirklich erhalten würde. Doch es ging alles gut.

Ich wußte wohl, daß man mich nur der Not gehorchend eingestellt hatte, denn mitten im Jahr, mitten in der Fülle der Ernte, war es auch für einen wohlhabenden Bauern schwierig, so schnell neue Arbeitskräfte zu finden. Wir hatten einen Schlafplatz in einem der Gaden zugewiesen erhalten, dessen Enge wir mit den Mägden teilten. In der Abgeschiedenheit dieses Raumes, in der kurzen Zeit vor dem Einschlafen, wenn der Körper zwar müde, der Geist aber noch wach war und aufgelegt zu Gesprächen, vernahm ich viel Wissenswertes über unser neues Zuhause, vernahm, daß die Bauersleute erst seit einem Jahr auf diesem Hofe wirtschafteten, daß er ihr Eigentum war und sie – wie mir die Mädchen nicht ohne Stolz erklärten – zu den gutgestellten Bauern gehörten. Das hatte ich an der Anzahl des Gesindes schon selbst festgestellt. Außer uns fünf Mägden arbeiteten da noch sechs Knechte, den Verdingbuben nicht mitgerechnet. Ich vernahm auch von der Magd und dem Knecht, welche zu Unzeiten wegen Unsittlichkeit und schlechten Betragens vom Hofe verwiesen worden waren, wie froh man sei, dieselben los zu sein, und wie man hoffe, in mir eine freundlichere Mitarbeiterin zu haben. Dazu war ich gerne bereit, doch die Umstellung vom Leben in freier Natur ins Gefüge eines festen Tagesablaufs, vom selbstbestimmten Dasein zum Gehorsam einer Magd fiel mir schwer, um so mehr, als uns trotz meiner Bemühungen ein gewisses Mißtrauen entgegengebracht wurde. Dies war zum Teil meine Schuld, da ich an mich gestellte Fragen nur knapp beantwortete, in der Angst, Fehler zu begehen und unsere wahre Herkunft preiszugeben. Der Zustand Barbaras schien meinen Entscheid zu rechtfertigen. Sie schätzte die Sicherheit, die ihr die lang entbehrte Seßhaftigkeit bot, legte überall mit Hand an, wie es ihre kleinen Kräfte erlaubten, und tat mit ihrer Fröhlichkeit ihr Bestes, um unser Dasein zu festigen. Sie war auf gutem Wege, die Herzen aller zu gewinnen, und wiederum erstaunte mich meine Tochter, deren Gabe der Anpassung und Duldsamkeit ich bewunderte.

Wir arbeiteten schon seit dem frühen Morgen auf dem Feld. Die Sonne stach von einem fast weißen Himmel, und ihre Hitze lastete auf uns wie eine schwere Decke. Ich streckte meinen schmerzenden Rücken und schaute nach Barbara aus. Sie saß zusammen mit den Kindern des Meisters und des Schmiedes im Schatten am Wegesrand. Sie hatten uns Tee und Brot gebracht, und als nun der Bauer das Zeichen zur Rast gab, setzten wir uns zu ihnen und erfrischten uns. Es tat gut, mich einen Augenblick lang auszuruhen, die ungewohnte Arbeit setzte mir zu. Lieber beschäftigte ich mich im Haus. Da waren mir die Tätigkeiten vertraut, doch jetzt, zu dieser Jahreszeit, waren alle Hände auf dem Felde nötig.

Am Nachmittag wurde die Hitze immer unerträglicher. Gegen Abend verfinsterte sich der Himmel zusehends, die unter der Sonne aufgehäuften Wolken wechselten ihre Farbe von bleigrau zu schwefelgelb, deckten diese zu, breiteten sich weiter aus, und die Besorgnis wuchs. Die Zugtiere wurden unbarmherzig angetrieben, die Fuhrwerke mit den geernteten Rüben unter Dach gebracht. Wir führten die Kühe in den Stall, trieben Schafe, Schweine und Hühner zusammen, befestigten Gatter und schlossen Läufterchen. Die Hammerschläge in der Schmiede verstummten, die Esse wurde gelöscht, das Feuer im Herd erstickt. Kein Vogel war mehr zu hören, keine Taube gurrte mehr, selbst der Hund hatte sich winselnd in seine Hütte verkrochen – alle Kreatur duckte sich unter der Ahnung eines schweren Unwetters.

Wir hatten uns in der Küche zusammengedrängt, eine schutzsuchende Gemeinschaft, verbunden durch die Angst der drohenden Gefahr. Barbara und ich hielten uns fest umschlungen, und als der erste Blitzstrahl niederfuhr, der Donner krachte, die erste Windböe durch die Hofstatt fegte, als weitere folgten und das Haus unter ihrer Wucht erzitterte, als der Regen niederstürzte wie eine graue Wand, sich weiß verfärbte, zu Hagel wurde, der mit seinem Getöse alle Gedanken auslöschte, begann der Bauer zu beten. »Unser Vater, der Du bist im Himmel«, betete er, und die Bäuerin fiel ein, »geheiligt werde Dein Name«, und eines um das andere beteten wir mit, bis unsere Stimmen das Tosen des Sturmes übertönten, bis die Angst von uns wich und einer Zuversicht Platz machte, die angesichts der entfesselten Gewalten kaum zu erklären war. Irgendwann vernahmen wir das Wiehern der Pferde, das Geräusch ausschlagender Hufe, das Splittern von Holz, doch wir beteten weiter, bis der Hagel sich wiederum in Regen auflöste, der Wind abflaute und die Natur schwieg.

Knöchelhoch lagen die nußgroßen Hagelkörner, halbkahl streckten die Obstbäume ihre zerschlagenen Äste in den heller werdenden Himmel, zerfetztes Grün, zerhacktes Fruchtfleisch überall auf dem eiserstarrten Boden zu ihren Füßen, und die Frauen weinten. Die Stalltür war zertrümmert, eines der Pferde fehlte, hatte sich losgerissen, war in Angst hineingerannt in das Unwetter, lag vielleicht irgendwo erschlagen und blutend auf der Erde. Noch standen wir wie gelähmt vor dem Ausmaß der Verwüstung, als sich um die Hausecke eine massige, pelzige Gestalt schob, die sich brummend auf die Hinterbeine hob, wobei die Jacke über ihrem Kopf zu Boden glitt. Die Mägde schrien auf, aber Barbara stürzte auf den Bären zu, zerrte an seinem triefenden Fell, bis er sich wieder auf alle viere niederließ, um des Kindes Liebkosungen genüßlich entgegenzunehmen. Hinter dem Bären war Mathieu erschienen, führte an einem Strick das vermißte, totgeglaubte Pferd, dessen Kopf und Leib er mit seiner Schlafdecke vor den Hagelschossen geschützt hatte, und obwohl er selbst durch und durch naß war und aus verschiedenen kleinen Wunden blutete, war er so wohlgemut wie immer. Als sich die staunende Erstarrung der Bauersleute und des Gesindes gelegt hatte, machte ich ihn bekannt, erzählte, wie wir zueinander standen, und die Bäuerin bat ihn herein und befahl mir, das Feuer neu anzufachen, damit sich mein Verwandter trocknen könne.

Sein Einstand hätte nicht besser sein können. Immer wieder mußte er erzählen, wie er mit Abar in einer halbzerfallenen Hütte am Waldesrand untergestanden und es ihm gelungen war, das kopflos heranstürmende Pferd einzufangen, zu beruhigen und in den spärlichen Schutz der Hütte zu zerren. Der Bauer äußerte sein Erstaunen darüber, daß sich das Pferd vor dem Bären nicht gefürchtet hatte, aber Mathieu meinte bescheiden:

»Tiere sind oft vernünftiger als Menschen; sie erkennen lebensbedrohende Gegebenheiten schneller und verhalten sich danach, wenn man nur mit ihnen richtig spricht und umgeht.«

Das gefiel dem Bauern, und ehe sich Mathieu versah, hatte er ihn als Pferdeknecht und Hirt eingestellt, vorläufig nur für die Zeit der Ernte, und Mathieu hatte zu meinem Erstaunen nichts dagegen. Als ich ihn später, als wir alleine waren, darauf ansprach, meinte er nur:

»Ich mag Pferde!«

Doch als er mir dann von meinen Eltern berichtete, mir sagte, daß sie zwar traurig seien, meinen Entschluß aber verstünden und uns alles Gute wünschten, begriff ich, daß er sich selbst als Bindeglied zwischen mir und ihnen sah, und ich war ihm dafür dankbar.

In den nächsten Wochen brachten wir ein, was der Hagel verschont hatte. Es zeigte sich, daß das Unwetter strichweise niedergegangen und der Schaden begrenzt war. Den Zwiebeln, welche ja in der Erde geborgen waren, hatte es nichts anhaben können, und nur zu einem kleinen Teil waren die Kohlköpfe zerschlagen. Diese schnitten wir in feine Streifen und gaben sie lagenweise mit Salz in dafür vorgesehene Fässer. Diese Mischung wurde nach einer angemessenen Lagerzeit zu einem wochenlang haltbaren, wohlschmeckenden, säuerlichen Kraut, welches von der Landbevölkerung auch im Winter sehr geschätzt wurde.

Am schlimmsten betroffen waren die Obstbäume. Tagelang schnitten wir Äpfel und Birnen in Schnitze, trockneten diese auf dem Küchenofen und füllten sie in Säcke, die dann auf dem Speicher in Truhen gelagert wurden. Was sich dazu nicht mehr eignete, kochten wir zu Mus, welches wir in irdenen Häfen, versehen mit einer Schicht Schweineschmalz, luftdicht aufbewahrten. So machten wir aus dem Unglück das Beste, kamen dabei einander näher, und ich lernte viel.

Mathieu blieb auch nach der Ernte bei uns. Die ihm anvertrauten Tiere gediehen prächtig, und der Bauer war sehr zufrieden. Es wurde kalt, die Männer arbeiteten im Wald, und die Meisterin befahl uns Frauen an die Spinnräder. Nun war das eine Arbeit, die ich noch nie getan hatte. Die Bäuerin war eine geduldige Lehrmeisterin, doch dauerte es einige Zeit, bis es mir gelang, einen schönen, gleichmäßigen Faden zu drehen, und der gutmütige Spott der Mägde war mir gewiß.

»Du solltest Tag und Nacht üben, sonst schaffst du es bis Martini nicht, und was du an Martini nicht kannst, lernst du nimmermehr«, meinte Eva, während ihr Rad gleichmäßig surrte und sie flink und geschickt ihre Spindel füllte.

»Weshalb sollte ich es nach Martini nicht mehr lernen?«

»Man sagt es so, und es wird wohl stimmen. Alles, was du in einem Jahr neu anfängst, muß bis Martini zu Ende gebracht werden.«

»Ach, deswegen mißlingt dir immer die Butter, hast es damals wohl nicht geschafft«, lachte Anna, und Eva warf ihr einen gehässigen Blick zu. Buttern war Evas wunder Punkt, und Anna wußte das genau, lachte noch eine ganze Weile über ihren Scherz und verstummte erst unter dem strengen Blick der Meisterin.

Mich aber hatte das Wort »Martini« aufgeschreckt. Den Markt hatte ich vergessen, und ich wurde unruhig. Was, wenn mich da jemand erkannte? An solchen Veranstaltungen war die Gefahr dazu am größten, und während ich in den folgenden Tagen mithalf, die luftgetrockneten Zwiebeln für dieses Ereignis zu kunstvollen, gleichmäßigen Zöpfen zu flechten, überlegte ich mir Ausflüchte, um mich vom Marktgang zu drücken.

»Was soll ich nur tun?« jammerte ich bei Mathieu, als ich im Stall die Milch holte.

»Sag doch ganz einfach, daß du nicht mitgehen willst.«

»Dann werden sie wissen wollen, warum.«

»Dann sagst du, daß es dir in den vielen Menschen übel wird. Zudem hast du kaum etwas zu befürchten, denn soviel ich gehört habe, findet dieser Markt in Murten statt.«

»Ach, du weißt doch, wie das ist. Es braucht nur einen, einen einzigen, der mich erkennt und sich erinnert. Dann ist es um uns geschehen. Nein, ich darf da nicht hingehen!«

In der Nacht träumte ich schreckliche Dinge, wachte schweißgebadet auf und bereute zum ersten Mal, meinen Stand verleugnet zu haben. Bedrückt half ich bei den weiteren Vorbereitungen mit. Das fröhliche Geplapper der Mädchen, die sich auf die Abwechslung freuten, ging mir auf die Nerven, und ihre Blicke, die sie in einem mir unbegreiflichen Einvernehmen wechselten, machten mich gereizt und ungerecht. Selbst Anna und Eva, welche doch meine Vertrauten geworden waren, hielten mit.

»Nimm es doch nicht so schwer, es geht auch vorüber«, kicherte Anna endlich, und um mich aufzumuntern legte Eva den Arm um meine Schultern:

»Letztes Jahr war ich an der Reihe, aber nun bist du die Jüngste, da hilft nichts, du wirst in den sauren Apfel beißen müssen – ob es dir paßt oder nicht.«

»Von was sprecht ihr?« fragte ich verständnislos, und sie lachten.

»Tu doch nicht so! Oder weißt du wirklich nicht, daß immer die jüngste Magd an Martini zu Hause bleiben muß? Diesmal trifft es dich.«

»Ja, und wir bringen dir dafür einen großen Honigkuchen mit.«

Die beiden meinten, mich wortreich trösten zu müssen, doch mir fiel eine Zentnerlast vom Herzen.

Später vernahm ich von der Bäuerin selbst, daß ich, als die Jüngste, nach geltendem Brauch für das leibliche Wohl der am Abend durchfroren Heimkehrenden zu sorgen hätte. Sie wies mir die Arbeiten zu – ein gerüttelt Maß, wie mir schien –, versprach mir aber die Hilfe der Schmiedefrau und der Müllerin, die gerne kommen würden, um sich, wie jedes Jahr, auf diese Weise etwas dazu zu verdienen.

Mathieu schmunzelte, als ich ihm von der glücklichen Fügung erzählte, und meinte dann:

»Ich glaube, ich nehme Abar mit. Ein zusätzlicher Verdienst könnte nicht schaden, und wenn ich die Pferde im

Wirtshaus untergebracht und versorgt habe, wird der Bauer kaum etwas dagegen einwenden.«

Der Bär war in dieser Jahreszeit immer sehr träge, und so schoben und stießen sie ihn an besagtem Morgen unter Gelächter und mit vereinten Kräften auf den großen Leiterwagen neben das in Säcken und Kisten verkaufsfertig vorbereitete Gemüse und setzten sich warm vermummt dazwischen. Der Bauer, mit seiner Bäuerin neben sich auf dem Bock, schnalzte mit der Zunge, die beiden Pferde zogen an, und ich winkte ihnen nach und sah noch lange vor meinen Augen das erwartungsvolle Gesichtchen meiner kleinen Tochter, die inmitten ihrer neuen Familie einem wunderschönen Erlebnis entgegenfuhr.

»Und es war doch richtig«, murmelte ich vor mich hin und machte mich an mein Tagewerk.

Wenig später kamen die beiden Frauen. Einträchtig und in schönster Übereinstimmung erledigten wir, was uns aufgetragen war. Schon am frühen Nachmittag türmten sich die im Fett goldgelb gebackenen »Chüechli und Strübli« in den mit sauberen Tüchern ausgeschlagenen Körben, der Tisch war gedeckt, der Kessel mit dem sauren Kraut aufgesetzt, und die beiden Gänse, die zur Feier des Tages ihr Leben lassen mußten, bratfertig. Was nun noch zu tun übrig war, erledigte ich, und sie verabschiedeten sich mit ihrem Anteil an Gebackenem, welcher ihnen für ihre Hilfe zustand.

Ich war alleine, zum ersten Mal seit langem. Nichts Lebendes war zu hören als das Schnauben und Scharren der Tiere im Stall, und plötzlich überfiel mich mit aller Macht, so, als würde ein schwarzes Tuch über mich geworfen, eine bedrückte Stimmung, gegen die ich mich nicht zur Wehr setzen konnte. Ich dachte an meinen Martinimarkt vor vielen Jahren, und die Sehnsucht nach Martin, seiner Stimme, seinen Händen, seinem Mund wurde übermächtig. Die Sorge um ihn, die Angst um sein Wohlergehen wollte mich beinahe erdrücken. Es war mir, als sollte ich alles stehen- und liegenlassen und mich selbst aufmachen nach diesem Venedig, um mir mein Glück gewaltsam zurückzuholen. Schon so viele Male hatte ich geschrieben, die Briefe aber nie abgeschickt, denn ich wußte, das war sinnlos. Galeerensträflinge erhielten keine Briefe, durften auch selbst nicht schreiben. Trotzdem hoffte ich ständig auf ein Lebenszeichen von ihm, und wäre es noch so klein, ein Zeichen, das mir anzeigte, daß ich nicht vergebens wartete. Aber da war nichts, nichts als die Leere und die grausame Angst, ihn niemals wiederzusehen. Nun stand ich in einer fremden Küche, bei fremden Menschen, die nicht einmal meines Schlages waren, und obschon ich wußte, daß ich Letzteres selbst so gewollt hatte, tat ich mir aufs Tiefste leid. Der Kummer übermannte mich, und während das Kraut und die Würste für das Abendessen in der Pfanne sotten, die Gänse in ihrem Fett brutzelten, das Feuer tanzende Lichter auf den hartgestampften Lehmboden warf und über mir im rußgeschwärzten Rauchfang Schinken und Speck der Vollendung entgegenreiften, kauerte ich mich zusammen und weinte mir die Seele aus dem Leib. So überhörte ich das Klopfen an der Tür.

»Na, na, Jumpfer, so schlimm wird es wohl nicht sein.«

Meine tränenblinden Augen sahen einen tiefvermummten Mann, der seinen Tragkorb sorgfältig auf den

Boden stellte, und sich, von der Last befreit, reckte und streckte.

»Einen Schluck Wein würde ich vertragen, Jumpfer, und falls du etwas von dem, was da im Kessel schmort, entbehren könntest, würde ich auch nicht nein sagen.«

Er warf seine Kapuze weg, und ich sah ein wettergegerbtes, zerfurchtes Gesicht unter buschigen Brauen. Es war ein Hausierer, den ich noch nie gesehen hatte, und ich wunderte mich, denn wir hatten unseren eigenen Hausierer, der regelmäßig vorbeikam. Aber ich gab ihm, was er verlangte, denn es war so Sitte, sah ihm beim Essen zu, und er plauderte über allerlei, beobachtete mich dabei aufmerksam, und ich fühlte mich immer unbehaglicher.

»Hat die Jumpfer Liebeskummer?« meinte er auf einmal und begann genüßlich in den Zähnen herumzustochern.

»Und wenn – was geht es dich an?«

»Nun, es könnte ja sein, daß du auf einen Brief wartest.«

»Auf welchen Brief?« Plötzlich fiel mir das Atmen schwer.

»Vielleicht auf einen Brief aus Venedig?«

Es war wie ein Schlag in den Magen.

Der Besuch des Hausierers machte aus mir einen neuen Menschen. Er hatte mir das Schreiben übergeben mit dem Hinweis, daß ihn in Bern eine junge, ihm unbekannte Frau, in der ich nach seiner Schilderung Elisabeth erkannte, um den Botendienst gebeten hatte.

»Ich hätte es nicht getan, wenn sie nicht so freundlich gewesen wäre, denn hier ist nicht mein Gebiet. Meine

Kundschaft wohnt im Emmental. Der Umweg, den ich deinetwegen tun mußte, hat mich viel Zeit gekostet. Zudem verpasse ich den Martinimarkt. Ich hoffe, du weißt das zu schätzen.«

So gab ich ihm das ganze seit Freiburg verdiente Geld – darunter zwei Silberstücke – und hätte ihm auch mehr gegeben, denn ich hatte Martins Handschrift sogleich erkannt. Ich nahm den Brief an mich und flüchtete mich damit hinaus in den Stall. Dort, auf einem Strohballen sitzend, starrte ich lange auf die geliebten Schriftzüge, ohne deren Sinn zu erfassen. Ich fühlte nur, daß etwas Wunderbares geschehen war: Martin war nicht tot, mein Martin lebte!

Und dann begann ich zu lesen.

Meine geliebte Josiane

Ich verfasse diesen Brief im geheimen, aber ich bin voller Freude, daß ich endlich eine Gelegenheit sehe, Dir Nachricht zukommen zu lassen. Dir nicht schreiben zu können, nichts von Dir zu hören, war mir das Unerträglichste, das mir hier auf den Galeeren geschehen ist. Schreiben ist uns bei grausamer Strafe an Leib und Leben verboten!

In Kürze wird nun mein Kamerad, der an meine Seite gekettet ist, entlassen. In den zwei Jahren seiner Haft sind wir Freunde geworden, und er hat mir versprochen, mein Bote zu sein.

Bevor er nach Basel weiterzieht, wo er Familie hat, wird er meinen Brief bei Deinen Eltern in Bern abgeben, und ich hoffe, daß sie ihn Dir zukommen lassen, wo immer Du jetzt auch sein wirst.

Das Leben hier ist hart und oft grausam, aber ich habe mich daran gewöhnt. Wer sich nicht daran gewöhnt, stirbt, und das möchte ich nicht, denn die Hoffnung, Dich wiederzusehen begleitet mich Tag und Nacht, hält mich aufrecht, auch in den schlimmsten Stunden, und ich bete zu Gott, daß er mir diese Gnade gewährt. Bete auch Du, Josiane. Nichts kann mir mehr Trost sein, als der Gedanke an das Einssein im Gebet.

Seit kurzem werden wir Galeerentäufer etwas weniger hart behandelt, und man hat auch aufgehört, uns von unserem Glauben abbringen zu wollen. Man läßt uns in Ruhe, und es geht das Gerücht, daß die Hohen Gnädigen Herren von Bern in Venedig Einsprache für uns eingelegt hätten. Das gibt uns neuen Mut. Doch ich weiß, daß Gottes Mühlen langsam mahlen und Ungeduld das Warten nur verschlimmert. Ich versuche, gelassen zu bleiben, doch meine Zuversicht ist gewachsen. Ich hoffe, daß es Dir gut geht, daß Du gesund bist, und ich grüße und küsse Dich von Herzen. *Martin*

Ich war erschüttert. Also war er seinem Glauben treu geblieben, schien darin noch fester geworden zu sein, und ich schämte mich. Wie oft hatte ich mit Gott gehadert, ja, ihn verwünscht und ihm geflucht, und das »Vaterunser«, das ich am Tage des Sturms mitgebetet hatte, war das erste gewesen seit langer Zeit.

Eine ganze Weile blieb ich noch auf meinem Strohballen sitzen, las den Brief immer und immer wieder, bis mir der wartende Hausierer einfiel. Doch der war nicht mehr da, war weggegangen, ohne daß ich ihn über Näheres hätte ausfragen können, und mit ihm waren die beiden Würste verschwunden, die auf dem Kraut gelegen hatten. Normalerweise hätte ich dies als unverschämt empfunden, doch das Glücksgefühl in mir ließ mich darüber hinwegsehen und zwei andere Würste aus dem Rauchfang holen. Ich würde der Bäuerin erklären, daß halberfrorene Bettler vorbeigekommen seien, und ich sie ihnen gegeben hätte. Sie würde ungehalten sein, denn natürlich stand es mir nicht zu, Dinge zu verschenken, die mir nicht gehörten. Aber ich hatte schon oft bemerkt, wie gütig sie armen Menschen gegenüber war, und wenn ich mein Geständnis richtig vorbrachte, würde sich ihr Unmut in Grenzen halten. Das hoffte ich, und unterdessen ich auf die Marktfahrer wartete, überlegte ich mir die Worte, die ich später an Martin schreiben würde, um auch diesen Brief bei den andern aufzubewahren. Eines fernen Tages vielleicht, eines fernen Tages würde er sie lesen. Eine neugewonnene Zuversicht ließ mich eine rosige Zukunft sehen. Es war gut, daß ich damals noch nicht wußte, wie lange es dauern sollte, bis ich wieder von ihm hörte und was mir alles noch bevorstand.

Es wurde ein harter Winter mit viel Schnee und großer Kälte. In unserem eisigen Gaden pfiff die Bise durch die Ritzen, der Atem gefror augenblicklich und setzte sich als Reif an den Bettdecken fest. Um uns einigermaßen warm zu halten, schliefen wir in unserer Unterwäsche, ja, hüllten uns noch zusätzlich in Kleidungsstücke, so daß wir uns am Abend nicht aus-, sondern umzogen. Die Luft war stickig und verbraucht, aber wir getrauten uns nicht, das Fensterchen zu öffnen. Barbara und ich schmiegten uns eng aneinander und wärmten uns so gegenseitig, die andern aber klapperten noch mit den Zähnen, lange nachdem wir es schon behaglich hatten. Mußten wir in der Nacht unsere Notdurft verrichten, war am Morgen der Urin im Nachttopf gefroren, was zum Vorteil hatte, daß er nicht roch. Die Fenster waren mit Eisblumen überzogen und unsere Kleider klamm, so daß wir uns angewöhnten, sie zu uns unter die Decke zu nehmen, um sie warm zu halten. Als Anna uns in einem Krug heißes Waschwasser holte, zersprang die eiskalte Schüssel in drei Teile. Danach durften wir uns unten in der Küche waschen, was eine große Erleichterung war, jedoch mehr Zeit erforderte, weshalb wir eine halbe Stunde eher aufzustehen hatten. Mathieu und den Knechten erging es nicht besser, doch sie schliefen oft im Stall, der von der Ausdünstung der Tiere angenehm warm war, und kuschelten sich an Abar. Ihm allein schien die Kälte nichts anzuhaben.

Im März setzte zu früh und unverhofft Tauwetter ein. Die Frostbeulen an Zehen und Händen, welche wir mit Schnee und von mir zubereiteten Salben behandelt hatten, heilten gänzlich ab, doch dafür trat ein Unwohlsein auf, das mit Husten und laufender Nase begann und sich mit Glieder- und Kopfschmerzen zu einem bösartigen Fieber auswuchs. Es gab kaum ein Haus, indem nicht jemand darniederlag, und so wurden auch wir nicht verschont. Hustend brachten wir die Nächte zu und fanden deshalb kaum Ruhe. Das Fieber aber erfaßte die Bäuerin, den jüngeren Sohn Hannes und Eva. Das bekümmerte mich, denn ich mochte Eva sehr gern. Sie und Anna, die nun die Bäuerin vertrat, waren meine Vertrauten geworden. Rosa, die neu eingestellte Magd, murrte über die anfallende Mehrarbeit und weigerte sich mehrmals, Annas Anweisungen zu folgen. Barbara half, wo sie konnte, und zeigte zu meiner Freude großes Geschick im Umgang mit den Kranken. Ich bereitete eine Arznei zu aus Wermutblättern, welche ich zu Pulver zerrieb und mit Honig mischte, wechselte tageweise ab mit einem aus Hirse und Rotwein hergestellten Absud und ergänzte mit einem Tee von echtem Thymian. Dazu verordnete ich absolute Reinlichkeit, und willig beugten sich alle – selbst der Bauer – meinen Anordnungen. Ohne Widerrede trank jedes vor den Mahlzeiten eine Tasse Borretschaufguß, der schleimlösend und vorbeugend wirkte, und es wurde mir als mein Verdienst angerechnet, daß niemand mehr am Fieber erkrankte. Das freute mich sehr, und als die Meisterin wieder selbst das Zepter übernehmen konnte, begegnete sie mir mit einer Anerkennung, die meine Stellung in diesem Hause um einiges festigte.

Obschon sich Hannes noch nicht völlig erholt hatte, ahnte niemand mehr etwas Böses. Da wurde ich eines Nachts von der Bäuerin aus dem Schlaf gerüttelt. Sie war außer sich.

»Josiane, du mußt uns helfen, der Bub hat entsetzliche Leibschmerzen.«

»Hat er erbrochen?«

Sie schüttelte den Kopf, und ich warf hastig mein Kleid über und folgte ihr in die Schlafkammer der Kinder. Der Kleine wand sich in Krämpfen. Sein Gesicht war tränenüberströmt. Ich tastete seinen Leib ab, fand aber nichts, was auf den Ursprung der Schmerzen hinwies. So gab ich den beiden Mägden, die uns mit ängstlichen Augen nachgekommen waren, den Auftrag, Wasser aufzusetzen.

»Wir werden Leibwickel machen. Haben wir Heublumen?«

Die Bäuerin nickte und gab Eva einen Wink. Diese

eilte, das Gewünschte zu holen, und dann wechselten wir uns ab, halfen einander, wickelten den Körper des Jungen in die dampfenden Tücher, bis seine Schmerzen nachließen und er in den Armen seiner Mutter in einen erschöpften Schlaf fiel. Alle waren erleichtert, doch ich blieb auf der Hut und beobachtete das Kind weiter, denn das Ganze wollte mir nicht gefallen. Zwei Tage später klagte er erneut über Halsschmerzen. Sein Rachen war gerötet und der Gaumen aufgeschwollen, und als ich gegen Abend den gelbbraunen Schleimbelag entdeckte, ging ich in unsere Kammer, holte meine Arzneibücher hervor und blätterte lange darin herum. Die Bäuerin war mir gefolgt. Schwer setzte sie sich neben mich auf das Strohlager.

»Es ist etwas Ernstes, nicht wahr?«

»Ich kann noch nichts sagen.«

»Was befürchtest du?«

»Gibt es einen Arzt hier in der Nähe?« fragte ich statt einer Antwort, und sie erschrak.

»In Oltigen gibt es einen Kräuterdoktor, den Oltiger, wie man ihm sagt, und in Murten einen Gelehrten. Glaubst du, es wird nötig sein?«

»Ich weiß es nicht, es wird sich in den nächsten Stunden weisen.«

Sie nickte und erhob sich.

»Bäuerin!«

»Ja?«

»Ich möchte dich um etwas bitten: Verbiete den Kindern seine Kammer.«

Stumm schaute sie mich an, und ich sah die Angst in ihren Augen, eine Angst, die auch mich erfaßte, je länger ich in meinen Schriften las. Gegen Abend, als ich die

Krankenstube wieder betrat, bemerkte ich den süßlich-fauligen Mundgeruch des Kindes, vernahm das ziehende Atemgeräusch, ertastete die Knoten an seinem Hals, und ich sagte:

»Meisterin, es ist die Halsbräune.«

»Bist du sicher?«

»Ganz sicher!«

»Was können wir tun?«

Ich zuckte mit den Schultern. »Dagegen bin ich machtlos. Das einzige, was nützlich wäre, ist Knoblauch. Aber das reicht nicht, das Kind braucht einen Arzt.«

Die Mägde begannen zu jammern, doch die Bäuerin herrschte sie an zu schweigen, und unterrichtete ihren Mann, der unverzüglich nach dem Doktor ausritt. Die verängstigten Kinder hatten sich in eine Ecke gedrückt und schauten uns zu, wie wir saubere Leinenstreifen im Saft zerstampfter Knoblauchzehen tränkten und diese vor Mund und Nase banden. Zerstampften Knoblauch brachten wir auch in die Krankenstube und in die Schlafkammern, aßen selbst auch davon, so daß der durchdringende Geruch das ganze Haus durchzog und uns die Tränen in die Augen trieb. Es war die stärkste Medizin, die ich kannte, um Krankheitserreger abzutöten, und ich hoffte bei Gott, daß sie wirkte, denn der Gedanke, Barbara könnte sich ebenfalls angesteckt haben, ließ mich schaudern.

Dem Buben ging es zusehends schlechter. Bei jedem schweren, ziehenden Atemzug zog sich die Haut seiner Halsgrube ein, und seine Mutter nahm ihn in die Arme, lehnte ihn an sich und hielt ihn in halb sitzender Stellung fest, damit ihm das qualvolle Luftholen leichterfiel.

»Wo bleibt nur mein Mann mit dem Oltiger?« seufzte

sie, und auch ich ertappte mich dabei, daß ich auf das Geräusch herantrabender Pferde lauschte. Doch es ging noch eine ganze Weile, bis der Bauer zurückkam, und dann war sein Gesicht weiß wie der Tod.

»Er kommt nicht«, keuchte er, »der Oltiger kann nicht kommen. Die Seuche ist überall. Seine Frau sagte mir, er sei schon seit dem frühen Morgen unterwegs und könne kaum etwas ausrichten, die Kinder stürben weg wie die Fliegen!«

»Dann reite nach Murten, hol den Mediziner! Es kann doch nicht sein, daß unser Sohn so elend zugrunde gehen muß.«

»Ich nehme das zweite Pferd mit. Wenn auch er reitet, anstatt im Wagen zu fahren, sind wir schneller wieder hier.«

Er legte seiner Frau die Hand auf die Achsel und sagte: »Betet, betet«, dann eilte er davon.

Nun zog sich die Zeit mühsam dahin. Die Bäuerin wiegte ihr Kind sachte hin und her und sprach beruhigende Worte. Das gleichförmige Murmeln des betenden Gesindes drang aus der Küche. Gegen Mitternacht wurde der Bub unruhig. Das Atemgeräusch hatte sich verstärkt, sein Gesicht war gelblich. Er hielt die Augen geschlossen, und ich griff nach seinem Handgelenk. Der Puls raste. Ich wußte, daß die nächste Stunde die Entscheidung bringen würde, die Entscheidung über Leben oder Sterben. Noch nie hatte ich mich so hilflos gefühlt, und auf einmal fielen mir Worte ein, die ich am Morgen in einem meiner Bücher gelesen, doch ihrer Ungeheuerlichkeit wegen verdrängt hatte:

Wenn der Erstickungstod droht, hieß es da schwarz auf weiß, muß die Luftröhre mit einem spitzen Gegenstand durchbohrt werden. Ich beugte mich zur Bäuerin und flüsterte:

»Ich bin gleich wieder da.« Dann schlüpfte ich in die Küche. Tränennaß waren die Gesichter der Mägde und ernst diejenigen der Männer. Zusammengerollt wie zwei junge Hunde, schliefen die Kinder neben dem Feuer. Ich gab Mathieu ein Zeichen, und er folgte mir in den Stall.

»Mathieu, der Junge stirbt. Es gibt nur eine Rettung, und dazu brauche ich einen spitzen Gegenstand. Ich werde ihm die Luftröhre durchbohren.«

Er erschrak nicht und verwarf auch nicht die Hände, wie das jeder andere getan hätte; er blieb ganz ruhig, ging in die Sattelkammer und kehrte mit einer dicken Ahle zurück.

»Versuch's mit dieser hier, ich werde dir helfen, wenn du willst.« Dankbar nickte ich.

»Ich werde das Ding auskochen müssen, hoffentlich reicht die Zeit.«

Während das Werkzeug im brodelnden Wasser lag, schrubbten wir uns die Hände, tauchten dann die Ahle in den übriggebliebenen Knoblauchsaft und betraten zusammen die Krankenstube. Das Kind lag teilnahmslos mit offenen Augen in ihren Armen. Ich bemerkte seinen trüben Blick und sah die bläuliche Färbung um Mund und Nase. Die Bäuerin weinte.

»Ich ertrage es nicht mehr, Josiane, bitte, hilf ihm, hilf ihm!«

»Wir versuchen es, Meisterin, aber du mußt uns vertrauen. Überlaß mir das Kind, und fürchte dich nicht vor dem, was geschieht.«

Ich hatte gut reden und kam mir vor wie eine Heuchlerin, denn mich erfüllte eine große Angst vor dem, was ich zu tun gedachte. Aber hatte ich denn eine Wahl? Das Kind würde sterben – so oder so –, da war es einen Versuch wohl wert, und Eile tat not.

Mathieu nahm den Platz der Bäuerin ein, hielt den schlaffen Körper fest in seinen Armen und bog ihm den Kopf zurück. Vorsichtig ertastete ich den Kehlkopf, ertastete unterhalb den Knorpel, suchte den Punkt, den ich durchbohren wollte.

»Mach schon«, befahl Mathieu leise, und ich stieß zu.

Ein Zucken durchlief das Kind, es zeigte sich nur wenig Blut, als ich die Ahle herauszog. Die Mutter hatte aufgeschrien. Nun stand sie mit entsetztem Gesicht, die Hände an den Mund gepreßt, mitten in der Kammer und starrte mich an, als wäre ich der Leibhaftige. Mir zitterten die Knie, und ich mußte mich setzen. Eine große Schwäche befiel mich, und Tränen liefen mir über die Wangen. Was, um alles in der Welt, hatte ich getan?

Das Röcheln hatte aufgehört. Ohne Zweifel hatte ich den Buben umgebracht. Ich ließ mich auf die Knie fallen und schluchzte bitterlich. Nur langsam drang Mathieus Stimme in mein Bewußtsein:

»Schau her, so schau doch!«

Da sah ich, daß der Brustkorb sich hob und senkte, hob und senkte ohne die qualvolle Anstrengung der letzten Stunden. Die Atemluft strömte in beruhigender Regelmäßigkeit durch die erbsengroße Öffnung. Der Kleine lag in einem erholsamen Schlaf, der Leben kündete, der zusehends die bläulichen Schatten aus seinem Gesicht wegwischte, so daß es schien, als müßte Gevatter Tod für diesmal unverrichteter Dinge abziehen.

Unsere Erleichterung war unbeschreiblich. Die Spannung der ausgestandenen Angst löste sich in Lachen, Weinen, Umarmungen. So traf uns der Bauer an, als er todmüde und erhitzt vom schnellen Ritt sein Haus betrat. Er deutete den Aufruhr falsch, glaubte zuerst, er sei in ein Todeshaus getreten, schuldigte sich an, den Arzt nicht mit Gewalt hergeschleppt zu haben, doch dieser wäre weder für Geld noch für gute Worte zu bewegen gewesen, mitzukommen. Auch in Murten ginge die Seuche um, und es sei überall ein großes Jammern.

Abwechselnd hielten wir dann Wache am Krankenbett, bis der Morgen graute, und mit dem ersten Tagesschimmer kam auch der Kräuterdoktor von Oltigen, übernächtigt, grau im Gesicht vor Müdigkeit, schnupperte den knoblauchgeschwängerten Dunst des Hauses und bellte unfreundlich:

»Wer war das?« Die Bäuerin deutete auf mich, und er musterte mich unter buschigen Brauen, wandte sich dann dem Kinde zu. Ein ums andere Mal schüttelte er den Kopf, murmelte vor sich hin, wies dann auf die Wunde und fragte:

»Warst du das auch?«

Ich nickte. Unter dem Blick seiner zusammengekniffenen Augen wurde mir ganz bange. Hatte ich doch etwas falsch gemacht?

»Ich mag es nicht, wenn jeder Tropf sich anmaßt, drauflos zu quacksalbern, aber was wahr ist, ist wahr, und ich muß es sagen: Die Jumpfer hat eurem Sohn das Leben gerettet. Kocht eine Fleischbrühe, kühlt sie ab, entfettet sie und versucht, dem Kind etwas davon einzuflößen. Ich komme gegen Mittag nochmal vorbei.«

Damit stapfte er hinaus. Sein Lob freute mich. Daß es mithelfen würde, mein Leben in neue Bahnen zu lenken und ich mit meinem Tun den Grundstein zu meiner Selbstständigkeit gelegt hatte, ahnte ich noch nicht.

Langsam genas Hannes. Die gelblichbraunen, zähen Beläge im Rachenraum hatten sich in kurzer Zeit zurückgebildet, die Gefahr des Erstickens war gebannt. Der Oltiger versorgte die kleine Wunde am Hals, und sie verheilte gut. Die Seuche klang ab, und obschon es in weitem Umkreis viele Opfer zu beklagen gab, nahm der Alltag nach und nach wiederum seinen gewohnten Lauf.

Es war an einem Abend kurz vor Ostern, als mich die Bauersleute zu sich riefen. Dies geschah nur, wenn Tadel auszusprechen war oder gar die Kündigung, und ich war sehr besorgt. Am Brunnen wusch ich mir Gesicht und Hände, band mir eine saubere Schürze um und betrat die Stube. Verlegen forschte ich in ihren Gesichtern, konnte aber nichts Drohendes entdecken. Im Gegenteil, ich sah freundliche, beinahe feierliche Mienen.

»Wir möchten dir etwas mitteilen, Josiane, setz dich.«

Ordentlich ließ ich mich auf dem mir angebotenen Platz nieder und faltete die Hände im Schoß. Der Bauer räusperte sich.

»Wie uns der Oltiger sagte, und wie wir es selbst auch wissen, hast du unserem Buben das Leben gerettet. Wir sind deshalb tief in deiner Schuld. Um dir unsere Dankbarkeit zu beweisen, möchten wir dir etwas schenken.«

Ich machte eine abwehrende Handbewegung, weil es sich so gehörte, war aber voller neugieriger Erwartung. Der Bauer beachtete denn auch meinen angedeuteten Einwand nicht und fuhr fort.

»Wir haben dabei an die beiden Kälbchen gedacht

oder an den Wurf Ferkel, oder vielleicht hättest du lieber ein Stück Land zur Nutzung, um dort deine Heilkräuter und anderes zu ziehen. Wir wissen, daß das für dich überraschend kommt. Du brauchst dich nicht jetzt gleich zu entscheiden. Überleg es dir in Ruhe und gib uns Bescheid.«

Damit entließen sie mich, und da mein Tagewerk beendet war, hielt ich mich – aufgewühlt wie ich mich fühlte – nicht damit auf, die neugierigen Fragen der Mägde zu beantworten, mochte überhaupt mit niemandem sprechen, sondern ging davon, über die umgebrochenen Felder dem Faverwald zu. Dort stand auf hofeigenem Boden die halbzerfallene Hütte, in der Mathieu mit Abar beim großen Unwetter Schutz gefunden hatte. Ich mochte diesen Ort, nicht nur weil man von da aus einen wunderschönen Ausblick genoß, sondern weil mich die Hütte auf eine unerklärliche Art fesselte. Sie mußte seit langem ungenutzt sein, und das sah man ihr an. Spalten klafften in den verwitterten Holzwänden, Gras wuchs aus den Ritzen. Durch das Dach sah man den Himmel, die Balken waren teilweise morsch, die Fensteröffnungen leer, der Kamin bröckelte ab. Viel Gerümpel lagerte in den beiden Räumen, Staub und Spinnweben überall, und im hinteren, zerfallenen Teil, der wohl einst als Schuppen gedient hatte, hauste ein Käuzchen. Aber unter Brettern und Stangen hatte ich einen ganz gut erhaltenen Herd entdeckt, der in mir Bilder heraufbeschwor, Bilder einer warmen Küche, brodelnder, nach Fleisch und Gewürzen duftender Töpfe und eines großen Tisches, so wie ihn Apollonia besessen hatte. Bis dahin nur ein Traum, unausgereifte Gedanken einer weit entfernten Möglichkeit – und endlich, sozusagen über

Nacht, in greifbare Nähe gerückt. Zu besinnen brauchte ich mich nicht, denn ich wollte keine Kälbchen; ich wollte auch keine Ferkel und keinen Kräutergarten, ich wollte dieses hier, diese halbzerfallene Hütte am Saum des Faverwaldes – und etwas Hilfe, um sie bewohnbar zu machen.

Sicher empfanden mich die Meistersleute als undankbar, als ich ihre großzügigen und gutgemeinten Geschenke ausschlug und stattdessen meinen Wunsch vorbrachte. Der Bäuerin jedenfalls sah ich die Enttäuschung an.

»Aber weshalb muß es ausgerechnet diese heruntergekommene Behausung sein? Dort spukt es.«

»Es spukt?«

»Man sagt es. Hin und wieder sieht man da Lichter. Jedenfalls mag niemand dort wohnen, sonst hätten wir es schon lange zurechtgemacht und vermietet.«

»Ich fürchte keine Gespenster.«

»Aber dies ist kein Heim für Barbara. Ihr habt es bei uns doch gut!«

»Ja, das haben wir schon! Aber es wären meine eigenen vier Wände.«

»Überschlafen wir es«, meinte der Bauer.

Noch am selben Abend sah ich ihn hinüberreiten zum Faverwald, und drei Tage später gehörte die Hütte mir, einschließlich der Lichtung, auf der sie stand. Damit alles seine Richtigkeit hatte, waren wir zum Statthalter gegangen, hatten die Schenkung schriftlich festgemacht, und ich weinte vor Freude, als mir die Meistersleute das Dokument überreichten.

»Nun mußt du dein Haus bewohnbar machen; dies wird nicht leicht sein«, meinte der Bauer, »denn den größten Teil der Hilfe, die ich dir zugesichert habe, kann ich dir erst nach der Ernte anfang Winter geben.«

Ich war viel zu glücklich, um sofort zu begreifen, daß es noch mindestens ein Jahr dauern würde, bis ich am Ziel meiner Träume sein würde, bedankte mich bei Meister und Meisterin, wie es sich gehörte, und es konnte meine Freude auch nicht trüben, als ich die Bäuerin zu ihrem Mann sagen hörte:

»Ich hoffe, du weißt, was du gemacht hast. In unseren Familien war es noch nie üblich, Boden einfach so zu verschenken.«

»Sie hat Hannes das Leben gerettet, vergiß das nicht – und wir sind vor weiterem Übel verschont geblieben, das ist doch weiß Gott Grund genug, um ...«

Den Rest verstand ich nicht mehr.

Bis jetzt hatte ich Mathieu und Barbara nichts von meinen Plänen erzählt. Nun war die Zeit dazu gekommen. Voller Stolz führte ich sie auf meinem Besitz herum, was allerdings schnell geschehen war, erklärte begeistert, wie ich die Räume einrichten würde, beschwor den Duft der kochenden Fleischbrühe mit blumigen Worten herauf und übersah geflissentlich die erschrockenen Augen meiner Tochter.

»Hier sollen wir wohnen, Mutter?« fragte sie ungläubig.

»Genau, dies wird unser neues Zuhause.«

»Aber wie denn? Schau, das Dach ist leck, es wird hereinregnen – und dann der ganze Gerümpel!« Hilfe heischend schaute ich zu Mathieu.

»Wie denkst du darüber?«

»Du bist unmöglich, Josiane.«

»Aber warum denn? Ich hab' es euch doch erklärt.«

»Mir scheint, du hättest besser daran getan, die Ferkel zu nehmen. Sie hätten dir im Herbst ein schönes Stück Geld eingebracht. Damit hättest du dieses baufällige Haus zweimal kaufen können und noch genug übrig gehabt, um Handwerker einzustellen.«

»Du verstehst es nicht, Mathieu. Verkauft hätten sie nicht, davon bin ich überzeugt. So was tut ein Landmann kaum ohne Not. Ich mußte das Eisen schmieden, solange es noch heiß war, solange sie mir noch dankbar waren. Ich bin sicher, daß es so richtig ist.«

»Nun, wenn du meinst! Ich hoffe, es ist dir aufgefallen, daß es hier keinen Brunnen gibt. Willst du das Wasser etwa vom Hof hinüberschleppen?«

»Du vergißt das Rinnsal, das da hinten durch den Wald fließt. Ich habe es mir angesehen; man könnte eine Zuleitung bauen.«

Mathieu lachte. »Du bist nicht kleinzukriegen, was.«

»Nein!«

Mein Glücksgefühl begleitete mich in die nächsten Tage. Daran änderten auch die spitzen Bemerkungen der Mägde nichts, welche meinten, keine zehn Pferde brächten sie an diesen verrufenen Ort. Lieber würden sie im feuchtesten Graben schlafen, als eine Nacht in diesem Hause zu verbringen, geschweige denn, dort zu leben.

»Einmal, vor vielen Jahren – ich war damals noch nicht auf der Welt – hat dort eine Hexe gewohnt«, meinte Eva.

»Welche Hexe?«

»Sie haben sie verbrannt.«

»Und weshalb?«

»Man erzählt sich, sie habe den Bauern weitherum das

Vieh verdorben. Auch Hagelwetter und Dürre habe sie machen können – und sonst noch so allerlei.«

»Ja, und mit demTeufel gebuhlt, das hat sie auch. Man habe sie nackt auf dem Besen über den Wald fliegen sehen – und das nicht nur einmal«, sagte Anna.

»Dann hat man ihr den Prozeß gemacht, und der damalige Scharfrichter von Bern ist gekommen und hat sie mitgenommen. Sie sei gerichtet worden, wie es sich für eine Hexe gehört, und seither geistert sie herum.«

Anna lachte hämisch und mich schauderte. Die Frau, die auf diese Weise umgekommen war, tat mir aus tiefster Seele leid, und ich mußte an David denken, dem ebenso geschehen war.

»Und dann hat niemand mehr dort gewohnt?«

»Doch, verschiedene Male. Der letzte war ein Besenbinder mit seiner Frau; das ist ungefähr fünf Jahre her. Sie haben es aber nicht lange ausgehalten und sind eines Morgens Hals über Kopf samt ihrer Habe weggegangen. Seither steht es leer.«

»Was geschieht denn so Fürchterliches in diesem Haus?«

»Nun, man hört ein Schnaufen und Rülpsen mitten in der Nacht, dann auf dem Dach die tapsenden Schritte der Dämonen und ein Seufzen und Stöhnen.«

Eva lachte: »Aber nicht ein Schmerzgestöhn, es ist ein Lustgestöhn, wenn du weißt, was ich meine. Das ist die verdammte Seele der Hexe mit ihrem Buhlen, dem Teufel! Sie treibt es fast jede Nacht mit ihm.«

Neugierig musterten mich die Mägde, um zu sehen, welche Wirkung die Schauermär auf mich hatte. Ich tat ihnen den Gefallen nicht, mich kleinmütig zu zeigen. Angst vor der ruhelosen Seele dieser unglücklichen Frau hatte ich keine, es war etwas anderes: Die Erwähnung des Scharfrichters hatte mich berührt. Urplötzlich sah ich mich meiner Vergangenheit gegenüber, die abzulegen ich mir solche Mühe gab, und ich fragte mich, ob dies am Ende ein böses Omen sei. Zudem überfiel mich mit aller Macht die Erinnerung an mein Elternhaus, an meine Mutter, an Elisabeth, an alles, was mir in Bern so lieb gewesen war, und erneut stiegen Zweifel in mir auf. Ich fragte mich, ob der Preis, den ich für unser neues Leben bezahlte, nicht doch zu hoch sei, und gleichzeitig wußte ich, daß es kein Zurück mehr gab, nur noch ein Vorwärts, denn ich war schon zu weit gegangen.

Ich schlief kaum in dieser Nacht. Nichts war mehr übriggeblieben von dem Hochgefühl der letzten Tage. Die heraufbeschworenen Bilder meiner Jugendzeit ließen mich nicht mehr los, ließen sich nicht verdrängen. An meiner Seite schlummerte Barbara ruhig und tief, während mich die Gewissensbisse beinahe erdrückten. Welch unerfreuliche Tochter war ich doch meinen Eltern! Wie schlecht hatte ich ihnen ihre Güte gelohnt, ihre Sorge um uns. Mit Bitterkeit würden sie meiner gedenken, denn zu der Stunde, zu der ich ihren Stand verleugnet hatte, hatte ich auch sie verleugnet und ihnen Trauer und Schmerz beschert. Schande, Schande über mich!

Immer höher türmte sich der Berg meiner Schuld in meinem Inneren, und so verzweifelt war ich, daß ich zu beten begann, diesmal nicht um unser Wohlergehen oder um Martin, sondern darum, einen Weg zu finden, dieses große Unrecht zu sühnen. Ich erfuhr, wie endlos lang eine Nacht sein kann, die man in Seelenqualen zubringt.

Der Morgen graute schon, als mir der Gedanke kam, der mir Erleichterung brachte: Schreiben! Ich wollte meinen Eltern schreiben und sie um Verzeihung bitten für alles, was ich ihnen angetan hatte. Wenn sie verstünden, daß ich sie liebte und immer lieben würde, daß ich um Barbaras willen so gehandelt hatte, könnten sie mir vielleicht vergeben.

So trübte die erste dunkle Wolke meinen Besitzerstolz und warf ihren schwarzen Schatten auch auf die Hütte am Saum des Faverwaldes.

Jede freie Minute verbrachte ich nun auf meinem Grund und Boden, schaffte Unrat und Gerümpel aus den Räumen, wobei ich noch manch Brauchbares fand, das ich aufhob, schichtete das Unbrauchbare auf der Lichtung zu einem Haufen zusammen und verbrannte es. Als die Tage länger wurden, entband mich die Bäuerin öfters um einiges früher von meinen Pflichten, was sehr freundlich von ihr war. So konnte ich mehr verrichten, arbeitete oft bis tief in die Nacht hinein, wobei mir Mathieu mit der Erlaubnis des Meisters häufig beistand. Er war dabei, als ich unter vermodertem Laub die Überreste eines hölzernen Brunnentroges fand. Zusammen legten wir ihn frei, folgten der verschütteten Zuleitung bis zu dem bereits erwähnten Rinnsal und entdeckten, unter Laub verborgen, die Quelle. Es sprudelte nur spärlich, doch es bedeutete, daß ich das notwendige Wasser nicht, wie befürchtet, meilenweit würde herbeischleppen müssen.

»Siehst du, ich hab' es doch gewußt«, triumphierte ich, und Mathieu nickte anerkennend.

Später zeigte sich, daß die für mich so wichtige Feuerstelle gut erhalten war und nur am Kamin einiges zur Wiederherstellung getan werden mußte. Am schlimmsten waren die Schäden am Dach und der dem Regen am meisten ausgesetzten Wand, deren Balken morsch waren. Auch der Anbau sah schlimm aus. Diesen würde man abreißen und neu aufbauen müssen. Es machte mich beinahe krank vor Ungeduld, daß ich dafür noch so lange zu warten hatte, war mir wie ein Dorn im Fleisch, und ich sagte:

»Ich werde auf Martini kündigen. Wenn der Bauer sein Versprechen hält, ist das Haus bis dahin bewohnbar, und wir können einziehen.«

»Und wie willst du leben ohne Verdienst?«

»Ich bekomme ja meinen Lohn, der muß reichen bis im Frühjahr für Barbara und mich.«

»Dies ist kein guter Gedanke. Es fehlt hier noch an so vielem. Ihr würdet frieren und zu essen hättet ihr auch nicht genug. Nein, Josiane, überstürze besser nichts.«

Ich gab es nicht gerne zu, aber ich wußte, daß er recht hatte. Ich mußte mich gedulden.

Das Jahr schritt voran, die Saat war aufgegangen, es grünte, wuchs und blühte überall, es gab Arbeit in Fülle. Kaum daß ich noch Muße fand, zur Hütte hinüberzulaufen, aber da konnte ich ohnehin zur Zeit nichts ausrichten. Alles, was ich selbst hatte tun können, war getan. Doch eines Tages fuhr der Bauer mit einer Ladung Holz vor, die ihm an einer Versteigerung fast umsonst zugeschlagen worden war.

»Damit werden wir dein Haus ausbessern, Josiane«, meinte er, und ich freute mich, daß er sich daran erinnert hatte. Nun lagen die Bretter auf der Lichtung an der Sonne, trockneten ihrer Bestimmung entgegen, und ich fühlte mich meinem Traum einen Schritt näher. Daß nicht alle auf dem Hof mein Glück teilten, merkte ich bald an den anzüglichen Bemerkungen des Gesindes. Hauptsächlich Rosa bedachte mich mit mißgünstigen Blicken und Äußerungen.

»Ich habe dir Rahm in die Suppe gerührt«, schmeichelte sie Hannes, der sich noch immer nicht völlig von seiner schweren Krankheit erholt hatte, »iß sie schön auf und werde gesund, dann erhalte ich vielleicht auch ein Geschenk wie gewisse Leute.«

»Laß das«, sagte die Bäuerin scharf, aber alle lachten, und ich fühlte ihren Neid. Selbst Anna und Eva schienen mir verändert, waren nicht mehr so freundlich, und als ich sie darauf ansprach, meinten sie:

»Es ist ja nicht so, daß wir dir die Hütte mißgönnen. Aber haben nicht auch wir die ganze Nacht gebetet, was wir konnten? Haben nicht auch wir Anteil genommen und geweint? Und dann die ganze Mehrarbeit! Sie hätten uns dafür wohl etwas geben können.«

Ich verstand ihren Groll gut. Um sie zu trösten, versprach ich ihnen, zur Einweihung meines Hauses für sie beide ganz allein ein Festmahl auszurichten, und die beiden strahlten.

»Mit Speck und Schinken?«

»Mit Speck und Schinken!«

»Mit Schlagrahm und Gebackenem?«

»Sollt ihr haben!«

»Wir nehmen dich beim Wort, Josiane.«

»Versprochen ist versprochen«, nickte ich. Ob ich dieses Zugeständnis jemals würde erfüllen können, wußte ich nicht. Aber dies lag noch in weiter Ferne, und es war unnötig, sich schon jetzt darüber Gedanken zu machen.

Vorerst begann die Erntezeit, und mit ihr kamen die Pilgerzüge des heiligen Jakobus. Obschon die vorgeschriebene Strecke nicht durch unsere Gegend führte, nahmen viele diesen Umweg auf sich, vielleicht der bekannten Spendefreudigkeit der hiesigen Bauernsame wegen. Mit dem weiten Mantel, dem daran baumelnden Rosenkranz, den derben Schuhen und dem langen Pilgerstab, an dem die Kalebasse als Trinkgefäß angebunden war, boten sie ein beeindruckendes Bild. Am meisten fesselte mich der Anblick der Jakobsmuschel, die an ihren Hut geheftet war und bei keinem fehlte. Es war ihr Wahrzeichen, und sie trugen es zu Ehren ihres Schutzpatrons, von dem sie im fernen Santiago de Compostela Vergebung von ihren Sünden erhofften. Zudem umgab sie das Mysterium des alten Glaubens, des Papsttums, dem nur wenige Orte unseres Landes treu geblieben waren, und man begegnete ihnen mit einer Mischung aus Beachtung und Ablehnung. Selten aber verließen sie einen Hof mit leeren Händen, denn man war ja in der Ernte und mitten im Überfluß.

Leider hatten diese Pilgerzüge auch ihre Nachteile. In ihrem Gefolge fand man immer auch abgeworbene Reisläufer, die auf der Suche nach einem neuen Herrn die Lande durchzogen. Diese nun fürchtete man, denn sie waren unflätig, ungehobelt und teilweise gar gefährlich. Während erstere höflich um Wegzehrung baten und nie etwas nahmen, was ihnen nicht freiwillig gegeben wurde, stahlen die andern von den Feldern weg, was sie konnten, betrugen sich frech und anmaßend, was bewirkte, daß sie oft mit den Hunden vom Hof verjagt wurden. Als Rache dafür entwendeten sie Kleinvieh, brachen in Schober ein und verbreiteten Angst und Ärgernis.

An einem dieser Tage erschienen auf dem Hof drei

abgerissene, bärtige Kerle, der eine davon einäugig und mit einer wulstigen Narbe quer über dem Gesicht. Ihre zerlumpten Uniformen starrten vor Schmutz, und sie stanken. Um sie schnell loszuwerden, hieß mich die Bäuerin, ihnen einen Laib Brot und ein großes Stück Käse zu bringen. Sie nahmen es gierig entgegen, wobei mich der Einäugige erst verblüfft, wie mir schien, dann frech musterte. Über sein entstelltes Gesicht zog ein häßliches Grinsen, und er verbeugte sich vor mir in spöttischer Weise. Seine Art beunruhigte mich. Ich folgte ihnen mit den Blicken bis zum Faverwald und sah mit Schrecken, daß sie sich auf meiner Lichtung niederließen. Dort brannte alsbald ein Feuer, Fetzen von Gelächter und Gegröhl wehte zu uns herüber, und ich fürchtete um mein Eigentum. Der Bauer gab die Weisung, daß sich niemand ohne angemessene Begleitung außer Sichtweite des Hofes zu begeben hätte, und alle hofften wir auf das baldige Weiterziehen der ungebetenen Gäste. Am nächsten Morgen waren sie verschwunden, und wir atmeten auf.

Da der Tag ruhig verlief, nahm ich mir gegen Abend ein Herz und bat Anna und Eva mich zur Hütte zu begleiten, um nachzusehen, was angerichtet worden war. Wir fanden die Reste des Feuers, das Gras war zertreten und auf einem Baumstrunk lag zusammengeknüllt ein schmutziger Soldatenmantel.

»Die müssen noch heute morgen betrunken gewesen sein, daß sie den vergessen haben«, sagte Anna, und Eva meinte:

»Oder vielleicht ist er voller Läuse, und keiner wollte ihn mehr haben. Meine Güte, nicht mit einer Rute würde ich den anfassen.«

Während die beiden Frauen plaudernd und lachend den geflickten Brunnentrog begutachteten und dann dem Rinnsal folgend weiter in den Wald hineingingen, betrat ich die Hütte. Dort schienen die drei Männer geschlafen zu haben, denn eine halbzerfledderte Decke lag auf dem Boden. Weshalb hatten sie diese Dinge, die für sie bestimmt noch wertvoll waren, einfach hier zurückgelassen? Auf einmal war mir unbehaglich. Ich fühlte mich beobachtet, trat schnell unter die Türöffnung – und erstarrte vor Schreck: Der Soldatenmantel war verschwunden. Helles Entsetzten packte mich. Kopflos rannte ich los, prallte gegen eine Gestalt, wurde festgehalten und in die Hütte zurückgezerrt, fühlte eine derbe Hand auf meinem Gesicht, die meinen Schrei erstickte, und hörte das leise Kichern, das Kichern eines Menschen, der seine Überlegenheit genoß und dem meine Angst höchstes Vergnügen bereitete. Das bärtige Gesicht mit der wulstigen Narbe war nahe dem meinen, und das eine gesunde Auge blickte boshaft und grausam. Ich erkannte diesen Blick, hatte ihn nicht vergessen, würde ihn nie vergessen können. Die Vergangenheit hatte mich eingeholt, Jost hatte mich gefunden, ich war verloren!

»Na, meine Süße, willst du mir nicht einen Kuß geben, oder weißt du nicht, wie sich eine liebende Gattin ihrem verschollen geglaubten Mann gegenüber zu verhalten hat?«

Ich versuchte, mich seinem harten Griff zu entwinden, und er lachte.

»Aber meine Süße, du weißt doch, daß das nutzlos ist – oder hast du es schon vergessen? Keine Angst, ich werd' es dich wieder lehren, denn wir haben Zeit, viel Zeit.«

Mir graute.

»Du bist nicht mehr mein Mann, seit du mit Alwine weggegangen bist. Dein Anspruch auf mich ist damit erloschen, und wenn du mich nicht in Ruhe läßt, werde ich dich anzeigen.«

Er lachte schallend.

»Anzeigen? Du mich? Daß ich nicht lache. Was glaubst du, was geschehen würde, wenn die da unten wüßten, wen sie an ihrem Busen genährt haben? Eine Scharfrichterstochter und die Gattin eines Henkers! Nein, so leicht kommst du mir nicht davon.«

Ich wußte, daß er recht hatte, wußte, daß ich ihm ausgeliefert war, und wie ich nun alles, was ich mir aufgebaut hatte, in sich zusammenfallen sah, erfaßte mich eine große Niedergeschlagenheit.

»Was willst du von mir?«

»Nun, da uns der Zufall auf so gütige Weise wiederum zusammengeführt hat, sollten wir das in aller Ruhe besprechen. Wie ich sehe, geht es dir gut, du lebst im Überfluß, und davon will ich meinen Teil haben. Deshalb habe ich meine Kameraden alleine weiterziehen lassen. Von nun an wirst du für mich sorgen. Komm morgen nacht hinüber an den Fluß, und zwar zu jener Stelle, die der ausgehöhlten Sandsteinfluh gegenüber liegt. Bring mir etwas zu essen und zu trinken mit – und den Karfunkel, den dir meine Mutter damals gegeben hat. Er wird mir ein gutes Stück Geld einbringen. Sage zu niemandem ein Wort, sonst bringe ich dich um.«

Damit verschwand er, wie er gekommen war, von weither hörte ich die Stimmen meiner Freundinnen, die Sonne hatte sich nicht verfinstert, die Felder, die Wege, der Hof, die Hügelzüge mit dem alles überragenden blauen Berg im Hintergrund waren noch am selben Platz, und doch war nichts mehr wie zuvor. Wie erschlagen saß ich auf dem Baumstrunk, auf dem sein Mantel gelegen hatte, wie durch dichte Nebelschwaden hörte ich die Ausrufe der Freundinnen, durfte mir aber nichts anmerken lassen, mußte tun, als wäre nichts gewesen, als wäre nicht innerhalb weniger Minuten mein Leben in Stücke gebrochen.

Erst während der Nacht, die ich schlaflos verbrachte, regte sich Widerstand in mir. Nie würde ich zulassen, daß wir erneut unter diesem, mir verhaßten Menschen zu leiden hatten. Unbeschwert sollte meine Tochter weiterleben, um zur Zeit ihren Mann nach ihrem Herzen wählen zu können. Eine eiskalte Wut ließ mich Pläne schmieden zu unserer Rettung. Alles erschien mir besser, als die Hölle, die uns unter Josts Herrschaft erwartete. Die ewige Verdammnis würde dereinst nicht schlimmer sein. Mein Entschluß war gefaßt.

Ich ging mit Bedacht ans Werk. Im Laufe des Tages traf ich nach und nach meine Vorbereitungen. Jetzt, da ich wußte, was ich wollte, fühlte ich mich ganz ruhig. Als alles im Hause schlief, stahl ich mich aus unserer Kammer. Dabei preßte ich die Hände auf meinen Unterleib, um möglichen neugierigen Blicken anzuzeigen, daß ich im Stall meine Notdurft zu verrichten gedachte, wie es üblich war. Hinter den Strohballen zog ich das vorbereitete Bündel hervor, warf mir das Kleid über und machte mich auf den Weg. Ich kannte die Stelle, die Jost mir beschrieben hatte, das Ufer neigte sich dort nahe zum schnellfließenden Wasser. Auf der andern Seite schimmerte fahl die gelbe Sandsteinfluh, und schwarz gähnte darin die ausgewaschene Höhle.

Er erwartete mich bereits, und ich gab ihm den Edelstein, bevor er ihn von mir verlangte. Dann zog er mich grob ins Gebüsch und fiel über mich her. Ich wehrte mich nicht, hatte damit gerechnet und meine Maßnahmen getroffen, aber mein Ekel war grenzenlos. Der Haß machte mich hart.

Ungerührt beobachtete ich, wie er Brot und Speck mit dem vergifteten Wein hinunterspülte – und dann ging alles ganz schnell. Als es vorbei war, zerrte ich seinen Körper ins Wasser, schob und stieß ihn in die Strömung, sah zu, wie er davongetrieben wurde und in der Nacht verschwand.

Nur noch einmal hörte ich von ihm. Das war an dem Tage, da mein Blut floß und ich die sichere Gewißheit hatte, daß Josts Benehmen ohne Folgen geblieben war. Da erreichte uns die Nachricht, daß ein Fischer eine unbekannte Mannsleiche an Land gezogen hatte. Eine kleine Weile fühlte ich Besorgnis, doch diesmal stellte sich das Glück auf meine Seite, denn niemand fand je heraus, wer dieser Mann gewesen war.

Barbara

Das letzte Stück Brot, der letzte Tropfen Suppe war verteilt. Sorgfältig schloß ich das Schiebefenster der Armen-Pforte. Die Glocke rief zum Mittagsgebet. Heute konnte ich meine Gedanken nur schwer auf Gott richten, und auch während des Essens im Refektorium ließ mich die Erinnerung an den Lautenspieler nicht los. Der blonde, junge Mann war in Begleitung einer Frau gewesen, die ungefähr im Alter meiner Mutter stand. In ihrem schwarzen Haar schimmerte es silbern, ihre verhärmten Züge zeigten edle Linien. Sie mußte einmal sehr schön gewesen sein. Ich sah ihnen nach, sah, wie der Jüngling den Suppentopf dieser Frau übergab und zu seiner Laute griff. Er begann zu musizieren, vielleicht aus Dankbarkeit für die erhaltenen Gaben – was weiß ich –, und es war das Schönste, was ich seit langem gehört hatte. Selbst die Hungernden, die noch an meinem Fenster anstanden, drängelten nicht weiter, hörten mit offenen Mäulern zu, lauschten dem Spiel, das mit meisterhafter Vollendung vorgetragen wurde. Dabei sah er mich an und sein Blick traf mich ins Herz. Es war nicht wie der Funke, der eine keimende Liebe begründet, wie damals bei Simon, sondern eher ein Gefühl der Vertrautheit, des Erkennens, und doch wußte ich genau, daß ich diesen Menschen noch nie in meinem Leben gesehen hatte. Ich vergaß die Begegnung nicht, und da es Sonntag war und die Arbeit am Nachmittag ruhte, schloß ich mich nach der Non meinen Mitschwestern nicht an, sondern verblieb in der Stille des Gotteshauses. Dort überdachte ich, was mich beschäftigte, und dabei begannen meine Gedanken zu wandern, führten mich zurück bis zu jenem Tag im Christmonat, an dem das große Feuer gewesen war.

Wir wohnten damals schon in unserem eigenen Heim auf der Lichtung des Faverwaldes. Noch war nicht alles so, wie Mutter es sich wünschte. Der Schuppen war noch immer unbenutzbar, aber im ausgebesserten Herd brannte ein Feuer, und es war wohlig warm. Wir schliefen vorläufig in der Küche, denn über dem zweiten Raum war das Dach nur notdürftig gedeckt. Mutter hatte ihr ganzes verdientes Geld, das sie an Martini erhalten hatte, in die Einrichtung dieser Küche gesteckt, und es hatte sich gelohnt. Auf dem großen Tisch, den ein Handwerker genau nach ihren Wünschen hatte anfertigen müssen, stapelten sich nach und nach all die Gerätschaften, die sie für das Fleischbrühekochen brauchte. Sie gedachte im Frühjahr mit der Herstellung zu beginnen. Bis dahin gingen wir jeden Morgen die kurze Strecke zum Hof, um wie gewohnt unsere Arbeit zu tun, denn noch waren wir auf diesen Verdienst angewiesen.

Es war an einem sechsten Dezember und bitterkalt. Bereit zur Arbeit und dick vermummt, hatte ich es in der warmen Küche nicht mehr ausgehalten und wartete vor der Tür auf Mutter. Es war bereits Melkenszeit, durch die Nacht schimmerte vom Hof her ein Licht. Ein Geräusch, von knirschenden Schritten auf gefrorenem Schnee, die sich hastig näherten, ließ mich erstarren. Eine Frauengestalt, ebenso dick vermummt wie ich, eilte keuchend einige Meter an mir vorbei und verschwand in der Finsternis. Ich wunderte mich, denn um diese frühe Morgenstunde war außer uns sonst kaum jemand anzutreffen. Da kam Mutter, und wir machten uns plaudernd auf den Weg. Wir hatten vielleicht die halbe Strecke zurückgelegt, als Mutter mit einem Ruck stehenblieb.

»Schau dort, Barbara, was ist das?« Erst konnte ich nichts sehen, doch als ich weiter angestrengt in die angegebene Richtung starrte, züngelten Flammen aus einem Nebengebäude des Hofes, strichen in Windeseile über das strohgedeckte Dach und schossen in einer gewaltigen Feuersäule in den Himmel. Die Scheune brannte, die Scheune, in der die Feldfrucht eines ganzen Jahres lagerte, und wie wir laut schreiend darauf zuliefen, breitete sich das Feuer aus und griff vor unseren Augen auf das Wohnhaus über. Mit uns liefen noch andere Leute, die das Unglück vor uns bemerkt hatten, die Bauersleute und das Gesinde aber saßen in der der Brunst abgekehrten Seite in der Küche bei der Morgensuppe. Es blieb nur noch Zeit, die Kinder zu wecken und in Sicherheit zu bringen, bevor der Brand das ganze Haus erfaßte und alles, was darin an Hausrat, Leinwand, Speisen, Vieh und Kleingetier sich aufgehalten hatte, zu Schutt und Asche werden ließ. Mathieu, der vergebens versuchte, den an der Kette angebundenen Abar aus dem Stall zu holen, trug als einziger leichte Verletzungen davon. Sonst blieben alle heil, doch keiner rettete mehr als sein eigenes nacktes Leben. Hilflos mußten wir die Schreie der qualvoll verendenden Kreatur mitanhören, was entsetzlich war, so daß es wohl niemanden gab, dem nicht Tränen über das Gesicht liefen. Als der Morgen graute, war der prächtige Hof zu einem Haufen schwelender Trümmer geworden und seine Bewohner mittellos und arm wie Kirchenmäuse.

Wir waren die einzigen, die noch ein Heim besaßen, und während die Meistersleute und ihre Kinder bei befreundeten Familien Aufnahme fanden, beherbergten wir außer Mathieu noch das Gesinde. Es war beängstigend eng in unserer Küche, und wir bemerkten erst am nächsten Tag, daß Rosa fehlte. Im Gespräch stellte sich heraus, daß ihr die Bäuerin ihres unverschämten Mundwerks und ihrer nachlässigen Arbeit wegen vor zwei Tagen mit der Kündigung gedroht hatte. Daraufhin habe Rosa aufbegehrt und sich in bösen Verwünschungen geäußert, so daß die Vermutung, sie könnte das Feuer gelegt haben, nicht abwegig war. Ich dachte an die vermummte Weibsperson, die ich am Morgen kurz vor dem Brand gesehen hatte, versuchte dies auch zu sagen, fand aber in dem allgemeinen Gerede kein Gehör, und so schwieg ich. Später fahndete man nach Rosa, aber ohne Erfolg, sie blieb unauffindbar.

Die Welle der Hilfsbereitschaft, die nun anlief, war überwältigend. Von überallher trafen Lebensmittel, Kleider, Schuhe und Bettzeug ein, von den waldbesitzenden Bauern Zusagen für Holz zum Neubau. Der Landvogt von Laupen erschien mit seinem Schreiber, um ein Brandsteuergesuch zu erstellen und in Bern bei der Regierung Unterstützung zu beantragen. Von verschiedenen Höfen wurde dem Gesinde Arbeit und Aufnahme angeboten, und so zogen unsere unfreiwilligen Gäste nach und nach wieder weg.

Nur der niedergeschlagene Mathieu blieb bei uns. Er konnte den grausamen Tod Abars nicht verwinden, irrte ruhelos umher und äußerte schließlich den Wunsch, wieder auf Wanderschaft zu gehen. »Jetzt, im Winter?« fragte Mutter.

»Ich gehe vorerst nach Bern. Dort werde ich Bescheid sagen« – er streifte mich mit einem schnellen Blick und fuhr leise fort –, »du weißt schon wo. Vielleicht höre ich Neuigkeiten über Martin, kann sein, daß sich mittlerweile da etwas getan hat. Wenn ja, geh' ich ihm entgegen und bringe ihn zu dir zurück. Du siehst, es sind zwei gute Gründe, um mich davonzumachen.« Mutter seufzte, ging aber nicht darauf ein und sagte:

»Vergiß nicht, daß ich für den Frühjahrsmarkt jemanden brauche, der mir meine getrocknete Fleischbrühe verkauft.«

»Bis dahin bin ich wieder bei euch!«

Er verließ uns zwei Tage danach. Ich war sehr traurig und fühlte mich allein gelassen, denn ich liebte ihn als meinen Bruder und Beschützer. Mutter steckte mitten in den Vorbereitungen zu ihrem ersten Sud und hatte diesmal für mein Gejammer kein Verständnis. Deshalb half ich ihr, so gut ich konnte, was mich wenigstens von meinem Kummer ablenkte und mir ihr Lob einbrachte. Die Jus-Täfeli gelangen zu ihrer Zufriedenheit, und wir zogen noch vor dem Frühjahrsmarkt damit von Haus zu Haus und boten sie zum Verkauf an. Die Leute erinnerten sich daran, daß wir zu dem Unglückshof gehörten, das Mitleid war noch nicht erloschen. Wir wurden ohne Mühe unsere Ware los, konnten Fleisch für den nächsten Sud einkaufen und Stoff zu neuen Kleidern. Das war bitter notwendig, denn ich war aus allem herausgewachsen. Manche Abende saßen wir nun über der Näharbeit, und obschon mir Nadel und Faden nicht besonders zusagten, lernte ich unter Mutters Aufsicht die Stiche so zu setzten, daß man sie kaum wahrnehmen konnte.

An Lichtmess traf von den benachbarten Höfen das versprochene Holz zum Neubau auf dem Brandplatz ein, und es war so viel, daß der Zimmermann vorschlug, daraus zwei Häuser zu bauen. So wurde unser Bauer durch das Feuer noch wohlhabender, als er vorher gewesen war, und wir hatten Anteil daran, denn die morschen Balken an unserem Haus wurden ausgebessert, das Dach ganz neu gedeckt und der Anbau instand gestellt.

Mutters Ware wurde schon bald in weitem Umkreis berühmt. Wir hatten unseren festen Kundenkreis, der sich ständig vergrößerte, und es ging uns gut. Von Mathieu allerdings fehlte jede Nachricht. Wir sorgten uns um ihn, besonders als er auch zum Frühjahrsmarkt nicht zurückkam und wir selbst hingehen mußten.

Damals benahm sich Mutter sehr seltsam. Sie färbte sich mit einem Pflanzenmittel das Gesicht und die Hände bräunlich und bedeckte ihr rotes Haar mit einem dunklen Tuch. Beinahe erkannte ich sie selbst nicht wieder, aber wir verkauften trotzdem alles. Es dauerte einen halben Tag und viel Wasser und Asche, bis die Farbe weggeschrubbt war und verblaßte. Mein Erstaunen überging sie, hieß mich schweigen, doch ich ahnte, daß sie etwas vor mir verbarg, so wie damals, als ich sie nach Martin gefragt hatte. Dieser Name, den Mathieu vor seinem Fortgang erwähnte, war mir in Erinnerung geblieben. Es gab da ohne Zweifel ein Geheimnis, und es drängte mich, dieses zu erkunden. Zu dem Zweck durchstöberte ich bei der nächsten sich bietenden Gelegenheit ihre persönlichen Sachen. Dabei entdeckte ich, fein säuberlich zusammengefaltet, ein mir kostbar erscheinendes Spitzentuch, das ich noch nie an ihr gesehen hatte. In den Falten lag ein Zweiglein getrockneter Thymian, an dem ich schnupperte, und dabei überraschte sie mich. Ich fühlte mich ertappt, was mir sehr peinlich war. Um von meiner Ungehörigkeit abzulenken, streckte ich ihr das Tüchlein hin und fragte:

»Warum trägt Ihr diese Spitzen nie? Sie sind so schön.« Sie nahm es mir aus der Hand, und ich dachte, sie würde mich schelten. Aber das tat sie nicht, betrachtete eine Weile sinnend das Muster und sagte:

»Wie alt bist du nun, Barbara?«

»Beinahe neun, aber das wißt Ihr doch.« Sie nickte.

»Dann ist es wohl an der Zeit, daß du es erfährst. Dieses Tuch hat mir dein Vater geschenkt, und ich werde es erst wieder tragen, wenn er zurückkommt.«

Ich erschrak. »Aber ich will nicht, daß Jost zurückkommt, er ist böse, er hat uns geschlagen!«

»Jost ist nicht dein Vater, Barbara; er ist mein Vetter mütterlicherseits, den ich heiraten mußte. Dein Vater ist ein feiner, wunderbarer Mensch, er würde uns nie Schaden zufügen.«

»Heißt er Martin?« fragte ich unsicher, und sie nickte.

Dann zog sie mich an sich und erzählte mir ausführlich alles über den Mann, der mich gezeugt hatte, und dieses Wissen verband uns mehr, als alle Liebe und Zuneigung es bis dahin gekonnt hatten.

Mich fröstelte. Die Kühle der Kirche drang langsam durch meinen Habit bis auf die Knochen. Nirgends konnte ich der Erinnerung an meine Vergangenheit besser nachgehen, aber es war unsinnig, so lange hier zu bleiben, wo doch draußen die Sonne schien. Ich sehnte mich nach ihrer Wärme und dabei fielen mir die herrlichen Sommertage ein auf unserer Lichtung:

Der Brunnen plätscherte, ich lag im duftenden Gras und tat nichts anderes, als durch die grünen Blätter hoch über mir in den blauen Himmel zu staunen.

An einem solchen wundervollen Tag war Mathieu zurückgekehrt.

Mutter arbeitete im Kräutergarten, den sie angelegt hatte. Ich beobachtete einen Käfer, der geschickt einen Halm entlangkletterte, immer höher hinauf bis zur Rispe. Unter dem ungewohnten Gewicht bog sich der Halm bis zur Erde, und der Käfer purzelte herunter. Ich mußte lachen, denn er lag auf dem Rücken, und seine Beinchen zappelten im Leeren. Ich bot ihm meinen Finger, an dem er sich festhielt, und reckte ihn hoch hinauf in die Luft, so hoch, wie ich es vermochte, und er breitete die Flügel aus und flog weg, geradewegs hinein in dieses Blau. Da tat Mutter einen Laut, wie ich ihn noch nie gehört hatte, etwas wie ein Stöhnen oder Keuchen oder eine Mischung von beidem, ließ ihre Hacke fallen und rannte davon, den Weg hinunter, auf die beiden Gestalten zu, die in der Biegung aufgetaucht waren. Es waren zwei Männer. Den einen erkannte ich sogleich, denn es war Mathieu, mein Mathieu, und ich rannte ebenfalls los, jubelnd und schreiend, wie Kinder es eben tun. Doch dann hielt ich inne und wurde ganz still, denn Mutter lag auf einmal in den Armen dieses anderen, fremdländisch gekleideten Mannes, den ich nicht kannte, schluchzte und lachte und hielt ihn fest, als wollte sie ihn nie wieder loslassen, und er hatte sie umfangen, barg sein Gesicht in ihrer Halsbeuge, und so standen sie lange Zeit.

Mathieu trat zu mir, legte mir den Arm um die Schultern und ging mit mir zurück zum Haus. Um seinen Mund lag ein Lächeln, und trotzdem rannen ihm Tränen über das Gesicht, was mich verwirrte, und ich deutete den Weg hinunter und fragte:

»Ist das etwas Trauriges?«

»Nein, Barbara, mein Mädchen, dies ist etwas Wunderschönes. Darauf wartet deine Mutter schon viele Jahre.«

»Ich weiß, daß sie wartet. Sie wartet auf einen bestimmten Menschen, das hat sie mir gesagt. Sie wartet auf meinen Vater! Sag mir Mathieu, ist das mein Vater?«

Er nickte, und mir war auf einmal bange. Was, wenn dieser Fremde, der sich jetzt so freundlich benahm, nach einiger Zeit wurde wie Jost? Was, wenn er Mutter schlug und mich verspottete? Ich wußte, dann würde ich ihn nicht mögen. Ich würde ihn auch nicht mögen, wenn er nach Schnaps riechen und rülpsen würde, und ich nahm mir vor, ihn aufmerksam zu beobachten, bevor ich ihm meine Zuneigung schenkte.

Meine Befürchtungen waren unbegründet, denn er trank weder Wein noch Schnaps, rülpste nicht, war geduldig und roch immer sauber. Er war ein geschickter Handwerker, was ich daran ersah, daß er mit Mathieu in unserem Schuppen eine Wand hochzog, die den Raum unterteilte. In einem davon schlief er und im andern Mathieu, und ich dachte, das würde immer so bleiben. Darin allerdings sollte ich mich täuschen.

Eines Tages besuchte uns ein mir unbekannter Prediger, der meine Eltern in einer feierlichen Handlung in unserer blitzsauberen und blumengeschmückten Küche traute. Mathieu und ich waren die Gäste, und mir war recht andächtig zu Mute. Noch niemals hatte ich meine Mutter so strahlend gesehen wie an diesem Tag. Wir trugen unsere neuen Kleider, und in ihrem Gürtel steckte das besagte Spitzentuch. Sie gaben sich das Jawort, was bedeutete, daß wir nun eine Familie waren und unser ganzes Leben lang zusammengehören würden.

Das einzige, was mir Kummer machte, war, daß nun ich im Schuppen schlafen mußte und Vater den Platz an Mutters Seite erhielt. Das kränkte mich tief, und obschon mein Lager weich und angenehm war und die Laken nach Frische dufteten, ersetzte mir dies nicht ihre Wärme, und ich vergoß während einiger Nächte bittere Tränen.

Allerdings brachte mir seine Anwesenheit Vorteile, die ich zwar nie gekannt und so auch nicht vermißt hatte, die aber keinesfalls zu verachten waren. Einer davon war, daß er immer Zeit für mich und meine Fragen hatte, und ein anderer, daß mein Ansehen in der Runde meiner Spielgefährten um einige Zoll anstieg, denn niemand in weitem Umkreis besaß einen Angehörigen, der auf den Galeeren gewesen war. Die Aufmerksamkeit, die mir dadurch zuteil wurde, die plötzliche Wichtigkeit meiner Person, genoß ich sehr. Eines Tages aber, beim Schafe hüten, meinte Hannes – und etwas wie Neid schwang in seiner Stimme mit:

»Ach, dein Vater ist ja bloß ein Sträfling. Er war auf den Galeeren, weil er ein Täufer ist und keinen Kriegsdienst tun wollte.«

»Täufer sind Ketzer«, sagte der stämmige Jakob, spie in weitem Bogen vor meine Füße, und ich sprang wütend zurück.

»Mein Vater mag ein Täufer sein, aber er ist ein guter Mensch und schlägt mich nicht wie dich der deine«, schrie ich erbost, und Jakob wurde feuerrot.

»Das geht dich einen Dreck und gar nichts an, ob mein Vater mich schlägt.«

»Und dich geht es einen Dreck und gar nichts an, ob mein Vater ein Täufer ist.«

»Aber er ist trotzdem ein Ketzer – er kommt nicht mit euch in die Kirche!«

»Er geht in seine Kirche.«

»Ha, seine Kirche, die möcht' ich sehen! Zeig sie uns doch, wenn du kannst.«

Neugierig sahen mich alle an, und ich fühlte mich in arger Bedrängnis. Ich dachte an das Münster in Freiburg, in dessen hohem Gewölbe ich mich so gerne aufgehalten, dachte an die bunten Fenster, die vielen Kerzen und den Duft des Weihrauchs, an die ganze Farbigkeit des Gottesdienstes und an die andächtige Stimmung, die mich jedesmal dabei überkommen hatte. Aber so etwas konnte ich den glotzenden Kindern nicht bieten, auch nicht so etwas wie unsere kleine Pfarrkirche im Ort, ja, nicht einmal die kleinste, winzigste Kapelle, denn eine Täuferkirche gab es nicht. Sie hielten ihre Versammlungen in der Küche oder Stube eines Bruders oder einer Schwester ab – so nannten sie sich gegenseitig –, und das eine Mal, da Mutter und ich mitgegangen waren, saßen wir so gedrängt beisammen, daß mir beinahe schlecht geworden wäre und ich mich alles andere als geborgen fühlte.

»Sie haben noch keine; aber einmal werden sie sich eine bauen, eine große und schöne, und dann zeige ich sie euch.«

»Du lügst! Schönere Kirchen als die unsere gibt es nur in der Stadt, und dort ist alles voller Häuser; Platz für seine Kirche gibt es da nicht mehr.«

»Barbara lügt, Barbara lügt«, riefen die Kinder im Chor, und ich rannte beschämt und wütend weg. Ich hoffte, Vater würde mich trösten, doch dem war nicht so. Er schüttelte bloß den Kopf und wies mich sanft zurecht:

»Schau Kind, es ist nicht die Kirche, die zählt. Das sind nur Äußerlichkeiten. Es ist die Gesinnung, die wichtig ist. Darauf alleine kommt es an.« Er erzählte mir vielerlei Dinge über die Art eines gottgefälligen Lebens, die ich nur schwer verstand und damals auch nicht hören mochte, denn ich fühlte mich gekränkt und mißverstanden. Ich wollte allein sein, nahm einen Kessel und machte mich auf den Weg zum Fluß. Ich wußte dort eine Stelle, an der das Ufer sanft abfiel und wo in dieser Jahreszeit Tümpel entstanden, in denen ich Krebse zu finden hoffte. Nirgends konnte ich über Dinge, die mich kränkten, besser nachdenken als dort, und das war auch diesmal so. Die Wellen kühlten meinen Ärger auf wundersame Weise, trugen ihn mit sich fort und ließen meine Gedanken wieder leicht und froh werden. Trällernd ging ich den seichten Stellen nach, suchte unter den flachen Kieseln nach Beute und näherte mich dabei der Sandsteinfluh, die am andern Ufer hoch aufragte und in der sich auf halber Höhe die ausgewaschene Höhle befand. Dort floß das Wasser schneller, und ich drückte mich durch das Ufergehölz, duckte mich unter Äste, glitt über feuchtes Laub – und da fand ich den Stein. Er war faustgroß, kantig und von einer matten, aber wunderschönen, tiefroten Farbe. Ich glaubte, noch niemals so etwas gesehen zu haben, hob ihn auf, befühlte ihn, und da war es, als zerrisse ein Vorhang vor meinen Augen und ließe mich dahinterblicken. Ich sah einen Marktplatz, den Stand eines jungen Mannes, auf dem Gesteinsbrocken lagen, solche, wie ich nun einen in der Hand zu halten schien. Aber das war Unsinn, er war bestimmt wertlos, denn hier gab es keine solchen Steine, hier gab es nur Kiesel, Schiefer und Sand. Trotzdem war mir, als hätte ich eine Kostbarkeit gefunden, und so versteckte ich ihn im Kessel unter den Krebsen. Dort vergaß ich ihn, denn als ich nach Hause kam, lagen auf unserer Lichtung ebenfalls Brocken von Gestein, mächtige gelbliche Brocken allerdings, die von Vater befühlt und beklopft wurden. Zwei Männer lehnten müßig an einem Karren und beobachteten sein Tun, und als er nun befriedigt nickte, lachten sie, schlugen sich auf die Schenkel, strichen das Geld, das er ihnen abzählte, ein und fuhren mit ihrem Gefährt davon.

»Es ist gute Ware«, lobte Vater, »du wirst staunen,

Josiane, daraus mache ich dir einen Brunnen, wie es in Italien Mode ist.« Er faßte meine Mutter unter und zog sie an sich.

»Den ersten Steinbrunnen weit und breit sollst du haben, mein Herz, den schönsten, den die Welt je gesehen hat.«

Mutter hatte mich entdeckt, löste sich schnell von ihm und schien verlegen, aber ich sah, daß sie sich freute. Ich übergab ihr meine Beute, und sie lobte mich und meinte:

»Damit weihen wir den Brunnen schon mal ein. Heute abend gibt es ein Festessen. Wie mögen die Herrschaften die Krebse, gesotten oder gebraten?«

»Mit Kräutern«, riefen wir wie aus einem Munde, und sie lachte und ging, eine Melodie summend, zurück zur Küche. Ich deutete auf die Steine.

»Warum wißt Ihr, daß es gute Ware ist?«

»Horch«, sagte er und schlug mit dem Hammer leicht dagegen. Es gab einen satten Ton, und Vater nickte.

»Genau so muß er tönen. Steine leben, man kann sie fühlen. Wenn man sie anfaßt, verraten sie uns ihr Wesen, ihre Eigenart. Man fühlt, ob sie in sich weich und krümelig sind, oder ob sie beim Schlagen zersplittern. Man fühlt aber auch, ob es willige Steine sind, die sich gerne verarbeiten lassen, so wie diese hier. Es wird wundervoll sein, endlich wieder Meißel und Hammer in den Händen zu halten.«

Gerade erinnerte ich mich an meinen Fund, wollte wissen, ob dieser willig oder unwillig war, als vom Haus her ein Scheppern ertönte.

»Ist was, Josiane?« rief Vater, und als keine Antwort

kam, rannten wir hin. Der Kessel lag in einer Lache auf dem Boden, die befreiten Krebse krabbelten eilig davon, und Mutter stand mitten drin und hielt in ihrer Hand den roten Stein. Sie war kreidebleich.

»Was ist Euch, Mutter?« rief ich ängstlich, denn noch nie hatte ich sie so gesehen.

»Der Karfunkel, wer hat ihn dir gegeben, wer?« Sie schien außer sich vor Angst, packte mich an der Schulter, schüttelte mich und schrie mit sich überschlagender Stimme immer und immer wieder:

»Wer hat ihn dir gegeben – o mein Gott – wer, wer?«

Mein Kopf flog hin und her, und ich konnte erst antworten, als Vater sie von mir wegzog und festhielt.

»Niemand hat ihn mir gegeben, ich habe ihn gefunden, unten am Fluß, ich wußte ja nicht, daß es schlecht war, ihn mitzunehmen.« Ich weinte und Mutter weinte auch, und es war alles sehr traurig und verwirrend, und ich begriff die Welt nicht mehr.

Mein Rücken schmerzte. Ich veränderte meine Stellung auf der harten Bank und wunderte mich einmal mehr über das beklemmende Gefühl, das mich bei dieser Erinnerung immer noch heimsuchte. Nie hatte ich den wahren Grund über Mutters Zusammenbruch erfahren, und ich glaubte, Vater auch nicht. Sie hätte den Karfunkel, den sie von meiner Großmutter aus Deutschland erhalten habe, manchmal mit sich herumgetragen, hatte sie gesagt, denn er sei hilfreich bei Entzündungen und Furunkeln. Er müsse ihr beim Kräutersammeln aus der Tasche gerutscht sein, und sie habe sich so erschrocken, weil sie noch gar nicht bemerkt habe, daß er ihr fehle.

Sie wollte ihn nicht wiederhaben, schenkte ihn mir als Finderlohn. Als dann die Zeit gekommen war, hatte sie mir daraus Perlen schleifen und mit Silber und Ebenholz zu einem wunderschönen Rosenkranz verarbeiten lassen. Manchmal sehnten sich meine Finger heimlich nach der Berührung der kühlen, schimmernden Granate, der samtenen Oberfläche des Ebenholzes, der fein gearbeiteten Silberkette, doch all dieses lag bei meiner Mitgift in einem Schrein des Konvents, da jeglicher persönliche Besitz uns verpönt war. Der Verzicht darauf war mir nicht leichtgefallen, denn ich hatte mich über dieses Kleinod genauso gefreut, wie Mutter damals über ihren neuen, steinernen Brunnen.

Vater begann schon am nächsten Tag mit seiner Arbeit. Ich stand dabei, und auch Mutter trat hin und wieder unter die Tür und sah ihm zu. Die hellen Meißelschläge tönten weit übers Land, und ein feiner Staub drang in meine Kehle und ließ mich niesen. Am Abend waren wir über und über gelb bestäubt, so daß wir uns gründlich waschen mußten, und dabei sah ich zum ersten Mal die entsetzlichen Narben an seinem Rücken.

»Was ist das?« fragte ich erschrocken und fuhr mit dem Finger vorsichtig darüber hin.

»Das sind Narben von Peitschenhieben.«

»Von den Galeeren?« Er nickte.

»Aber warum?«

»Ach, das war dort so Sitte. Es verging kein Tag, an dem nicht jemand ausgepeitscht wurde. Man gewöhnte sich daran.«

Das sagte er leichthin, aber er sah mich dabei nicht an, und seine Stimme tönte gepreßt.

»Wer hat Euch gepflegt und verbunden?«

»Da gab es keine Pflege, Barbara, da gab es nur Salz und Essig. Eine Mischung davon wurde uns in die aufgerissene und zerfetzte Haut gerieben. So eiterten die Wunden nicht und heilten dann irgendwann von selbst. Weißt du, wenn man die ganze Zeit am Ruder sitzt, achtet man nicht mehr darauf.«

»Erzählt mir mehr«, bat ich, aber er schüttelte den Kopf:

»Weshalb? Es ist vorbei, und ich will es vergessen. Ich bin bei euch, das ist alles, was zählt.«

Er ging ins Haus, und ich versuchte mir schaudernd vorzustellen, wie es wäre, wenn ich anstelle unserer kühlenden Heilsalbe Salz und Essig in meine gelegentlichen kleinen Wunden reiben müßte. Es war das einzige Mal, daß er mit mir über die Galeeren redete, aber manchmal hörte ich ihn des Nachts schreien, wenn er seine Albträume hatte, und dann war es Mutter, die ihm wie einem Kinde mit sanfter Stimme zusprach.

Der neue Brunnen wurde größer als der bisherige, so daß wir uns beim Wäschewaschen nicht mehr so tief niederbeugen mußten, was eine erhebliche Erleichterung war. Das Glanzstück bildete der Stock, aus dessen schmiedeiserner Röhre das klare Quellwasser niederplätscherte und den eine glattgeschliffene Kugel krönte. Er erregte großes Aufsehen, denn das Arbeiten mit Stein war in dieser Gegend, die ja hauptsächlich von der Landwirtschaft lebte, weitgehend unbekannt. Es ging nicht lange, so bekam mein Vater Aufträge der umliegenden Höfe, deren Bäuerinnen ebenfalls einen steinernen Brunnen haben wollten. Diese schlug er ihnen an Ort und Stelle und nach ihren Wünschen und war deshalb oft auswärts. Diese Aufträge waren uns sehr willkommen, nicht nur des Geldes wegen, sondern weil sie zeigten, daß er von unseren Nachbarn als Täufer nicht nur geduldet, sondern angenommen wurde, und wir mit ihm. Die jahrelange Verfolgung der Taufgesinnten hatte bei der Obrigkeit und der Bevölkerung ein gewisses Unbehagen hinterlassen, und deshalb begegnete man ihnen nun mit Nachsicht. Dieses Wohlwollen sollte zumindest einige wenige Jahre andauern.

Vater hätte es natürlich gerne gesehen, wenn wir uns ganz und gar zum Täufertum bekannt hätten. Aber da war Mutter, die sich dem mit Entschiedenheit widersetzte, und wenn sie je uneins waren, dann nur aus diesem Grunde.

»Ich bin zwar mit dir nach eurem Glauben verheiratet«, sagte sie, »aber das ist vorläufig auch alles. Barbara braucht meine Unterstützung. Deshalb werde ich mich deiner Gesinnung erst anschließen, wenn sie sich selbst entscheiden kann und weiß, was sie möchte. Wozu habe ich denn sonst getan, was ich getan habe, vielleicht, um sie in neue Fesseln zu legen? Ich will nicht, daß sie nochmals zur Außenseiterin wird und möglicherweise dasselbe Leid durchmachen muß wie wir. Sie soll frei entscheiden können – und solange bleibt sie, was sie gewesen ist, nämlich eine Reformierte!«

Ich verstand den Sinn ihrer Worte nicht ganz, war aber froh, nicht wieder an den Versammlungen teilnehmen zu müssen und so weiterleben zu dürfen, wie ich es gewohnt war.

Seltsam schickte es sich, daß es dann ausgerechnet Vater war, der – ohne es zu wollen – den Grundstein zu meinem jetzigen Leben legte. Es geschah nämlich, daß wir eine Bestellung von der Abtei der Zisterzienserinnen in Freiburg erhielten, was zeigte, daß sich die Güte von Mutters Brühe weit herumgesprochen hatte. Es war ein großer Auftrag, und da Mathieu unterwegs war, um sich einen neuen Bären zu suchen, mußten Vater und ich mit der Ware hingehen. Das würde ungefähr drei Tage in Anspruch nehmen, denn er wollte sich bei dieser Gelegenheit noch bei den Steinmetzen der Stadt umschauen. Ich war neugierig darauf, zu erfahren, ob dieses Freiburg mit dem anderen in Deutschland Ähnlichkeiten aufwies, und freute mich auf die Reise.

Die Abtei lag außerhalb der Stadtmauern etwas erhöht auf einer Halbinsel. Wir waren ziemlich müde, als wir dort anlangten. Vater hatte sich schon einige Male an die Stirn gefaßt, als hätte er Schmerzen, und auf meine Frage nickte er.

»Mein Kopf! Wie immer, wenn das Wetter umschlägt. Morgen regnet es, du wirst sehen – und dann verschwinden die Schmerzen von selbst wieder.«

Dort, wo der Weg zum Eingangstor hinabführte, setzte er sich ins Gras und sagte:

»Geh du alleine hin, ich warte hier auf dich.«

So betrat ich zum ersten Mal den gepflästerten Vorhof, übergab den Korb der Pförtnerin und wickelte das Geld, das sie mir dafür gab, in Leinwand. Sie war sehr freundlich, schenkte mir einen Apfel, und ich ging zurück. Er hatte sich hingelegt, und ich reichte ihm den Apfel und sagte:

»Eßt, dann wird Euch besser«, aber er rührte sich nicht, war ganz blaß und atmete seltsam, so daß ich mich zu fürchten begann und zurückrannte, um Hilfe zu holen. Die frommen Frauen kümmerten sich auch sogleich um ihn, kühlten seine Stirne mit kaltem Wasser, und als er wieder zu sich kam, geleiteten sie ihn in das Haus des Verwalters, wo er sich niederlegen konnte. Es war ihm unangenehm, ihnen zur Last zu fallen, wollte deshalb so schnell wie möglich weiterziehen, aber daraus wurde nichts. Jedesmal, wenn er den Kopf hob, stöhnte er auf. Er mußte sich damit abfinden, die Nacht im Kloster zu verbringen, was ihm, der doch niemals ein Gotteshaus betreten hatte, unendlich schwergefallen sein muß.

Mir allerdings behagte dies sehr. Die sauberen Räume, die freundliche Art der Nonnen, ihre schwarzweißen Gewänder und das Außergewöhnliche der Umgebung beeindruckten mich tief. Als man mir versicherte, meinem Vater würde es bald bessergehen, schloß ich mich mit Freuden einer jungen Schwester an, die mir in der Küche Brot und Suppe geben ließ. Kaum hatte ich mit Essen begonnen, ertönte eine Glocke, und die Schwester erhob sich.

»Zeit für die Vesper«, sagte sie, »warte hier auf mich, ich bin bald wieder zurück.« Mit leisem Rauschen ihrer Röcke entfernte sie sich und überließ mich meiner Mahlzeit. Da ich sehr hungrig war, dauerte diese Mahlzeit nicht lange, und nachdem ich den letzten Krümel geschluckt hatte, begann ich mich zu langweilen. Ich rutschte von meinem Sitz hinunter, ging zurück auf den Vorplatz, hörte von irgendwoher den Klang süßer Stimmen und entdeckte, von den Tönen geleitet, den Eingang zur Kirche. Kühles Dämmerlicht umfing mich, die Melodie des Wechselgesanges erfüllte den Raum bis in seine Tiefen. Ein Gefühl, dem ich keinen Namen zu geben vermochte, stieg in mir auf, und mir war, als hätte ich soeben etwas Verlorengeglaubtes wiedergefunden. Ich kniete mich hin, bekreuzigte mich und faltete die Hände, alles ganz unwillkürlich, so wie es mich einst in Deutschland meine Großmutter gelehrt hatte. Ich bemerkte nicht die Kälte des Steinbodens, die durch meine Kleider drang, erhob mich erst, als der Gesang verklungen war und die junge Klosterfrau mich an der Schulter berührte.

Sie führte mich zurück ins Haus des Verwalters, zeigte mir mein Nachtlager und ließ mich alleine. Dort, in jenem fremden Raum weinte ich in die rauhen Laken, ohne den Grund dafür zu kennen, bis mich die Müdigkeit übermannte.

Am nächsten Tag regnete es wirklich, und bevor wir uns auf den Rückweg machten, nahm mich die Schwester zur Seite und sagte:

»Mutter Priorin läßt dir ausrichten, du seist uns immer willkommen. Besuche uns also wieder, wenn du magst.« Sie schenkte mir ein Bildchen, auf dem die Jungfrau Maria abgebildet war, die ich sofort an ihrem blutroten, pfeildurchbohrten Herzen erkannte. Unter ihren Füßen wand sich ein schauerlicher Drache mit aufgerissenem Maul, aus dem Feuer und Rauch quoll. Es war ein schönes Bild. Ich bedankte mich, steckte es ein und machte mich dann mit Vater, der sich wieder wohlfühlte, auf den Rückweg. Zur Essenszeit, als wir unsere feuchten Umhänge am Feuer trockneten, fragte er:

»Was hat sie dir gegeben, Barbara?« Ich zeigte es ihm, und er sagte:

»Ich möchte nicht, daß du das mit dir herumträgst, wirf es ins Feuer!«

»Nein!« sagte ich und preßte es an meine Brust.

»Wirf es ins Feuer!«

»Nein!«

Trotzig sah ich ihn an, und so standen wir eine Weile. Zu meinem Erstaunen war ich keineswegs bereit, seinem Befehl zu gehorchen, stellte mich also gegen ihn, was ich noch nie getan hatte, denn ich wollte mir um keinen Preis meine Jungfrau Maria verbrennen lassen. Da seufzte er tief.

»Ist schon gut, Barbara, dann behalt' es eben.«

Ich hatte einen Sieg errungen, der zwiespältige Gefühle in mir hinterließ, denn ich liebte meinen Vater. Er sprach auch nie wieder davon, obschon es ihm mißfallen haben muß, daß ich in den nun folgenden Jahren immer im Kloster der Zisterzienserinnen übernachtete, wenn wir dort unsere Ware ablieferten.

Ich verbarg meine klammen Hände in den weiten Ärmeln meines Gewandes. Die Kerzen, die ich angezündet hatte, waren beinahe niedergebrannt. Die Erinnerung an die beiden Menschen, die ich liebte und die ich kaum je wiedersehen würde, erfüllte mich mit Wehmut. Arme Mutter, sie hatte für mich immer nur das Beste gewollt, und trotzdem hatte sie mir den größten Kummer meines Lebens beschert.

Die Zeit ging dahin, und ich kam in die Jahre, da bei meinen Altersgenossinnen sich die Kilter zu melden begannen und das eine oder andere Mädchen bereits als verlobt galt. Ich hatte noch nie einen Kilter, was mich hin und wieder etwas bekümmerte, auch wenn ich damals noch nicht wußte, wem ich meine Gunst hätte schenken wollen. Es war nicht so, daß mich die Burschen gänzlich unbeachtet gelassen hätten, denn ich war nicht häßlich. Ich war gut gewachsen, und mein dunkles, krauses Haar war hübsch und ließ sich kaum in die Zöpfe bändigen, die ich wie meine Mutter um den Kopf gebunden trug. Auch gehörten wir nicht zu den Ärmsten, lebten sogar in bescheidenem Wohlstand – aber da war noch etwas anderes:

Nach einer Zeit der Beruhigung war die Verfolgung der Täufer wieder aufgeflammt. Zu sehr war es den Gnädigen Herren ein Dorn im Auge, daß diese keine Waffen tragen wollten, um für ihr Vaterland zu kämpfen. Von den Kanzeln wurden Reden gehalten und die Gläubigen aufgefordert, die Sektierer, wie sie genannt wurden, anzuzeigen, so man von ihnen wüßte. Wir waren ständig in großer Sorge um Vater, der nach wie vor die Versammlungen besuchte, die nun wieder heimlich stattfinden mußten. Manche Nacht verbrachten Mutter und ich schlaflos, wenn wir ihn unterwegs wußten, und jedesmal, wenn am Sonntag wieder ein Mandat verlesen worden war, fürchteten wir uns vor einer Anzeige. Aber dies geschah nie, selbst unser Prädikant schloß in dieser Sache beide Augen, und ich dachte mit Dankbarkeit an alle unsere Nachbarn, die ihn nicht an die Obrigkeit verrieten.

Allem Unbill zum Trotz war Vater voll beschäftigt mit den Steinmetzarbeiten, welche er von Freiburg und Murten erhielt. Er war zwar nicht in der Innung, aber bei den Zünftigen als guter Arbeiter bekannt, und es mangelte ihm nie an Aufträgen. Mathieu war mit seinem neuen

Bären viel unterwegs, so daß wir ihn oft monatelang nicht zu Gesicht bekamen. Deshalb ergab es sich von selbst, daß ich nun den Wochenmarkt allein und ohne Begleitung besuchen mußte. Diese Marktgänge brachten bunte Abwechslung in mein Leben. Auf dem Hin- und Rückweg legte ich immer an derselben Stelle eine Rast ein, wo ich etwas aß und mich ein wenig ausruhte. Eines Tages – ich fühlte mich damals besonders erhitzt, denn ich schleppte noch Salz und anderes mit mir nach Hause – war dieser Platz schon besetzt von einem jungen Burschen. Lang ausgestreckt schlief er im Gras, das Felleisen unter dem Kopf, neben sich ein verglimmendes Feuer. Ich zögerte, wollte zuerst weitergehen, besann mich aber eines Besseren, denn schließlich rastete ich immer hier, und es gab keinen Grund, es diesmal nicht auch zu tun. So setzte ich mich ein Stück von ihm entfernt auf einen Baumstrunk und begann zu essen.

»Möchtest du einen Schluck Wein zu deinem Imbiß?« fragte er auf einmal, ohne sich bewegt zu haben. Er schlief also nicht, hatte mich wohl beobachtet. Ich fühlte mich irgendwie ertappt, gab mich aber gelassen und sagte leichthin:

»Wenn du welchen hast.«

Er richtete sich auf, und sein rotes Haar, dessen Farbe mich an dasjenige meiner Mutter erinnerte, stand ihm dort, wo er darauf gelegen hatte, struppig vom Kopf ab. Das sah spaßig aus und irgendwie rührend, und ich mußte mir das Lachen verkneifen. Mit freundlicherem Gesicht, als ich es vorgesehen hatte, nahm ich ihm den Becher ab und trank. Dabei sah er mir zu, mit braunen Augen, in denen Goldsprenkel glänzten, und sagte:

»Bist du alleine unterwegs?«

»Ja, wie an jedem Markttag.«

»Fürchtest du dich nicht?«

»Wovor denn? Auf dieser Straße gehen ja noch andere Leute. Zudem ist mir der Weg vertraut, ich kenne ihn seit Jahren – und am Abend bin ich wieder zu Hause.«

»Wo wohnst du denn?«

»Im Haus des Steinmetzen am Rand des Faverwaldes.« Ich beobachtete ihn aus den Augenwinkeln und machte mich auf seine nächste Frage gefaßt. Bist du die Tochter des Täufers, würde sie lauten, aber er verzog keine Miene, hob einen Kiesel auf und warf ihn mit kräftigem Schwung einer Krähe nach, die mit häßlichem Gekrächze in den Wipfeln der Bäume verschwand. Ich begann die Reste meiner Mahlzeit zusammenzupacken und griff nach dem Henkel meines Korbes, genau in dem Augenblick, da er dasselbe tat. Unsere Hände berührten sich, ganz kurz nur, und es war wie ein Schlag, der durch den Arm bis zu meinem Herzen fuhr. Mein Gesicht begann zu glühen, und ich riß den Korb an mich und marschierte los. Er holte mich mühelos ein, seinen Reisesack über der Schulter, faßte wiederum nach dem Henkel und bat:

»Laß mich ihn tragen, er ist ohnehin zu schwer für ein Mädchen.«

»Ich bin kräftig, das schaff' ich alleine.«

»Dann tragen wir ihn eben zusammen«, schmunzelte er, und wir gingen eine ganze Weile nebeneinander, was aber mühsam war, da mir der Korb seiner großen Schritte wegen ständig an die Beine schlug.

»Dann nimm ihn eben«, sagte ich schließlich, und er lachte und hob ihn zu seinem Reisesack auf die Schulter.

»Ich wohne beim Oltiger«, sagte er plötzlich, ohne daß ich ihn darum gebeten hätte, »ich bin sein Gehilfe – kennst du den Oltiger?«

Ich nickte, denn wer wußte nicht von diesem alten Mann, dessen Ruf als Kräuterdoktor weitherum bekannt war? Wir hatten gehört, daß er sich neuerdings einen Gehilfen hielt, was bei seinem Alter und den weiten Wegstrecken, die er oft zurückzulegen hatte, nicht verwunderlich war.

»Und was tust du da?«

»Ich lerne«, sagte er ernsthaft, »ich will alles von ihm lernen, was es zu lernen gibt. Er ist ein erfahrener Mann und weiß mehr über Krankheiten von Mensch und Tier – um vieles mehr –, als mir meine El..., als mir meine Lehrer hatten zeigen können.«

Ich hatte den Versprecher wohl gehört, ging aber nicht darauf ein, denn wir waren beim Scheideweg angelangt, dort wo die Straße einerseits hinauf zum Faverwald führte und andrerseits in die Richtung, die er zu gehen hatte.

»Du kannst mir den Korb nun geben«, sagte ich, »und ich danke dir auch schön. Von hier aus ist es für mich nicht mehr weit.«

»Ich bring ihn dir bis zu deinem Haus.«

»Nein!«

Dabei blieb es, und wir trennten uns, ohne daß wir unsere Namen gekannt hätten. Aber bevor ich hinter der Biegung des Weges verschwand, schaute ich zurück, und da stand er immer noch am selben Fleck, was mich froh machte, und ich hob die Hand und winkte ihm zu.

Am nächsten Markttag war ich voller Erwartungen. Ich hoffte so sehr, ihn wiederzusehen, daß ich meine Gedanken kaum auf meinen Handel richten konnte. Das war schlecht, denn am Ende des Tages hatte ich zu wenig Geld in meinem Säckel, und das würde ich Mutter erklären müssen. Allerdings belastete mich das im Augenblick nicht; ich packte meine Ware geschwind zusammen und machte mich auf den Heimweg. Je näher ich meinem Rastplatz kam, desto erregter wurde ich, aber er war nicht da, und ich hätte mir die ganze Unruhe sparen können.

Enttäuscht ging ich weiter, ohne etwas gegessen zu haben, als ich hinter mir Hufgeklapper hörte. Ich stellte mich an den Straßenrand, um den Reiter vorbeizulassen, als dieser vor mir das Tier zum Stehen brachte und absaß. Er trug einen breitkrempigen Hut, der sein Gesicht beschattete, und einen leichten Mantel, der seine Gestalt verbarg, aber die goldgesprenkelten Augen waren dieselben, und mein Herz machte einen Hüpfer vor Freude.

»Möchtest du einen Schluck Wein zu deinem Imbiß?« fragte er, und ich sagte:

»Wenn du welchen hast.«

Dann lachten wir los, froh und erleichtert über unser Wiedersehen, und setzten uns ins Gras. Ich gab ihm von meinem Brot und Käse, und er teilte seinen Wein mit mir, und es schien mir das köstlichste Mahl meines Lebens.

»Ich habe gefürchtet, dich nicht mehr anzutreffen. Der Oltiger hat mich in den Vogelsang geschickt, dort sind die Schafe von der Lausfliege befallen. Es ist eine große Herde, und die Behandlung hat länger gedauert als vorgesehen. Zum Glück hat er mir sein Pferd geliehen.«

»Hätte es dir denn etwas ausgemacht, mich nicht zu sehen?«

»Ja«, sagte er, nahm mich in die Arme und küßte mich mitten auf den Mund.

Später, die Sonne war schon am Untergehen, hob er mich zu sich aufs Pferd, und eng aneinandergeschmiegt ritten wir davon. Beim Scheideweg trennten wir uns wieder, denn es war noch zu früh, um meine Eltern an meinem Glück teilhaben zu lassen.

Von da an trafen wir uns jede Woche an meinem altgewohnten Rastplatz. Manchmal wartete ich auf Simon, manchmal war er schon da, und manchmal, wenn er das Pferd hatte, ritt er mir entgegen. Noch heute kann ich nicht verstehen, weshalb mich nichts warnte, nicht einmal dann, als er mir von Bern und seines Vaters verfemten Handwerk erzählte. Damals war ich sogar erleichtert darüber, Gemeinsamkeiten zu entdecken, auch wenn die meinen aus Deutschland stammten. Mutter hatte mir aber vor Jahren eindringlich verboten, jemals darüber zu sprechen, und so schwieg ich. Die nebelhaften Erinnerungen, die ich hatte, wenn er von Bern sprach, schrieb ich der offensichtlichen Ähnlichkeit mit den beiden Städten Freiburg zu und machte mir weiter keine Gedanken. Nur etwas wollte ich von ihm wissen.

»Wie kommt es dann, daß du Arzt werden kannst, wie ist das möglich?«

»Es ist meinen Eltern nicht leichtgefallen, als ich die mir zustehende Nachfolge nicht antreten wollte. Ich denke mit großer Dankbarkeit an Vater, denn er hat für mich bei den Hohen Gnädigen Herren vorgesprochen und um meine Ehrlichmachung gebeten. Diese wurde ihm gewährt, unter der Bedingung, daß ich nicht nur Arzt, sondern auch Viehdoktor werden sollte, denn davon gibt es zu diesem Zeitpunkt in Bern zu wenige. Zudem konnte er einen Nachfolger vorweisen, nämlich seinen jahrelangen Gehilfen Adam. Das ersparte der Stadt Umtriebe und Kosten, was seine Bitte günstig beeinflußte und die Räte zu einem schnellen Entscheid kommen ließ. Das einzige, was mir immer Kummer machen wird, ist die Enttäuschung, die ich ihm bereiten mußte und an der er schwer getragen hat, denn kurz darauf hat er sein Amt niedergelegt und sich mit Mutter ins Stockerhäuschen zurückgezogen.«

Damit gab ich mich zufrieden, ohne weiter nach seinen Familienverhältnissen zu fragen, hätte dies aber besser getan, doch ich war verliebt, und anderes kümmerte mich wenig. Ich hütete mein Glück als etwas, das uns allein gehörte, und deshalb erzählte ich auch zu Hause nicht davon.

Oft sprachen wir von der Zukunft, malten sie uns in den schönsten Farben, bauten mit Worten ein Häuschen mit einem Garten, in dem ich alle die Kräuter zog, die er für seine Arbeit brauchen würde. Auch ein Pferd mit Wagen kam darin vor – und Kinder. Wenn er von Kindern sprach, leuchteten seine Augen auf eine ganz eigene Art, und seine Umarmung war fordernder, härter. Aber ich dachte daran, was Mutter mir über Männer und Frauen erzählt hatte an jenem Tag, da ich das erste Mal geblutet hatte, und war auf der Hut.

»Würdest du mich einlassen, wenn ich des Nachts zu dir käme?« fragte er einmal, und ich erschrak und dachte an die dünnen Wände unseres Schuppens, hinter denen man jedes Geräusch wahrnahm.

»Laß mir noch etwas Zeit.«

»Wie lange?«

»Bis zur Schafschur im Herbstmonat.«

»So lange noch? Liebst du mich denn nicht?«

»Doch, ich liebe dich mehr, als ich sagen kann; aber wenn es die andern wissen, gehört ein kleiner Teil von dir auch ihnen. Laß mich dich noch eine Weile ganz alleine besitzen.«

Das sagte ich, obwohl ich mich nach ihm sehnte, wußte nicht, weshalb ich zögerte und was ich befürchtete. Mutter allerdings schien etwas zu ahnen. Schon öfter hatte sie mich seltsam angeblickt, und als ich kürzlich wieder später als gewohnt nach Hause kam, fragte sie:

»Bist du verliebt, Barbara?«

»Ach wo«, sagte ich errötend, »weshalb sagt Ihr das?«

»Du hast dich verändert – und ungewöhnlich wäre es in deinem Alter auch nicht. Wer ist es?«

Ich mußte lachen. »Wie neugierig Ihr seid!«

»Nun, du weißt ja, wie du dich zu verhalten hast. Aber trotzdem, Vater und ich möchten ihn kennenlernen. Bring ihn am nächsten Markttag mit zu uns, wir werden auf euch warten!«

Daran dachte ich nun, während mich Simon fest in seinen Armen hielt und süße Worte in mein Ohr flüsterte. Dann ließ er mich los und sagte ernst:

»Ich mag nicht mehr bis zur Schafschur warten, Barbara. Laß es uns deinen Eltern sagen, jetzt gleich. Es ist besser, sie vernehmen es von uns als von sonst jemandem. Ewig können wir es so oder so nicht mehr geheimhalten.«

Ich wußte, daß er recht hatte, und da wir ohnehin erwartet wurden, stimmte ich zu. Hand in Hand betraten wir unsere Küche, wo meine Eltern am Tisch saßen und Kräuter bündelten. Gespannt sahen sie auf, und ich sagte:

»Mutter, Vater, schaut! Dies ist mein Simon!«

Simon trat vor, nannte seinen vollen Namen und seine Herkunft und streckte ihnen die Hand zur Begrüßung hin. Was nun geschah, hat sich meiner Erinnerung unauslöschlich eingeprägt, und immer wieder suchten mich Träume heim, in denen ich das Ganze noch einmal erleben mußte. Mutter erhob sich so heftig, daß die Bank hintenüberfiel. Sie wich bis zur Wand zurück, leichenblaß mit weit aufgerissenen Augen. Das Messer in ihrer Hand wies in die Luft und blitzte im Schein des Herdfeuers auf. Dann ließ sie es fallen, streckte abwehrend beide Arme von sich und begann zu schreien, tief aus ihrem Innern, beinahe unmenschlich, wie ich es nur einmal gehört hatte, damals bei der Brunst von dem qualvoll im Feuer verendenden Vieh.

Wir standen alle drei erstarrt vor Schreck. Vater trat zu ihr, aber sie stieß ihn von sich, wurde auf einmal ganz still und sagte:

»Ihr dürft euch nicht lieben, Barbara – Simon ist mein Bruder!«

Dann glitt sie der Wand entlang zu Boden und schluchzte herzzerbrechend.

Ich hörte diese Worte wohl, begriff aber ihre Tragweite nicht sogleich, befand mich in einer Art Betäubung, was wohl meine Rettung war, da ich sonst bestimmt vor Schmerz gestorben wäre. Erst in den darauffolgenden Tagen, als Mutter zu sprechen begann und ich alles über unsere wahre Herkunft erfuhr – Dinge, an die ich mich nicht mehr erinnert hatte, und die nun langsam und bruchstückhaft aus dem Nebel des Vergessens hervortraten –, wurde mir bewußt, was geschehen war. Da überfiel mich das Leid mit großer Macht, und ich glaubte, nie wieder froh zu werden, und als uns dann Simon noch einmal besuchte, ebenso niedergeschlagen wie ich, und wir uns wie zwei Fremde gegenüberstanden, voller Angst, uns zu berühren, wußte ich, daß ich es nicht ertragen konnte.

Am nächsten Tag verließ ich unser Haus. Meine Eltern hielten mich nicht zurück. Ich flüchtete mich dorthin, wo ich Ruhe und Frieden zu finden hoffte und Trost in meinem Elend: zu den Ordensfrauen nach Freiburg – und sie wiesen mich nicht fort. In den folgenden Wochen und in zahllosen Gesprächen reifte in mir die Überzeugung, mich ihnen für mein ganzes Leben anschließen zu wollen. Nun war ich aber nicht ihres Glaubens, und deshalb türmten sich unüberwindbar scheinende Hindernisse vor mir auf, die ohne die Hilfe eines gütigen Gottes, der mir Kraft und Mut schenkte, kaum zu überwinden gewesen wären. So ging ich vorwärts auf diesem Weg – meinem Weg – der meinem Dasein neuen Sinn und Halt gab.

Bereits schlich sich erstes Dämmerlicht unter das Kirchengewölbe, füllte die Nischen mit dunklen Schatten. Die Sonnenstrahlen, die das Muster der spitzbogigen Fenster an die Säulen geworfen hatten, waren verblaßt.

Kräftiger leuchtete das ewige Licht und verbreitete roten Schein. Ich erhob mich und trat ins Freie. Ein Duft von Basilikum lag in der Luft, und ich lenkte meine Schritte hinüber zum Kräutergarten. Dort stand eine steinerne Bank, mein Lieblingsplatz. Ich rückte die Matte zurecht, die wir uns der Kälte des Steins wegen gewoben hatten, und setzte mich. Vom angrenzenden Gutshof her, der uns mit Käse, Milch und Feldfrüchten versorgte, drang das Muhen der Kühe, die auf den Melker warteten. Ich kannte den Tagesablauf auf diesem Hof, denn dort hatte ich bis zu meiner Konversion als Magd gearbeitet.

Jeden Abend, nach dem harten Tagewerk, ging ich hinüber ins Verwalterhaus, wo mich Bruder Bernhard unter den gestrengen Augen der Novizenmeisterin in meinem neuen Glauben unterwies. Der Unterricht im Lesen und Schreiben, den mir meine Mutter hatte zukommen lassen, war mir dabei von großem Nutzen, so daß ich schon nach einem dreiviertel Jahr zum Übertritt zum katholischen Glauben bereit war. Zu diesem Anlaß besuchte sie mich, schenkte mir den Rosenkranz, und ich hätte weinen mögen vor Rührung.

»Das hättet Ihr nicht tun sollen, Mutter, er ist viel zu kostbar.«

»Es ist wenig genug. Mein Leben lang werde ich mir Vorwürfe machen, daß ich dir so viel Leid zufügen mußte.«

»Das solltet Ihr nicht. Ihr habt mich all die Jahre nur geliebt und Euer Bestes getan, und dafür werde ich immer in Dankbarkeit an Euch denken.«

»Ach, Barbara, wenn du wüßtest. Meine Mutter sagte

einmal: ›Die Sünden der Eltern rächen sich an den Kindern!‹ Sie hatte recht, genauso ist es, man kann seiner Schuld nicht entrinnen.«

»Aber es gibt da Einen, der uns Menschen verzeiht.«

»Liebes«, sagte sie bekümmert und sah mich forschend an, »bitte, sag mir: Ist es wirklich dein freier Entschluß, bist du sicher, daß du den richtigen Weg wählst?«

»Seid unbesorgt, es ist wirklich mein freier Wille, und ich bin mir ganz sicher!«

Dann schwiegen wir, und jede hing ihren Gedanken nach. Bevor sie sich verabschiedete, fragte ich unsicher:

»Simon?«

»Ist als Feldscher bei den Truppen irgendwo in Italien.«

»Und Mathieu?«

Da lächelte sie. »Wir erwarten ihn in den nächsten Tagen. Er bringt uns von seinen Reisen immer viele Neuigkeiten von unseren Verwandten mit und von Apollonia und all den andern. Ich danke dem Himmel, daß es ihn gibt, denn er ist der gute Geist, der durch seine Botengänge unsere Familie zusammenhält.«

»Grüßt ihn und Vater von mir.«

»Das werde ich – leb wohl, Barbara!«

Damals wußte ich nicht, daß unsere Zeit bemessen war. Hätte ich es geahnt, wären unsere Gespräche vielleicht inniger, tiefer gewesen. So aber blieb vieles, was vielleicht noch einer Erklärung bedurft hätte, ungesagt, und der Umstand, dies nicht mehr nachholen zu können, würde mich immer bedrücken.

Es war am Tag der Abstimmung, als ich sie wiedersah. Schon seit dem frühen Morgen berieten die Ordensfrauen unter dem Vorsitz der Äbtissin im Kapitelsaal über meine Aufnahme ins Noviziat. Ich wußte, daß einige Schwestern meines ursprünglichen Glaubens wegen Bedenken geäußert hatten und an meiner Berufung zweifelten. So kniete ich in der Kirche und erwartete dort im Gebet den Beschluß der Versammlung. Es war kurz vor der Sext, als die Novizenmeisterin erschien. In ihrer Hand trug sie ein Säcklein, von dem ich wußte, daß es die Entscheidung enthielt. Sie öffnete es, und mit meinen beiden Händen fing ich den Inhalt auf: Es waren neunzehn Bohnen, und alle waren weiß, keine einzige war schwarz, und ich neigte mich in Demut vor meinem Herrn, dem ich von dieser Stunde an mit meinem ganzen Wesen dienen wollte, so lange ich lebte.

Gegen Abend dieses Tages ließ Mutter Priorin mir die Ankunft meiner Eltern melden. Welche Fügung, daß sie in den Stunden meines größten Glücks mit mir waren. Voller Freude eilte ich hinüber ins Verwalterhaus. Sie warteten im Besucherraum auf mich, und als ich sie sah, ahnte ich sogleich, daß etwas Ungewöhnliches eingetreten sein mußte, denn beide waren in Reisekleidung. Vater drehte verlegen seinen Hut in den Händen, seinen Täuferhut, und nun bemerkte ich, daß auch Mutter wie eine Täuferin gekleidet war. Eine dunkle Ahnung befiel mich.

»Was ist geschehen?« fragte ich und griff bangend nach ihren Händen.

»Wir müssen fort, Barbara.« Der Kummer, der aus ihrer Stimme sprach und der sich auf ihren Gesichtern widerspiegelte, griff mir ans Herz.

»Aber das Haus, das Land und Eure Arbeit!«

»Danach fragt leider niemand, wir haben keine Wahl.«

»Ein neuer Erlaß?«

Sie nickten, und Vater sagte:

»Wir haben es erwartet. Es gärt schon seit langem. Viele von uns sind bereits aus dem Lande geschafft worden. Andere, die sich widersetzten, sind im Gefängnis. Nun hat uns unser Bauer gewarnt, die Täuferjäger hätten von uns Wind bekommen, man könne uns nicht mehr schützen. Er hat unseren Grund und Boden zurückgekauft und das zu einem sehr guten Preis. So sind wir nicht mittellos, wie die meisten, deren Besitz eingezogen wurde. Das Geld wird uns ein neues Dasein ermöglichen.«

»Wohin werdet Ihr gehen?«

»Nach Holland, wie vor vielen Jahren meine Familie. Dort sind die Menschen uns Täufern freundlich gesinnt – sie werden uns aufnehmen.«

»Dann werden wir uns wohl niemals mehr wiedersehen!«

»Kaum!«

Wir hielten uns umschlungen, eine lange Zeit, bis Mutter unter Tränen flüsterte:

»Aber wir haben noch Mathieu ...«

»Ja«, sagte ich, »wir haben noch Mathieu!«

Dann begleitete ich sie bis zum Tor und sah ihnen nach, sah, wie sie davongingen, ein Mann und eine Frau, verbunden durch ihre unerschütterliche Liebe. Das Leben hatte ihnen nichts an Leid erspart, und trotzdem verzweifelten sie nicht, gingen unverdrossen ihren Weg weiter in eine ungewisse Zukunft. Es schien mir wie ein Zeichen des Himmels, daß die Menschen, die mir am meisten bedeuteten, am Tage meines größten Glücks von mir gingen. Das Leben der Hingabe und Entsagung, dem ich mich geweiht hatte, duldete nur eine große Liebe, die Liebe zu meinem Herrn Jesus.

Seither waren Jahre vergangen, schon längst hatte ich mein Gelübde abgelegt. Die Erinnerung an meine Eltern aber war nicht verblaßt; ich trug sie in mir wie einen kostbaren Schatz. Ich erhob mich von der Bank und glättete die Falten meines Habits. Die Höhenzüge am jenseitigen Ufer erglänzten im Abendsonnenschein, aber die Abtei lag schon im Schatten. Ein kühler Wind strich vom Fluß herauf und bauschte meinen Schleier. Bald war es Zeit zur Vesper. Ich schritt durch den Kräutergarten zurück zur Kirche und mir war, als hörte ich in der Ferne den Klang einer Laute.

Scharfrichtermantel und Richtschwert von Nidau

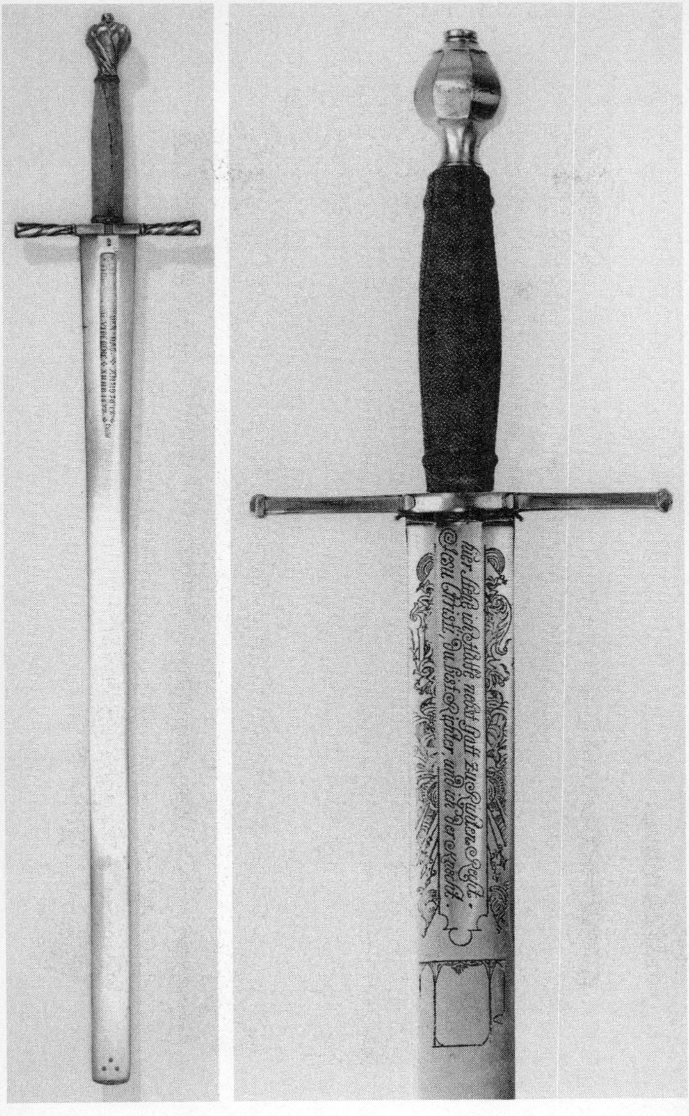

Links: Richtschwert von 1672. Rechts: Henkerschwert aus dem 18. Jahrhundert mit kunstvoller Aufschrift

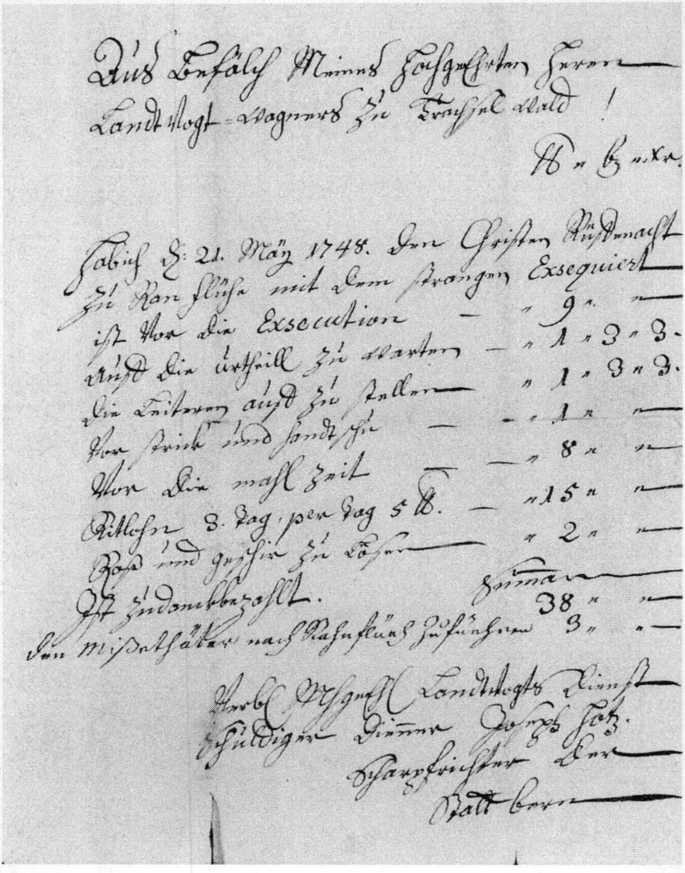
Aus Befelch Meines Hochgeehrten Herren
Landtvogt Wagners zu Trachsel Wald!

Kr. Bz. Xr.

Habich d: 21. März 1748. den Christen [illegible]
zu Ranflühe mit dem strangen Exsequiert
ist vor die Execution — 9 —
und die urtheill zu warten — 1 3 3
die Leiteren auch zu stellen — 1 3 3
vor strick und handschu — 1
Vor die mahl zeit — 8
Rittlohn 3 tag, per tag 5 bz — 15
Ross und geschir zu lehen — 2
summa 38
Ist zu dank bezahlt.
den Missethäter nach Ranflühe zu führen 3

[illegible] Landtvogts dienst
schuldiger diener Joseph Hotz
Scharpfrichter der
Statt Bern

»Conto Scharpfrichter«, Scharfrichterrechnung des Henkers Joseph Hotz vom 21. März 1748

Ausschnitt aus dem Gemälde »Drülle beim Aarberger Thor 1794«

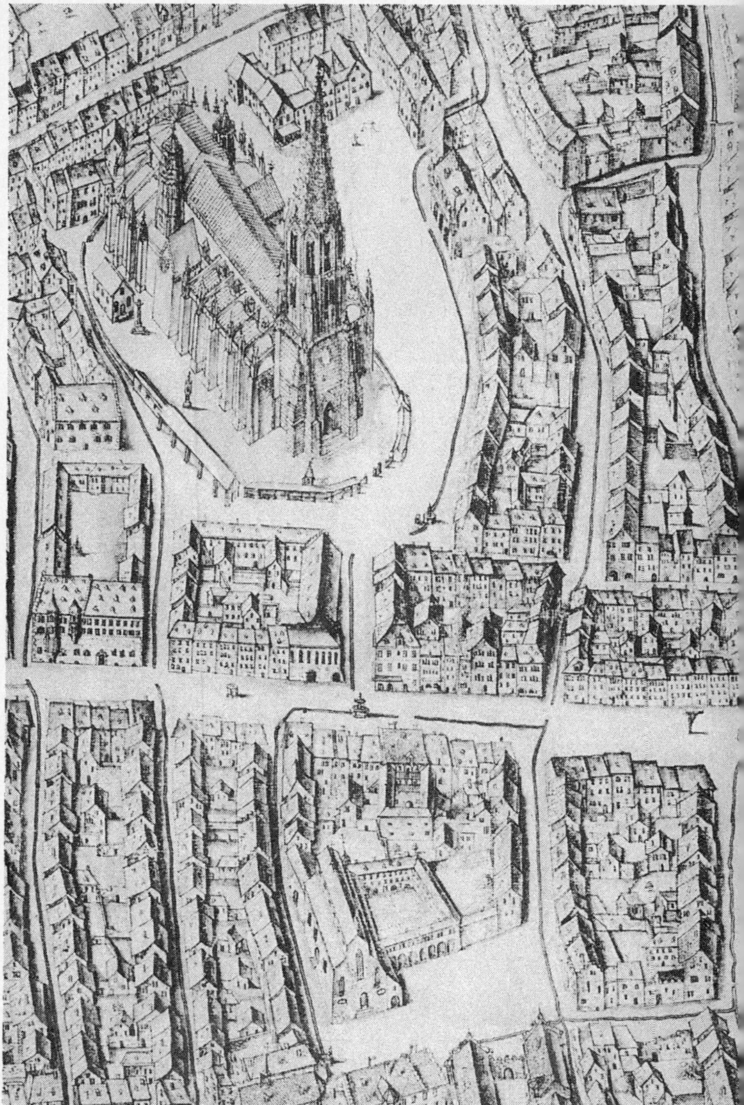

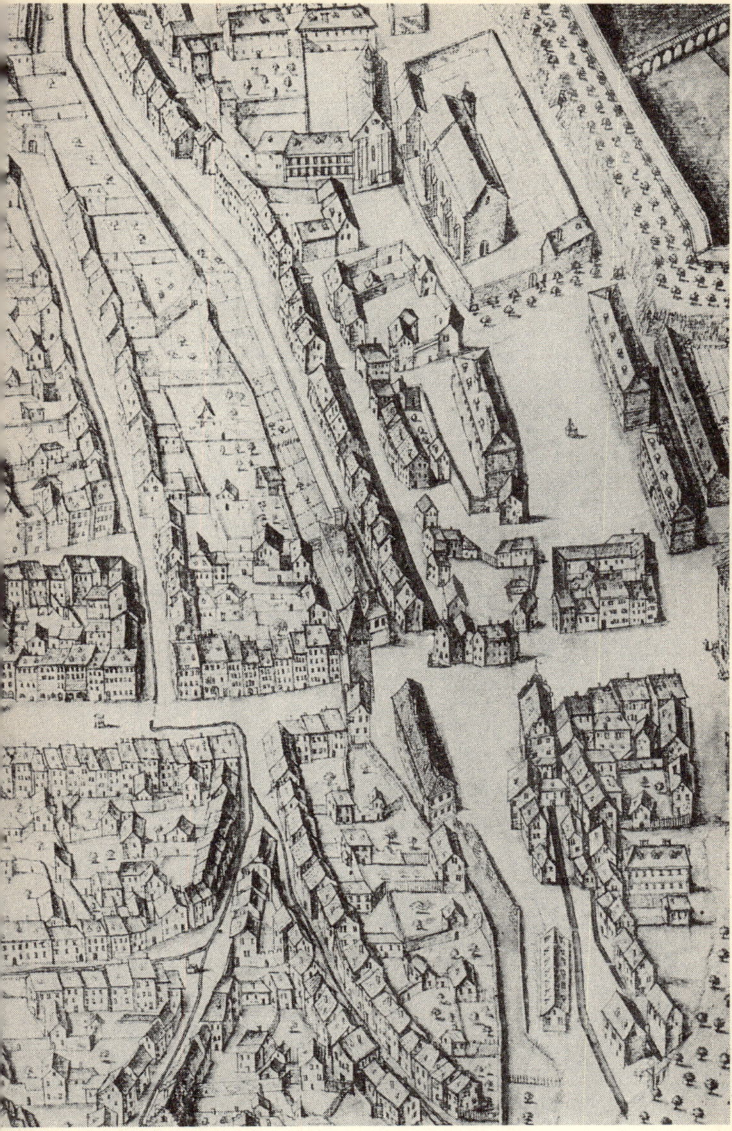

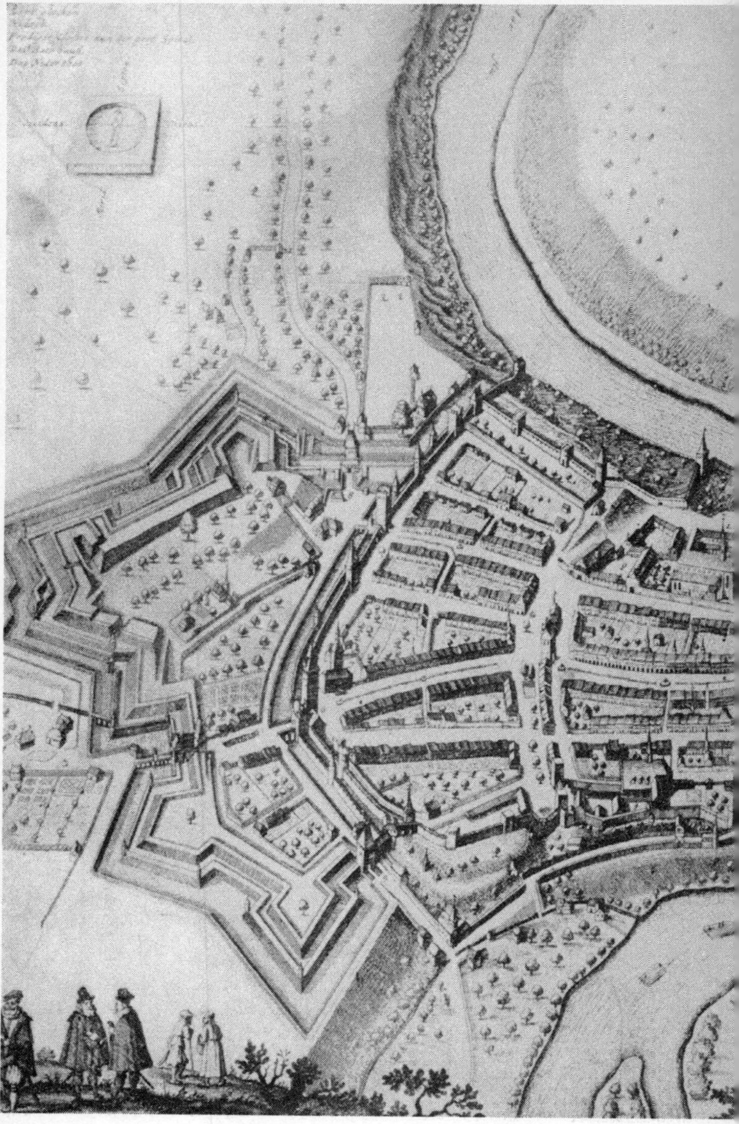

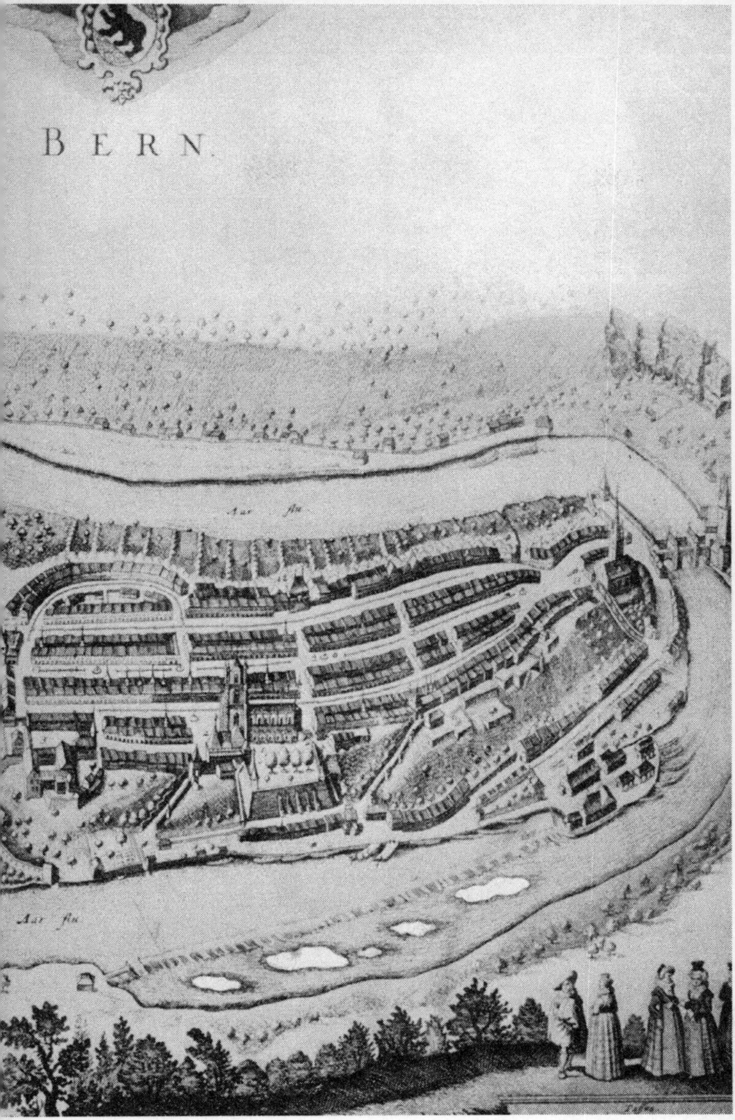
BERN.
Aar flu
Aar flu

Glossar

Abdeckerei	Zu fast jeder Scharfrichterei gehörte auch die Abdeckerei. Jedes verendete Tier (außer Kleinvieh) mußte vom Eigentümer dem Abdecker oder Schinder gemeldet werden, der den Kadaver vom Schinderknecht sicherstellen ließ, bis er Zeit hatte, ihn abzuholen, zu häuten und auf dem Schindanger oder Wasen zu vergraben. Die Häute erhielt der Scharfrichter, der sie an die Gerbereien verkaufen durfte. Die Abdeckereien befanden sich außerhalb der bewohnten Gebiete, der unerträglichen Gerüche wegen. Andere Namen für Abdecker: Faber, Frohn, Halbmeister, Schinder, Wasenmeister, Weißmacher (weil beim Abledern das weiße Unterhautgewebe zum Vorschein kommt)
Äbtissin	Vorsteherin eines Klosters. In einigen Gegenden aber auch Vorsteherin eines Bordells
Bankert	Uneheliches Kind
Butzen (Putzen)	Fehlschlagen beim Köpfen
Esse	Schornstein, Kamin, Schmiedeherd
Feldscher	Ein in Wundbehandlung erfahrener, niederer Militärarzt
Felleisen	Aus franz. »valise« Reisesack, Handkoffer
Feyriger	Fahrender Abdeckerknecht
Gätzi	Wasserschöpfkelle aus Blech oder Kupfer
Halsbräune	Diphterie

Hälbling	Ein halber Batzen
Innung, Zunft	Örtlicher Zusammenschluß selbstständiger Handwerker eines Fachbereichs, zur gemeinsamen Vertretung ihrer Interessen
Kalebasse	Trinkgefäß, hergestellt aus einem Flaschenkürbis
Kilter	Heiratsfähiger Bursche, der das Mädchen seiner Wahl des Nachts besucht
Knuspert	Scharfrichtersknecht
Kreißende	Gebärende, in Geburtswehen Liegende
Lederer	Handwerker, der Leder verarbeitet
Luder	Aas, liederlicher Mensch
Marketenderin	Händlerin bei der Feldtruppe
Maschores (Fetzer)	Abdeckerknecht
Maulaffen feilhalten	Neugierig schauen, gaffen
Messelle	Maßstab zum Abmessen des Stoffes, Elle = Längenmaß, örtlich schwankend zwischen 55 und 85 cm
Musche	Bezeichnung für die Tochter des Scharfrichtermeisters. In verschiedenen Mundarten verbreitetes Wort für liederliche Weibsperson
Non	Tägliche Andacht gegen 15 Uhr
Roller	Schinderkarren
Rollt der Roller?	Frage fahrender, arbeitssuchender Scharfrichterknechte über den Geschäftsgang (bei ablehnender Antwort zogen sie weiter)
Scharfrichter	Andere Namen für Scharfrichter: Dallinger, Fron, Henker, Meister Fix, Meister Hans, Nachrichter, Züchtiger
Sext	Tägliche Andacht gegen 12 Uhr
Tammer	Scharfrichtersohn oder junger Scharfrichter, der sein Probestück – meistens Enthaupten – noch nicht gemacht hat, lat. domitor, Bändiger
Tonsur	Kahlgeschorene Stelle auf dem Kopf katholischer Geistlicher
Trülle	Runder, drehbarer Käfig, in den man Straffällige sperrte und der von den Schaulustigen beliebig schnell um die eigene

	Achse herumgedreht (gedrüllt) werden konnte (Ehrenstrafe)
Über die Hand einschenken	Der Weinkrug wird auf der nach oben gerichteten rechten Handfläche gehalten und nach außenhin abgekippt
Vesper	Tägliche Andacht gegen 19 Uhr
Wyberchefi	Frauengefängnis

Quellenverzeichnis

Birkenheim, Carl von
Briefe über den politischen, bürgerlichen und natürlichen Zustand der Schweiz, Augsburg 1797

Brun, Friederika
Episoden aus Reisen durch das südliche Deutschland, Zürich 1808

Busse, Hermann Eris
Der Breisgau. Jahresband Oberrheinische Heimat, 28. Jahrgang, Freiburg im Breisgau, Druckerei und Verlag G. Braun, Karlsruhe 1941

Capitani, François de
Festliches Essen und Trinken im alten Bern: Menus und Rezepte vergangener Jahrhunderte, Benteli Verlag, Bern 1976

CH-Kunstführer
Bauernmuseum Jerisberghof, herausgegeben von der Gesellschaft für Schweizerische Kunstgeschichte, Basel 1975

Dürrenmatt, Peter
Schweizer Geschichte, Verlag Hallwag, Bern 1961

Feller, Richard
Geschichte Berns, Bd. II und III, Verlag Herbert Lang, Bern 1953/55

Gerbert, Martin
Reisen durch Alemannien, Welschland und Frankreich, Ulm 1967

Glenzdorf, Johann / Treichel, Fritz
Henker, Schinder und arme Sünder, Bad Münder am Deister 1970

Gränicher, Theodor
Von den alten Steinmetzen und ihrer Zunft. Separatdruck aus dem »Hausfreund«, Beilage zum Zofinger Tagblatt

Haller, Albrecht von
Tagebuch seiner Studienreise nach London, Paris, Straßburg und Basel, herausgegeben von Erich Hintzsche, Hans Jenzer und Heinz Balmer, Verlag Huber, Bern 1968

Heinemann, Franz
Henker und Scharfrichter als Volks- und Vieharzte, Schweiz. Archiv für Volkskunde 1900, Heft 1, Zürich 1900

Heinemann, Franz
Der Richter und die Rechtspflege in der deutschen Vergangenheit, Leipzig ca. 1900

Hofer, Paul
Die Wehrbauten Berns, Benteli Verlag, Bern 1953

Holzer, Niklaus Anton Rudolf
Beschreibung des Amtes Laupen 1779, herausgegeben und kommentiert von Hans A. Michel (Bern 1984)

Keller, Albrecht
Der Scharfrichter in der deutschen Kulturgeschichte, Schröder Verlag, Bonn und Leipzig 1921

Koch, Tankred
Geschichte der Henker: Scharfrichter-Schicksale aus acht Jahrhunderten, Kriminalistik Verlag GmbH, Heidelberg 1988

Maler, Jacob
Der Bericht des Zürchers Jacob Maler über seine Erlebnisse auf den französischen Galeeren 1687–1700, herausgegeben von Dr. Johannes Häne, Zürich 1910

Markwalder, Hans
Das Handwerk im alten Bern, Bern 1937

Müller, Ernst
Geschichte der bernischen Täufer, Frauenfeld 1895

Poinsignon, Ad.
Geschichtliche Ortsbeschreibung der Stadt Freiburg im Breisgau, Band I, Freiburg i. Br. 1891

Quervain, Theodor de
Kirchliche und soziale Zustände in Bern unmittelbar nach der Einführung der Reformation 1528–1536, Bern 1906

Ramseyer-Hugi, Rudolf J.
Zibelemärit, Martinimesse, Emmentaler Druck, Langnau 1990

Rodt, Eduard von
- Bern im 17. Jahrhundert, Verlag A. Francke, Bern 1903
- Bern im 18. Jahrhundert, Verlag Schmid und Francke, Bern 1901

Karwoche 1814. In Europa toben die Befreiungskriege gegen Napoleon, die Welt ist in Aufruhr. Auch das Leben des westfälischen Bauernsohnes Jeremias Vogelsang, der sich mit anderen geduldeten Deserteuren in seiner Heimat aufhält, gerät aus den Fugen. Vorgeblich, weil Jeremias desertiert ist, in Wahrheit jedoch, um sich des unerwünschten Liebhabers seiner Tochter zu entledigen, ruft Amtmann Boomkamp zur Hatz auf den „Verräter" auf. Von Gendarmen gejagt, bleibt Jeremias nur die Flucht ins Moor, das auch allerlei lichtscheuem Gesindel Zuflucht bietet – eine schicksalhafte Entscheidung, wie sich bald zeigt. Denn hier kommt Jeremias einem Rätsel der Vergangenheit auf die Spur, einem Geheimnis, das sein eigenes Leben umgibt …

ISBN 3-404-14272-1

BASTEI
LÜBBE

Rossiaud, Jacques
Dame Venus: Prostitution im Mittelalter, München 1989
Schuhmann, Helmut
Der Scharfrichter. Seine Gestalt, seine Funktion, Kempten 1964
Sommer, Peter
Scharfrichter von Bern, Lukianos-Verlag, Bern 1969
Stirnemann, Beno
Matteänglisch. Geschichte der Matte, Dialekt und Geheimsprache, Matteänglisch-Club Bärn, Bargezzi-Verlag, Bern-Matte 1969
Uetz, Karl
Hof Gyrensberg, Haupt Verlag, Bern 1944
Weber, Berchtold
Historisch-Topographisches Lexikon der Stadt Bern, Stämpfli Verlag, Bern 1976
Wehren, Christian J.
Der Amtsbezirk Laupen. Ein statistisch-historisch-topographischer Versuch, Bern 1840
Zürcher, Isaak
Die Täufer um Bern in den ersten Jahrhunderten nach der Reformation und die Toleranz. Sonderdruck aus Heft 9 der »Informationsblätter« 1986, Organ des Schweiz. Vereins für Täufergeschichte, S. 3–88

Stadtpläne und Abbildungen

Abbildungen
Gegenstände fotografiert von Stefan Rebsamen, Fotos zur Verfügung gestellt durch Bernisches Historisches Museum

Seite 326
Ausschnitt Stadtplan von Freiburg i. Br., aus: Ad. Poinsignon, Geschichtliche Ortsbeschreibung der Stadt Freiburg, Freiburg i. Br. 1891

Seite 328
Stadtplan von Bern, aus: Eduard von Rodt, Bern im 17. Jahrhundert, Bern 1903 (Stadt- und Universitätsbibliothek Bern)